比较文学与世界文学 研究丛书

主编　曹顺庆

初编　第 **1** 册

比较文学变异学论稿（上）

曹 顺 庆 著

花木兰文化事业有限公司

国家图书馆出版品预行编目资料

比较文学变异学论稿（上）／曹顺庆 著 -- 初版 -- 新北市：
花木兰文化事业有限公司，2022〔民111〕
序12+ 目 2+212 面；19×26 公分
（比较文学与世界文学研究丛书 初编 第1册）
ISBN 978-986-518-707-1（精装）
1.CST：比较文学 2.CST：文集
810.8   110022058

ISBN-978-986-518-707-1

9 789865 187071

比较文学与世界文学研究丛书
初编 第一册   ISBN：978-986-518-707-1

比较文学变异学论稿（上）

作　　者 曹顺庆
主　　编 曹顺庆
企　　划 四川大学双一流学科暨比较文学研究基地
总 编 辑 杜洁祥
副总编辑 杨嘉乐
编辑主任 许郁翎
编　　辑 张雅淋、潘玟静、刘子瑄　美术编辑 陈逸婷
出　　版 花木兰文化事业有限公司
发 行 人 高小娟
联络地址 台湾235 新北市中和区中安街七二号十三楼
　　　　 电话：02-2923-1455 ／ 传真：02-2923-1452
网　　址 http://www.huamulan.tw 信箱 service@huamulans.com
印　　刷 普罗文化出版广告事业
初　　版 2022 年 3 月
定　　价 初编 28 册（精装）台币 76,000 元

比较文学变异学论稿(上)

曹顺庆 著

作者简介

曹顺庆，1954年2月生，祖籍湖北荆州，出生于贵阳。1977年入复旦大学，1980年考入四川大学中国文学批评史研究生，导师杨明照教授，1983年获硕士，1987年获博士，为全国中国文学批评史学科第一个博士。1987年任四川大学副教授，1990年任教授，1992-1994年任美国康奈尔大学、美国哈佛大学访问学者，1993年被国务院学位委员会批准为博士生导师，先后指导了百余名博士生。现任四川大学杰出教授（享受院士待遇），北京师范大学教授，四川大学文学与新闻学院学术院长，教育部"长江学者奖励计划"特聘教授（2005），欧洲科学与艺术院院士（2018），享受政府特殊津贴专家（1992）；四川省社科联副主席，国家级教学名师（2008），国务院学位委员会学科评议组成员，国家社科基金评委，教育部教学指导委员会中文学科副主任委员；比较文学国家级精品课程负责人；主持国家社科基金重大招标项目，教育部重大攻关项目等多个项目；多次获国家级优秀教学成果奖、教育部人文社科奖及四川省政府社科等奖多项。CSSCI缉刊《中外文化与文论》主编，国际英文刊物 Comparative Literature: East & West（劳德里奇出版社出版）主编。在国内外期刊发表学术论文 200 余篇，出版学术著作 30 余部。

提　　要

　　本书围绕"变异学"这一比较文学学科新理论范式展开，作者从全世界比较文学学科理论的发展深度入手，探讨变异学的重大理论意义和学术价值，所选文稿皆为作者在此领域长期探索与钻研所得。本书具体内容分为三编，第一编"比较文学变异学理论探索"从哲学、美学、历史维度阐述变异学对于比较文学学科研究基点、研究特征、研究方法、研究展望等方面的回顾、反思与拓展；第二编"比较文学变异学实践研究"摘取了在形象变异、翻译变异、阐释变异等领域成功运用变异学理论的代表论文，论文深刻实践了变异学理论所具有的开拓新研究领域、发展新学术思维、提供新学术视野的创新性价值；第三编"比较文学变异学与中国学派话语建构"从人类命运共同体背景、学科理论建构、中国学派发展等角度论证了变异学作为比较文学中国话语对于东西跨文明比较所做出的巨大贡献。比较文学变异学所发现的文化创新规律、文学创新路径是基于中国所特有的术语、概念和言说体系之上探索出的"中国话语"，是中国学者对于比较文学学科理论的有益贡献。

比较文学的中国路径

曹顺庆

自德国作家歌德提出"世界文学"观念以来，比较文学已经走过近二百年。比较文学研究也历经欧洲阶段、美洲阶段而至亚洲阶段，并在每一阶段都形成了独具特色学科理论体系、研究方法、研究范围及研究对象。中国比较文学研究面对东西文明之间不断加深的交流和碰撞现况，立足中国之本，辩证吸纳四方之学，而有了如今欣欣向荣之景象，这套丛书可以说是应运而生。本丛书尝试以开放性、包容性分批出版中国比较文学学者研究成果，以观中国比较文学学术脉络、学术理念、学术话语、学术目标之概貌。

一、百年比较文学争讼之端——比较文学的定义

什么是比较文学？常识告诉我们：比较文学就是文学比较。然而当今中国比较文学教学实际情况却并非完全如此。长期以来，中国学术界对"什么是比较文学？"却一直说不清，道不明。这一最基本的问题，几乎成为学术界纠缠不清、莫衷一是的陷阱，存在着各种不同的看法。其中一些看法严重误导了广大学生！如果不辨析这些严重误导了广大学生的观点，是不负责任、问心有愧的。恰如《文心雕龙·序志》说"岂好辩哉，不得已也"，因此我不得不辩。

其中一个极为容易误导学生的说法，就是"比较文学不是文学比较"。目前，一些教科书郑重其事地指出：比较文学不是文学比较。认为把"比较"与"文学"联系在一起，很容易被人们理解为用比较的方法进行文学研究的意思。并进一步强调，比较文学并不等于文学比较，并非任何运用比较方法来进行的比较研究都是比较文学。这种误导学生的说法几乎成为一个定论，

一个基本常识，其实，这个看法是不完全准确的。

让我们来看看一些具体例证，请注意，我列举的例证，对事不对人，因而不提及具体的人名与书名，请大家理解。在 Y 教授主编的教材中，专门设有一节以"比较文学不是文学比较"为题的内容，其中指出"比较文学界面临的最大的困惑就是把'比较文学'误读为'文学比较'"，在高等院校进行比较文学课程教学时需要重点强调"比较文学不是文学比较"。W 教授主编的教材也称"比较文学不是文学的比较"，因为"不是所有用比较的方法来研究文学现象的都是比较文学"。L 教授在其所著教材专门谈到"比较文学不等于文学比较"，因为，"比较"已经远远超出了一般方法论的意义，而具有了跨国家与民族、跨学科的学科性质，认为将比较文学等同于文学比较是以偏概全的。"J 教授在其主编的教材中指出，"比较文学并不等于文学比较"，并以美国学派雷马克的比较文学定义为根据，论证比较文学的"比较"是有前提的，只有在地域观念上跨越打通国家的界限，在学科领域上跨越打通文学与其他学科的界限，进行的比较研究才是比较文学。在 W 教授主编的教材中，作者认为，"若把比较文学精神看作比较精神的话，就是犯了望文生义的错误，一百余年来，比较文学这个名称是名不副实的。"

从列举的以上教材我们可以看出，首先，它们在当下都仍然坚持"比较文学不是文学比较"这一并不完全符合整个比较文学学科发展事实的观点。如果认为一百余年来，比较文学这个名称是名不副实的，所有的比较文学都不是文学比较，那是大错特错！其次，值得注意的是，这些教材在相关叙述中各自的侧重点还并不相同，存在着不同程度、不同方面的分歧。这样一来，错误的观点下多样的谬误解释，加剧了学习者对比较文学学科性质的错误把握，使得学习者对比较文学的理解愈发困惑，十分不利于比较文学方法论的学习、也不利于比较文学学科的传承和发展。当今中国比较文学教材之所以普遍出现以上强作解释，不完全准确的教科书观点，根本原因还是没有仔细研究比较文学学科不同阶段之史实，甚至是根本不清楚比较文学不同阶段的学科史实的体现。

实际上，早期的比较文学"名"与"实"的确不相符合，这主要是指法国学派的学科理论，但是并不包括以后的美国学派及中国学派的学科理论，如果把所有阶段的学科理论一锅煮，是不妥当的。下面，我们就从比较文学学科发展的史实来论证这个问题。"比较文学不是文学比较""comparative literature is not literary comparison"，只是法国学派提出的比较文学口号，只是法国学派一派的主张，而不是整个比较文学学科的基本特征。我们不能够把这个阶段性的比较文学口号扩大化，甚至让其突破时空，用于描述比较文学所有的阶段和学派，更不能够使其"放之四海而皆准"。

法国学派提出"比较文学不是文学比较"，这个"比较"（comparison）是他们坚决反对的！为什么呢，因为他们要的不是文学"比较"（literary comparison），而是文学"关系"（literary relationship），具体而言，他们主张比较文学是实证的国际文学关系，是不同国家文学的影响关系，influences of different literatures，而不是文学比较。

法国学派为什么要反对"比较"（comparison），这与比较文学第一次危机密切相关。比较文学刚刚在欧洲兴起时，难免泥沙俱下，乱比的情形不断出现，暴露了多种隐患和弊端，于是，其合法性遭到了学者们的质疑：究竟比较文学的科学性何在？意大利著名美学大师克罗齐认为，"比较"（comparison）是各个学科都可以应用的方法，所以，"比较"不能成为独立学科的基石。学术界对于比较文学公然的质疑与挑战，引起了欧洲比较文学学者的震撼，到底比较文学如何"比较"才能够避免"乱比"？如何才是科学的比较？

难能可贵的是，法国学者对于比较文学学科的科学性进行了深刻的的反思和探索，并提出了具体的应对的方法：法国学派采取壮士断臂的方式，砍掉"比较"（comparison），提出比较文学不是文学比较（comparative literature is not literary comparison），或者说砍掉了没有影响关系的平行比较，总结出了只注重文学关系（literary relationship）的影响（influences）研究方法论。法国学派的创建者之一基亚指出，比较文学并不是比较。比较不过是一门名字没取好的学科所运用的一种方法……企图对它的性质下一个严格的定义可能是徒劳的。基亚认为：比较文学不是平行比较，而仅仅是文学关系史。以"文学关系"为比较文学研究的正宗。为什么法国学派要反对比较？或者说为什么法国学派要提出"比较文学不是文学比较"，因为法国学派认为"比较"（comparison）实际上是乱比的根源，或者说"比较"是没有可比性的。正如巴登斯佩哲指出："仅仅对两个不同的对象同时看上一眼就作比较，仅仅靠记忆和印象的拼凑，靠一些主观臆想把可能游移不定的东西扯在一起来找点类似点，这样的比较决不可能产生论证的明晰性"。所以必须抛弃"比较"。只承认基于科学的历史实证主义之上的文学影响关系研究（based on scientificity and positivism and literary influences.)。法国学派的代表学者卡雷指出：比较文学是实证性的关系研究："比较文学是文学史的一个分支：它研究拜伦与普希金、歌德与卡莱尔、瓦尔特·司各特与维尼之间，在属于一种以上文学背景的不同作品、不同构思以及不同作家的生平之间所曾存在过的跨国度的精神交往与实际联系。"正因为法国学者善于独辟蹊径，敢于提出"比较文学不是文学比较"，甚至完全抛弃比较（comparison），以防止"乱比"，才形成了一套建立在"科学"实证性为基础的、以影响关系为特征的"不比较"的比较文学学科理论体系，这终于挡住了克罗齐等人对比较文学"乱比"的批判，形成了以"科学"实证为特征的文学影响关系研究，确立了法国学派的学科理论和一整套方法论体系。当然，法国学派悍然砍掉比较研究，又不放弃"比较文学"这个名称，于是不可避免地出现了比较文学名不副实的尴尬现象，出现了打着比较文学名号，而又不比的法国学派学科理论，这才是问题的关键。

当然，法国学派提出"比较文学不是文学比较"，只注重实证关系而不注重文学比较和文学审美，必然会引起比较文学的危机。这一危机终于由美国著名比较文学家韦勒克（René Wellek）在 1958 年国际比较文学协会第二次大会上明确揭示出来了。在这届年会上，韦勒克作了题为《比较文学的危机》的挑战性发言，对"不比较"的法国学派进行了猛烈批判，宣告了倡导平行比较和注重文学审美的比较文学美国学派的诞生。韦勒克作了题为《比较文学的危机》的挑战性发言，对当时一统天下的法国学派进行了猛烈批判，宣告了比较文学美国学派的诞生。韦勒克说："我认为，内容和方法之间的人为界线，渊源和影响的机械主义概念，以及尽管是十分慷慨的但仍属文化民族主义的动机，是比较文学研究中持久危机的症状。"韦勒克指出："比较也不能仅仅局限在历史上的事实联系中，正如最近语言学家的经验向文学研究者表明的那样，比较的价值既存在于事实联系的影响研究中，也存在于毫无历史关系的语言现象或类型的平等对比中。"很明显，韦勒克提出了比较文学就是要比较（comparison），就是要恢复巴登斯佩哲所讽刺和抛弃的"找点类似点"的平行比较研究。美国著名比较文学家雷马克（Henry Remak）在他的著名论文《比较文学的定义与功用》中深刻地分析了法国学派为什么放弃"比较"（comparison）的原因和本质。他分析说："法国比较文学否定'纯粹'的比较（comparison），它忠实于十九世纪实证主义学术研究的传统，即实证主义所坚持并热切期望的文学研究的'科学性'。按照这种观点，纯粹的类比不会得出任何结论，尤其是不能得出有更大意义的、系统的、概括性的结论。……既然值得尊重的科学必须致力于因果关系的探索，而比较文学必须具有科学性，因此，比较文学应该研究因果关系，即影响、交流、变更等。"雷马克进一步尖锐地指出，"比较文学"不是"影响文学"。只讲影响不要比较的"比较文学"，当然是名不副实的。显然，法国学派抛弃了"比较"（comparison），但是仍然带着一顶"比较文学"的帽子，才造成了比较文学"名"与"实"不相符合，造成比较文学不比较的尴尬，这才是问题的关键。

美国学派最大的贡献，是恢复了被法国学派所抛弃的比较文学应有的本义——"比较"（The American school went back to the original sense of comparative literature——"comparison"），美国学派提出了标志其学派学科理论体系的平行比较和跨学科比较："比较文学是一国文学与另一国或多国文学的比较，是文学与人类其他表现领域的比较。"显然，自从美国学派倡导比较文学应当比较（comparison）以后，比较文学就不再有名与实不相符合的问题了，我们就不应当再继续笼统地说"比较文学不是文学比较"了，不应当再以"比较文学不是文学比较"来误导学生！更不可以说"一百余年来，比较文学这个名称是名不副实的。"不能够将雷马克的观点也强行解释为"比较文学不是比较"。因为在美国学派看来，比较文学就是要比较（comparison）。比较文学就是要恢复被巴登斯佩哲所讽刺和抛弃的"找点类似点"的平行比较研究。因为平行研究的可比性，正是类同性。正如韦勒克所说，"比较的价值既存在于事实联系的影响研究中，也存在于毫无历史关系的语言现象或类型的平等对比中。"恢复平行比较研究、跨学科研究，形成了以"找点类似点"的平行研究和跨学科研究为特征的比较文学美国学派学科理论和方法论体系。美国学派的学科理论以"类型学"、"比较诗学"、"跨学科比较"为主，并拓展原属于影响研究的"主题学"、"文类学"等领域，大大扩展比较文学研究领域。

二、比较文学的三个阶段

下面，我们从比较文学的三个学科理论阶段，进一步剖析比较文学不同阶段的学科理论特征。现代意义上的比较文学学科发展以"跨越"与"沟通"为目标，形成了类似"层叠"式、"涟漪"式的发展模式，经历了三个重要的学科理论阶段，即：

一、欧洲阶段，比较文学的成形期；二、美洲阶段，比较文学的转型期；三、亚洲阶段，比较文学的拓展期。我们将比较文学三个阶段的发展称之为"涟漪式"结构，实际上是揭示了比较文学学科理论的继承与创新的辩证关系：比较文学学科理论的发展，不是以新的理论否定和取代先前的理论，而是层叠式、累进式地形成"涟漪"式的包容性发展模式，逐步积累推进。比较文学学科理论发展呈现为层叠式、"涟漪"式、包容式的发展模式。我们把这个模式描绘如下：

法国学派主张比较文学是国际文学关系，是不同国家文学的影响关系。形成学科理论第一圈层：比较文学——影响研究；美国学派主张恢复平行比较，形成学科理论第二圈层：比较文学——影响研究＋平行研究＋跨学科研究；中国学派提出跨文明研究和变异研究，形成学科理论第三圈层：比较文学——影响研究＋平行研究＋跨学科研究＋跨文明研究＋变异研究。这三个圈层并不互相排斥和否定，而是继承和包容。我们将比较文学三个阶段的发展称之为层叠式、"涟漪"式、包容式结构，实际上是揭示了比较文学学科理论的继承与创新的辩证关系。

法国学派提出，可比性的第一个立足点是同源性，由关系构成的同源性。同源性主要是针对影响关系研究而言的。法国学派将同源性视作可比性的核心，认为影响研究的可比性是同源性。所谓同源性，指的是通过对不同国家、不同民族和不同语言的文学的文学关系研究，寻求一种有事实联系的同源关系，这种影响的同源关系可以通过直接、具体的材料得以证实。同源性往往建立在一条可追溯关系的三点一线的"影响路线"之上，这条路线由发送者、接受者和传递者三部分构成。如果没有相同的源流，也就不可能有影响关系，也就谈不上可比性，这就是"同源性"。以渊源学、流传学和媒介学作为研究的中心，依靠具体的事实材料在国别文学之间寻求主题、题材、文体、原型、思想渊源等方面的同源影响关系。注重事实性的关联和渊源性的影响，并采用严谨的实证方法，重视对史料的搜集和求证，具有重要的学术价值与学术意义，仍然具有广阔的研究前景。渊源学的例子：杨宪益，《西方十四行诗的渊源》。

比较文学学科理论的第二阶段在美洲，第二阶段是比较文学学科理论的转型期。从 20 世纪 60 年代以来，比较文学研究的主要阵地逐渐从法国转向美国，平行研究的可比性是什么？是类同性。类同性是指是没有文学影响关系的不同国家文学所表现出的相似和契合之处。以类同性为基本立足点的平行研究与影响研究一样都是超出国界的文学研究，但它不涉及影响关系研究的放送、流传、媒介等问题。平行研究强调不同国家的作家、作品、文学现象的类同比较，比较结果是总结出于文学作品的美学价值及文学发展具有规律性的东西。其比较必须具有可比性，这个可比性就是类同性。研究文学中类同的：风格、结构、内容、形式、流派、情节、技巧、手法、情调、形象、主题、文类、文学思潮、文学理论、文学规律。例如钱钟书《通感》认为，中国诗文有一种描写手法，古代批评家和修辞学家似乎都没有拈出。宋祁《玉楼春》词有句名句："红杏枝头春意闹。"这与西方的通感描写手法可以比较。

比较文学的又一次危机：比较文学的死亡

九十年代，欧美学者提出，比较文学作为一门学科已经死亡！最早是英国学者苏珊·巴斯奈特 1993 年她在《比较文学》一书中提出了比较文学的死亡论，认为比较文学作为一门学科，在某种意义上已经死亡。尔后，美国学者斯皮瓦克写了一部比较文学专著，书名就叫《一个学科的死亡》。为什么比较文学会死亡，斯皮瓦克的书中并没有明确回答！为什么西方学者会提出比较文学死亡论？全世界比较文学界都十分困惑。我们认为，20 世纪 90 年代以来，欧美比较文学继"理论热"之后，又出现了大规模的"文化转向"。脱离了比较文学的基本立场。首先是不比较，即不讲比较文学的可比性问题。西方比较文学研究充斥大量的 Culture Studies（文化研究），已经不考虑比较的合理性，不考虑比较文学的可比性问题。第二是不文学，即不关心文学问题。西方学者热衷于文化研究，关注的已经不是文学性，而是精神分析、政治、性别、阶级、结构等等。最根本的原因，是比较文学学科长期囿于西方中心论，有意无意地回避东西方不同文明文学的比较问题，基本上忽略了学科理论的新生长点，比较文学学科理论缺乏创新，严重忽略了比较文学的差异性和变异性。

要克服比较文学的又一次危机，就必须打破西方中心论，克服比较文学学科理论一味求同的比较文学学科理论模式，提出适应当今全球化比较文学研究的新话语。中国学派，正是在此次危机中，提出了比较文学变异学研究，总结出了新的学科理论话语和一套新的方法论。

中国大陆第一部比较文学概论性著作是卢康华、孙景尧所著《比较文学导论》，该书指出："什么是比较文学？现在我们可以借用我国学者季羡林先生的解释来回答了：'顾名思义，比较文学就是把不同国家的文学拿出来比较，这可以说是狭义的比较文学。广义的比较文学是把文学同其他学科来比较，包括人文科学和社会科学'。"[1]这个定义可以说是美国雷马克定义的翻版。不过，该书又接着指出："我们认为最精炼易记的还是我国学者钱钟书先生的说法：'比较文学作为一门专门学科，则专指跨越国界和语言界限的文学比较'。更具体地说，就是把不同国家不同语言的文学现象放在一起进行比较，研究他们在文艺理论、文学思潮，具体作家、作品之间的互相影响。"[2]这个定义似乎更接近法国学派的定义，没有强调平行比较与跨学科比较。紧接该书之后的教材是陈挺的《比较文学简编》，该书仍旧以"广义"与"狭义"来解释比较文学的定义，指出："我们认为，通常说的比较文学是狭义的，即指超越国家、民族和语言界限的文学研究……广义的比较文学还可以包括文学与其他艺术（音乐、绘画等）与其他意识形态（历史、哲学、政治、宗教等）之间的相互关系的研究。"[3]中国比较文学早期对于比较文学的定义中凸显了很强的不确定性。

由乐黛云主编，高等教育出版社1988年的《中西比较文学教程》，则对比较文学定义有了较为深入的认识，该书在详细考查了中外不同的定义之后，该书指出："比较文学不应受到语言、民族、国家、学科等限制，而要走向一种开放性，力图寻求世界文学发展的共同规律。"[4]"世界文学"概念的纳入极大拓宽了比较文学的内涵，为"跨文化"定义特征的提出做好了铺垫。

随着时间的推移，学界的认识逐步深化。1997年，陈惇、孙景尧、谢天振主编的《比较文学》提出了自己的定义："把比较文学看作跨民族、跨语言、跨文化、跨学科的文学研究，更符合比较文学的实质，更能反映现阶段人们对于比较文学的认识。"[5]2000年北京师范大学出版社出版了《比较文学概论》修订本，提出："什么是比较文学呢？比较文学是一种开放式的文学研究，它具有宏观的视野和国际的角度，以跨民族、跨语言、跨文化、跨学科界限的各种文学关系为研究对象，在理论和方法上，具有比较的自觉意识和兼容并包的特色。"[6]这是我们目前所看到的国内较有特色的一个定义。

---

1 卢康华、孙景尧著《比较文学导论》，黑龙江人民出版社1984，第15页。
2 卢康华、孙景尧著《比较文学导论》，黑龙江人民出版社1984年版。
3 陈挺《比较文学简编》，华东师范大学出版社1986年版。
4 乐黛云主编《中西比较文学教程》，高等教育出版社1988年版。
5 陈惇、孙景尧、谢天振主编《比较文学》，高等教育出版社1997年版。
6 陈惇、刘象愚《比较文学概论》，北京师范大学出版社2000年版。

具有代表性的比较文学定义是 2002 年出版的杨乃乔主编的《比较文学概论》一书，该书的定义如下："比较文学是以跨民族、跨语言、跨文化与跨学科为比较视域而展开的研究，在学科的成立上以研究主体的比较视域为安身立命的本体，因此强调研究主体的定位，同时比较文学把学科的研究客体定位于民族文学之间与文学及其他学科之间的三种关系：材料事实关系、美学价值关系与学科交叉关系，并在开放与多元的文学研究中追寻体系化的汇通。"[7]方汉文则认为："比较文学作为文学研究的一个分支学科，它以理解不同文化体系和不同学科间的同一性和差异性的辩证思维为主导，对那些跨越了民族、语言、文化体系和学科界限的文学现象进行比较研究，以寻求人类文学发生和发展的相似性和规律性。"[8]由此而引申出的"跨文化"成为中国比较文学学者对于比较文学定义所做出的历史性贡献。

我在《比较文学教程》中对比较文学定义表述如下："比较文学是以世界性眼光和胸怀来从事不同国家、不同文明和不同学科之间的跨越式文学比较研究。它主要研究各种跨越中文学的同源性、变异性、类同性、异质性和互补性，以影响研究、变异研究、平行研究、跨学科研究、总体文学研究为基本方法论，其目的在于以世界性眼光来总结文学规律和文学特性，加强世界文学的相互了解与整合，推动世界文学的发展。"[9]在这一定义中，我再次重申"跨国""跨学科""跨文明"三大特征，以"变异性""异质性"突破东西文明之间的"第三堵墙"。

"首在审己，亦必知人"。中国比较文学学者在前人定义的不断论争中反观自身，立足中国经验、学术传统，以中国学者之言为比较文学的危机处境贡献学科转机之道。

三、两岸共建比较文学话语——比较文学中国学派

中国学者对于比较文学定义的不断明确也促成了"比较文学中国学派"的生发。得益于两岸几代学者的垦拓耕耘，这一议题成为近五十年来中国比较文学发展中竖起的最鲜明、最具争议性的一杆大旗，同时也是中国比较文学学科理论研究最有创新性，最亮丽的一道风景线。

---

7 杨乃乔主编《比较文学概论》，北京大学出版社 2002 年版。
8 方汉文《比较文学基本原理》，苏州大学出版社 2002 年版。
9 曹顺庆《比较文学教程》，高等教育出版社 2006 年版。

　　比较文学"中国学派"这一概念所蕴含的理论的自觉意识最早出现的时间大约是 20 世纪 70 年代。当时的台湾由于派出学生留洋学习，接触到大量的比较文学学术动态，率先掀起了中外文学比较的热潮。1971 年 7 月在台湾淡江大学召开的第一届"国际比较文学会议"上，朱立元、颜元叔、叶维廉、胡辉恒等学者在会议期间提出了比较文学的"中国学派"这一学术构想。同时，李达三、陈鹏翔（陈慧桦）、古添洪等致力于比较文学中国学派早期的理论催生。如 1976 年，古添洪、陈慧桦出版了台湾比较文学论文集《比较文学的垦拓在台湾》。编者在该书的序言中明确提出："我们不妨大胆宣言说，这援用西方文学理论与方法并加以考验、调整以用之于中国文学的研究，是比较文学中的中国派"[10]。这是关于比较文学中国学派较早的说明性文字，尽管其中提到的研究方法过于强调西方理论的普世性，而遭到美国和中国大陆比较文学学者的批评和否定；但这毕竟是第一次从定义和研究方法上对中国学派的本质进行了系统论述，具有开拓和启明的作用。后来，陈鹏翔又在台湾《中外文学》杂志上连续发表相关文章，对自己提出的观点作了进一步的阐释和补充。

　　在"中国学派"刚刚起步之际，美国学者李达三起到了启蒙、催生的作用。李达三于 60 年代来华在台湾任教，为中国比较文学培养了一批朝气蓬勃的生力军。1977 年 10 月，李达三在《中外文学》6 卷 5 期上发表了一篇宣言式的文章《比较文学中国学派》，宣告了比较文学的中国学派的建立，并认为比较文学中国学派旨在"与比较文学中早已定于一尊的西方思想模式分庭抗礼。由于这些观念是源自对中国文学及比较文学有兴趣的学者，我们就将含有这些观念的学者统称为比较文学的'中国'学派。"并指出中国学派的三个目标：1、在自己本国的文学中，无论是理论方面或实践方面，找出特具"民族性"的东西，加以发扬光大，以充实世界文学；2、推展非西方国家"地区性"的文学运动，同时认为西方文学仅是众多文学表达方式之一而已；3、做一个非西方国家的发言人，同时并不自诩能代表所有其他非西方的国家。李达三后来又撰文对比较文学研究状况进行了分析研究，积极推动中国学派的理论建设。[11]

　　继中国台湾学者垦拓之功，在 20 世纪 70 年代末复苏的大陆比较文学研

---

10 古添洪、陈慧桦《比较文学的垦拓在台湾》，台湾东大图书公司 1976 年版。
11 李达三《比较文学研究之新方向》，台湾联经事业出版公司 1978 年版。

究亦积极参与了"比较文学中国学派"的理论建设和学科建设。

　　季羡林先生 1982 年在《比较文学译文集》的序言中指出："以我们东方文学基础之雄厚，历史之悠久，我们中国文学在其中更占有独特的地位，只要我们肯努力学习，认真钻研，比较文学中国学派必然能建立起来，而且日益发扬光大"[12]。1983 年 6 月，在天津召开的新中国第一次比较文学学术会议上，朱维之先生作了题为《比较文学中国学派的回顾与展望》的报告，在报告中他旗帜鲜明地说："比较文学中国学派的形成（不是建立）已经有了长远的源流，前人已经做出了很多成绩，颇具特色，而且兼有法、美、苏学派的特点。因此，中国学派绝不是欧美学派的尾巴或补充"[13]。1984 年，卢康华、孙景尧在《比较文学导论》中对如何建立比较文学中国学派提出了自己的看法，认为应当以马克思主义作为自己的理论基础，以我国的优秀传统与民族特色为立足点与出发点，汲取古今中外一切有用的营养，去努力发展中国的比较文学研究。同年在《中国比较文学》创刊号上，朱维之、方重、唐弢、杨周翰等人认为中国的比较文学研究应该保持不同于西方的民族特点和独立风貌。1985 年，黄宝生发表《建立比较文学的中国学派：读〈中国比较文学〉创刊号》，认为《中国比较文学》创刊号上多篇讨论比较文学中国学派的论文标志着大陆对比较文学中国学派的探讨进入了实际操作阶段。[14]1988 年，远浩一提出"比较文学是跨文化的文学研究"（载《中国比较文学》1988 年第 3 期）。这是对比较文学中国学派在理论特征和方法论体系上的一次前瞻。同年，杨周翰先生发表题为"比较文学：界定'中国学派'，危机与前提"（载《中国比较文学通讯》1988 年第 2 期），认为东方文学之间的比较研究应当成为"中国学派"的特色。这不仅打破比较文学中的欧洲中心论，而且也是东方比较学者责无旁贷的任务。此外，国内少数民族文学的比较研究，也应该成为"中国学派"的一个组成部分。所以，杨先生认为比较文学中的大量问题和学派问题并不矛盾，相反有助于理论的讨论。1990 年，远浩一发表"关于'中国学派'"（载《中国比较文学》1990 年第 1 期），进一步推进了"中国学派"的研究。此后直到 20 世纪 90 年代末，中国学者就比较文学中国学派的建立、理论与方法以及相应的学科理论等诸多问题进行了积极而富有成效的探讨。

---

12 张隆溪《比较文学译文集》，北京大学出版社 1984 年版。
13 朱维之《比较文学论文集》，南开大学出版社 1984 年版。
14 参见《世界文学》1985 年第 5 期。

刘介民、远浩一、孙景尧、谢天振、陈淳、刘象愚、杜卫等人都对这些问题付出过不少努力。《暨南学报》1991 年第 3 期发表了一组笔谈，大家就这个问题提出了意见，认为必须打破比较文学研究中长期存在的法美研究模式，建立比较文学中国学派的任务已经迫在眉睫。王富仁在《学术月刊》1991 年第 4期上发表"论比较文学的中国学派问题"，论述中国学派兴起的必然性。而后，以谢天振等学者为代表的比较文学研究界展开了对"X+Y"模式的批判。比较文学在大陆复兴之后，一些研究者采取了"X+Y"式的比附研究的模式，在发现了"惊人的相似"之后便万事大吉，而不注意中西巨大的文化差异性，成为了浅度的比附性研究。这种情况的出现，不仅是中国学者对比较文学的理解上出了问题，也是由于法美学派研究理论中长期存在的研究模式的影响，一些学者并没有深思中国与西方文学背后巨大的文明差异性，因而形成"X+Y"的研究模式，这更促使一些学者思考比较文学中国学派的问题。

经过学者们的共同努力，比较文学中国学派一些初步的特征和方法论体系逐渐凸显出来。1995 年，我在《中国比较文学》第 1 期上发表《比较文学中国学派基本理论特征及其方法论体系初探》一文，对比较文学在中国复兴十余年来的发展成果作了总结，并在此基础上总结出中国学派的理论特征和方法论体系，对比较文学中国学派作了全方位的阐述。继该文之后，我又发表了《跨越第三堵'墙'创建比较文学中国学派理论体系》等系列论文，论述了以跨文化研究为核心的"中国学派"的基本理论特征及其方法论体系。这些学术论文发表之后在国内外比较文学界引起了较大的反响。台湾著名比较文学学者古添洪认为该文"体大思精，可谓已综合了台湾与大陆两地比较文学中国学派的策略与指归，实可作为'中国学派'在大陆再出发与实践的蓝图"[15]。

在我撰文提出比较文学中国学派的基本特征及方法论体系之后，关于中国学派的论争热潮日益高涨。反对者如前国际比较文学学会会长佛克马（Douwe Fokkema）1987 年在中国比较文学学会第二届学术讨论会上就从所谓的国际观点出发对比较文学中国学派的合法性提出了质疑，并坚定地反对建立比较文学中国学派。来自国际的观点并没有让中国学者失去建立比较文学中国学派的热忱。很快中国学者智量先生就在《文艺理论研究》1988 年第

---

15 古添洪《中国学派与台湾比较文学界的当前走向》，参见黄维梁编《中国比较文学理论的垦拓》167 页，北京大学出版社 1998 年版。

1 期上发表题为《比较文学在中国》一文，文中援引中国比较文学研究取得的成就，为中国学派辩护，认为中国比较文学研究成绩和特色显著，尤其在研究方法上足以与比较文学研究历史上的其他学派相提并论，建立中国学派只会是一个有益的举动。1991 年，孙景尧先生在《文学评论》第 2 期上发表《为"中国学派"一辩》，孙先生认为佛克马所谓的国际主义观点实质上是"欧洲中心主义"的观点，而"中国学派"的提出，正是为了清除东西方文学与比较文学学科史中形成的"欧洲中心主义"。在 1993 年美国印第安纳大学举行的全美比较文学会议上，李达三仍然坚定地认为建立中国学派是有益的。二十年之后，佛克马教授修正了自己的看法，在 2007 年 4 月的"跨文明对话——国际学术研讨会（成都）"上，佛克马教授公开表示欣赏建立比较文学中国学派的想法[16]。即使学派争议一派繁荣景象，但最终仍旧需要落点于学术创见与成果之上。

比较文学变异学便是中国学派的一个重要理论创获。2005 年，我正式在《比较文学学》[17]中提出比较文学变异学，提出比较文学研究应该从"求同"思维中走出来，从"变异"的角度出发，拓宽比较文学的研究。通过前述的法、美学派学科理论的梳理，我们也可以发现前期比较文学学科是缺乏"变异性"研究的。我便从建构中国比较文学学科理论话语体系入手，立足《周易》的"变异"思想，建构起"比较文学变异学"新话语，力图以中国学者的视角为全世界比较文学学科理论提供一个新视角、新方法和新理论。

比较文学变异学的提出根植于中国哲学的深层内涵，如《周易》之"易之三名"所构建的"变易、简易、不易"三位一体的思辨意蕴与意义生成系统。具体而言，"变易"乃四时更替、五行运转、气象畅通、生生不息；"不易"乃天上地下、君南臣北、纲举目张、尊卑有位；"简易"则是乾以易知、坤以简能、易则易知、简则易从。显然，在这个意义结构系统中，变易强调"变"，不易强调"不变"，简易强调变与不变之间的基本关联。万物有所变，有所不变，且变与不变之间存在简单易从之规律，这是一种思辨式的变异模式，这种变异思维的理论特征就是：天人合一、物我不分、对立转化、整体关联。这是中国古代哲学最重要的认识论，也是与西方哲学所不同的"变异"思想。

---

16 见《比较文学报》2007 年 5 月 30 日，总第 43 期。
17 曹顺庆《比较文学学》，四川大学出版社 2005 年版。

由哲学思想衍生于学科理论，比较文学变异学是"指对不同国家、不同文明的文学现象在影响交流中呈现出的变异状态的研究，以及对不同国家、不同文明的文学相互阐发中出现的变异状态的研究。通过研究文学现象在影响交流以及相互阐发中呈现的变异，探究比较文学变异的规律。"[18]变异学理论的重点在求"异"的可比性，研究范围包含跨国变异研究、跨语际变异研究、跨文化变异研究、跨文明变异研究、文学的他国化研究等方面。比较文学变异学所发现的文化创新规律、文学创新路径是基于中国所特有的术语、概念和言说体系之上探索出的"中国话语"，作为比较文学第三阶段中国学派的代表性理论已经受到了国际学界的广泛关注与高度评价，中国学术话语产生了世界性影响。

四、国际视野中的中国比较文学

文明之墙让中国比较文学学者所提出的标识性概念获得国际视野的接纳、理解、认同以及运用，经历了跨语言、跨文化、跨文明的多重关卡，国际视野下的中国比较文学书写亦经历了一个从"遍寻无迹""只言片语"而"专篇专论"，从最初的"话语乌托邦"至"阶段性贡献"的过程。

二十世纪六十年代以来港台学者致力于从课程教学、学术平台、人才培养，国内外学术合作等方面巩固比较文学这一新兴学科的建立基石，如淡江文理学院英文系开设的"比较文学"（1966），香港大学开设的"中西文学关系"（1966）等课程；台湾大学外文系主编出版之《中外文学》月刊、淡江大学出版之《淡江评论》季刊等比较文学研究专刊；后又有台湾比较文学学会（1973 年）、香港比较文学学会（1978）的成立。在这一系列的学术环境构建下，学者前贤以"中国学派"为中国比较文学话语核心在国际比较文学学科理论、方法论中持续探讨，率先启声。例如李达三在 1980 年香港举办的东西方比较文学学术研讨会成果中选取了七篇代表性文章，以 *Chinese-Western Comparative Literature: Theory and Strategy* 为题集结出版，[19]并在其结语中附上那篇"中国学派"宣言文章以申明中国比较文学建立之必要。

学科开山之际，艰难险阻之巨难以想象，但从国际学者相关言论中可见西方对于中国比较文学学科的发展抱有的希望渺小。厄尔·迈纳（Earl Miner）

---

18 曹顺庆主编《比较文学概论》，高等教育出版社 2015 年版。

19 *Chinese-Western Comparative Literature：Theory & Strategy*,Chinese Univ Pr.1980-6

在 1987 年发表的 *Some Theoretical and Methodological Topics for Comparative Literature* 一文中谈到当时西方的比较文学鲜有学者试图将非西方材料纳入西方的比较文学研究中。（until recently there has been little effort to incorporate non-Western evidence into Western com- parative study.）1992 年，斯坦福大学教授 David Palumbo-Liu 直接以《话语的乌托邦：论中国比较文学的不可能性》为题（*The Utopias of Discourse: On the Impossibility of Chinese Comparative Literature*）直言中国比较文学本质上是一项"乌托邦"工程。（My main goal will be to show how and why the task of Chinese comparative literature, particularly of pre-modern literature, is essentially a *utopian* project.）这些对于中国比较文学的诘难与质疑，今美国加州大学圣地亚哥分校文学系主任张英进教授在其 1998 编著的 *China in a polycentric world: essays in Chinese comparative literature* 前言中也不得不承认中国比较文学研究在国际学术界中仍然处于边缘地位（The fact is, however, that Chinese comparative literature remained marginal in academia, even though it has developed closely with the rest of literary studies in the United Stated and even though China has gained increasing importance in the geopolitical world order over the past decades.）。[20]但张英进教授也展望了下一个千年中国比较文学研究的蓝景。

新的千年新的气象，"世界文学""全球化"等概念的冲击下，让西方学者开始注意到东方，注意到中国。如普渡大学教授斯蒂文·托托西（Tötösy de Zepetnek, Steven）1999 年发长文 *From Comparative Literature Today Toward Comparative Cultural Studies* 阐明比较文学研究更应该注重文化的全球性、多元性、平等性而杜绝等级划分的参与。托托西教授注意到了在法德美所谓传统的比较文学研究重镇之外，例如中国、日本、巴西、阿根廷、墨西哥、西班牙、葡萄牙、意大利、希腊等地区，比较文学学科得到了出乎意料的发展（emerging and developing strongly）。在这篇文章中，托托西教授列举了世界各地比较文学研究成果的著作，其中中国地区便是北京大学乐黛云先生出版的代表作品。托托西教授精通多国语言，研究视野也常具跨越性，新世纪以来也致力于以跨越性的视野关注世界各地比较文学研究的动向。[21]

20　Moran T．Yingjin Zhang, Ed. China in a Polycentric World: Essays in Chinese Comparative Literature[J].现代中文文学学报,2000,4(1):161-165.

21　Tötösy de Zepetnek, Steven. "From Comparative Literature Today Toward Comparative Cultural Studies." CLCWeb: Comparative Literature and Culture 1.3 (1999):

以上这些国际上不同学者的声音一则质疑中国比较文学建设的可能性，一则观望着这一学科在非西方国家的复兴样态。争议的声音不仅在国际学界，国内学界对于这一新兴学科的全局框架中涉及的理论、方法以及学科本身的立足点，例如前文所说的比较文学的定义，中国学派等等都处于持久论辩的漩涡。我们也通晓如果一直处于争议的漩涡中，便会被漩涡所吞噬，只有将论辩化为成果，才能转漩涡为涟漪，一圈一圈向外辐射，国际学人也在等待中国学者自己的声音。

上海交通大学王宁教授作为中国比较文学学者的国际发声者自 20 世纪末至今已撰文百余篇，他直言，全球化给西方学者带来了学科死亡论，但是中国比较文学必将在这全球化语境中更为兴盛，中国的比较文学学者一定会对国际文学研究做出更大的贡献。新世纪以来中国学者也不断地将自身的学科思考成果呈现在世界之前。2000 年，北京大学周小仪教授发文（*Comparative Literature in China*）[22]率先从学科史角度构建了中国比较文学在两个时期（20 世纪 20 年代至 50 年代，70 年代至 90 年代）的发展概貌，此文关于中国比较文学的复兴崛起是源自中国文学现代性的产生这一观点对美国芝加哥大学教授苏源熙（Haun Saussy）影响较深。苏源熙在 2006 年的专著 *Comparative Literature in an Age of Globalization* 中对于中国比较文学的讨论篇幅极少，其中心便是重申比较文学与中国文学现代性的联系。这篇文章也被哈佛大学教授大卫·达姆罗什（David Damrosch）收录于《普林斯顿比较文学资料手册》（*The Princeton Sourcebook in Comparative Literature*，2009[23]）。类似的学科史介绍在英语世界与法语世界都接续出现，以上大致反映了中国学者对于中国比较文学研究的大概描述在西学界的接受情况。学科史的构架对于国际学术对中国比较文学发展脉络的把握很有必要，但是在此基础上的学科理论实践才是关系于中国比较文学学科国际性发展的根本方向。

我在 20 世纪 80 年代以来 40 余年间便一直思考比较文学研究的理论构建问题，从以西方理论阐释中国文学而造成的中国文艺理论"失语症"思考

22 Zhou, Xiaoyi and Q.S. Tong, "Comparative Literature in China", Comparative Literature and Comparative Cultural Studies, ed., Totosy de Zepetnek, West Lafayette, Indiana: Purdue University Press, 2003, 268-283.

23 Damrosch, David (EDT)*The Princeton Sourcebook in Comparative Literature*: Princeton University Press

属于中国比较文学自身的学科方法论，从跨异质文化中产生的"文学误读""文化过滤""文学他国化"提出"比较文学变异学"理论。历经 10 年的不断思考，2013 年，我的英文著作：The Variation Theory of Comparative Literature（《比较文学变异学》），由全球著名的出版社之一斯普林格（Springer）出版社出版，并在美国纽约、英国伦敦、德国海德堡出版同时发行。The Variation Theory of Comparative Literature（《比较文学变异学》）系统地梳理了比较文学法国学派与美国学派研究范式的特点及局限，首次以全球通用的英语语言提出了中国比较文学学科理论新话语："比较文学变异学"。这一新概念、新范畴和新表述，引导国际学术界展开了对变异学的专刊研究（如普渡大学创办刊物《比较文学与文化》2017 年 19 期）和讨论。

欧洲科学院院士、西班牙圣地亚哥联合大学让·莫内讲席教授、比较文学系教授塞萨尔·多明戈斯教授（Cesar Dominguez），及美国科学院院士、芝加哥大学比较文学教授苏源熙（Haun Saussy）等学者合著的比较文学专著（Introducing Comparative literature: New Trends and Applications[24]）高度评价了比较文学变异学。苏源熙引用了《比较文学变异学》（英文版）中的部分内容，阐明比较文学变异学是十分重要的成果。与比较文学法国学派和美国学派形成对比，曹顺庆教授倡导第三阶段理论，即，新奇的、科学的中国学派的模式，以及具有中国学派本身的研究方法的理论创新与中国学派"（《比较文学变异学》（英文版）第 43 页）。通过对"中西文化异质性的"跨文明研究"，曹顺庆教授的看法会更进一步的发展与进步（《比较文学变异学》（英文版）第 43 页），这对于中国文学理论的转化和西方文学理论的意义具有十分重要的价值。（"Another important contribution in the direction of an imparative comparative literature-at least as procedure-is Cao Shunqing's 2013 The Variation Theory of Comparative Literature. In contrast to the "French School" and "American School" of comparative Literature, Cao advocates a "third-phrase theory", namely, "a novel and scientific mode of the Chinese school," a "theoretical innovation and systematization of the Chinese school by relying on our own methods" (Variation Theory 43; emphasis added). From this etic beginning, his proposal moves forward emically by developing a "cross-civilizaional study on the heterogeneity between

---

24 Cesar Dominguez,Haun Saussy,Dario Villanueva Introducing Comparative literature: New Trends and Applications，Routledge,2015

Chinese and Western culture" (43), which results in both the foreignization of Chinese literary theories and the Signification of Western literary theories.）

法国索邦大学（Sorbonne University）比较文学系主任伯纳德·弗朗科（Bernard Franco）教授在他出版的专著（《比较文学：历史、范畴与方法》）*La littératurecomparée: Histoire, domaines, méthodes* 中以专节引述变异学理论，他认为曹顺庆教授提出了区别于影响研究与平行研究的"第三条路"，即"变异理论"，这对应于观点的转变，从"跨文化研究"到"跨文明研究"。变异理论基于不同文明的文学体系相互碰撞为形式的交流过程中以产生新的文学元素，曹顺庆将其定义为"研究不同国家的文学现象所经历的变化"。因此曹顺庆教授提出的变异学理论概述了一个新的方向，并展示了比较文学在不同语言和文化领域之间建立多种可能的桥梁。（Il évoque l'hypothèse d'une troisième voie, la « théorie de la variation », qui correspond à un déplacement du point de vue, de celui des « études interculturelles » vers celui des « études transcivilisationnelles . » Cao Shunqing la définit comme « l'étude des variations subies par des phénomènes littéraires issus de différents pays, avec ou sans contact factuel, en même temps que l'étude comparative de l'hétérogénéité et de la variabilité de différentes expressions littéraires dans le même domaine ».Cette hypothèse esquisse une nouvelle orientation et montre la multiplicité des passerelles possibles que la littérature comparée établit entre domaines linguistiques et culturels différents.）[25]。

美国哈佛大学（Harvard University）厄内斯特·伯恩鲍姆讲席教授、比较文学教授大卫·达姆罗什（David Damrosch）对该专著尤为关注。他认为《比较文学变异学》（英文版）以中国视角呈现了比较文学学科话语的全球传播的有益尝试。曹顺庆教授对变异的关注提供了较为适用的视角，一方面超越了亨廷顿式简单的文化冲突模式，另一方面也跨越了同质性的普遍化。[26]国际学界对于变异学理论的关注已经逐渐从其创新性价值探讨延伸至文学研究，例如斯蒂文·托托西近日在 *Cultura* 发表的（Peripheralities: "Minor" Literatures, Women's Literature, and Adrienne Orosz de Csicser's Novels）一文中便成功地将变异学理论运用于阿德里安·奥罗兹的小说研究中。

---

25 Bernard Franco La littératurecomparée: Histoire, domaines, méthodes，Armand Colin 2016.

26 David Damrosch Comparing the Literatures,Literary Studies in a Global Age,Princeton University Press,2020.

国际学界对于比较文学变异学的认可也证实了变异学作为一种普遍性理论提出的初衷，其合法性与适用性将在不同文化的学者实践中巩固、拓展与深化。它不仅仅是跨文明研究的方法，而是一种具有超越影响研究和平行研究，超越西方视角或东方视角的宏大视野、一种建立在文化异质性和变异性基础之上的融汇创生、一种追求世界文学和总体问题最终理想的哲学关怀。

以如此篇幅展现中国比较文学之况，是因为中国比较文学研究本就是在各种危机论、唱衰论的压力下，各种质疑论、概念论中艰难前行，不探源溯流难以体察今日中国比较文学研究成果之不易。文明的多样性发展离不开文明之间的交流互鉴。最具"跨文明"特征的比较文学学科更需要文明之间成果的共享、共识、共析与共赏，这是我们致力于比较文学研究领域的学术理想。

千里之行，不积跬步无以至，江海之阔，不积细流无以成！如此宏大的一套比较文学研究丛书得承花木兰总编辑杜洁祥先生之宏志，以及该公司同仁之辛劳，中国比较文学学者之鼎力相助，才可顺利集结出版，在此我要衷心向诸君表达感谢！中国比较文学研究仍有一条长远之途需跋涉，期以系列丛书一展全貌，愿读者诸君敬赐高见！

曹顺庆

二零二一年十月二十三日于成都锦丽园

序言：变异学——比较文学
学科理论的重要突破

迄今为止，比较文学作为一门独立的学科理论，经历了三大发展阶段：第一阶段是法国学派坚持的实证性的影响研究；第二阶段是美国学派坚持的平行研究；第三阶段是中国学者倡导的跨越异质文明的变异研究。本书拟从全世界比较文学学科理论的发展深度入手，探讨变异学的重大理论意义和学术价值。

一、现有比较文学学科理论的缺憾

文学横向发展变异规律的缺失，是现有比较文学学科理论的巨大缺憾。众所周知，比较文学学科理论的第一阶段是法国学派。法国学派是以实证性的影响研究为其基本特征的，坚持实证的科学精神，是法国学派最根本的特征。法国学派奠基人梵·第根说："比较文学的对象是本质地研究各国文学作品的相互关系。"[1]要使比较文学研究落到实处，就必须加强实证性的科学精神。梵·第根也认为比较文学的特质就是要把尽可能多的来源不同的事实归纳在一起，使"比较"二字摆脱美学的含义，而获得一个科学的含义。法国学派的主要理论家马·法·基亚声称："比较文学并非比较。比较文学实际只是一种被误称了的科学方法，正确的定义应该是：国际文学关系史。"[2]卡雷也指出比较文学是实证性的关系研究："比较文学是文学史的一个分支：它研究拜伦与普希金、歌德与卡莱尔、瓦尔特·司各特与维尼之间，在属于一种以上

---

1 [法]梵·第根著：戴望舒译，《比较文学论》，商务印书馆，1995年。
2 《北京大学比较文学研究丛书》"前言"第1页，[法]马·法·基亚著：颜保译，《比较文学》，北京大学出版社，1983年。

文学背景的不同作品、不同构思以及不同作家的生平之间所曾存在过的跨国度的精神交往与实际联系。"[3]

法国学派的学科定位是摆脱随意性的比较，追求一种实证性的研究方法，强调国际文学关系史。在他们的研究视野中，比较文学的研究是在不同的国家文学体系之间的文学关系史的研究，建立起的是以流传学、媒介学、渊源学三大理论为主的研究大厦：流传学研究的是一个文学现象在另外的文学体系中获得的影响与传播的状态；媒介学研究的是不同国家之间的文学影响得以形成的中介方式；渊源学是在起点不明确的情况下所做的研究，是追本溯源的研究方法。可见，法国学派比较文学的学科立足点是实证"关系"，而不是"比较"，属于文学外部的研究。

比较文学学科理论的第二阶段是美国学派。美国学派倡导"平行研究"与"跨学科研究"。法国学派提出"比较文学不是文学比较"，实质上就是丢弃"比较"，而只谈"关系"。美国学派恢复了曾一度被法国学派丢弃的"比较"，打破了法国学派强调的事实联系的自我限制，将没有实际影响与关系的一国文学与另一国文学或多国文学、文学与其他学科（包括自然学科、社会学科以及艺术、宗教、历史和哲学）之间进行比较。它重点关注的是文学性，即文学作品内在的审美价值与规律，所以它是强调文学的内部研究。它用文学的美学价值取代了法国学派倡导的文学实证性的影响关系，突出了比较文学的研究重点是既重视跨国也重视跨学科的特点。

目前，几乎所有从事比较文学学科理论研究的学者都以为，有了影响研究和平行研究，整个比较文学学科理论体系就是一座完满的大厦。事实是否真的如此？研究结果证明：迄今为止，比较文学学科理论并不是完美无缺的，它仍然存在很多问题。因为，即使有了影响研究和平行研究，我们仍然不能解决比较文学研究中的很多问题。实际上，人类文学发展存在着纵向与横向两条发展线索。对于纵向发展的继承与变异规律，人类早已认识到，并且有了系统的理论。在中国，《文心雕龙》的作者将文学的纵向发展理论总结为"通变"，即文学的纵向发展既要继承，又要变化。什么是文学横向发展研究呢？实际上，比较文学就是专门研究文学横向发展规律的学科。比较文学的跨国、跨语言、跨文明研究，决定了其最基本的学科特征是研究文学横向的传播影

3　[法]卡雷著：《比较文学》"出版序言"，北京师范大学中文系比较文学研究组编：《比较文学研究资料》，北京师范大学出版社，1986 年。

响与平行比较。然而，遗憾的是，法美学派都只讲"通"，只求同，而没有注意到文学横向发展中的"变"。这是西方比较文学学科理论最大的缺憾！

这种缺憾首先表现在影响研究与平行研究，都是建立在"求同"的基础之上，他们是求不同中的同：求不同国家中的类同、不同学科中的共同。影响研究的可比性建立在"同源性"基础之上，平行研究的可比性建立在"类同性"基础之上。这种"求同"的理论模式，并不完全符合比较文学横向发展的基本事实和客观规律。因为法国学派所强调的以"国际文学关系"为核心的"影响研究"，其变异性要大于类同性。即便是在美国学派强调的以"类同性"为共同规律的"平行研究"与"跨学科研究"中，也存在着大量的变异现象。换句话说，与文学的纵向发展既有"通"，也有"变"一样，文学的横向发展也同样具有"通"与"变"，这是一个人类文学发展的基本规律。

我们承认，在比较文学研究中，"同源性"、"类同性"是"可比性"的基本立足点，但我们要郑重提出：变异性、差异性同样具有可比性，而且具有更大的学术意义与理论价值。比较文学变异学理论是立足于差异性这个基本点上而提出来的。变异学探讨的是完全差异的对象是否存在可比性的问题。变异学的根本理论认识是：异质性也是可以比较的。文学传播与影响的同源中包含了变异，因为同源的文学从一个国家传到另一个国家，在语言翻译层面、文学形象层面、文学文本层面和文化层面都会产生变异，这就是异质性的体现。事实上，平行研究与影响研究既存在一个"求同"，也存在一个"变异"的问题。遗憾的是"变异"是两个学派都没有注意的重要问题。法国学派和美国学派都没有从学科理论角度出发，对异质性和变异性加以考虑和总结。

二、比较文学影响研究的特点与面临的困惑

法国学派提出比较文学就是研究国际文学关系史，坚持实证性的科学精神正是法国学派的突出个性，但是实证性的文学关系也同时包含变异的问题，因为当一国文学传到另一国时，它会不可避免地产生变异。

实际上，国际文学关系的两大支柱应当是实证的同源关系与变异关系，也就是实证性的国际文学关系与变异性的国际文学关系。对于实证研究，我们可以做如下分类：诗歌的实证关系研究、小说的实证关系研究、形象学的实证关系研究。对于变异研究，我们也可以做如下分类：翻译的变异研究、语言的变异研究、接受学的变异研究等等。

在法国学派的研究中，国际文学关系研究只突出了实证性的一面，即只注重研究存在着事实联系的不同国家的文学，而忽略了变异性的一面。法国学派不但回避谈论审美判断与平行比较的问题，也没有认识到在影响研究中存在着的变异。这是法国学派学科理论的两大缺憾。其中，放弃"比较"，忽略文学审美的缺憾，被美国学派所弥补，而变异性的缺憾至今仍未解决。

法国学派提出国际文学关系时，一直强调实证性和科学性，但是在具体从事影响研究时却遭遇了很多无法实证的困难。比如，运用实证方法就很难对形象学进行研究。实际上，形象学研究的实质就是变异，而且法国学派在最早的比较文学学科理论中就已经提到了文学作品中想象性的"他国形象"问题，这证明他们早已涉足非实证性的变异学领域的研究，只是自己还未察觉，因而也没有能够从学科理论的高度对文学横向发展的变异规律加以总结。

早期的形象学研究，表面注重的是有事实关系的文学关系史的研究，其实早已突破实证性的研究。卡雷于 1947 年出版了《法国作家与德国幻象，1800-1940》（巴黎布瓦文出版社出版）。他的学生基亚在《比较文学》一书中设置了"人们眼中的异国"一章，借以专门讨论形象学问题，这是最早的一部对形象学研究进行确认的概论性著作。卡雷与基亚的努力，使得法国学派打开了比较文学研究的一个新方向，那就是他们直接进入了对"形象学"的研究，但是他们依然不承认"形象学"是非实证性的。可事实上，法国学派确实是在运用实证的、科学的方法从事着非实证、非科学的对象性研究，这样的比较研究是不属于法国学派所倡导的比较文学学科理论范畴的。

从形象学的各要素分析，形象学应该属于变异学研究范畴。它主要是指一部作品、一种文学中表现出来的他国形象。他国形象是一种"社会集体想象物"[4]。以形象学研究的"词汇"、"套语"为例，中国人将美国人称之为"美国佬"，将日本人称之为"日本鬼子"，这些就是中国人对美国人、日本人的集体想象的体现。正因为它是一种变异性的集体幻象，是一个国家对另一个国家的集体想象，而非实证性事实，所以产生变异是必然的。变异学中的形象学对想象的强调，从"再现式想象"上升到了"创造性想象"层面，也就是说他者的形象不是再现，而是主观与客观、情感与思想混合而成的产物，客观存在的他者形象已经经历了一个生产与制作的过程，是他者的历史文化现

---

4 [法]让—马克·莫哈著：《试论文学形象学的研究史及方法论》，孟华主编：《比较文学形象学》，北京大学出版社，2001 年。

实在注视方的自我文化观念下发生的变异过程。

可见，在文学的传播与交流中，在诸如审美、心理等难以确定的因素的作用下，被传播和接受的文学会发生变异。如果说影响研究根本目标是求"同"（可实证的同源性），那么变异学研究探求的基本特征就是"异"（可实证的变异性）。变异学追求的是同源中的变异性。

三、比较文学平行研究的特点与面临的困惑

目前，很多比较文学概论教材都认为平行研究是美国学派发明的，准确地说应该是美国学派恢复了平行研究。对此，我们应该注意以下三点：

第一，法国学派否定了平行研究，认为"平行"不是比较文学，凡是不涉及"关系"之处，都不是比较文学，"比较"的方法被后来的美国学派所恢复。

第二，美国学派提倡平行研究的原因是：文学研究、文学批评是讲究审美性的。法国学派仅仅强调文学外部的实证性研究，而忽略了文学的审美性特征，这直接导致了比较文学研究的非审美性。文学研究中必然伴随着审美性因素和心理因素，而这是实证性关系研究所无法证明的，这个缺憾恰恰被美国学派弥补了。美国学派倡导的平行研究，一方面比较的是不同国家的作家、作品与文学现象的同；另一方面是将文学与诸如艺术、宗教、哲学、自然科学等其他学科之间作比较。当然比较的两者必须具备可比性，从中总结出文学的审美价值以及文学发展中带有普遍规律性的东西。

第三，美国学派研究的重点内容有比较诗学、类型学、主题学、文体学和跨学科研究。主题学主要研究的是不同国家的作家对相同主题的不同处理，它研究的范畴包括母题研究、情境研究和意象研究。值得一提的是，平行研究中包含主题学，影响研究中也包含主题学，这种现象体现了平行研究中也必然包含变异关系的研究。

第一次在比较文学史上提出"主题学"术语的是法国比较文学家哈利·列文。他在比较文学学科理论上的重要建树是"主题学研究"，并形成了自己的理论体系。法国学者保尔·梅克尔于1929年至1937年间编辑了一套主题学丛书。1968年，美国著名学者韦斯坦因在其专著《比较文学与文学理论》中单独开辟了"主题学"一章，弗朗索瓦·约斯特在其专著《比较文学导论》中详细地论述了主题学。

主题学到底是属于影响研究还是属于平行研究？事实上，主题学的研究

方法既含有影响研究注重文本外部关系的因素，也含有平行研究注重文本内部审美性的因素。所以，平行研究中的主题学、文体学等研究内容，也是属于影响研究的重要内容。

美国学派并非完全排斥影响研究，它批判的是对文学进行纯粹的实证考察，主张应该将实证研究与审美研究结合起来，也就是将影响研究与平行研究结合起来。何况，两种研究范式在某些内容上是呈交叉状态的，是密不可分的。这也就是为何在美国学派的主将韦斯坦因和雷马克的著作中，都有对影响研究的阐述。

法国学派的影响研究只讲文学关系，美国学派恢复了比较，表面看比较文学学科理论似乎已是一个完整的体系。其实，事实并非如此。因为，美国学派的平行研究已经出现了困惑，使得体系出现了不完满之处。具体表现在：有人提倡比较文学无边论，又有人提倡比较文学应该有边界。比如，韦勒克等人就提出什么都可以用于比较。在他们看来，比较文学、文学史与文学批评等都是注重研究审美性的，比较文学就是探讨全人类文学的共同审美性。它可以跨越很多边界，包括文明的边界，从而研究全球范围内的文学，以至于韦勒克认为可以将比较文学边界无限扩展，甚至可以直接将比较文学改称为"文学研究"。因为这些都是共同的，都是为了探讨人类共同的文学规律。正如韦勒克所主张的："将全世界文学看作一个整体，并且不考虑语言上的区别，去探索文学的发生和发展"，去"研究各国文学及其共同倾向"[5]。可见，他的认识已经偏离了学科边界，成了比较文学无边论。与此相反，雷马克认为比较文学应该有学科边界，而且韦斯坦因也认为跨文明的比较是不可能的，不应该将比较文学的边界扩大。对此，韦斯坦因批评道："我以为把研究领域扩展到那么大的程度，无异于耗散掉需要巩固现在领域的力量。因为作为比较学者，我们现有的领域不是不够，而是太大了。"[6]韦斯坦因认为如果将比较文学研究的范围扩大，研究的对象会过于庞杂，何况东西方的文化差异太大，无法进行追求类同性的平行比较。显然，无论是韦勒克还是韦斯坦因，他们的主张虽有差异，但都在比较文学的"求同"之上进行研究，这证明了美国学派倡导的比较文学的根本立足点是建立在"求同"的基础之上的。

从"求同"的思想意识出发，不管是韦勒克还是韦斯坦因，都没有认识到

5　干永昌等编选：《比较文学研究译文集》，上海译文出版社，1985 年。

6　韦斯坦因著：刘象愚译，《比较文学与文学理论》，辽宁人民出版社，1987 年。

比较文学横向发展研究的变异性实质。美国比较文学界两种对立的观点反而揭示了比较文学学科理论面临的一个危机，而这种危机美国学者却恰恰没有看到：那就是只注重求同，韦勒克是主张"大同"，即全人类都可以"同"，而韦斯坦因只承认"小同"，即西方文化的"同"。他们都没有认识到异质与变异性。

美国学者之间的论战，反映出的核心问题有：其一，他们走不出比较文学"求同"的思维模式；其二，欧美学界的某些前沿理论已经发现了一些问题。例如萨义德的《东方学》一书，就是从差异的角度来看待问题的。他阐述的道理是西方人研究的"东方"不是真正的东方。这个运用学理方式加以研究的观点，在西方引起了很大的轰动。对此，很多人认为这是因为西方的话语霸权导致的结果，其实最根本的原因在于东西方文化的异质性。很明显，萨义德并没有从东西方文明的异质性来深刻地认识这点，而更多地是从话语霸权的角度来谈论问题。他认为，是西方的话语霸权决定了西方处处都会站在自己的立场，用自己的眼光去看待东方，他没有认识到东西方文化是存在异质性的，也就是说双方既有可通约性，又有不可通约性，这是西方以萨义德为核心的学者们，在对东西方文明差异性问题上认识的局限性。

四、变异学的提出：比较文学学科理论的重要突破

以上例子说明了，美国学者在运用平行研究看待问题时，往往会忽略异质性的问题，这使得比较文学面临着危机，从另一个侧面也证明了比较文学学科理论存在着重大缺憾，即缺乏变异学理论的指导。

一般情况下，比较文学学者不会想到一个问题，即平行研究中也存在着变异问题。因为，我们在通常情况下所讲的变异是影响研究中的变异。但是，当我们进行平行研究时，两个毫不相关的对象在研究者的视野中相汇了，双方的变异因子从交汇处产生了，这就是平行研究中的变异问题。平行比较，其实是类同的探寻与阐释变异共同构成的。不同的文明在碰撞中产生阐释变异，这种变异涉及了文明差异的交集。我们可以提出这样的观点：平行研究中的变异，最根本之处是体现在双方的交汇阐释中，是文明的异质性交汇导致了不同文明文学的变异。

平行研究中的变异，最突出之处体现在话语变异上。可以说，中国与西方原本都有一套独立的文学话语体系。比如，以浪漫主义为例。湖畔派诗人提倡的浪漫主义，注重的是情感的自然流露。正如华兹华斯所说："诗歌是强

烈情感的自然流露，它起源于在平静中回味的情感。"[7]华兹华斯在《写于早春》这首诗中这样写到："穿过簇簇樱草，在树阴下，/ 长春花已把它的花环编成；/ 我有个信念：认为每一朵花 / 都在欢享空气的清新。"柯勒律治在《查木尼山谷日出颂》中赞叹到："啊，高峻的布朗峰！/ 阿芙河、阿尔维伦河在你山麓下 / 咆哮不停；但你，最威严的形体！/ 高耸在你沉静的松海当中，/ 多么沉静啊！在你的周围和上空。"[8]这两首诗赞美了充满欢乐的大自然以及诗人对自然界一草一木的感受与爱怜之情。从这两首诗歌中，我们可以看出西方的浪漫主义强调的是个人感情的自由抒发和诗人的主观想象力。若以此浪漫主义标准来衡量和阐释中国文学，中国的古代诗歌基本上都可归入浪漫主义范畴之内，因为中国的古诗都是重情的，都是"发乎情"[9]的。正如白居易对诗的定义："感人心者，莫先乎情，莫始乎言，莫切乎声，莫深乎义。诗者：根情，苗言，华声，实义。"[10]但事实上，中国诗并不是浪漫主义可以完全概括的。所以说，被冠之以"浪漫主义"的所谓中国浪漫主义，绝不是西方提倡的浪漫主义。一种事物从一个国土传播到了另一个国土，它必然会生成新的事物，这就是变异。也就是说，西方话语进入到中国，虽然其主要架构仍然是西方的话语体系，但在中国国土上，这种话语已经产生了变异，已不再完全是西方的了。比如，"禅宗"已不是印度佛教，而是印度话语与中国话语结合后发生变异的结果。

对文学作品而言，"理论"就是一个"话语"，文学理论就是文学作品的话语。换句话说，文学理论是从文学作品中总结出的基本规则，再用这套规则来指导文学创作。关于"话语变异"，我们可以引进萨义德"理论旅行"的观点来加以说明，也就是说一种文学理论话语从一个国家"旅行"到了另一个国家以后，会产生变异。当代的"理论旅行"基本上是从西方到东方，东方基本上是在接受西方的理论话语。西方的理论话语到了中国以后，产生了两方面的话语变异：一方面，在知识谱系上，西方文论几乎整个地取代了中国

---

7 [英]华兹华斯著：《抒情歌谣集·前言》（第 2 版），中译参阅塞尔登、刘象愚等编：《文学批评理论——从柏拉图到现在》，北京大学出版社，2000 年。

8 [英]华兹华斯等著：李昌陟译，《英国浪漫主义五大家诗选》，重庆出版社，2000 年。

9 （汉）《毛诗序》，郭绍虞主编：《中国历代文论》第 1 卷，上海古籍出版社，2001 年。

10 （唐）白居易：《与元九书》，郭绍虞主编：《中国历代文论选》第 2 卷，上海古籍出版社，2001 年。

文论。现当代的中国学术与文学研究几乎都是照搬西方的文学和理论，导致我们的话语方式和言说方式都是西方式的。新时期，中国极力地引进、介绍西方的文学和理论，海德格尔、卡夫卡、哈贝马斯等西方文学家、理论家几乎成了我们的口头禅，中国学术很难有自己的创新。渐渐地，我们发现自己实际上已经处于"失语"的状态了。我们没有站在自己的话语方式的基点上对西方文论进行为我所用的改造，而是全盘照搬西方文论。另一方面，西方理论自身也产生了变异，即西方文论的中国化[11]。学术界已有不少学者讨论"西方文论中国化"的问题。西方的文论话语必须与中国传统话语的言说方式相结合，我们应站在中国学术规则的立场上选择性地、创造性地吸收西方文论，切实有效地推动中国文论话语的发展，才能真正地实现西方文论中国化，从根本上解决中国文论话语的"失语症"现状。要理解"西方文论中国化"，首先应注意文学理论的"他国化"。由于面临不同的文化背景与语言翻译问题，西方文学理论在中国的传播不可避免地会具有某些中国色彩。因为在不同的文明体系中，当一种文化传播到另一种文化中时，就必然会面对一个阐释吸收、选择、过滤、误读与变异的再创造过程。其次，要使西方文论具备真正意义上的"中国化"，就需要西方文论自身与中国本土的传统文化、学术规则和话语言说方式相结合，加快中国文论自身的创造力。[12]

西方文论的引入导致了中国文论的整体"失语"。自从我在1995年《东方丛刊》的《21世纪中国文论发展战略与重建中国文论话语》一文中提出"失语症"的问题后，就引发了学界长达10年的论争。对"失语症"的认识，很多学者提出了自己的看法。在此，我们需要重申一下"失语"的两点内涵：其一，它体现了中国传统文论话语的失落；其二，汉语文化现象本身的现代转型。事实上，"失语"也属于变异的范畴。"失语"是一种现代性变异，即中国理论自身的变异。"失语"是中国文论追寻现代性的一种症候体现。中国文论的现代性变异主要体现在以下四个方面：第一是古代文论的现代化努力。古代传统文论在现代性文论面前失去言说自我意义的途径，所以古代文论呈现出了在西方现

---

11 关于这两个问题可参阅曹顺庆、谭佳：《重建中国文论的又一有效途径：西方文论的中国化》，《外国文学研究》，2004年，第5期；曹顺庆、李夫生：《重建中国文论话语的新视野——西方文论的中国化》，《理论与创作》，2004年，第4期。

12 曹顺庆：《文学理论的"他国化"与西方文论的中国化》，《湘潭大学学报》（哲学社会科学版），2005年，第5期。

代性文论中的被动转化和在自我传统文论基础上的积极建构。第二是现当代文学艺术整体否定了古代文论的意义建构方式，而整体接受了西方文论的话语范式。现当代文学艺术所呈现出的这一趋势就是现代性的变异。第三是以西方文学范式研究中国古代文学。这种解读方式造成了对古代文论真实意义的曲解。第四是全社会对中国传统经典文化的多重否定。最直接的例子就是语言的变革。中国古代文论素有"言不尽意"的话语言说方式，但是自从20世纪初语言发生变革以来，白话文逐渐取代了文言文，人们在与西方文化与文论的接触中逐渐淡忘了自身的话语模式，使得我们对中国传统经典文论的品读渐趋陌生。

另外一种话语变异是中国文学理论在与西方文论的碰撞与阐释中出现的"激活"问题。也就是说话语在变异中被"激活"后，会产生新的东西，这是一个生产性的过程。这种"激活"是在西方文化与文论的启发下对中国传统价值的再发现，也是对传统文化精神的回归和承续。首先，它要求我们重新审视中国传统文化典籍。其次，从中国文化特征入手领悟本土传统文化典籍的精神特质。只有这样，才能在与西方文论的碰撞中站稳自己的脚跟。最后，在与西方文论的平等对话中，中国文论应以自己特有的文化精神来言说当今的学术问题，展现中国文论自我的魅力。这正是话语言说的创造性的体现[13]。

可见，中国文论话语要实现现代性重建，就要在坚守中国传统文论话语言说方式的基础上，借鉴和融会西方文论的精髓，才不会让西方文论话语成为中国文论意义建构的方式，达到本土与他者的良好结合，实现传统文论的现代转换。

比较文学话语阐释变异最典型的个案，就是中国学者提倡的"阐发法"。在整个当代中国，学者们都形成了一个基本思路，即用西方文学理论（或是西方话语言说方式）来解读中国文学作品，这使得中国文学作品与西方理论都产生了变异。对此，我们可以从两个方面入手：其一，西方理论改变了中国文学。比如，用浪漫主义解释《诗经》，解释李白、屈原等；运用现实主义解释杜甫、白居易等。从某种意义上说，这使得中国文学产生了变异。其二，西方理论在与中国文学的交汇中也发生了变异。比如，我们在运用西方的浪漫主义阐释中国诗人李白、屈原时，西方的浪漫主义理论也发生了变异。在进入中国之前，西方的浪漫主义以华兹华斯、柯勒律治讲述的浪漫主义为准，强调诗歌表达的就是一种强烈的情感（这在前面已有所论述，此处不再赘述），

---

13 李清良：《话语建设与文化精神的承继》，《求是学刊》，1997年，第4期。

而中国在讲述浪漫主义时则更突出它的理想、夸张等方面的内容。可见，西方理论与中国文学作品，二者在碰撞与阐释中都产生了变异。整个中国的当代文学史、古代文学史和现代文学史，都在用西方话语来阐释中国的文学作品，它既使中国的文学作品产生了变异，也使西方的理论产生了变异。中国文学理论自身产生的现代性变异包含了积极意义与消极意义，其中积极意义是：变异成为两种异质文明"杂交"与创新的前提。

当代学者的研究中所存在的最大的问题是：认为西方文论具有普遍性。我们认为，西方文论确实有自己力所能及之处，但也有自己力所不能及之处。前一种认识体现了西方文论的普遍性，后一种认识体现了它的不可通约性。但是，"阐发法"从另一个侧面向我们展示了中西文明的阐释与碰撞，碰撞的结果正如刘若愚在《中国文学理论》中提到的："对于不同文化和不同时代之间不同的信仰、假定、偏见和思考方式，给予适当考虑之后，我们必须致力于超越历史和超越文化，寻求超越历史和文化差异的文学特点和性质以及批评的概念和标准。否则我们不应该再谈论'文学'（literature），而只谈分裂的'各种文学'（literatures）；不谈'批评'（criticism），而只谈'各种批评'（criticisms）。"[14] 负责翻译此书的杜国清这样评论："在谈论文学时，由于这本书的出现，西洋学者今后不能不将中国的文学理论也一并加以考虑，否则将不能谈论'普遍的文学理论'（universal theory of literature）或'文学'（literature），而只能谈论各别或各国的'文学'（literatures）和'批评'（criticisms）而已。"[15]

可见，"阐发法"是自觉地意识到了差异性，并且主动地、有意识地进行不同文明之间的文化交流变异，是一种自觉的异质文明之间的互相阐发。它是用西方理论解释中国文学作品，同时用中国文学作品来检验、校正西方理论。"阐发法"成为中国当代变异学跨文明研究的第一个突破，也是跨文明研究从自觉的、异质角度出发的突破口。

可以说，中国比较文学就是在中西文明的碰撞之下催生出来的，是中西文化之间的冲突所产生的结果。文明冲突中的异质性与变异性大于共同性，而异质性与变异性是中国比较文学的表现形态，也是跨文明研究中的一个核心问题。异质性是跨文明语境下的必然产物。变异性在跨异质的文化中客观

14 刘若愚著：杜国清译，《中国文学理论》，江苏教育出版社，2006 年。
15 刘若愚著：杜国清译，《中国文学理论》，2006 年。

存在的，在跨文明研究中得以进一步凸显出来（限于篇幅，此不赘述）。所以，在"求同"思维下从事跨文化研究，如果不注意跨文化的变异，是会面临诸多困难的，既注重类同的比较，又注重变异的阐释，才是现今的比较文学学科理论应该着重研究的学科规律。

比较文学变异学研究包括译介变异、形象变异、接受变异、主题变异、文类变异和文化过滤变异、文学误读变异与文学他国化七个方面。比较文学变异学的学科支点是变异性与文学性，它主要是通过研究不同国家、不同文明之间的文学在交流中出现的变异状态，它重点在探求"同源"与"类同"中的变异。例如，文化过滤变异是指在文学的交流与对话中，接受者因为自身文化背景的因素而有意无意间对传播方面的文学信息进行选择、删除、改造和移植的现象。文化过滤就是一种文学变异的现象，而由它所带来的更为明显的文学变异现象则是文学误读。

我们说，在尊重法、美学派的学科理论时不得不重视一个问题，那就是整个比较文学学科是缺乏变异性研究的，中国学者提出的变异学理论，弥补了法、美学派只讲"同"而忽略"变异"的重大缺憾，总结出了文学横向发展有"通"又有"变"的学术规律，可以说变异学研究正是比较文学研究的一个新视角、新方法和新理论，是全世界比较文学学科理论的重大突破。比较文学变异学弥补了法国学派"影响研究"和美国学派"平行研究"的重大缺憾，开启了一个既重视"同源"关系和"类同"比较研究，又注重异质性和变异性研究的比较文学学科理论的新阶段，尤其是开启了跨文明比较研究的新历程。因为，在人类文学史的整个发展历程中，不同文明之间的碰撞不可避免地会产生文学新质，也使得不同文明的异质性和变异性得以凸显出来，而不同文明的比较、对话与交融，将是人类文化交流的和创新更高阶段。

在此之前的所有比较文学学科理论都是从求同性出发的。上世纪90年代我们提出了异质性的可比性问题，现在我们又进一步提出"变异性"的比较文学学科理论——"变异学"。变异学开创性地提出了文学横向发展既有"通"又有"变"，既有同源影响和类同比较，又有影响变异和平行阐释变异的比较文学（学）科的发展规律。变异不仅仅是文明交往中的重要概念，也是比较文学中最有价值的内容，更是一种文化创新的重要路程。中国学者提出的比较文学"变异学"，将对全世界比较文学学科理论和比较文学实践的发展产生巨大的推动与促进作用。

目

次

下 册

第一编：比较文学变异学理论探索

比较文学学科中的文学变异学研究[1]

一

将"文学变异学"作为比较文学的一个研究领域，是一个新的提法。这个研究领域的确立，是从比较文学学科领域的现状、文学发展的历史实践以及比较文学学科理论的拓展几个方面来综合考虑的。

首先，所谓当下比较文学学科研究领域的失范是指比较文学自身的研究领域没有一个明确的研究对象和研究范围，而且有些理论阐述还存在很多纷乱之处。其中存在于影响研究中的实证性与审美性的纷争中就突出地表现了这种比较文学学科领域的失范现象。

影响研究的法国学派最初之所以提出国际文学关系史理论，一方面回应了当时克罗齐等人对比较文学的非难，另一方面也考虑到作为一个学科必须有一个科学性基础，所以他们提出比较文学不是文学的比较，而是一种实证性的国际间文学关系史的研究。但是，后来美国学者却质疑了法国学派的影响研究单纯强调科学实证而放逐审美价值的学科定位，认为他们的影响研究是僵硬的外部研究和文学史研究，提出要"正视'文学性'这个问题"[2]，因为"文学性"是美学的中心问题，是文学艺术作品得以存在的内在规定性。也就是说，比较文学应该把美学价值批评重新引进比较文学学科领域之中。

但是，一旦文学性介入比较文学的影响研究实践之中，就使得我们面前

1 原载于《复旦学报（社会科学版）》，2006年，第1期。
2 韦勒克:《比较文学的危机》，干永昌等选编《比较文学研究译文集》，上海译文出版社，1985年，第133页。

的比较文学研究出现了新的困扰。这主要是因为传统的影响研究以实证性探寻为研究定位，当然如果仅仅对于"国际文学关系史"[3]的研究来说，这种实证性的影响研究本来也无可厚非，但是对于一种文学的比较研究来说，它却存在着一定的缺陷。这主要是因为，实证性的影响研究想要求证的是人类的美学艺术创作过程中存在的接受和借鉴规律，"实证能证明科学事实和科学规律，但不能证明艺术创造与接受上的审美意义"[4]。也就是说，要从文学艺术的外部研究来揭示其文学内部的规律性，这当然是非常困难的。所以，影响又被称为是"像难以捉摸而又神秘的机理一样的东西，通过这种机理，一部作品对产生出另一部作品而做出贡献"[5]。就连强调实证影响研究的伽列（Carte又译卡雷）都认为影响研究"做起来是十分困难的，而且经常是靠不住的。在这种研究中，人们试图将一些不可称量的因素加以称量"[6]。

所以说，文学审美性介入比较文学研究之后，影响研究就不应该还是一种单纯的文学关系史研究了。然而，当下我们的许多比较文学教材在处理影响研究的时候还没有很好地解决文学史研究和文学性研究的关系问题，还是将二者纠结在一起。比如在阐释媒介学的时候，还是把实证性的文学媒介考证与译介学混杂在一起，这样造成的后果就是没有办法真正把译介学出现的非实证性"创造性叛逆"说清楚。可以说，当下的译介学已经不是简单的语词翻译了，它更关注于文学性因素在不同语言体系中出现的变异现象。但是由于以前的影响研究特征过于模糊，所以就造成了译介学无法获得恰当的研究定位。实际上，比较文学中的实证性研究和审美性研究并不是不可两全的，我们没有必要将二者在影响研究中纠缠不清，完全可以将二者分为两个不同的研究领域。一个是实证性的文学关系史研究领域；另一个则不再只注意文学现象之间的外部影响研究，而是将文学的审美价值引人比较研究，从非实证性的角度来进一步探讨文学现象之间的艺术和美学价值上新的变异所在，是属于文学变异学研究领域。

其次，提出文学变异学的研究领域，是有充分的文学历史发展实践的支

---

3 马·法·基亚：《比较文学》，颜保译，北京大学出版社，1983 年，第 1 页。

4 陈思和：《20 世纪中外文学关系研究中的"世界性因素"的几点思考》，《中国比较文学》，2001 年，第 1 期。

5 布吕奈尔等著：《什么是比较文学》，葛雷等译，北京大学出版社，1989 年，第 74 页。

6 伽列：《〈比较文学〉初版序言》，北京师范大学中文系比较文学研究组选编《比较文学研究资料》，1986 年，第 43 页。

持的。这是因为，从人类文学的历史发展形态上看，文学形式和内容最具有创造力和活力的时代，往往是不同国家民族文学、乃至不同文化／文明之间碰撞、互相激荡的时代。这些时期的社会文化和文学不会保持静态，它往往表现为不同体系的文化和文学之间碰撞激荡、交流汇聚、相互融合的状态，它是各种文学基因发生"变异"并形成新质的最佳时期。所以，这些时期会在文学上呈现出生机勃勃、丰富多彩、新异多变的创造性面貌。比如中国魏晋南北朝时段的文学局面就是一个典型的例证。虽然此一时期社会动荡不安，甚至战乱频仍，但是正是由于印度佛教文化／文学因素大量被引入中土，刺激了中国本土的文学创造力，当然还有中国南北朝文学的彼此交流和融合，所以在文学和文学理论方面都留下了许多不朽的篇章。探究这种文学横向发展现象的内在实质，就是不同文化／文学体系之间的冲突和交流，"能够激活冲突双方文化的内在的因子，使之在一定的条件中进入亢奋状态。无论是欲求扩展自身的文化，还是希冀保守自身的文化，文化机制内部都会发生一系列的'变异'"[7]。本土文化／文学体系自身出现的变异因素往往就是文化与文学新质的萌芽，而这种具有创造力的新因素最终推动了文学的发展。

而且，这种外来的异质性文学因素所引起的文学变异现象甚至使得本土固有的传统得以变迁，这样的文学变异就成为一个复杂的动态过程。变异的文学现象促进了本土文学的发展，并逐渐融入本土文学的传统中，形成后世文学的典范。比如闻一多在论及中国古代文学史的时候，肯定了佛教文学对中国文学产生的重大推动作用，认为如果没有外来的文学因素的介入，中国本土文学就不会有那么多变异性的发展，北宋以后的"中国文学史可能不必再写"[8]。确实，魏晋以降的佛教文学流传进入中土，中国古代文学在这种横向的冲击下，吸收和借鉴，产生了新的文学变异因素，我们今天所说的深受外来文学因素影响的中国禅宗以及变文、小说、戏剧早已成为中国文学自身的固有传统。而且，每个国别文学体系中出现的文学变异现象都是丰富而复杂的，因此对文学变异现象的研究理应成为比较文学研究的主要视角之一。

最后，提出文学变异学领域的原因还是因为我们当下的比较文学学科拓

---

7 严绍璗：《论"文化语境"与"变异体"以及文学的发生学》，《中国比较文学》，2000 年，第 3 期，第 10 页。

8 闻一多：《文学发展中的予和受》，选自约翰 J·迪尼、刘介民主编《现代中国比较文学研究》（第一册），四川人民出版社，1988 年版，第 214 页。

展已经改变了最初的求同思维，而走入求异思维的阶段。比较文学的法、美学派理论都是在单一的文明体系内部进行的，他们都是从求同思维来展开比较文学的研究。尤其对于没有实际关联的不同文明体系的文学现象之间的比较，美国学派的平行研究更是从一个共通的"文学性"层面出发，来研究它们之间的共同点的。它注重强调没有实际影响关系的文学现象之间的"某种关联性"[9]，这种所谓的关联性也就是韦斯坦因（Ulrich Weisstein）所谓的类同或者平行研究中存在的"亲和性"[10]。无论是"关联性"或是"亲和性"，都是一种以求同思维为中心的比较文学研究模式，这在单一的西方文学／文明体系中是很实际的一种研究范式。然而，当我们将比较文学的研究视野投向不同的文明体系中的文学比较的时候，就会发现除了一些基本的文学原则大致相同外，更多的是异质性的文学表现，更多的是面对同一个文学对象而形成的不同的文学表达形式或观念的变异。对不同文明体系的文学变异现象的研究曾被韦斯坦因等西方学者的求同思维所怀疑，这种"迟疑不决"[11]的心态正是比较文学求同思维的具体写照。那么，我们现在要做的就是要走出比较文学的求同，而要从异质性与变异性入手来重新考察和界定比较文学的文学变异学领域。而文学变异学的提出正是这种思维拓展的最好体现。

从上面三个方面来说，我们提出比较文学的变异学研究领域是对颇受争议的影响研究的研究对象和范围的重新规范，并且变异学还有古今中外的文学横向交流所带来的文学变异实践作为支持，它更和当下比较文学跨文明研究中所强调的异质性的研究思维紧密结合。所以，比较文学的文学变异学的研究领域有着坚实的理论和实践基础。

二

如果将文学变异学作为比较文学的研究领域之一，那么，它在比较文学整个学科建构中的地位是怎样的呢？它和比较文学学科其他研究领域的彼此关系是如何的呢？这些都是我们需要给以明确界定的。

---

9 亨利·雷马克：《比较文学的法国学派和美国学派》，北京师范大学中文系比较文学研究组选编《比较文学研究资料》，1986年，第71页。

10 乌尔利希·韦斯坦因：《比较文学与文学理论》，刘象愚译，辽宁人民出版社，1987年，第36页。

11 乌尔利希·韦斯坦因：《比较文学与文学理论》，刘象愚译，辽宁人民出版社，1987年，第5页。

实际上，对变异学领域的界定以及对比较文学学科领域的界定还离不开对比较文学学科特质的再明确。如果我们从学科史的实践上来看的话，比较文学作为一个学科，它的学科特质几乎就没有稳定过。法国学派提出比较文学是国际间文学关系史的研究，是缩小了比较文学研究领域，人为地造成比较文学研究的危机。美国学派提出平行研究和跨学科研究，却又把研究领域无限扩张，把比较文学推到一种"无边的比较文学"的"文学研究或文学学术研究"[12]；中国学者提出比较文学的跨文化或者跨文明研究，更多的是带有文化自觉意识和方法论意识上的学科思维建构。这三者对比较文学学科特质各有侧重之处，当下中国比较文学理论界更多地是将这三者粘贴在一起，来建构自己的比较文学学科理论体系，没有在共时性的层面上去面对比较文学真正的学科特质问题。所以，就无怪乎当下的比较文学学科领域迟迟不能得到一个明确的研究对象和研究范围了。

那么比较文学的学科特质该如何来界定呢？如果我们综合比较文学发展三个历史阶段的学科理论实践以及定位，就会发现比较文学学科研究是在两个基点上展开的：跨越性和文学性。

首先，从比较文学作为一个学科进入文学研究视野的时候，研究者就在把比较文学的学科特征归结为一个最为基本的核心——跨越性。从歌德和马克思提出"世界文学"的设想以来，法国学派从跨国研究来进行文学关系史研究，美国学派提出跨学科研究，中国研究者提出跨文化以至于跨文明研究，虽然各有不同的侧重点，但是他们都十分强调在不同文学体系进行跨越式的比较研究。比较文学的跨越性特质突出了比较文学是具有世界性胸怀和眼光的学科体系，它主要关注的目标就是通过对不同国家、文化与文明之间不同文学体系之间跨越性的研究、在异同比较之中探寻人类可能存在的"共同的诗心"。可以说，跨越性是比较文学得以区别于其他学科的一个突出特质。

跨越性的特质一方面说出了比较文学的开放性和交叉学科的特征，更因为是对不同文学/文化体系的跨越性研究，使得它更能够发现文学新创造的生长点所在，因此具有更多的前沿性研究的特征；另一方面，跨越性说出了比较文学的一个学科理想，就是以一种世界性的胸怀来探寻人类的共同文学规律。只有通过对不同国别、文明体系中的文学进行跨越研究，对文学和人类其

---

12 韦勒克：《比较文学的危机》，干永昌等选编《比较文学研究译文集》，上海译文出版社，1985年，第130页。

他艺术领域的跨越研究，才使得我们有可能接近和洞悉一种"共同的诗心"。

其次，比较文学研究实际上离不开文学研究，或者说，它离不开对文学性和审美性的基点。上文已经谈到美国学派对法国学派放逐文学性的文学关系史研究的激烈反驳，提出比较文学研究必须"正视'文学性'这个问题"[13]。但是随着学科的发展，尤其是文化研究的蓬勃兴起对比较文学研究产生了很大的渗透作用，从而使得当下的一些比较文学研究过于向文化研究靠拢，并且大有被取而代之的可能。正如乔纳森·卡勒（Jonathan Culler）所说，比较文学的这种文化研究使得比较文学成为一种"对世界上所有话语和文化产物的研究"[14]，从而使得比较文学学科成为一种无边界的文学研究。这样的话，比较文学就成了一种几乎"无所不包"的学科，就完全谈不上一个学科必须具有的明确的研究对象和研究范围，就在这无所不包之中泯灭了自身。当然，我们无意完全否认文化转向对比较文学带来的新启发和学科研究生长点，我们所要强调的就是作为一个学科，比较文学研究必须有自己明确的学科研究领域。如果离开了文学或者文学性的研究，比较文学就无从建立一个稳固的研究领域，它也就成了无本之木，无源之水。

由此可见，跨越性和文学性作为比较文学的两个不可或缺的学科特质，也同样规定着比较文学学科研究领域的划分。如果说，法国学派的文学关系史的研究和美国学派的跨学科研究等都强调了对文学现象的跨越性研究，而成为比较文学的学科领域；那么，比较文学变异学研究领域刚好就是从跨越性和文学性这两点上面生发出去的，它是文学跨越研究和文学审美性研究的结合之处。因为最为切近比较文学的这两个学科特质，所以成为一个更为稳固的学科研究领域。和文学关系史研究相比较，它更为突出文学比较的审美变异因素，不但注重对有事实影响关系的文学变异现象的比较研究，而且也研究那些没有事实关系的，以及以前在平行研究中人们对同一个主题范畴表达上面出现的文学或者审美异质性因素，所以说，文学变异学研究领域是更为开阔的。

那么，从上文的这些论证中，我们就可以得出比较文学变异学的定义：

---

13 韦勒克：《比较文学的危机》，干永昌等选编《比较文学研究译文集》，上海译文出版社，1985年，第133页。

14 Jonathan Culler. "Comparative literature, At Last!" in Charles Bernheimer ed. Comparative Literature in the Age of Multiculturalism[C]. The Johns Hopkins University Press, 1995. p117.

比较文学变异学将比较文学的跨越性和文学性作为自己的研究支点，它通过研究不同国家之间的文学现象交流的变异状态，以及研究没有事实关系的文学现象之间在同一个范畴上存在的文学表达上的异质性和变异性，从而探究文学现象差异与变异的内在规律性所在。

三

分析了比较文学变异学提出的原因，以及真正的含义之后，那么作为一个比较文学学科的固定的研究领域，文学变异学也应该有自身明确的研究对象和研究范围。我们将从四个方面来辨析文学变异学可能的研究范围。

第一是语言层面变异学。它主要是指文学现象穿越语言的界限，通过翻译而在目的语环境中得到接受的过程，也就是翻译学或者译介学研究。国内一般的比较文学教材都沿用法国学派的观点，将译介学放入媒介学的研究范畴之中，但是由于媒介学属于传统实证的影响关系研究，而译介学却涉及了很多跨越不同语言与文化层面的变异因素在里面，所以我们很难将译介学归入此类。也就是说，"译介学最初是从比较文学中媒介学的角度出发、目前则越来越多是从比较文化的角度出发对翻译（尤其是文学翻译）和翻译文学进行的研究。"[15]由于当下视野中的译介学研究已经超越了传统的语词翻译研究的范畴，所强调的已不是传统的"信、达、雅"，而是"创造性叛逆"。已经从传统的实证性研究，走向了一种比较文学视野下的文化与文学研究，那么译介学就不能用简单的实证影响关系来作为研究范式了，它已经超出了媒介学研究的范畴。而在这其中，我们要把研究的注意力从语词翻译研究转向那些语词的变异本身，也就是将文学的变异现象作为首要的研究对象。

第二是民族国家形象变异学研究，又称为形象学。形象学产生在 20 世纪的中叶，基亚（Guyard M. F.）在其《比较文学》一书中就专列一章"人们看到的外国"来论述形象学，并称之为比较文学研究"打开了一个新的研究方向"[16]。虽然后来韦勒克（Rene Wellek）以形象学是一种"社会心理学和文化史研究"来否定伽列和基亚的尝试[17]，但随着社会科学新理论的出现，形象学

15 谢天振：《译介学》，上海外语教育出版社，1999 年，第 1 页。

16 马·法·基亚：《比较文学》，颜保译，北京大学出版社，1983 年，第 170 页。

17 韦勒克：《比较文学的危机》，干永昌等选编《比较文学研究译文集》，上海译文出版社，1985 年，第 125 页。

逐渐成为比较文学研究的分支之一。当然，形象学也从最早的实证性关系研究，而走入对一种文学和文化研究的范畴里面。形象学主要研究目的就是要研究在一国文学作品中表现出来的他国形象。在这里，他国形象只是主体国家文学的一种"社会集体想象物"[18]，正因为它是一种想象，所以使得变异成为必然。比较文学对于这个领域的研究显然是要注意这个形象产生变异的过程，并从文化／文学的深层次模式入手，来分析其规律性所在。

第三是文学文本变异学研究。比较文学研究的基点是文学性和文本本身，所以文学文本之间产生的可能的变异也将必然成为比较文学研究的范畴。首先它包括有实际交往的文学文本之间产生的文学接受的研究领域。文学接受是一个很热门的研究领域，正如谢夫莱尔（Yves Chevrel）所说，"'接受'一词成为近15年来文学研究的主要术语之一"[19]。国内的多本比较文学概论也列出了专章来处理接受研究的问题，但问题是，接受研究目前还没确定一个明确的研究定位。它是影响的一种变体呢，还是不同于影响研究的新研究范式，它和影响研究的异同又在哪里呢？实际上，从变异学和文学关系学的角度来看文学接受学，问题就非常清楚了。它不同于文学关系研究，主要是因为后者是实证性的，而文学接受的过程却是有美学和心理学因素渗入，而最终无法实证的，是属于文学变异的范畴。其次，文学文本变异学研究还包括那些以前平行研究范畴内的主题学和文类学的研究。主题学和文类学虽然研究范围不同，但它们有一个共同点，就是二者都有法、美学派追求"类同"或者"亲和性"研究的影子。而实际上传统的主题学、文类学研究中，已经不可避免地涉及到主题变异和文类变异问题，尤其在不同文明体系中，文本之间的主题和文类在类同之外，更多的却是不同之处，那么我们的比较文学研究的任务就是"不仅在求同，也在存其异"[20]。而且通过不同的文学主题和文类变异现象的研究，我们可以更为有效地展开不同文明体系间的文学对话，从而更为有效地总结人类的文学规律。

第四是文化变异学研究。文学在不同文化体系中穿越，必然要面对不同

---

18 让—马克·莫哈：《试论文学形象学的研究史及方法论》，孟华主编《比较文学形象学》，北京大学出版社，2001年，第29页。

19 伊夫·谢夫莱尔：《从影响到接受批评》，金丝燕摘译，转引自乐黛云《比较文学原理》，湖南文艺出版社，1988年，第245页。

20 张隆溪：《钱钟书谈比较文学与"文学比较"》，北京师范大学中文系比较文学研究组选编《比较文学研究资料》，1986年，第94页。

文化模式的问题。也就是说，"文化模子的歧异以及由此而起的文学的模子的歧异"[21]是比较文学研究者必然要面对的事情，文学因文化模子的不同而产生的变异是不可避免的事情。这其中，以文化过滤现象最为突出。文化过滤是指文学交流和对话过程中，接受者一方因为自己本身文化背景和传统而有意无意地对传播方文学信息进行选择、改造、删改和过滤的现象。文化过滤研究和文学接受研究很容易混淆，但是最为关键的，就是文化过滤主要是指由于文化"模子"的不同而产生的文学变异现象，而不是简单的文学主体的接受。同时，文化过滤带来一个更为明显的文学变异现象就是文学的误读，由于文化模式的不同造成文学现象在跨越文化圈时候造成一种独特的文化过滤背景下的文学误读现象。那么文化过滤和文学误读是怎么样的关联，它们彼此之间关系如何，它们是如何成对发生的，它们所造成的文学变异现象内在的规律性是什么，这都将是文化过滤和文学误读所主要探讨的问题。

这四个层面的变异研究共同构成了比较文学的文学变异学的研究领域。当然，作为一个全新的学科视角，变异学研究中还存在很多问题等待梳理，但可以肯定地说，文学变异学的研究范畴的提出，对于比较文学学科领域的明确，以及对于比较文学学科危机的解决无疑是一种有益的尝试。

本文与李卫涛合写

---

21 叶维廉：《东西方文学中"模子的应用"》，温儒敏、李细尧编《寻求跨中西文化的共同文学规律——叶维廉比较文学论文选》，北京大学出版社，1987年，第3页。

比较文学学科理论的"跨越性"特征 与"变异学"的提出[1]

　　我曾经将比较文学三个阶段的发展称之为"涟漪式"结构也就是说"比较文学学科理论的发展，不是以新的理论取代先前的理论，而是层叠式、累进式的前进。"[2]这种层进式的学科发展，为我们现在第三个阶段的中国比较文学研究提供了许多可资借鉴的理论资源，我们当然没有理由拒绝已经成为学科历史的法国学派的影响研究和美国学派的平行研究。可以说，在比较文学的三个学科发展阶段中，后者都以前者作为理论的铺垫，例如，平行研究试图超越影响研究的社会学倾向，而追求比较文学的文学性定位，但是他们又并不否定影响研究；中国比较文学研究则出于本身的历史文化境遇和知识结构而将东西方跨文明研究作为比较文学第三个阶段的切入点，但是同样也不否定前面两个阶段比较文学学科理论已经形成的相对成熟的研究范式，这样比较文学学科理论才会更加完善。

　　但是，它带来的一个理论困境就是，肯定前人，当然不应该是简单把前人的理论粘贴到我们的理论体系中。但是当下的比较文学两个或三个模式简单相加的理论体系却成为了主流思想，这是很值得我们反思的。

　　目前流行的比较文学学科理论模式有着明显的理论缺陷，首先是历时性的理论体系本身的互相重叠问题。也就是说，在比较文学研究的不同板块中却存在着对同一个研究对象的描述，这样就造成了一些理论问题的重复或者归属不当。比如在平行研究中，一般的教科书都将主题学作为其独特的学科

1　原载于《中外文化与文论》，2006年，第1期。
2　曹顺庆：《论比较文学学科理论发展的三个阶段》，《中国比较文学》，2001年，第3期，第16页。

范畴，但是，在处理具体的学科源流的时候，大多提到主题学也包含了影响研究的一部分支流。比如认为主题学是"着重探讨同一题材、母题、人物典型、意象等的跨国或跨民族的流传和演变，以及它在不同作家笔下所获得的不同处理。"[3]或者认为主题学是"几种在对个别主题、母题，尤其是神话（广义）人物主题做追溯探源的工作，并对不同时代作家（包括无名氏作者）如何利用同一个主题或母题来抒发积愫以及反映时代，做深入的探讨。"[4]可以说，研究者时常将主题学置于平行研究的模块下面，但是在进行定义阐述的时候，却有意无意地说出了主题学归属的复杂性——它不是简单的影响或者平行研究所能容纳的。主题学最早起源于德国的民俗学研究，主要注重对民间传说和神话故事在不同空间和时间中演变的研究，更切近于题材史的研究，所以，梵·第根就曾经认为主题学研究"各国文学互相假借着的'题材'"。[5]虽然也有法国学派的研究者比如巴登斯贝格（Femand Baldensperger）主动批评主题学过于注重材料的辨析，而忽视艺术的本身，但是可以说，近似题材史的主题学研究和法国学派的影响研究在研究方法上是基本相同的。而在比较文学的美国学派阶段，主题学开始强调那些没有事实影响关系的不同文学体系间的平行主题研究，而且主题学也开始走出"材料"的非议，在研究实践上远远超过其在法国学派前段所获得的成就，这或许就是研究者们在处理主题学时有意无意把它放在美国学派的平行研究里面的主要原因。但是，我们却不能说主题学只是单单的平行研究而已，它还有以寻根溯源为特征的影响研究模式在里面。可以说，这种主题学的归属问题正说明了两个或三个模块拼合成的比较文学学科理论的重叠之处，这是值得我们反思的。

第二个问题就是，如果我们在一个教材中，以历时性的学科描述方式来建构比较文学学科理论，那么几个模块之间难免会有各说各话，分类的混淆，就会造成一些重要的理论问题无法在这样理论体系中得到贯通。比如影响研究和接受研究的关系问题就是这样。影响研究在早期以法国学派的巴登斯贝格、梵·第根、卡雷（伽列）、基亚等人为主，形成了一套经典的比较文学实证关系研究范式，并逐渐确定了渊源学、流传学、媒介学等方面作为研究领

3 张铁夫主编：《新编比较文学教程》，湖南人民出版社，1997年，第261页。

4 李达三、刘介民主编《中外比较文学研究》（第一册·下），台湾学生书局，1990年，第519页。

5 梵·第根：《比较文学论》，戴望舒译，商务印书馆，1937年，第99页。

域。但是随着学科的发展，在 20 世纪 50 年代以来，影响研究已不再是单纯的"国际间的比较文学关系史"[6]研究了，更多的美学因素和心理学因素加入到影响研究的具体实践和理论拓展之中，其中最为显著的就是接受美学对影响研究的冲击或者是启发。从接受美学的观点来看，社会历史的外部研究自然无法解决文学这一含有特定美学和心理学因素的现象，这样它就动摇了影响研究实证性存在的依据，而这才是影响研究逐渐式微，并被接受研究所取代的关键所在。在 1979 年在因斯布鲁克召开的国际比较文学第 9 次学术大会上就以"文学的传播和接受"作为大会主题，并结集出版了《文学的交流和接受：第 9 届国际比较文学大会论文集》。接受研究被作为一个比较文学研究的新视角出现在比较文学学科历史中，正如谢夫莱尔（Yves Chevrel）在 1982年《总体文学与比较文学研究在法国》一书中所说，"'接受'一词成为近 15年来文学研究的主要术语之一。"[7]国内的比较文学概论著作也注意到了接受研究的问题，多本比较文学概论都列出了专章来处理接受研究的问题。但是在如何处理接受研究的问题上却是不太一样的，因为这里面有很复杂的原因。接受研究已非早期的实证研究范畴，而是从另一个向度来针对影响研究进行的，影响注重文学现象的传播，而接受注重受众的主体选择，那么接受研究是影响研究的一种变体，还是不同于影响研究的新研究范式，它和影响研究的异同在哪里？在多数比较文学教材中，接受研究被置于法国学派影响研究之中，而在陈惇、刘象愚著的《比较文学概论》中却将接受研究和影响研究并置为比较文学研究的基本类型和研究方法。可以说，这种分类的混乱和无序是由固有的历时性学科理论建构造成的。实际上，接受研究和影响研究有千丝万缕的联系，但它又无法简单地归属于影响研究的范畴里面。影响研究是追求实证性的文学关系研究，而接受研究则属于一种对文学变异关系的研究，二者是不同层面的研究模式，但是在我们对比较文学历时性的学科理论建构中，我们往往将它们纠结在一起，而不能使这个问题得以完满的解决。

第三，在理论体系上，这种历时性的板块模式也有理论范畴前后不统一的问题。比如在三个模块的比较文学学科理论中，法国学派以流传学、渊源学、媒介学以及异域形象学等构成影响研究的诸研究领域，美国学派则以比

---

6 马·法·基亚：《比较文学》，颜保译，北京大学出版社，1983 年，第 1 页。

7 伊夫·谢夫莱尔：《从影响到接受批评》，金丝燕摘译，转引自乐黛云《比较文学原理》，湖南文艺出版社，1988 年，第 245 页。

较诗学、主题学、文类学、跨学科研究等构成平行研究的诸领域，而中国学派则以异质文化中的双向阐发和异质比较、对话、融会法来构成跨文明研究的比较文学新范式。[8]考察这个比较文学学科理论体系的结构，法、美、中三个阶段的比较文学研究各自从自己的理论支点出发来建构自己对比较文学的理解。如果说，我们主要从研究领域来建构法、美学派的理论体系的话，那么对于中国学派的研究我们则以鲜明的文化自觉意识和方法论意识来提出中国的学科理论体系，后者是对前两个阶段理论上的新发展和新建构。但问题是，我们的比较文学学科理论不应该是比较文学学科史的研究，正如哲学理论和哲学史不属于同一个概念一样。作为范式，我们所追求的比较文学学科理论也不应该是三个理论体系的简单相加，比较文学学科理论应该走出历时性学科描述的误区，从学科史的研究走向共时性学科新范式的建构。比较文学作为一个学科研究范式，理应有"明确的研究内容和专门的方法论"（韦勒克语）。

　　建构比较文学学科研究的新范式，需要我们打破旧有历时性描述的比较文学学科建构模式，从共时性角度来重新整合已经存在的比较文学三个阶段的学科理论资源，将比较文学存在的理论问题在"跨越性"和"文学性"这两个基点上融通。这样，我们可以按照这个标准将比较文学研究领域重新确定为一个特征和四大研究领域。一个特征是：比较文学是一种具有跨越性的研究。四大研究范围是：第一，比较文学包含了一种对不同文学体系之间的实证性关系研究；第二，它同时又包含了一种对不同文学体系彼此之间变异的研究；第三，建立在文学类同性基础之上的平行研究；第四，比较文学应当拥有真正宽广的、具有世界性胸怀的学科理想，具体就体现在多元文明时代的总体文学的追求上面。

　　下面将分别结合当前比较文学中存在的理论困境来分析比较文学的基本特征，并着重谈谈文学变异学问题。

一、比较文学的基本特征：文学跨越性研究

　　文学跨越性研究之所以提出是由比较文学的基本特征所决定的。以前国内外的比较文学学科理论著作在谈到比较文学的基本特征时都过于表面化，甚至言不及义，不能真正达到比较文学内在的基本的规定性。比如在论及这个问题

8　参见曹顺庆等著《比较文学论》的相关章节论述。

的时候，大多注意到了比较文学的特性是开放性、边缘性。[9]但是这种学科基本理论的主张可以说过于笼统，没有真正切中要害。首先，以开放性来定位比较文学的学科特征显得过于宽泛。比较文学的开放性特征一般是指"它不受时间、空间以及作家、作品本身地位高低、价值大小的限制"；而且"比传统的文学研究具有更宽泛的内容"；在研究方法上，则"兼容并包"，且能够"接纳新思想、新方法"。[10]这样的开放性特征使得比较文学几乎能够包容一切的文学研究范畴，比较文学研究似乎真正如韦勒克所说成为一种"文学研究"[11]了。可以说，这种所谓开放性和比较的研究方法一样是很多文学研究必不可少的，就好比研究者在研究某一个作家作品时候，时不时地会不顾及时空的限制而运用一些对比和比较方法，这当然也是一种开放性的视野，但是却和真正的比较文学研究相去甚远。所以说，开放性的比较文学学科特征过于宽泛了。其次，把边缘性或者交叉性作为比较文学的学科特征，就使得比较文学的学科处于一种附属地位，一个次生学科的定位显然是会阻碍比较文学发展的。

那么，比较文学的基本特征究竟是什么呢？实际上，我们可以将比较文学的学科特征归结为一个最为基本的核心——跨越性。它一方面说出了所谓开放性或者边缘性所具有的含义，另一方面也最为恰当地表达了比较文学真正的学科特征。根据比较文学的学科历时发展实践，跨越性又有不同的侧重点，但是跨越单一的文学体系进行不同的文学比较研究却是比较文学的核心。下面我们进一步来析辨跨越性的不同研究侧重点和可能的研究领域。

目前国内关于比较文学跨越性的研究众说纷纭，也就是比较文学究竟在哪些层面上进行文学跨越性研究的问题上各抒己见。比如在一些关于比较文学的定义中说：要"把比较文学看作跨民族、跨语言、跨文化、跨学科的文学研究。"[12]在这个定义中，跨民族和跨语言都超越了经典法美学派的定义中的

9　关于这个问题，国内外学术界议论纷扰，各有所见，但都可以说这两项的延伸。国外看法参见本专题孙景尧及刘介民的论文，国内观点参见乐黛云《比较文学原理》，湖南文艺出版社，1988 年，第 16 页；张铁夫《新编比较文学教程》，湖南人民出版社，1997 年，第 108-119 页；孟昭毅《比较文学通论》，天津人民出版社，2000 年，第 20-30 页；陈惇、刘象愚《比较文学概论》，北京师范大学出版社，2000 年，第 15-18 页。

10　陈惇、刘象愚：《比较文学概论》，北京师范大学出版社，2000 年，第 16-18 页。

11　韦勒克：《比较文学的危机》，干永昌编选《比较文学研究译文集》，上海译文出版社，1985 年，第 130 页。

12　陈惇、孙景尧、谢天振：《比较文学》，高等教育出版社，1997 年，第 9 页。

跨国和跨学科的范畴。首先，提出"跨民族"的观念的研究者主要是认为跨国研究"并不是很精确的，比较文学原是为了突破民族文学的界限而兴起的，它的着眼点是对不同民族的文学进行比较研究，而'国界'主要是个政治的地理的概念，一个国家的居民，可以是同一个民族的，也可以是由多民族组成的。"并认为"比较文学的研究对象，确切地讲，应该是跨越民族的界限，而不是国家的界限。"[13]这种观点否定了跨国而提出要跨民族，实际上又走入另外一个误区。在法国学派兴起的时候，比较文学研究确实存在着跨国与跨民族并重的特点，不过那是因为在西欧民族和国家的界限基本上是重合的，没有必要将二者分割开来。但是随着学科拓展到西欧以外的地方，这个问题就复杂了。现代国家大多都是多民族的，如果每个国家内部的几十种甚至上百种民族之间都是比较文学研究的范围，实际上是缩小了比较文学的视域与胸怀，难免造成文学研究领域的混乱，有悖于比较文学的"世界胸怀"、"国际眼光"这一学科宗旨，所以还是要尊重比较文学学科实践，把一国内部的民族文学比较研究仍然作为国别文学范畴比较合适。其次，关于比较文学"跨语言"的观念，在法美学派中都没有得到重视，而在中国的研究者中，钱钟书先生曾谈到过这个问题，他说比较文学"作为一个专门学科，则专指跨越国界和语言界限的文学比较。"[14]但是以跨语言界限来限定比较文学的学科也是存在不少问题的。比如，语言和国家的界限是很不吻合的，英国和美国之间的文学基本上是没有语言界限的，那它们之间的文学比较是否就不是比较文学了呢？相反的来说，同一国家内部也有不同的语言，它们之间的比较是不是比较文学的范畴？再如一些跨语际写作的作家，用不同的语言来进行文学创作，这又如何归类呢？所以，将跨语言作为比较文学的一个基本特征同样有悖于比较文学的宽广的世界性胸怀，是不恰当的。

探讨了上面两种跨越的不当之处，我们就可以提出一套稳固的关于比较文学跨越学研究的范围了。

首先是跨国研究。之所以坚持比较文学的跨国研究是为了承认比较文学法国学派的理论实践和比较文学的"世界性的"学科胸怀。法国学派强调文学关系的重要性，提出"比较文学是文学史的一支"，它研究"曾存在过的跨

---

13 陈惇、刘象愚：《比较文学概论》，北京师范大学出版社，2000年，第12页。

14 张隆溪：《钱钟书探比较文学与"文学比较"》，北京师范大学中文系比较文学研究组选编《比较文学研究资料》，1986年，第89页。

国度的精神交往与实际联系"。[15]基亚进一步提出比较文学是一种"国际文学的关系史",强调在跨国文学史的关系研究中延伸国别文学史的研究范围。美国学派在实践中提出超越文学史的限制,将美学价值也加入进来,不过依然重视比较文学的跨国研究。雷马克的比较文学定义中就明确比较文学是"超越一国范围之外的文学研究"。可以说,因为格外重视没有实际事实关系的文学比较研究,平行研究显得更为重视对跨国文学研究的重要性。当下中国比较文学研究依然不会将跨国研究作为过时的理论,它仍然是比较文学学科理论的基本特征之一。

其次是跨学科研究。雷马克在《比较文学的定义和功能》一文中,首先提出比较文学除了是跨国文学研究之外,也可以"把文学和人类所表达的其他领域相比较"。[16]也就是比较文学也应该是跨科际的研究,对文学和人类其他一切学科领域都可以进行跨越性的比较研究。当然,雷马克为了避免这种研究过于大而无当,提出"系统性"的限制,就是只有当文学和其他学科领域的知识体系进行系统性比较的时候,比较文学才能够成立。跨学科研究一经提出,就取得了很多研究成果,开拓了文学研究的视野,比如诗与画的研究,文学和心理学的研究等等。可以说,跨学科研究作为比较文学的非本科研究已经有了稳固的学科范式,当然应该成为文学跨越学的研究范畴之一。

最后是跨文明研究。跨文明研究的提出和中国比较文学的理论实践和知识资源密切相关。当西方背景的比较文学研究进入非西方背景的异质文化的时候,跨国研究已经不能解释比较文学的很多东西。在最初,西方的学者还对中西文学的比较文学研究抱有"迟疑不决"的态度,因为这种比较已经突破了西方文明的界限,彼此之间差异大于类同。但是,随着学科的发展,更多的学者开始正视这个问题,对中西文明之间的比较研究提出了肯定性的看法。我曾经在 1995 年提出作为比较文学中国学派的基本学科特征是"跨异质文化"的观点,认为"如果说法国学派跨越了国家界限,沟通了各国之间的影响关系;美国学派则进一步跨越了学科界限,并沟通了互相没有影响关系的各国文学;那么,正在崛起的中国学派必将跨越东西方异质文化这堵巨大的墙,必将穿透这

15 伽列:《〈比较文学〉初版序言》,北京师范大学中文系比较文学研究组选编《比较
    文学研究资料》,1986 年,第 43 页。

16 雷马克:《比较文学的定义和功能》,干永昌编选《比较文学研究译文集》,上海译
    文出版社,1985 年,第 208 页。

数千年文化凝成的厚厚屏障，沟通东西方文学，重构世界文学观念。"[17]

　　"跨异质文化"的比较文学学科定位一经提出，引起了各方的关注。但是由于文化一词含义过于混乱，难免有理解上的误区。实际上，"跨异质文化"和有些学者所提出的"跨文化"研究是不太相同的，前者更注重中西文化系统之间的差异性，从某种意义上说，文明是文化差异的最大包容点，所以提出比较文学的"跨文明"研究更为符合我的初衷。比较文学跨文明研究是比较文学学科发展的新的阶段，也是比较文学中国学派的学科理论的立足点，也是文学跨越学研究的新领域。

二、比较文学学科理论研究的新范——文学变异学

　　文学变异学研究是一个比较文学的新范畴，是由我首次提出。之所以提出这个研究范畴是出于几方面的考虑：

　　首先，是从人类文学史的历时发展形态上，不同文学体系在横向交流和碰撞中产生了文学新质，使得本土固有的传统得以变迁。这样的文学变异是一个复杂的动态过程。比如闻一多在论及中国古代的文学史时，肯定了佛教文学对中国文学产生的重大推动作用，认为如果没有外来的文学因素的介入，中国本土文学就不会有那么多变异性的发展，北宋以后的"中国文学史可能不必再写"。[18]确实，魏晋以降的佛教文学流传进入中土，中国古代文学在这种横向的冲击下，吸收和借鉴，产生了新的文学变异因素。不同文化／文学体系之间的碰撞必然会产生冲突，而这种冲突的结果"能够激活冲突双方文化的内在的因子，使之在一定的条件中进入亢奋状态。无论是欲求扩展自身的文化，还是希冀保寺自身的文化，文化机制内部都会发生一系列的'变异'。"[19]变异的文学现象促进了本土文学的发展，并逐渐融入本土文学的传统中，形成后世文学的典范。就如我们今天所说的中国禅宗文学以及小说、戏剧都成为中国文学固有的传统一样。这样的文学变异现象是丰富而复杂的，因此对文学变异学的研究理应成为比较文学研究的主要视角之一。

---

17 曹顺庆：《比较文学中国学派基本理论及其方法论体系初探》，《中国比较文学》，1995 年，第 1 期，第 22 页。

18 闻一多：《文学发展中的予和受》，选自约翰 J·迪尼，刘介民主编《现代中国比较文学研究》（第一册），四川人民出版社，1988 年，第 214 页。

19 严绍璗：《论"文化语境"与"变异体"以及文学的发生学》，《中国比较文学》，2000 年，第 3 期，第 10 页。

其次，对于没有实际影响关系的文学现象之间，文学变异学研究依然是存在的。美国学派的平行研究是从"文学性"出发，来研究不同体系内文学现象的共同点的。它注重强调没有实践影响关系的文学现象之间的"某种关联性"，[20]这种所谓节关联性也就是韦斯坦因所谓的类同或者平行研究中存在的"亲和性"[21]。无论是"关联性"或是"亲和性"，都是一种以求同思维为中心的比较文学研究模式，这在单一的西方文学／文明体系中是很实际的一种研究范式。然而，当我们将比较文学的研究视野投向不同文明体系中的文学比较时，就会发现除了一些基本的文学原则大致相同外，更多的是文学的不同，更多的是面对同一个文学对象而形成的不同的文学表达形式或观念的变异。这种不同文明体系的文学变异现象的比较研究曾被西方学者的求同思维所怀疑，可以说这种"迟疑不决"[22]的心态正是比较文学求同思维的具体写照。那么，我们现在要做的就是要走出比较文学的求同，而从差异、变化、变异入手来重新考察和界定比较文学的文学变异学领域。

最后，从文学的审美性特点来看，比较文学的研究必然是包括了文学史的实证研究和文学审美批评的研究。法国学派排除了文学研究的美学特质，而单纯强调文学外部的实证性研究，文学性的放逐直接地导致比较文学发展的非文学特征。但是，文学现象之间的传递、影响、接受和借鉴都伴随着审美性因素，带有心理因素，而这是实证关系研究所无法求证的。我们在上文中关于对影响研究反思的论述中已经明确谈到这个问题了。那么比较文学如何定位这样的文学现象？我们完全可以将这种研究并入比较文学的变异研究，它不再只注意文学现象之间的外部影响研究，而是将文学的审美价值引入比较研究，从非实证性的角度来进一步探讨文学现象之间的艺术和美学价值上新的变异所在。

从上面几点我们可以看出，比较文学的文学变异学将变异性和文学性作为自己的学科支点，它通过研究不同国家之间的文学现象交流的变异状态，以及研究文学现象之间在同一个范畴上存在的文学表达上的变异，从而探究文学现象变异的内在规律性所在。

---

20 亨利·雷马克：《比较文学的法国学派和美国学派》，北京师范大学中文系比较文学研究组选编《比较文学研究资料》，1986年，第71页。

21 韦斯坦因：《比较文学与文学理论》，刘象愚译，辽宁人民出版社，1987年，第36页。

22 韦斯坦因：《比较文学与文学理论》，刘象愚译，辽宁人民出版社，1987年，第5页。

文学变异学的研究可以从四个层面来进行研究。

一是语言层面变异学。它主要是指文学现象穿越语言的界限，通过翻译而在目的语环境中得到接受的过程，也就是译介学研究。国内一般的比较文学教材都将译介学放入媒介学的研究范畴之中，但是由于媒介学属于传统实证的影响关系研究，而译介学却涉及了很多跨越不同语言／文化层面的变异因素在里面，所以我们很难将译介学归入此类。也就是说，"译介学最初是从比较文学中媒介学的角度出发，目前则越来越多是从比较文化的角度出发对翻译（尤其是文学翻译）和翻译文学进行的研究。[23]"由于当下视野中的译介学研究已经超越了传统的语词翻译研究的范畴，所强调的已不是传统的"信、达、雅"，而是"创造性的叛逆"。已经是从传统的实证性研究，走向了一种比较文学视野下的文化／文学研究，那么译介学就不能用简单的实证影响关系来作为研究范式了，它已经超出了媒介学研究的范畴。而在这其中，我们要把研究的注意力从语词翻译研究转向那些语词的变异本身，也就是将文学的变异现象作为首要的研究对象。

第二是民族国家形象变异学研究，又称为形象学。形象学产生在20世纪的中叶，基亚在其《比较文学》一书中就专列一章"人们看到的外国"来论述形象学，并称之为比较文学研究"打开了一个新的研究方向"。[24]虽然后来韦勒克却以形象学是一种"社会心理学和文化史研究"来否定卡雷（伽列）和基亚的尝试，[25]但随着社会科学新理论的出现，形象学逐渐成为比较文学研究的分支之一。当然，形象学也从最早的实证性关系研究，而走入对一种文学和文化研究的范畴里面。形象学主要研究目的就是要研究在一国文学作品中表现出来的他国形象。在这里，他国形象只是主体国家文学的一种"社会集体想象物"，[26]正因为它是一种想象，所以必然使得变异成为必然。比较文学对于这个领域的研究显然是要注意这个形象产生变异的过程，并从文化／文学的深层次模式入手，来分析其变异的规律性所在。

第三是文学文本变异学研究。比较文学研究的基点是文学性和文本本身，

23 谢天振：《译介学》，上海外语教育出版社，1999年，第1页。

24 基亚：《比较文学》，北京大学出版社，第107页。

25 韦勒克：《比较文学的危机》，干永昌编选《比较文学研究译文集》，上海译文出版社，1985年，第125页。

26 让—马克·莫哈：《试论文学形象学的研究史及方法论》，孟华主编《比较文学形象学》，北京大学出版社，2001年，第29页。

所以文学文本之间产生的可能的变异也将必然成为比较文学研究的范畴。上文已经谈到，文学接受之以不能归属于文学关系研究，就在于后者是实证性的，而文学接受的过程却是有美学和心理学因素渗入，而最终无法证实的，是属于文学变异的范畴。首先，它包括有实际交往的文学文本之间产生的文学接受的研究领域。其次，文学文本变异学研究还包括那些以前平行研究范畴内的主题学和文类学的研究。主题学和文类学虽然研究范围不同，但它们有一个共同点，就是在上文我们已经讨论过的，法、美学派追求"类同"或者"亲和性"的比较文学研究。而实际上不同文学／文明体系中存在的文本之间的主题和文类在某点的类同之外，更多的却是不同之处，那么我们的比较文学研究的任务就是"不仅在求同，也在存其异。"[27]而且通过不同的文学主题和文类变异现象的研究，我们可以更为有效地展开不同文学的对话，从而更为明了地总结人类的文学规律。

第四是文化变异学研究。文学在不同文化体系中穿越，必然要面对不同文化模式的问题。也就是说，"文化模子的歧异以及由此而起的文学的模子的歧异"[28]是比较文学研究者必然要面对的事情，文学因文化模子的不同而产生的变异是不可避免的事情。这其中，以文化过滤现象最为突出。文化过滤是指文学交流和对话过程中，接受者一方因为自己本身文化背景和传统而有意无意地对传播方文学信息进行选择、改造、删改和过滤的现象。文化过滤研究和文学接受研究很容易混淆，但是最为关键的，就是文化过滤主要是指由于文化"模子"的不同而产生的文学变异现象，而不是简单的文学主体的接受。同时，文化过滤带来一个更为明显的文学变异现象就是文学的误读，由于文化模式的不同造成文学现象在跨越文化圈时候造成一种独特的文化过滤背景下的文学误读现象。那么文化过滤和文学误读是怎么样的关联？它们彼此之间关系如何？它们是如何成对发生的？它们所造成的文学变异现象内在的规律性是什么？这都将是文化过滤和文学误读学所主要探讨的问题。

27 张隆溪：《钱钟书谈比较文学与"文学比较"》，北京师范大学中文系比较文学研究组选编《比较文学研究资料》，1986年，第94页。

28 叶维廉：《东西方文学中"模子的应用"》，温儒敏、李细尧编《寻求跨中西文化的共同文学规律——叶维廉比较文学论文选》，北京大学出版社，1987年，第3页。

比较文学定义与可比性的反思与探索[1]

作为一门独立的学科，比较文学毫无疑问应该有属于自己的定义。那么，比较文学的定义究竟是什么呢？对此，自 1827 年维尔曼在巴黎大学讲学时采用"比较文学"这个名称以来，人们就一直没能给出一个能为世所公认的定义。国际学术界亦长期为此争论不休，以致有许多学者甚至放弃了给它下定义的努力。例如曾给比较文学下过非常精细的定义的法国学派的后期代表基亚在《比较文学》第六版前言中就明确指出："比较文学并不是比较。比较不过是一门名字没取好的学科所运用的一种方法。……企图对它的性质下一个严格的定义可能是徒劳的。"[2]美国著名比较文学家勃洛克在肯定"（比较文学）可以被看作人文科学中最具活力，最能引起人们兴趣的科目之一"的同时，亦认为给比较文学下定义，其结果是"不妥当"和"得不偿失"的。他说："除了展示一个广阔的前景的必要性，我认为任何给比较文学下精确的细致的定义，它上升为一种准科学体系或者把比较文学同其他学科分开的企图，都是不妥当的。如果我们想给比较文学下个严密的定义，或者把它归纳在一种科学或文学研究体系里面，我们必将得不偿失。"[3]但是，考察比较文学百多年来的发展进程，我们会发现众多国际比较文学学者对比较文学的定义与实质的

1　原载于《江汉论坛》，2006 年，第 7 期。
2　基亚：《比较文学·第六版序言》，见干永昌、廖鸿钧、倪蕊琴编选《比较文学研究译文集》，上海译文出版社，1985 年，第 75-77 页。
3　勃洛克：《比较文学的新动向》，上海译文出版社，1985 年，第 197 页。

探讨从来就没有停止过。可以说，正是在对比较文学定义与实质的争论中，比较文学才得以一次次走出岌岌可危的处境，一步步走向兴盛繁荣。有趣的是，每一次关于学科理论及其定义的争论，都引发了一次"危机"，但每一次"危机"，都成为比较文学发展的一次转机。

我认为，迄今为止，比较文学学科理论由于比较文学的定义之争已形成了三大学科理论发展阶段，第一阶段在欧洲，第二阶段在美洲，第三阶段在亚洲，即以法国学派学科理论为核心的第一阶段，以美国学派学科理论为核心的第二阶段，和以正在形成中的中国学派学科理论为核心的第三阶段。作为一门发展中的学科，如前所述，一方面，比较文学诞生的最初动因是开放性、发展性和世界性的；另一方面，比较文学的诞生又受到其文学文化传统以及特定社会思潮的影响。因此，从它诞生至今，100 多年来，随着比较文学不同阶段的推进，其定义也是变动不定的。如果说，比较文学的定义之争一直如影随形地伴随比较文学的发展，一次次给比较文学带来危机的话，那么这种定义的危机也一次又一次地成为比较文学学科理论发展的动力。

其实，任何一门学科的发展，也都常常伴随着定义之争。就拿众所周知的"文学"这个定义来说，应该似乎早有定论，但多少年来却也一直论争不休。"什么是文学？"这个问题曾经困扰了学界千百年，曾有各种各样的定义被提出来。如文学是摹仿，是想象，是虚构，是情感等等……就西方而言，从柏拉图、亚里士多德到康德、黑格尔、华兹华斯、科勒律治，再到俄国的别、车、杜（别林斯基、车尔尼雪夫斯基、杜勃罗留波夫），应当说已研究得相当深入了，早该有确定的定义了，但是，当代西方文论的开端却正是拿文学的定义来开刀的。伊格尔顿的《文学理论导引》的"导言"就以"文学是什么"来开始对当代西方文论的介绍和研究。也正是在对文学定义的诘难和追问之中，俄国形式主义才树立起了自己的一面特色鲜明的旗帜，并推动了当代西方文论的进展。正如伊格尔顿所指出的："也许文学的定义并不在于它的虚构性或'想象性'，而是因为它们以特殊方式运用语言。根据这种理论，文学是一种写作方式，用俄国批评家雅各布逊的话来说，这种写作方式代表一种对于普通言语的系统歪曲。文学改变和强化普通语言，系统地偏离日常语言。……这就是俄国形式主义者提出的'文学'定义。"[4]由于俄国形式主义敢

4　Terry Eagleton: Literary Theory an Introduction, Blackwell, 1983；中译本参见伍晓明译《二十世纪西方文学理论》，陕西师范大学出版社，1987 年，第 197 页。

于对以前的文学定义提出大胆挑战，才真正推动了当代西方文论的蓬勃发展。当代西方文论，正是沿着定义之争这条道路一步步展开的。从某种意义上说，这种似乎无穷无尽的关于"定义"的探讨只是一种方式，学者们通过这种几乎令人厌烦的方式，却意外地，但却是切切实实切地推动了文学理论的进展，这或许就是有关"定义"探讨的理论意义与学术价值。

今天，关于比较文学"定义"的探讨，也应当从这个角度来理解，我们才不会感到困惑，甚至感到不必要或不耐烦。因为从比较文学发展的历程来看，几乎每一次关于定义的论争，都或多或少推进了比较文学学科的建设，尤其是几次大的有关"定义"的论争，确实推动了比较文学的几大学派的形成与比较文学学科理论的建立。

下面，让我们先回顾一下国内外各个阶段比较文学的定义：在法国学派形成之前，最早给比较文学下定义的应当是英国学者波斯奈特。在1886年出版的《比较文学》一书里，波斯奈特所给出的比较文学的定义是："文学进化的一般理论，即文学要经过产生、衰亡这样一个进化的过程。"很显然，这个定义明显地带着进化论的痕迹，其实质只是一种文学进化论。之所以这种进化论在比较文学诞生之初会产生很大影响，与19世纪达尔文进化论思想的盛行密切相关。1871年，达尔文生物进化论从一般动物应用到人类的起源问题上，论证人类是从低级物种到高级物种的漫长历史进化过程的产物。这一进化论思想在欧洲乃至整个人类思想和精神的各个方面均产生极大影响。文学进化论认为，世界上的一切事物，包括文学在内，都不是孤立存在的，而是相互依存、相互联系和发展变化的。正是由此出发，波斯奈特对比较文学的理解就必然是强调社会发展对文学生长的变动关系。他认为能够对文学进行科学解释的主要原因就在于有比较的方法，而比较文学研究的正当顺序应该是社会生活由氏族到城市，由城市到国家以至到世界大同的逐步发展。

与波斯奈特的观点相似的，还有19世纪德国的豪普特、俄国的维谢洛夫斯基、英国的西蒙兹和法国的勃吕纳狄尔等。但由于进化论根本无法真正解释文学的复杂发展历程，因此这种以进化论为理论基础的比较文学观随着进化论的衰落必然走向消亡。

同时，在法国，以孔德为代表的实证主义思想对当时的法国学术界却产生巨大影响，于是以影响研究为基本特征的法国学派便应运而生。这也是比较文学作为一门学科在经历了诞生危机后的第一个繁荣时期，并因此使比较文学作为一门独立学科真正立足于学术研究领域。法国学派的理论代表主要是梵·第根（1891-1948）、卡雷（1887-1958）和基亚（1921-）。因此，他们三人对比较文学所下的定义就基本代表了法国学派的比较文学观。

作为第一个全面而系统地阐述法国学派的理论代表，梵·第根以实证主义思想为理论基础，通过对法国比较文学研究成果的总结，为比较文学建立了一套严密的学科体系。首先，他将文学研究划分为"国别文学"、"比较文学"与"总体文学"，使比较文学在文学研究中拥有了自己独立的研究领域，为其成为一门独立学科奠定了基础。但是，他将"比较文学"与"总体文学"的严格区分则背离了比较文学诞生的初衷。其次，梵·第根将文学的同源性作为比较文学的可比性，为比较文学研究寻找到了切实可行的学理依据。在此基础上，他又为比较文学研究建立了以媒介学、流传学、渊源学三大理论支柱共同构筑的影响研究的理论大厦。具体而言，梵·第根对比较文学的界定是："真正的'比较文学'的特质，正如一切历史科学的特质一样，是把尽可能多的来源不同的事实采纳在一起，以便充分地把每一个事实加以解释；是扩大认识的基础，以便找到尽可能多的种种结果的原因。总之，'比较'这两个字应该摆脱全部美学的涵义，而取得一个科学的涵义。而那对于用不相同的语言文字写的两种或许多种书籍、场面、主题或文章等所有的同点和异点的考察，只是那使我们可以发现一种影响，一种假借，以及其他等等，并因而使我们可以局部地用一个作品解释另一个作品的必然的出发点而已。"[5]

令人遗憾的是，梵·第根的后继者们非但没有对他的偏颇进行纠正，反而更进一步缩小圈子，更加致力于对比较文学概念的窄化，即所谓"精确化"。卡雷在为他的学生基亚的《比较文学》一书撰写的序言中提出了法国学派的定义："比较文学的概念应再度精确化。我们不应无论什么东西、什么时代、什么地方都乱比一通……比较文学是文学史的一支；它研究国际间的精神关系，研究拜伦与普希金、歌德与卡莱尔、司各特与维涅之间的事实联系，研究各国文学的作品之间、灵感来源之间与作家生平之间的事实联系。比较文学主要不考虑作品的独创价值，而特别关怀每个国家、每位作家对其所取材料的演变。"[6]在这里，卡雷甚至将梵·第根有关"总体文学"的论点也一并摒

---

5 梵·第根著，戴望舒译：《比较文学论》，商务印书馆，1937年，第17-18页。

6 基亚著，颜保译《比较文学》1951年出版序，北京大学出版社，1983年，第1页。

弃，只强调实证主义的事实联系，卡雷认为，"什么地方的'联系'消失了——某人与某篇文章，某部作品与某个环境，某个国家与某个旅游者等，那么那里的比较工作也就不存在了"。[7]

如果说梵·第根只是在建构比较文学学科体系时为了更加明确地使比较文学能独立出来，而偏离了比较文学诞生的初衷，那么到了基亚那里，他则是明确地对总体文学进行完全的否定。他说："人们曾想，现在也还在想把比较文学发展成为一种'总体文学'来研究；'找出多种文学的共同点'（梵·第根），来看看它们之间存在的是主从关系抑或仅只是一种耦合。为了纪念'世界文学'这个词的发明者——歌德，人们还想撰写一部'世界文学'……1951年时，无论是前一种还是后一种打算，对大部分法国比较文学工作者来说，都是些形而上学的或无益的工作。"在此基础上，他指出："比较文学并非比较，比较文学实际上只是一种被误称了的科学方法，正确的定义应该是：国际文学关系史。"[8]

1958年，在美国北卡罗来那州教堂山举行的国际比较文学协会第二届年会上，以威勒克为代表的一些美国学者对法国学派的"定义"发起了大胆的挑战。威勒克在明确指出法国学派"在方法和方法论方面，比较文学已成为一潭死水"之后，主张必须正视"文学性"这个问题，因为它是美学的中心问题，是文学艺术的本质。威勒克指出："'比较文学'和'总体文学'之间的人为界线应当废除，'比较'文学已经成为一个确认的术语，指的是超越国别文学局限的研究"，甚至"干脆就称文学研究或文学学术研究"[9]。值得注意的是，在冲破了法国学派的人为束缚后，威勒克却又走向了另一个极端，使比较文学研究流于"无限"，并同时遭到来自法国学派和美国学派内部两方面的攻击（如基亚、韦斯坦因）。于是，美国学派比较文学的定义便由此应运而生。这就是雷马克所说的："比较文学是超越一国范围之外的文学研究，并且研究文学和其他知识领域及信仰领域之间的关系。包括艺术（如绘画、雕刻、建筑、音乐）、哲学、历史、社会科学（如政治、经济、社会学）、自然科学、宗教等等，简言之，比较文学是一国文学与另一国或多国文学的比较，是文学

7　基亚著，颜保译《比较文学》1951年出版序，北京大学出版社，1983年，第2页。
8　基亚著，颜保译《比较文学》1951年出版序，北京大学出版社，1983年，第1页。
9　威勒克：《比较文学的危机》，见干永昌等编《比较文学译文集》，上海译文出版社，1985年，第76页。

与人类其他表现领域的比较。"[10]这个定义的本质特征即在于强调平行研究，从而为美国学派奠定理论基础，但却同时受到来自美国比较文学学者两方面的批评。威勒克批评这个定义仍有"人为的限制"，而韦斯坦因却认为它为比较文学所设置的"圈子"太大，批评道："我以为把研究领域扩展到那么大的程度，无异于耗散掉需要巩固现在领域的力量。因为作为比较学者，我们现有的领域不是不够，而是太大了。"[11]韦斯坦因不但要缩小雷马克已经画出的"圈子"，而且力图将"圈子"限制在西方文学以内，因此他反对东西方文学的平行比较[12]。这种看法，实际上是传统的"欧洲中心论"的延续，而这又成为束缚比较文学向前迈进的一个新障碍。

苏联学者对比较文学也有着自己的定义，典型的看法是日尔豪斯基，他对比较文学作了如下的界定："历史—比较文艺学是文学史的一个分支，它研究国际联系与国际关系，研究世界各国文艺现象的相同点与不同点。文学事实相同一方面可能出于社会和各民族文化发展相同，另一方面则可能出于各民族之间的文化接触与文学接触；相应的区分为："文学过程的类型学的类似和'文学联系和影响'，通常两者相互作用，但不应将它们混为一谈。"这一看法，显然是融合了"文学关系"与平行研究，有人将其总结为"类型学"，并称之为"苏联学派"，但我们认为这一定义基本上不是一种创新性的观点。

随着 20 世纪 80 年代中国比较文学研究的迅速崛起，美国学派的定义已不能适应当前比较文学的发展。这样，以跨异质文明研究为基本特征的中国学派便以自己鲜明的理论特色和在东西方文学比较中取得的大量成果迎来了比较文学发展的第三个阶段。值得一提的是，这种发展已引起了世界比较文学界的关注。"跨文明研究"的理论基础和方法论体系，"正在和即将构筑起中国学派'跨文化研究'的理论大厦"[13]。

在中国，对比较文学下定义的教材、论文、专著不少，但大多是照搬西方人的定义，尤其是照搬美国学派的定义。以下将国内各种定义转述如下：

中国大陆第一部比较文学概论性著作是卢康华、孙景尧所著《比较文学

---

10 雷马克：《比较文学的定义和功用》，见《比较文学研究资料》，北京师范大学出版社，1986 年，第 1 页。

11 维因斯坦：《比较文学与文学理论》，辽宁人民出版社，1987 年，第 25 页。

12 维因斯坦：《比较文学与文学理论》，辽宁人民出版社，1987 年，第 5 页。

13 参见曹顺庆发表于《中国比较文学》1995 年第 1 期上地有关论文及其专著《中外比较文论史》，山东教育出版社，1998 年。

导论》，该书指出："什么是'比较文学'？现在我们可以借用我国学者季羡林先生的解释来回答了：'顾名思义，比较文学就是把不同国家的文学拿出来比较，这可以说是狭义的比较文学。广义的比较文学是把文学同其他学科来比较，包括人文科学和社会科学'。"[14]这个定义可以说是美国雷马克定义的翻版。不过，该书又接着指出："我们认为最精炼易记的还是我国学者钱钟书先生的说法：'比较文学作为一门专门学科，则专指跨越国界和语言界限的文学比较'。更具体地说，就是把不同国家不同语言的文学现象放在一起进行比较，研究他们在文艺理论、文学思潮，具体作家、作品之间的互相影响。"[15]这个定义似乎更接近法国学派的定义，没有强调平行比较与跨学科比较。这种比较文学定义的不确定性，在早期的教科书中或许是难免的。

紧接该书之后的教材是陈挺的《比较文学简编》，该书仍旧以"广义"与"狭义"来解释比较文学的定义，指出："我们认为，通常说的比较文学是狭义的，即指超越国家、民族和语言界限的文学研究，主要研究两种或两种以上民族文学之间的相互关系、两国或两国以上文学之的互相影响，找出它们之间的异同，通过这些关系、影响、异同的研究，认识各民族文学各自的特点，探索文学发展的共同规律。广义的比较文学还可以包括文学与其他艺术（音乐、绘画等）与其他意识形态（历史、哲学、政治、宗教等）之间的相互关系的研究。"[16]

由乐黛云主编，高等教育出版社1988年的《中西比较文学教程》，则对比较文学定义有了较为深入的认识，该书在详细考查了中外不同的定义之后，指出："比较文学是一门不受语言、民族、国家、学科限制的开放性的文学研究学科，它从国际主义的角度，历史地比较研光两种以上不同文学之间的关系，文学与其他字科之间的关系。在世界文学的背景上，通过比较寻求各民族文学的特点和文学发展的共同规律。"孙景尧于1988年出版了一本《简明比较文学》，提出了一个简明的定义："比较文学是将一个国家或民族的文学同另外一个（或一个以上）国家或民族的文学进行比较研究，或将文学与其它学科进行比较研究。"这仍沿用了雷马克定义。

随着时间的推移，学界的认识逐步深化。1997年，出版了两部有特色的

---

14 卢康华、孙景尧：《比较文学导论》，黑龙江出版社，1984年，第14页。

15 卢康华、孙景尧：《比较文学导论》，黑龙江出版社，1984年，第15页。

16 陈挺：《比较文学简编》，华东师范大学出版社，1986年，第2页。

比较文学概论：其一是陈惇、孙景尧、谢天振主编的《比较文学》（高等教育出版社 1997 年版），该书一改从前照搬欧美定义的做法，提出了自己的定义："我们认为，把比较文学看作跨民族、跨语言、跨文化、跨学科的文学研究，更符合比较文学的实质，更能反映现阶段人们对于比较文学的认识。"这里提到的四个"跨"，比从前的定义多了一个"跨文化"。这是一大进步。但作为定义，仍然不够明确和清晰。同年，张铁夫主编了《新编比较文学教程》（湖南人民出版社 1997 年版），提出了颇有特色的看法。该书认为，比较文学具有四大特点："即：开放性、综合性、族际性和科际性。"其论述确有新意，但却不是一个明晰的定义。2000 年北京师范大学出版社出版了《比较文学概论》修订本，提出了一个明确的、同时又是较新的比较文学定义："什么是比较文学呢？比较文学是一种开放式的文学研究，它具有宏观的视野和国际的角度，以跨民族、跨语言、跨文化、跨学科界限的各种文学关系为研究对象，在理论和方法上，具有比较的自觉意识和兼容并包的特色。"[17]这是我们目前所看到的国内较有特色的一个定义。

　　具有代表性的比较文学定义还有 2002 年出版的杨乃乔主编的《比较文学概论》一书，该书的定义如下："比较文学是以跨民族、跨语言、跨文化与跨学科为比较视域而展开的研究，在学科的成立上以研究主体的比较视域为安身立命的本体，因此强调研究主体的定位，同时比较文学把学科的研究客体定位于民族文学之间与文学及其他学科之间的三种关系：材料事实关系、美学价值关系与学科交叉关系，并在开放与多元的文学研究中追寻体系化的汇通。"[18]方汉文则认为："如何给'比较文学'一个恰切的定义，已经被研究者视为畏途，这是众所周知的事实。但学科定义毕竟是学科理论最基本的构成要素，因噎废食并非良策，况且我们在叙述中已经指出了比较文学定义的内容，所以，这里还是对其作一个简单的定义：比较文学作为文学研究的一个分支学科，它以理解不同文化体系和不同学科间的同一性和差异性的辩证思维为主导，对那些跨越了民族、语言、文化体系和学科界限的文学现象进行比较研究，以寻求人类文学发生和发展的相似性和规律性。"[19]梁工等编《比较文学概观》指出："我们认为，比较文学是一种跨民族、跨语言、跨文化、

17 陈惇、刘象愚：《比较文学概论》，北京师范大学出版社，2002 年，第 12 页。

18 杨乃乔主编《比较文学概论》，北京大学出版社，2002 年，第 98 页。

19 方汉文：《比较文学基本原理》，苏州大学出版社，2002 年版第 27 页。

跨学科的文学研究。这更为符合比较文学的实质，也更能反映现阶段人们对于比较文学的认识。"

本文对比较文学定义如下："比较文学是以世界性眼光和胸怀来从事不同国家、不同文明和不同学科之间的跨越式文学比较研究。它主要研究各种跨越中文学的同源性、变异性、类同性、异质性和互补性，以影响研究、变异研究、平行研究、跨学科研究、总体文学研究为基本方法论，其目的在于以世界性眼光来总结文学规律和文学特性，加强世界文学的相互了解与整合，推动世界文学的发展。"本文这一定义不同于前人之处是增加和强调了"跨文明"、"变异性"和"异质性与互补性"这三大要素，同时，这一定义只承认了"跨国"、"跨文明"、"跨学科"这三要素。

从这一定义出发，我们就能较好地理解什么是比较文学的可比性了。我们认为，可比性主要有如下几点：

第一，同源性。

在法国学派的理论体系里，影响研究的对象是存在着事实联系的不同国家的文学，其理论支柱是媒介学、流传学和渊源学。因此，它的研究目标是通过清理"影响"得以发生的"经过路线"，寻找两种或多种文学间的同源性关系，同源性也就成为法国学派学科理论体系可比性的基础。正如梵·第根所说，这种"经过路线"至少由三个要素构成："起点"（放送者）、"到达点"（接受者）和"媒介者"（传递者）。梵·第根进一步指出，一个国家的"接受者"，对另一个说来往往担当着"传递者"的任务，因此这三个要素对于比较文学来说是同样重要的。而清理这条"线路"时，既可以由起点向到达点追索（流传学），也可以从到达点出发，向起点探源（渊源学），总之，在线路的清理中，其源头是相同的，换句话说，影响研究的可比性就是同源性。因此，在以同源性为突出特征的影响研究的可比性中，影响的种类、影响的途径和接受的实证性方式就成为法国学派的具体研究内容。除此以外的一切比较文学研究，由于缺乏同源性，法国学派均否认其属于比较文学。由于在法国学派那里可比性已被人为限制到很小的领域内，显而易见，这并不是比较文学可比性的全部。

第二，变异性。

比较文学变异学的可比性在于同源中的变异性，这是本文的创新之处。同源的文学在不同国家、不同文明的传播与交流中，在语言翻译层面、文学形象层面、文学文本层面、文化层面产生了文化过滤、误读与"创造性叛逆"，产生了形象的变异与接受的变异，甚至发生"他国化"式的蜕变，这些都是变异学关注的要点，在这里，变异性成为可比性的核心内容。

第三，类同性。

比较文学发展到以平行研究为特征的美国学派时，影响研究的束缚便得以突破。可比性的内容得到进一步拓展，类同性和综合性作为平行研究可比性的特征凸现出来。其实，在某种意义上这是一种回归，一种"循环式的上升"。因为，早在比较文学诞生之初，平行研究便是比较文学研究的一种基本法则。例如1895年戴克斯特完成的法国第一部比较文学专著（也是第一篇比较文学学位论文）《卢梭与文学世界主义的起源》里便使用了平行研究的方法。平行研究的对象是彼此毫无直接影响和亲缘联系的不同国家或民族间的文学。因此，类同性所指的是没有任何关联的不同国家的文学之间在风格、结构、内容、形式、流派、情节、技巧、手法、情调、形象、主题、思潮乃至文学规律等方面所表现出的相似和契合之处；而综合性则是立足于文学，以文学与其他学科进行跨学科比较的一种交叉关系。因此，平行研究的可比性就在于类同性与综合性。

第四，异质性与互补性。

异质性与互补性的可比性主要是从跨文明平行研究和总体文学研究的角度来说的，因为，法、美学派均属于同一欧洲文化体系的比较文学学科理论，而随着比较文学发展到以跨文明研究为基本特征的第三阶段，异质性作为比较文学的可比性则凸现出来。在跨越异质文化的比较文学研究中，如果忽略文化异质性的存在，比较文学研究势必会出现简单的同中求异和异中求同的比较，前者使得中国文学成为西方观念的注脚，而后者则是一种浅层次的X+Y式的比附。因此，在跨文化的比较文学研究中，"异质性"是其可比性的根本特征。但"异质性"必须与"互补性"相联系起来。换句话说，研究异质性是为了达到互补性。

如果说过去的"异"是指不同的国家、民族、语言、学科等之异，那么这里的异则是对异质文化间异质性的强调。具体而言，跨文明比较文学研究可比性的立足点是多元性与互补性。在此基础上，跨文明比较文学研究的可比性就体现为异质性、多元性、互补性和总体性。

异质性的内容包括文明原生性、独立性，只有明确意识到这种特征的存在，东西方对话才能得以进行，东西方文学才能实现互补。由于多元性是跨文明比较文学研究的基本观念，由此才能在中西比较文学及东方文明之间（如中国与印度等）文学比较研究中使被比较的对象互为参照，从浅层次的同异比较向深层次的文化探源发展，为实现交互性和总体性奠定基础。

交互性则是在上述基础上，对被比较的对象进行互释、互证、互补式研究，这样最终才能达到总体性。由互补性而达到的总体性原则可以说是对比较文学发展的最高层次的探索，也可说是对比较文学诞生初衷的最彻底回归。无论不同文化之间的文学创作和文学理论表现出怎样的差异，它们都是一种审美，一种对于文学艺术审美本质的共同探求。因此，在以跨文明研究为特征的比较文学第三阶段中，可比性就具体体现为在同源性、变异性、类同性和综合性基础上，从总体文学的角度对不同文明间异质性及其互补和融汇途径的进一步寻求。[20]

异质性还包括了不同文明文学交流中的变异性，这包括语言层面经由翻译而产生的变异性，中国学者将其总结为译介学；不同文明交流中的文化过滤与文学变异；不同文明文学接受中的文化改写，异国形象的塑造等等内容。

上述四类可比性，有时是交织在一起的，在具体比较研究中，不应机械地强行分割开来。例如，在法国学派创立影响研究时，仅仅强调的是跨国的文学关系，但在今天，文学之间的影响更多的是跨文明的影响；法国学派强调的更多的是实证性的影响，而今天我们更强调文学传播中的异质性和变异性。而且，文学实际影响与文学变异常常是交织在一起的，影响的同源性与平行的类同性常常是相关联的，我们一定要注意其中的复杂性。

---

20 参见曹顺庆编《比较文学新开拓》)（重庆大学出版社 1996 年版)、《比较文学学科理论的垦拓》（北京大学出版社 1998 年版)、《迈向比较文学新阶段》（四川人民出版社 2000 年版）等著作。

异质性与变异性——中国文学理论的重要问题[1]

　　法国新一代汉学家弗朗索瓦·于连对钱钟书的中西比较方法提出了质疑，认为钱钟书采用了一种"近似法，一种不断接近的方法，一句话的意思和另一句话的意思最终是相同的"[2]。同时，他谈到刘若愚的《中国的文学理论》也在"试图用一种典型的西方模式考察中国诗学，这种方法得出的结果没有什么价值"[3]。一个外国人对钱钟书和刘若愚这样学贯中西、让国人高山仰止的大学者提出如此尖锐的批评，准确度如何？其价值何在？

　　钱钟书是否认自己的中西诗学研究使用了"比较"方法的，但其很多思想论著确没有脱离"比较"，在《旧文四篇》中，谈"通感"、谈诗与画比较，即搬用了平行研究和跨学科研究的方法，其《谈艺录》与《管锥编》更被奉为中西比较诗学研究的杰出实践。他在一封自述其研究方法的信中对这个矛盾作了这样的解释："弟之方法并非'比较文学'，in the usual sense of the term，而是求'打通'，以中国文学与外国文学打通，以中国诗文词曲与小说打通。"[4]其实"打通"与"比较"在钱钟书那里并不相悖，他曾明确指出"比较文学的最终目的在于帮助我们认识总体文学（littérature générale）乃至人类文化的基本规律，所以中西文学超出实际联系范围的平行研究不仅是可能的，而且是极有价值的。这种比较惟其是在不同文化背景上进行，所以得出的结论具有普遍意义"[5]。钱钟书正是怀抱这样"无不以'打通'为准绳，以寻求中西

1　原载于《东方丛刊》，2009 年，第 3 期。
2　秦海鹰：《关于中西诗学的对话——弗朗索瓦·于连访谈录》，《中国比较文学》，1996 年，第 2 期。
3　原载于《东方丛刊》，2009 年，第 3 期。
4　郑朝宗：《海滨感旧集》，厦门大学出版社，1988。
5　转引自季进《钱钟书与现代西学》，上海三联书店，2002 年。

共同的诗心文心"[6]为目的来明确比较文学的要求的，他的著述核心就在于沟通中西、打通学科，寻求跨文化、跨学科的共同文学规律与文化规律。

与钱钟书用文言形式阐释中西思想的方法不同，刘若愚的《中国的文学理论》借用艾布拉姆斯《镜与灯——浪漫主义理论批评传统》中提出的作品、艺术家、世界、欣赏者是文学四要素的说法，试图通过对"四要素"结构的改造把中国哲学思想普及到西方去。如果说钱钟书是在通过中西诗学的比较找到"同"，那么，刘若愚则是把出发点已经直接建立在了"同"上。可以说《中国的文学理论》一书不但在框架上借用艾布拉姆斯的"四要素"说，其中的"形而上的理论"、"决定的理论"、"表现的理论"、"技巧的理论"、"审美的理论"、"实用的理论"等表述也都是西学思维。刘若愚本人在《中国的文学理论·前言》中明确指出其撰写本书的主旨有三，其"最为重要的是通过对悠久具有中国批评思想特色的各种文学理论的描述，从而形成最终具有普遍意义的文学理论，以便与其它渊源不同的理论进行比较"[7]。

无论是钱钟书的《谈艺录》、《管锥编》，还是刘若愚的《中国的文学理论》，他们中西比较研究的目的都明确指向了"求同"，渴求寻找一个放之四海而皆准的"普遍的文学理论"，这是近代中国文艺理论发展中的一个显著特点。而在于连看来，"我们正处于一个西方概念标准化的时代"[8]，钱钟书也好、刘若愚也罢，从"比较"开始的结果很可能步入"求同"的误区，从而忽略对文明"异质性"的研究。于连认为中国文化与西方文化有着不同的历史起源，在传承发展中遵循着不同的规律，中西文化中的很多概念是不能通过翻译和比较融通的。比如"兴"、"阴"、"阳"。"兴"在中国古代文论中意义的模糊性和不确定性，"阴"、"阳"概念动其一而知其二的特质，都不曾在西方文化中出现，不能直接用西方概念表述，西方"二元对立"的思维法则与中国"天人合一"的思维模式是不能用同一价值标准来衡量和评判的。可见，西方思想界已经开始意识到"求同思维所预设的先验性的价值蓝图，必然要归咎于意识形态的能动操纵"[9]。对此，霍尔也认为："意义依赖于对立者的差异"，"我们

6 郑朝宗：《海滨感旧集》，厦门大学出版社，1988。

7 [美]J·刘若愚：《中国的文学理论》，四川人民出版社，1987。

8 原载于《东方丛刊》，2009 年，第 3 期。

9 王超：《思想的未被思想之物——论于连的"无关性"作为一种意义谋略的价值论域》，《海南大学学报》，2008 年，第 4 期。

只能通过同'他者'的对话才能建立意义。"[10]由此看来，中国文论界必须重视异质性问题，这是当代中国文论的重大理论问题。所谓异质性，"是指从根本质地上相异的东西，就中国文论与西方文论而言，它们代表着不同的文明，在基本文化机制、知识体系和文论话语上是从根本上相异的（而西方各国文论则是同根的文明）"。[11]长期以来中国文论界受西方思想遮蔽，不能清醒地认识异质性，在文论话语碰撞时导致了异质性的失落，中国古代文论的命运就是"替换中失落"的代价。于连指出："虚假的普世主义其实是一种思想的同一化，而思想的同一化则会产生刺激民族主义滋长的反作用。"[12]而"异质性才是拒绝同一化的有力武器"[13]。

值得注意的是，已经有学者开始关注"异质性"的重要意义。余虹曾从概念渊源和内涵出发，把中国的"诗"、"诗学"和西语的"poetry"、"poetics"做了对照，指出"无论在西方现代'文学理论'（theory of literature）的意义上将中国古代文论命名为'诗学'（poetics），还是在西方古代'诗学'（poetics）的意义上将中国古代文论命名为'诗学'"，其最终结果都是一种"意义强加"[14]。他坚持认为"只有当我们'在概念（所指）还原的层面上'清除'语词翻译表面（能指）的相似性混乱'，将中国文论还原为中国文论，将西方诗学还原为西方诗学，两者之间的比较研究才有一个'事实性的前提'，这个前提就是两者在概念上的差异和不可通约性"[15]。余虹从中西异质文明的角度分析中西文论思想中所存在的"不可通约性"，承认了中国的"文论"与西方"诗学"理论是不能等同的，他指出我们在挪用范畴的时候往往在无意识中认可了某种内在的理论秩序，这是余虹立论的可贵，但一味强调"不可通约性"，则是其弊。

于连选择中国作为其研究对象的主要原因就在于这个异邦的文明为打开西方思想的传统局限提供了前所未有的文论资源。沿着古希腊、古罗马思想发展而来的西方思想形成了根深蒂固的"偏见"，逻辑严密的框架更是不可攻

10 霍尔著：徐亮译，《表征》，商务印书馆，2003年。

11 曹顺庆：《比较文学教程》，高等教育出版社，2006年。

12 [法]弗朗索瓦·于连：《新世纪对中国文化的挑战》，《二十一世纪》，1999年。

13 原载于《东方丛刊》，2009年，第3期。

14 余虹：《再谈中国古代文论与西方诗学的不可通约性》，《中外文化与文论》，2006年，第1期。

15 郑朝宗：《海滨感旧集》，厦门大学出版社，1988。

破的牢笼，对西方思想的正面剖析无法根本避开"传统"固有的思维模式，他认为必须从外部观照西方思想，而"迂回"到异域中国是一种战略上的选择，这个"别处的形象"的"无关性"所提供的丰富思想资源，从外部为西方思想不曾涉及的层面开启了智慧，能为西方思想找到一条走出危机的道路。可见，"无关性"与"异质性"终归是有差别的。于连"并不是要取中国和西方的'差异'，而是要追寻二者彼此的'无关'"[16]。如果说异质性在试图打破西方传统思维和"西方中心主义"、"成见"的桎梏，那么"无关性"则是彻底的否定，这个偏激的论断有意识地将中国文论和西方文明做了完全的切割。所以，于连的"无关性"是对"求同性"矫枉过正的演变，我们所说的"异质性"是"差异性"而不是"无关性"，不能否认在中西思想史上存在着共同的认知。于连并不温和的态度也必须妥协于交流这个事实，正如他所坦言的，他"不以比较开始，但以比较结束"[17]。观照本身是一个双向的运动，异质文明之间不能以"求同"为前提进行"比较"，但必须"找到一种可以彼此交流的平台，打破彼此各不相干的局面。这样就避免了那种生硬的平行比较，而是从自身出发，通过深化问题来映照出对方思想传统中通常被认为是'不可质疑'成分的'可疑性'，从而达到对中西思想深刻层面上的理解和把握"[18]。

实际上，中西文明间既有"不可通约性"，也有"可通约性"，关键是以谁为主的问题，片面强调"可通约性"必然会落入"西方中心主义"的误区，而过分夸大"不可通约性"则失去了沟通的根本。相比较而言，叶维廉在"可通约性"与"不可通约性"间的尺度把握是较为准确的。在《东西方文学中"模子"的应用》一文中他使用了"模子"的概念，他认为在东西方文学中，存在着可以概括各自文学形态和特征以及或可兼顾两者共同特点的"模子"，不同文明的"模子"之间存在"共相"，也不可避免有差异。值得一提的是，尽管叶维廉把确立"模子"概念并对"模子"进行比较，分析不同"模子"重叠部分作为中西比较文学的重要焦点，他仍主张"必须要藉异而识同，藉无而得有，从而做到同异全识，历史与美学汇通"[19]，并将这种"汇通"建立在中西两种文学互识、互证、互比、互照的基础之上。叶维廉是中西比较诗学

16 杜小真：《远去与归来》，中国人民大学出版社，2004 年。
17 秦海鹰：《关于中西诗学的对话——弗朗索瓦·于连访谈录》，《中国比较文学》，1996 年，第 2 期。
18 黑格尔著：贺麟译，《小逻辑》，商务印书馆，1980 年。
19 徐志啸：《叶维廉中西诗学研究论析》，《社会科学》，2008 年，第 10 期。

中做得较好的代表，他的诗学比较不仅认识到不同文化之间"可通约性"，同时也没有忽略"异质性"。

二、当代文艺理论是建立在与西方求同基础上的

当代文艺学几乎是对西方文论的全面承袭，尤其是对俄苏文学概论的承袭，近年虽有改进，但整个文艺学仍基本倾向于对西方文论的认同，忽略了异质性，即便是中国古代文论也如此。由于对"异质性"问题的忽略，造成了学界在中国文论研究中出现难以回避的症结，学界对中国古代文论的阐释一开始就朝着西式的体系化、范畴化、学科化的方向迈进，走上了一条西化道路，明显的表现在"中国文学批评史"学科的建立和《中国文学批评史》的编写上。1927年陈锺凡出版了《中国文学批评史》，这本书第一次将西方"文学批评"这个范畴理论化，并运用西方知识体系去统摄中国古代的文论思想。后来方孝岳的《中国文学批评》(1934)、郭绍虞的《中国文学批评史》(1934)、罗根泽的《中国文学批评史》(1943)、朱东润的《中国文学批评大纲》(1944)、蔡仲翔等人的《中国文学理论史》(五卷本)、复旦大学王运熙、顾易生主编的《中国文学批评通史》(七卷本)基本上都采用了这个框架。

在"体系"这个问题上，学界出现了分歧，有人认为中国古代文论有体系，有人认为没有体系，但无论是有体系论者还是无体系论者，其出发点都是西方的体系观念。例如：有学者认为中国古代文学理论思想多散见于诗文评点、文章序言和书信谈论中，中国古代文论中没有产生一部真正成体系的文学理论著作；有的学者则认为，《文心雕龙》就是一部"体大而虑周"的巨著；还有人认为，司空图的《二十四诗品》也具有一个体系结构；更有人发表观点说，虽然在中国古代文论中很难找到像西方那样明显的体系，但是"潜在的体系"[20]是有的。学界所持观点各异，但是仍然没有脱离围绕"体系"一词来考证古代文论的框框。所谓"体系"本来就是西方舶来语，"体系"这个概念，不仅仅是作为一个术语而存在的，它的背后有一个深厚的思想文化根基作为支撑。西方思想充分体现出原则化、逻辑化强的特点。用西方逻辑、思辨的体系来规划中国古代智慧，无论体系的有无、潜在与明显，"都不是在

---

20 刘绍瑾：《自然：中国古代一个潜在的文学理论体系》，《文艺研究》，2001年，第2期。

依照中国传统的话语方式和意义生成范式来探索问题"[21]。

不但"体系"是西方观念,"范畴论"同样是舶来品,学界在用西式范畴对照《文心雕龙》中"风骨"这一异质概念时就难免产生笑话。有学者将"风"解释为形式,"骨"解释为内容;有的学者恰恰相反,认为"骨"是内容而"风"是形式;还有人认为用形式和内容来解释"风骨"实为不当,应该把"风骨"和"风格"类比,论来论去,都没有足够的说服力。《文心雕龙》的作者刘勰在描述"风骨"时,用"翚翟"、"鹰隼"、和"鸣凤"三种鸟的意象隐喻了"风骨"的内涵,他认为鹰隼直冲云霄时"骨劲而气猛"谓之"风骨"。可见,"风骨"与"形式"、"内容"或"风格"不是同一个东西。正如敏泽所说:"风骨作为一个完整的概念,就是要求文章'刚健既实,辉光乃新',在思想艺术方面具有刚健,遒劲的力的表现,像鹰隼展翼疾飞那样'骨劲而气猛',这正是当时文艺作品普遍缺乏的。"[22]

毋庸置疑,从学理上对中国古代文论进行清理也是以西方样板为准则的,这个样板就是英国学者森次巴力(Saintsbury)的《文学批评史》。罗根泽认为,中国古代本来是没有"文学批评"这一称谓的,从学科角度对中国古代文论进行规范只是效法于西洋,他在《中国文学批评史》中指出:"近来的谈文学批评者,大半依据英人森次巴力(Saintsbury)的《文学批评史》(The History of Criticism)的说法,分为:主观的、客观的、归纳的、演绎的、科学的、判断的、历史的、考证的、比较的、道德的、印象的、赏鉴的、审美的十三种。依我看是不够的。按'文学批评'是英文 Literary Criticism 的译语。Criticism 的原来意思是裁判,后来冠以 Literary 为文学裁判,又由文学裁判引申到文学裁判的理论及文学的理论。文学裁判的理论就是批评原理,或者说是批评理论。所以狭义的文学批评就是文学裁判;广义的文学批评,则文学裁判以外,还有批评理论及文学理论。"[23]任何学科的建立都有其所辖范围,"中国文学批评史"这门学科的组建元素无疑是中国古代的文学批评。上文已论述,西方的体系和范畴都不能有效地规范中国古代文论,如此该怎样选择对象元素纳入学科之中?为"中国古代文论"设定"学科史"是在还原文论本然样态,还

---

21 曹顺庆,王超:《论中国古代文论的中国化道路——对"中国文学批评"学科史的反思》,《中州学刊》2008 年,第 2 期。

22 敏泽:《中国文学理论批评史》(上册),人民文学出版社,1981 年。

23 罗根泽:《中国文学批评史》,上海古籍出版社,1984 年。

是在以带有某种目的性的意识形态来框定其理论的内涵和外延？何况所谓"客观的"、"本来的"历史是不存在的。且由于古代文论和当代文论间存在严重断层的现象，因此古代文论思想中的某些概念表述已经无法被当代话语阐释清楚，很多解释明显带有著者的主观臆断。

如今，中国古代文论几乎退出当代文学创作与批评实践，成为学者案头的"秦砖汉瓦"，而西方文论话语被认定为普世话语，中国文论完全用西方的话语原则思考，并以西方的价值标准进行衡量，中国文学与文论基本上成了阐释西方文论的注脚。在处处以西方文论思想为楷模的替换中，中国当代文论出现了前所未有的失落感。季羡林先生很有感触地指出："我们东方国家，在文艺理论方面噤若寒蝉，在近现代没有一个人创立出什么比较有影响的文艺理论体系……没有一本文艺理论著作传入西方，起了影响，引起轰动。"[24]对于西方文论思想系统性、逻辑性的极尽崇拜和对本土文化身份的不认同，致使一切只能被西方思想的标杆测量。而原生态的、独立生长的中国文论变得毫无价值可估。我认为，话语失落的根本原因还要回到论述的第一点——对"异质性"的忽略。

三、深植本土：中国文论的中国化

我们之所以一再强调对不同文明"异质性"的关注，其目的是建设一套能够与西方学者平等交流的话语，而以西方文论为中心的话语原则和传统比较文学研究方法的"成见"，不能解决比较文学本身的危机，重建中国当代文论是时代的必然要求，而"中国文论的中国化"是重建的必行之路。或许有人会问：中国文论本来就是中国的，为什么还要中国化？怎样中国化？

强调"中国文论的中国化"是因为在现、当代文论发展史上中国文论出现了被迫的"他国化"扭曲，今天我们关于"诗学"的大部分谈论在基本知识质态和谱系背景上都是西学的，中国文论本然的话语原则为西方思维模式操纵，文论研究被西方牵着鼻子走。"由于西学知识系统对传统知识谱系的全面替换，中国传统诗学已成为一种'异质'的知识。"[25]即使王国维、刘若愚这样的大学者也要用叔本华和艾布拉姆斯的思想来分析中国文论，古代文论在

---

24 季羡林：《东方文论选·序》，载于《比较文学报》，1995年，第10期。

25 曹顺庆，王超：《论中国古代文论的中国化道路——对"中国文学批评"学科历史的反思》，《中州学刊》2008年，第2期。

当今世界具有了"陌生感",学界呈现出对"母体"文化的拒斥,结构主义、解释学、阐释学、后现代思想反而上升为中国文论主要思想评判标准。这就出现了在当代史上"中国古代的文论、艺术理论从术语、观念到体系结构,都往往要'翻译'成西学质态的知识,对我们才可以'理解',才是'清楚明白'的,传统知识中的大部分都须经过现代知识系统的解释、过滤和处理,才有进入当代中国知识世界的合法性"[26]。叶维廉在《中国诗学》中说:"如果我们以西方的批评为准则,则我们的传统批评多半未成格,但反过来看,我们的批评家才真正了解一首诗的'机心',不以好胜的人为来破坏诗给我们的美感经验,他们怕'封(分辨,分析)始则道亡',所以中国的传统批评中几乎没有娓娓万言的实用批评,我们的批评(或只应说理论)只提供一些美学上(或由创作上反映出来的美学)的态度和观点,而在文学鉴赏时,只求'点到即止'。"[27]中国文论并非不可取的"怪胎",只是采用一种与西方逻辑思辨偏激的自圆其说不同的理解方式。在尊重异质性的前提下去观照古代思想独特的意义生成方式,扯掉西方思想理论时髦外衣的包裹,中国文论话语可成其一家之言。

"中国文论的中国化"就是要建立一套用根植于中国本土的原生态的话语原则,改变现当代文论完全在西方文论思想操控下阐释文学作品的模式。因为中国传统文化与文论长期以来受中国特有的文化规则主导,所以,我们今天重建中国文论话语,就是要找回那些固有的具有民族性的意义生成和话语言说的文化规则。具体而言,"中国文论的中国化"要经历四个步骤:一是承认中西文论的异质性和独立性,摆脱"以西释中"、"以中注西"的单向偏重,不能盲目对中西文论和文化做主观价值判断,而是始终要从事实陈述的角度去看清一个多元共存、杂语共生的文论局面。二是以中国文论话语规则为本,回归到传统的文论语境之中,摆脱西方文论话语的外在影响和内在植入。三是打通古今的文论话语,展开"中国古代文论的现代转换"。四是在承认中西方文论异质性因素的前提下,进行跨文明对话,中西文论思想的交流、互补和超越,最终达到以我为主、"中西化合"的无垠之境。

重返古代文论语境,以中国古代文论的话语原则建造当代文论的意义生

---

26 曹顺庆,王超:《论中国古代文论的中国化道路——对"中国文学批评"学科历史的反思》,《中州学刊》2008 年,第 2 期。

27 叶维廉:《中国诗学》,三联书店,1992 年。

成方式和思维方式，最主要的原则是以道家的"道"和儒家的"依经立义"为核心。以"道"为核心是采用老庄的矛盾法和虚实法以排斥日常的理性思维和话语逻辑，以"去知"、"去言"的研究方法，建构"无中生有"、"虚实相生"、"立象尽意"的意义生成原则；而儒家的"依经立义"则是以经典为根本，秉持"原道"、"宗经"、"征圣"的核心观念，采用"微言大义"和"以意逆志"的思维模式，以小见大、以远观近。总而言之，无论老庄言论或孔儒之学，与西方的理性思辨是迥然相异的。中国的文化滋生于儒道，依照道家与儒家的阐释方法来重建当代中国文论，使断裂的中国古代文论重新链接，筛选精华、熔铸中西，中国文论才能变更"照着讲"为"接着讲"，达成与西方的文论的平衡发展。由于历史文化渊源及于其中长期酝酿而成的知识谱系的差异，不同文明孕育的文论思想的解读方式大相径庭，以西方文论思想为中心的求同性建构掩藏了异质文化沉淀的不同精神形态和趣味取向，单向度的文论阐释方法是一个对不同文明"去异"的过程，而中国文论界多年来因"不知异"而亦步亦趋地效法西方，抛弃了本土的文化原则，改变了自己的思维模式，照本宣科、呀呀学语，直接影响了中国的文学艺术创作及其理论的话语形式。人有人之长，国有国之学，人之长足以立身，国之学成其根本。"中国文论的中国化"是以中国本土的母语意义生成与话语言说方式为其根本，与西方文明的交流、融合中创建自身的文论话语，促使不同文化起源的文明在保有异质性的前提下互释、互证、互补，跳出求同存异的藩篱，以总体文学"和而不同"的胸怀和眼光，建造不同文明"杂语共生"的世界文化系统。

四、西方文论的中国化：文论话语传播中的变异现象

由于长期以来对异质性的忽略，文论界基本认同西方文论的普适性和先进性，西方文论思想成为分析任何文明的标杆，突出表现在对比附式研究和阐释法的应用中。然而，我们渐渐发现，有些西方理论拿来分析中国的文学作品是适合的，而有些则解释不通。后者诸如以"形式"、"内容"、"风格"等理论归类"风骨"，前者则有用浪漫主义、现实主义划分部分古代的作家及作品。不能排除世界不同文明之间的"可通约性"，但毕竟差异处居多。为什么我们用西方文论概念分析古代文学作品有时能够行得通，甚至坦然如己出呢？我认为，在采用西方文论阐释中国文论的同时，产生了"变异"现象。

变异学是近年来广受关注的比较文学研究的新领域，作为一个新的学科

是从更高的层面上对文明异质性的回应。它是以形象学、译介学为基础而建立的，当这两门学科从法国影响研究的麾下分割出来，就组成了基本的比较文学变异学。当然，我在《比较文学学》中对变异学进行专章阐述时还加入了接受学。所谓文论变异，是指文论思想在由起点经媒介到终点的传播过程中，出现了缺失、掉落或变形的现象，一方面由于异质文明的语言构成结构的不同，造成了译介障碍，韦斯坦因曾说"在翻译中，创造性叛逆几乎是不可避免的"[28]；另一方面，由于文化背景和知识谱系的差异，在阐释过程中常出现不同质的文明或思想的碰撞、融合及为我所用的改变。由此，变异产生的直接后果就是"误读"和"新质的产生"。长期以来，由于西方的"霸权主义"和"西方中心主义"影响，东方长期处于被"误读"之中，赛义德的《东方学》就是深入到西方思想和文化的内部去考察西方世界对东方形象的扭曲性理解的回击。赛义德认为，西方学术中的东方学是在西方向东方扩张中，在其帝国主义的意识形态下建构起来的，西方的东方知识是以殖民扩张以及对新异事物的兴趣的背景下发展起来，这种意识形态的话语就是"东方是非理性的，堕落的，幼稚的，'不正常的'，而欧洲则是理性的，贞洁的，成熟的，正常的"[29]。这种丑化、陌生化东方文明的观念一直占据西方思想界，致使东方文明长时间处于被解构、被忽略的状态，而西方思想不断被崇高化、神圣化，其影响不断膨胀。如何在实质上弥补比较文学学科理论的缺陷，促成中西方文论真正意义上的平等对话，关键是必须清醒认识文明的异质性、互补性及变异性。

异质文明中产生的文论思想在传播中的碰撞与融合产生的另一个后果是"新质的产生"。"新质的产生"是为了文论思想能够更好地为我所用，在中西文论思想的交流中重点表现为"西方文论的中国化"。中国近现代文论受西方思想影响的历史源远流长，以清末的洋务运动为开端，从"五四"运动到 20 世纪 80 年代和 90 年代的理论引进，几经"西学东渐"，中国的文论思想基本上被替换为西方的解读方式。例如中国文学史上乐于用"浪漫主义"来解读屈原、李白的诗歌，用"现实主义"解读杜甫、白居易的文学创作，甚至浪漫主义和现实主义曾经天经地义地被认为是我们本土的思想。这两种创作手法的概念之所以理所当然地被中国文学史长期拿来分析本土的文学

28 韦斯坦因著：刘象愚译，《比较文学与文学理论》，辽宁人民出版社，1987 年。
29 赛义德著：谢少波，韩刚等译，《赛义德自选集》，中国社会科学出版社，1999 年。

作品，其中很重要的一个原因是此浪漫主义、现实主义已非在西方产生时的浪漫主义与现实主义，两种创作手法在被借用的同时与本土的传统思维习惯相碰撞、相结合，已经发生了改变，现在文学史上所讲的浪漫主义和现实主义已经超越二者本身的定义范畴，是中西文论思想结合中产生的新的范畴，是理论变异后拓展出的新范畴。赛义德把这种"观念和理论从一种文化向另一种文化移动时，必然会牵涉到与始发情况不同的再现和制度化的过程"，称为"理论旅行"。[30]在"理论旅行"中，我们不可回避的是一个"化"的问题，对于西方的文论思想，我们不仅要拿来，还要化入本土的文化中，为我所用。可以说，中国现代史上真正成体系的文论思想并产生影响的引介要数近代王国维的《人间词话》，《人间词话》书写上保留了中国古代诗论、词论的形式，但其中有些术语概念，如"理想的"、"写实的"、"主观之诗人"、"客观之诗人"已经具有中国化的味道。因此，促成"西方文论的中国化"，"即是将西方文论新知的有关理论与中国文论传统以及中国文学实践相结合，将西方文艺理论置于中国文艺实践的现实土壤中，在实践中运用、检验，以确证其有效性的途径和方法，也是将西方文论在中国文艺实践的现实语境中进行改造、加工，以产生新的文艺理论的策略！是实现西方理论中国转换的具体途径和方法"[31]。

　　以异质性和变异性为基础的跨文明研究是比较文学新的研究方法，为比较文学的发展树立了新的目标和价值标准。中国文论和西方文论在思想渊源、发展规律和言说方式上是存在本质的不同的。然而，正因为我们忽视了这个独特的本质，中国文论才长时间受控于西方的话语模式。重建中国文论的过程中，首先要注意到中国思想的独特魅力。但是，在建构我们自身文论话语原则的过程中，不可避免地要遭遇与其他文论思想相碰撞的现象。在碰撞过程中，我们要注意思想的变异性对本土文论的影响和创新，重建当代文论既要以本土话语原则为基础，也必须以尊重其他话语原则为前提。"杂语共生"是一种好的现象，只是当下这个"杂语共生"系统的内部发展是不平衡的，国际文论界在以"西方中心主义"排挤其他文明的声音。所以重建当代文论

30 秦海鹰：《关于中西诗学的对话——弗朗索瓦·于连访谈录》，《中国比较文学》，1996年，第2期。

31 李夫生，曹顺庆：《重建中国文论话语的新视野——西方文论的中国化》，《理论与创作》，2004年，第4期。

话语就必须担当起两个任务，其一是重建中国文论的话语原则，促进中国文论以自己的方式思考；其二就是要改变世界文论的失衡状态，做到真正的平等对话和交流，这都是以尊重不同文明间的"异质性"和文化传播中的"变异性"为基础的。"西方文论的中国化"是重建当代中国文论又一新的途径。

　　"重建中国当代文论"是一个长期而艰巨的任务，在建构过程中，必须跳离在"趋同"视域里兜圈子的比较方法，从"异质性"出发，并以"变异学"的视角观照"异质性"，才能从更宏阔的角度深入到中国文论自身的话语原则中，走出一条反本开新的道路。

变异学视野下比较文学的反思与拓展[1]

比较文学学科自从诞生之日起，就不断遭受到来自各方面的批评、质疑和指责，学科"危机"之论不绝于耳，耸人听闻的"死亡"论也不时抬头。从最早意大利的克罗齐到美国学派的主要代表人物韦勒克，再到当代的理论家巴斯奈特、斯皮瓦克，比较文学似乎一次又一次陷入困境。但每一次"危机"都孕育着"转机"，每一次"死亡"都预示着"新生"，比较文学非但没有"死亡"，而是在发展壮大中走过了一个多世纪的历程。不管是在欧美国家还是在中国，比较文学的实践取得了丰硕的成果，"文律运周，日新其业，变则其久，通则不乏"，比较文学的发展需要不断的理论创新，以新的观点、新的视角来指导比较文学研究的实践。比较文学变异学，就是一个重要的理论创新成果。

一、比较文学的可比性

（一）比较文学学科定位与可比性问题

乔纳森·卡勒说："如果我们要想对比较文学的性质作一理论上的探讨，那么我们就必须弄清楚，文学研究中比较的前提是什么，亦即可比性的本质是什么。虽然对可比性这个问题的争论常常没有一个明确的结论，但可比性却是这门学科发生重大转变的内在原因。"[2]可比性问题关系到比较文学的学科定位。

在比较文学学科发展之初，意大利美学家克罗齐就责难说："比较方法不

1　原载于《中外文化与文论》，2011 年，第 1 期。
2　转引自查建明：《是什么使比较成为可能？——乔纳森·卡勒对"可比性"的探讨》，载《中国比较文学》，1997 年，第 3 期。

过是一种研究的方法，无助于划定一种研究领域的界限。对一切研究领域来说，比较方法是普通的，但其本身并不表示什么意义……这种方法的使用十分普遍（有时是大范围，通常则是小范围内），无论对一般意义上的文学或对文学研究中任何一种可能的研究程序，这种方法并没有它的独到、特别之处。"[3]按照克罗齐的说法，比较的方法不能作为划定一个研究领域的界线，比较文学也就不能作为一门单独的学科而成立。

在比较文学的早期阶段，随意的文学比较使得比较文学变得"声名狼藉"，法国学派的主要代表巴登斯贝格、梵·第根、卡雷、基亚等为了使学科获得坚实可靠的根基，遂干脆将平行研究抛弃，将比较文学研究严格限制于实证性的国际文学关系研究，以实证的方法研究民族国家文学间的影响关系。正如卡雷说"比较文学不是文学比较"，他的学生基亚进一步指出，比较文学是"国际文学关系史"。这一反一正的规定，明确把平行比较排除出比较文学的研究领域。通过为学科设限，法国学派排除了缺乏可比性的随意比较，确立了科学的实证性的方法，在国际文学影响关系研究中来因应比较文学的可比性问题。

法国学派的学科定位同时也放弃了比较文学的文学性和审美性研究，可比性就限制在具有事实影响关系的民族国家文学之间。韦勒克等学者强烈反对这种狭隘的可比性基础，主张恢复没有影响关系的平行研究，形成了平行研究的学科理论，他们认为不具有任何影响关系的国家文学之间也具有可比性，比较文学就是要研究不同国家文学之间在文学性和审美性上的类同性。但在跨文明、跨学科平行研究的可比性上.美国学派的内部也存在着很大的分歧，韦勒克就认为不同文明、不同学科之间的文学可以比，[4]而韦斯坦因则认为不同文明之间不具有可比性[5]。

理论领域的全球化转向和文化研究转向，给比较文学的学科定位带来极大的挑战，比较的合法性和学科的理论边界又变得模糊不清，于是，"危机"论和"死亡"论又开始甚嚣尘上。1993年，英国著名比较文学家苏珊·巴斯奈特出版《比较文学批评导论》（*Comparative Literature: A Critical*

---

3 [美]约翰·迪尼著：刘介民译，《中西比较文学理论》，学苑出版社，1990年。

4 [美]韦勒克著：黄源深译，《比较文学的名称与实质》，干永昌等编选《比较文学研究译文集》，上海译文出版社，1985年。

5 [美]韦斯坦因著：刘象愚译，《比较文学与文学理论》，辽宁人民出版社，1987年。

Introduction），她指出："比较文学作为一门学科气数已尽（hashaditsday）。跨文化研究在女性研究、后殖民理论、文化研究中已整个的改变了文学研究的面貌。从现在开始，应该把翻译研究看做是一个主要的学科，把比较文学看做是一个有价值但次要的研究领域。"[6]2003 年，斯皮瓦克出版她的比较文学新著《学科之死》（death of a discipline），宣称传统意义上的比较文学已经死亡。她认为比较文学应该克服异他性（alterity），而引向"星球化"（planetarity）的"区域研究"（Area Studies）[7]。

如果按照韦斯坦因的观点，说不同文明之间不具有可比性，那么中国与西方文学的比较研究在学科理论上就是不合法的。但事实上，自近代以来，中西文学比较就已经在实践层面上进行了多年，而且成果斐然，王国维的《人间词话》、钱钟书的《谈艺录》、《管锥编》就是中西比较的典范。中西文学之间是否可以比较，在理论层面和实践层面上显然存在不一致的情况，这就需要我们对不同文明之间的可比性进行理论上的阐明，从理论上纠正这种认为中国与西方文学的比较研究在学科理论上就是不合法的悖谬观点。中国学者提出的跨文明研究和双向阐发研究，虽然在一定程度上为中西文学比较的事实铺垫了学理之路，但对于不同文明之间的可比性仍然缺乏理论上的自觉。

（二）从求同性可比性到变异性可比性

在传统影响研究理论中，比较文学就是国际文学关系研究，它的可比性即是文学影响关系的同源性。流传学、渊源学、媒介学研究都是以文学同源关系为旨归的。流传学从源头出发，因枝以振叶，研究文学在他国的流传、影响和成功；渊源学从接受者出发，沿波而讨源，探寻文学影响的源头。两条相反的研究路线，都以同源性为基础，所不同的是流传学的源头是清楚的、确定的，而渊源学的源头是不清楚的、有待确定的。媒介学研究影响关系的中介，但亦以影响者和接受者的同源性为前提的，研究中介也是为了证实这种同源性。所以，传统影响研究的可比性就体现为同源性。

传统平行研究理论主要由美国学者倡导，他们克服了国际文学关系研究的狭隘性，认为没有实际影响关系的国家文学之间也具有可比性，这种可比

---

6 Susan Bassnett. *Comparative Literature A Critical Introduction*. Oxford Blackwell, 1993, p.161.

7 Gayatri Chakravorty Spivak. *Death of a Discipline*. NewYork; Columbia University Press, 2003, p.72-73.

性就是类同性。不同国家文学之间虽然不存在实际的影响关系，但它们在主题、题材、风格、情节、形式、内容、艺术技巧和审美倾向方面都可能存在相似性和类同性，研究这种相似性和类同性是比较文学研究的主要任务。美国学派的平行研究理论与他们强调比较文学的"文学性"与"审美性"的主张是一致的。

美国学派的平行研究理论的局限，与他们的欧美中心主义的立场密切相关，他们在东西方文明是否可比，比较文学能否扩展到欧美文学之外等问题上徘徊不前。异质文明间寻找类同性在有些理论家看来似乎不那么可靠，韦斯坦因就认为东西方文学之间不可比[8]。韦勒克虽然认同东西方文学比较，但他的理论前提是因为东西方文学在文学创作和经验上是统一的。[9]巴斯奈特针对比较文学的泛化和无边界，宣称比较文学作为一门学科的终结[10]。斯皮瓦克意识到比较文学欧美中心主义的危机，认为传统意义上的比较文学已经死亡，比较文学的泛化和欧美中心的局限是学科危机的表现[11]。这些看似对立的两方面，实则有着相同的思想根源，那就是传统比较文学研究求同的思维模式。对于这一点，西方学者是没有清醒意识到的。

中国学者提出的跨文明研究和双向阐发研究，虽意识到异质文明间具有可比性，但仍然未能从学理上阐明异质文明间的可比性。比较文学变异学的提出，除了弥补旧有影响研究和平行研究的缺憾，更重要的是从可比性上为当代比较文学研究建立了可靠的理论基础。按照变异学的理论，影响关系和平行比较中都存在文学变异现象，影响研究和平行研究不能无视这些变异现象，因为这些变异现象正凸显了关系和类同背后的差异性因素，认识这些差异性因素，才可能真正全面地揭示了比较文学学科理论的全貌，也才能真正全面解释比较文学的可比性。

需要指出的是，变异学是比较文学的一般性理论（GeneralTheory），并不仅仅是跨文明研究才讲变异学，法美学派所倡导的影响研究和平行研究也存在变异现象，也需要变异学研究；传统影响研究和平行研究在变异学的视野

---

8 [美]韦斯坦因著：刘象愚译，《比较文学与文学理论》，辽宁人民出版社，1987 年。

9 [美]韦勒克著：《比较文学的名称与实质》，干永昌等编选《比较文学研究译文集》，上海译文出版社，1985 年。

10 Susan Bassnett. *Comparative Literature A Critical Introduction*. Oxford Blackwell, 1993, p.161.

11 Gayatri Chakravorty Spivak. *Death of a Discipline*, NewYork: Columbia University Press, 2003, p.6.

中才能获得它们全部的意义。变异学研究实现了比较文学可比性的一个根本性转变，就是从传统学科理论的求同性可比性转向变异性可比性。变异的可比性可以从根本上克服影响关系研究中屡遭诟病的"鸡零狗碎"的文学"外贸"，也可以消除使平行比较变得声名狼藉的 X+Y 式的浅层比附。

二、变异学视野下的影响研究

谈到影响研究，不能不提法国学派，他们提出了影响研究理论，也使比较文学作为一门学科建立起来。梵·第根 1931 年出版的《比较文学论》可以说是法国学派影响研究理论的纲领。他认为，比较文学就是以科学实证的方法研究不同语言、不同国家文学间的影响、假借的关系。卡雷把比较文学作为文学史的分支，研究不同国家作家作品存在的"精神交往（des relations spirituelles internationals）和实际联系（des rapports de fait）"[12]。基亚承接他老师卡雷的观点，干脆称比较文学为"国际文学关系"。史梵·第根将比较文学和国别文学区别开来，又辅之以总体文学研究，认为比较文学就是要刻划出从起点，经媒介到终点的影响路线，相应地就把比较文学划分为流传学、渊源学和媒介学三大研究领域。影响研究在法国学派这里已然是一套成熟的学科理论体系，研究对象就是国际文学关系，研究方法就是科学实证的方法，研究依据就是影响关系的同源性。

（一）影响研究中的实证性与非实证性

文学的国际关系与相互影响是一种十分复杂的现象，既有实证性的影响关系，也有非实证性的影响关系；既有同一性的影响关系，又有变异性的影响关系。在法国学派那里只突出了其实证性的一面，而忽视了其非实证性的一面，只注重同一性的影响关系，而忽视了变异性的影响关系。

所谓实证性的国际文学关系研究，就是通过搜集材料，鉴别、考证，寻找文学影响、流传、接受和变化的事实证据。这种实证性的国际文学关系具有明晰性和事实确定性的特点。换句话说，国际文学关系和相互影响建立在事实性基础之上，要以事实为根据，否则就无所谓"关系"。

法国学派的"国际文学关系史"就是强调影响研究的实证性特征，梵·第根认为比较文学是研究国别文学间的相互影响、相互借鉴的关系，应具有科

---

12 [法]J-M·伽列：《〈比较文学〉初版序言》，《比较文学研究资料》，北京师范大学
   中文系比较文学研究组选编，1986 年。

学性，是在影响事实之中寻绎出因果关系，这种假借和影响，是可以通过材料搜集和缜密的梳理、鉴别予以实证的。另一位重要的理论家基亚继承了梵·第根的精神，认为比较文学就是研究影响和成就，研究来源。他们的理论使比较文学凸显出实证性和科学性的精神。

流传学研究中的文学影响的范围、时间长短，文学流传的方式，接受者的反应、评价和模仿，这些都是可以通过材料搜集、筛选鉴别的方式予以实证的，如印度佛教对中国文学的影响，中国禅宗对日本文学的影响即可以事实考证的方式进行实证性研究。渊源学研究中的口传渊源、笔述渊源可在作家的传记、谈话、采访等材料中找到事实证据，如曹禺戏剧的西方渊源、鲁迅小说的西方渊源等。译介学研究中作品的译者、版本、文学团体和国际会议等流传中介的研究能够找到许多事实佐证，对文学国际影响关系予以实证性研究，如考察玄奘的生平可以实证盛唐时期印度佛教在中国的传播。

所谓影响的非实证性是指影响关系具有不明晰性、不确定性，不能完全通过事实材料予以实证的国际文学关系。有些影响是精神性的关系，比如在精神气质和审美倾向上的影响就很难进行事实考证，尽管法国学派也曾这样做，但很难说实证的结果具有明晰性和确定性。再者，有些影响关系是虚假影响，要用事实材料予以实证只能是捕风捉影。比如，形象学研究中的"他国形象"、"套语"，法国学派最早进行形象学的研究，但按照他们的理论，用实证性的方法刻画出产生这种形象的影响路径是非常困难的，所以只能停留在形象的错误与否、忠实程度等问题上。其实，形象学是一个变异学的问题，用法国影响研究的实证理论无法予以合理的解释，因为产生形象变异的文际影响很大程度上是非实证性的。

基亚的《比较文学》专列一章研究"人们所看到的外国"，其中就谈到第二次世界大战时期法国人对德国的想象，"它是一位德高望重的博士、一个头戴钢盔的德国佬、一个社会民主党的英雄、一个音乐家、一个欧洲人等等，所有这些都是德国人，但没有一样是德国的。每一个都是勒南式的、罗曼·罗兰式的、罗曼式的德国人"。[13]各种印象式的形象是脸谱化的，多源于某种偏见，带有很大的随意性。类似的情况还有"套语"，比如"日本鬼子"、"美国佬"可以归结为一种"集体想象物"，其中有很大的政治和意识形态原因。形象变异的情况用实证研究的方法是很难予以证明的，无法通过搜集材料和科

---

13 [法]马·法·基亚著：颜保译，《比较文学》，北京大学出版社，1983年。

学实证来描绘影响路线，这种文学国际关系和相互影响具有非实证性特征。

（二）影响关系中的同一性与变异性

以往的影响关系研究是建立在"同源性"可比性基础之上的，法国学派的理论是其滥觞。法国学派理解的文学国际关系和相互影响就是某种实证关系、因果关系、求同关系。研究方法仅限于搜集材料、分类鉴别、事实考证、寻绎因果、厘清源流。从放送者经传递者再到接受者的流传研究，从到达点出发向起点追根溯源的渊源研究，以及流传影响的媒介研究，都存在某个相同的、一以贯之的东西，使得文学影响的过程保持其自身的同一性，这种相同的、一以贯之的东西就是文学国际关系和相互影响中的同源性。影响关系的同源性包括主题的同源性、形象的同源性、文类的同源性等。国际文学影响关系的同一性保证了实证性研究的可能性和科学性。

影响关系的变异性是指国际文学关系和相互影响中，由于不同的文化、心理、意识形态、历史语境等因素，在译介、流传、接受的过程中，存在着语言、形象、主题等方面的变异。法国学派在影响研究的实践中，都自觉或不自觉地涉及文学的变异，他们所说的实证性的文学关系其实包含变异的因素，很可惜由于历史的局限性，他们未能从理论上予以把握和总结。文学从一国传到另一国必然会面对语言翻译的变异，接受的变异等问题，会产生文化过滤、误读与甚至翻译上的"创造性叛逆"，甚至发生"他国化"式的变异，而这些都是文学流传、影响、接受中不可回避的变异现象。文学变异现象也是当代接受美学和阐释学所研究的重要课题，按照接受美学和阐释学的理论，文学的接受者或读者在接受文学影响或阅读文学作品时，都存在一个"前结构"即特定的民族文化心理和文化规则，这个"前结构"必然参与到对影响者和文学作品的接受和理解中，使文学在流传和影响的过程中发生变异、在读者阅读过程中发生变形。

国际文学关系和相互影响中的变异性和同一性实际上是共存的，是影响过程的一体两面。以往的影响研究只注重同一影响的一面，而忽视接受变异的一面，这样就导致流传学、渊源学、媒介学研究中只关注"同"的一面，而忽视"异"的一面，把影响关系只理解为同一性的关系而忽视了其中也有变异性的关系，这是西方比较文学学科理论的重大缺憾。

三、变异学视野下的平行研究

（一）平行研究中的类同性与异质性

平行研究是比较文学研究传统理论之一，指对没有实际影响关系的不同国家的作家、作品、文学现象等进行比较研究，论述其同异，总结文学规律，也指对文学与其他学科，包括哲学、宗教、艺术、历史、社会科学和自然科学之间进行比较研究，揭示人类知识的共通性，说明文学的独特性。目的是加强各国文学的相互了解与整合，推动世界文学的发展。平行研究与影响研究一个根本的区别就是更强调比较研究的类同性，注重比较中的"文学性"与"审美性"，而非"事实联系"。

美国学派的平行研究理论建立在"类同性"可比性前提之下，就是要将比较文学从过于注重文学外部因素的"事实关系"研究转向注重"文学性"和"审美性"的文学内部规律研究。运用平行研究理论进行比较文学研究取得了许多令人称道的成就，比如韦勒克的德国浪漫主义和英国浪漫主义的对比就是类型学研究的典范，约斯特探讨了教育小说和十四行诗在欧洲各国的兴起、发展及变化就是很好的文体学平行研究。美国学派的平行研究虽拓展了比较文学的研究范围和研究方法，但理论的适用范围还局限在同质文明内，美国比较学者的研究实践也主要是在欧美文明圈内的平行比较。

在旧有的理论框架中，平行研究的主要领域包括主题学、类型学、文体学、比较诗学、跨学科研究、文学人类学等，都以寻求相似性和类同性为研究的出发点。这也就不难理解为什么韦斯坦因对于异质文明的比较顾虑重重，他在《比较文学与文学理论》中说："我不否认有些研究是可以的……但却对把文学现象的平行研究扩大到两个不同的文明之间仍然迟疑不决，因为在我看来，只有在一个单一的文明范围内，才能在思想、感情、想象力中发现有意识或无意识地维系传统的共同因素……而企图在西方和中东或远东的诗歌之间发现相似的模式则较难言之成理。"[14]韦斯坦因认为不同文明之间不可以进行平行比较，就是因为在异质文明间寻找相似性和类同性会十分不可靠，而实际上在跨文明的比较文学平行研究中也的确存在着大量低劣的比附和滥比现象。

自近代以来，面对激烈的中西文化碰撞，中国学者的比较文学研究一开

---

14 [美]韦斯坦因著：刘象愚译，《比较文学与文学理论》，辽宁人民出版社，1987 年。

始就是在一种跨文明的背景下进行的。但很久以来，中国学者并没有从理论上认识跨文明比较的规律性，很多人讲的跨文明比较研究仍然是囿于美国学派的理论框架，表面上求同辨异，实际上重"同"轻"异"，简单地把美国学派的平行研究的类同理论运用到不同文明圈之间的比较。例如，赵景深的《汤显祖与莎士比亚》一文，简单归纳汤显祖与莎士比亚生平和创作上的相似之处，"生卒年相同，同为东西二大戏曲家，题材都是取自他人，很少自己的想象创造，并且都是不受羁勒的天才，写悲哀最为动人"[15]。简单罗列些表面上的相似显然无助于对两位作家认识，结果必然流于 x+Y 式的浅层比附。这类例子还有一大堆，兹不赘述。

在中西比较文学中出现大量浅层比附，甚至出现乱比、滥比的现象，究其原因就是对平行研究理论缺乏正确的认识。以"求同"为基础的类同式平行研究必然导致了"异质性的失落"，忽略不同文明间文学现象的异质性，极大地影响到平行研究的学术价值。异质性指的是不同文明的文学现象背后独特的观念传统、话语规则和文化心理。只有在充分认识到不同文明间的异质性基础上，平行研究才能在一种"对话"的视野下展开，才能实现不同文明间的互证、互释、互补，才有利于不同文化间的融合与汇通。类同性研究在同质文明的平行比较中有很实际的应用性，若进入异质文明的平行研究中，异质性则显得尤其重要、更为根本，"如果不注意异质文明的探源，不注意异质文明的学术规则和话语差异，则这种比较必然成为浅度的'比附'文学"[16]。异质性决定了平行研究的价值和意义。

（二）平行研究中的阐发与变异

作为一种平行研究理论，阐发研究是由中国台湾地区的学者提出来的。古添洪在《中西比较文学：范畴、方法、精神的初探》中，率先提出阐发法，他所说的阐发研究就是用西方文学批评理论来阐发中国文学和中国文学理论。作为一种方法，阐发法可以说由来已久，这又可以分为自觉的阐发和不自觉的阐发。佛经翻译过程中的"格义"，其实就是比较研究中的阐发，所谓"格义"就是用中国古代典籍中的类似概念与佛经中的"事数"或"名相"相互印证比附，并按照一定的规则固定下来作为常用概念，比如以中国典籍中

---

15 赵景深：《汤显祖与莎士比亚》，见《中国比较文学研究资料：1919-1949》，北京大学出版社，1989 年。

16 曹顺庆：《比较文学论》，四川教育出版社，2002 年。

的概念"道"来释佛经的"梵"。这种"格义"之法对于佛经的翻译及其在中国的传播起了重要的作用。佛经翻译者用中国的东西来阐发佛经的概念属于自觉的阐发。另外一种情况就是非自觉的阐发。近代以来,中国的文学批评基本上套用西方的文学批评理论,现实主义和浪漫主义就是经常使用的概念,比如,用浪漫主义来解释李白,用现实主义来解释杜甫,久而久之,习以为常,不知道现实主义和浪漫主义其实是源自西方文学批评的概念,这种套用就是非自觉的阐发。

中国台湾地区的学者倡导的阐发研究只注重单向阐发,主要用西方的理论来阐发中国的文学,用西方的理论阐发中国的文学理论。后来又有祖国大陆学者提出"双向阐发",主张中西文学和文学理论的互释、互证。但不管是单向阐发还是双向阐发,都没有充分重视到阐发研究中的异质性和变异性问题。美国学派的平行研究的缺憾就在于拒绝不同文明间的异质性因素,所以不赞成异质文明间的比较。中国学者虽然进行不同文明间平行比较的阐发研究,但却更重视的是同质性因素,这种不注重异质性和变异性的平行阐发,往往使跨文明比较研究的价值大打折扣,必然出现 X+Y 的浅度的、比附的研究。

在变异学的视野下看平行比较的阐发研究,就是要立足于平行研究中的异质性和变异性,把异质性和变异性作为阐发的前提和基础。按照变异学的观点,不同文明间文学的平行比较或者相互阐发,是在文明异质性的基础上进行的,这种情况下的比较和阐发,变异是必然的,也是根本的。用西方文学理论来阐发中国文学现象,用西方文学理论来阐释中国文学理论,如果不注意异质性和变异性,就必然会出现以西释中、生搬硬套的问题。在平行比较阐发研究中不成功的例子也很多,包括一些大学者也出现了这个问题,比如王国维的《〈红楼梦〉评论》用叔本华的悲观主义哲学阐释《红楼梦》,得出结论是《红楼梦》"大背于吾国人之精神"[17]。这就是没有注意到中西方文明的异质性,用西方的悲剧观念来衡量中国的悲剧意识。只有在异质性和变异性的基础之上,才谈得上不同文明间的"对话"和融合,才能符合世界文学的发展方向。由于美国学派平行研究中的求同性思维排斥异质性和变异性,跳不出欧美文化的小圈子,形成了平行研究的重大学科理论缺憾。而中国学派阐发研究的求同性思维,又容易使平行研究陷入浅层的比附性研究。所以,

---

17 王国维:《〈红楼梦〉评论》,选自《王国维文学论著三种》,商务印书馆,2001 年。

跨文明平行比较中的阐发研究必须注重不同文明间的异质性和变异性。

四、"他国化"是比较文学变异学研究的重要路径

比较文学变异学研究的重要路径之一是提出了文学的"他国化"理论，这是一个很有学术价值，又很有实际意义的研究路径。例如，目前学界争论不休的"翻译文学是中国文学还是外国文学"问题，其实质就涉及文学的他国化问题。

（一）文学交流和异质阐发中的"他国化"

他国化指一国文学在流传到他国，由于文化观念、历史传统、民族心理等异质性因素，在通过译介、过滤、接受或阐发之后，发生了深层次的变异，即传播国文学本身的文化规则和文学话语在根本上被接受国所同化，从而成为他国文化和文学的一部分。

在不同国家、不同民族、不同语言之间的文学交流中会产生大量文学变异的现象，在文学的翻译、评介、接受的过程中，会发生语言的变异、形象的变异、文本的变异，这些变异现象在影响研究和平行研究中都是很常见的。但这些变异现象背后却有一个共同的东西在起作用，这就是不同文明的异质性文化规则。所以，表面上看起来的误译、误读、异国形象，文学流传中的过滤、改造、变形等，其实都有深层的原因。当文学的变异达到一种文化规则的根本性改变的时候，就不再是用误译、误读、过滤、变形等因素可以解释了，这就是文学的"他国化"了，也即一国文学的文化规则被接受国所同化，所融合了。

文化交流和文学影响中的"他国化"现象是变异学研究的一个重要的领域，也是变异学研究超出以往的影响研究和平行研究的重要理论特征。"他国化"的一个典型案例就是印度佛教的中国化，印度佛教中国化的一个文化结果就是中国的禅宗，禅宗已非原来印度佛教，而是中国化了佛教，传入中国的印度佛教已被中国本土文化规则所改变、同化，佛教的"苦修"已变成禅宗的"顿悟"，佛教的谨遵教义变成了禅宗的"不立文字、以心传心"。中国本土的文化规则，如"得意忘言"、"目击道存"等文化规则改变了印度佛教的文化规则，使印度佛教发生了变异，变成了中国的禅宗。禅宗文化的兴盛以及对东方邻国日本、韩国的深远影响，得益于印度佛教和中国文化的成功融合，是印度佛教"他国化"的成功典范。

与印度佛教"他国化"的成功相比，当代中国文论的西方化就是一个相反的案例。近代西学东渐以来，许多西方的文学理论被直接搬运到中国文学批评的实践中，可以说，一部中国文学批评史就是以西方的文学理论体系构成，"以西释中"、"以中注西"，中国古代文论只是论证西方文论体系的材料，可以任意的肢解。在当代文学批评实践中，离开了"现实主义"和"浪漫主义"，"内容"和"形式"，"结构"和"解构"，"后殖民主义"、"后现代主义"等话语，我们就无法言说。当代西方文论没有经历一个中国化的过程，没有考虑到中国文论独特的话语规则，生拉硬扯地将西方理论套用到中国文学的文学批评中，必然会出现一些令人困惑，甚至让人啼笑皆非的结果。

（二）"他国化"研究的学术价值和现实意义

文化和文学的"他国化"是比较文学变异学研究的典型方法，文学变异学研究如果只停留在接受美学和阐释学的阶段，那么我们还只能看到文学影响和接受中信息的过滤、增添、改造、变形，以此来理解语言的变异、形象的变异、主题的变异、文本的变异等。比较文学变异学研究，如果能够深入到文化规则的研究，深入到异质文化交流和激荡过程中的文化规则的变异和融汇，则能凸显比较文学研究的价值和意义。"他国化"研究则是深入到文化规则层面，探讨文学变异的动力和机制，在这个层面上来思考中国文论"失语症"问题，中国文论的现代转换问题或许不会流于一般的争论。

把比较文学变异学作为一种普遍性的理论提出来，而不仅仅是跨文明研究中的一种特殊方法，就是要使比较文学有一种宏大的视野，超越影响研究和平行研究，超越所谓西方视角或东方视角。世界文学和总体文学是比较文学研究的目标和理想，而要实现这样的理想，仅仅空谈"和而不同"是不够的，需要建立在文化异质性和变异性基础之上的融汇与创生。世界文学是在异质文明的交流和相互影响中，不断地生长出文化的新枝。文化新枝不是在相同的文化观念中生长起来的，更多的是通过不同文化、不同语言的杂交变异中诞生出来的。比较文学"他国化"研究就是要在研究的深度和广度上实现这一目标，使比较文学研究开出绚烂的花朵。

本文与罗富明合写

东西方不同文明文学比较的合法性与比较文学变异学研究[1]

在西方原有的比较文学学科理论框架中，东西方不同文明之间文学比较的合法性是受到怀疑的。例如，美国著名比较文学学者韦斯坦因就认为不同文明之间的文学比较是不可行的，是没有可比性的。他在《比较文学与文学理论》中说："我不否认有些研究是可以的[……]但却对把文学现象的平行研究扩大到两个不同的文明之间仍然迟疑不决，因为在我看来，只有在一个单一的文明范围内，才能在思想、感情、想象力中发现有意识或无意识地维系传统的共同因素。[……]而企图在西方和中东或远东的诗歌之间发现相似的模式则较难言之成理"[2]。为什么韦斯坦因认为不同文明之间的文学不可以进行比较呢，他认为不同文明之间的文学找不到相似性。支撑韦斯坦因这一观点的理论基础，就是西方比较文学学科理论。长期以来，西方原有的比较文学学科理论认为，比较文学的可比性是求同性，是寻求不同中的"同"：即不同国家文学中的"同"。例如：影响研究的可比性是"同源性"，平行研究的可比性是"类同性"，如果没有"同源性"和"类同性"，那就没有可比性。显然，在西方原有的比较文学学科理论中，东西方文学是没有可比性的；也可以说，从学理的角度来讲，是没有合法性的。

显然，这是西方学界的偏见和谬论！这个谬论的基础是西方比较文学学科理论，西方比较文学学科理论的这个重大缺憾，现在到了应当弥补的时候

---

1 原载于《外国文学研究》，2013年，第5期。

2 乌尔利希·韦斯坦因：《比较文学与文学理论》，刘象愚译，辽宁人民出版社，1987年，第5-6页。

了。实际上，在全球化语境下，全世界的学者都不得不面对东西方不同文明的交流、碰撞、对话与比较，东西方不同文明文学的比较早已成绩卓著；而中国学者的比较文学研究，最主要领域就是东西方不同文明背景下的东西方文学比较，多年来，尽管中西比较文学取得了很大的成就，但是，在比较文学学科理论上却是没有可比性与合法性的，这是非常不合理的理论缺憾；也是不正常、不应该的，令人非常遗憾的！这种不正常现状显然应当改变。西方比较文学学科理论的这个理论缺憾，不应当再继续下去了。我们比较文学学者有责任从学科理论上，阐明东西方文学比较的可比性与合法性问题，纠正西方的谬见。

究竟东西方不同文明之间的文学可不可以比较？有没有比较的合法性？实际上不少学者认为是可以比较的，不过，他们的立足点大多还是放在相同性上，这些看法有一定的合理性，但是却并不全面，有的甚至会误导学术界。让我们举两位最具有代表性的学者：

说到比较文学，不能不提到美国著名学者韦勒克，韦勒克就认为应当以相同性来认识东西方比较文学的合法性。他认为，东西方不同文明的文学是可以比较的，因为全人类文学有共同之处。韦勒克主张将全世界文学"看作一个整体，并且不考虑语言上的区别，去探索文学的发生和发展"。主张"研究各国文学及其共同倾向、研究整个西方传统——在我看来总是包括斯拉夫传统——同最终比较研究包括远东文学在内的一切文学之间，会产生相互影响"（"今日之比较文学"3165）。韦勒克的核心观点之一是号召人们通过全世界文学比较研究去探寻文学的共同奥秘和规律。他认为，只要人们朝着这一方向努力，"把握住艺术与诗的本质，把握住艺术与诗超越人的生命和命运，并塑造了一个想象的新世界这一特点，那么民族虚荣心就会烟消云散。人，普遍的人，任何地方，任何时候的人，就会以千差万别的形式出现"（"比较文学的危机"4134）。显然，韦勒克是从东西方不同文明的共同人性，来论证东西方不同文明的文学共同性，从共同性的角度来论证全球不同文明的文学是可以比较的。

3　韦勒克："比较文学的危机"，黄源深译，干永昌等编选《比较文学研究译文集》，上海译文出版社，1985年，第159-174页。

4　韦勒克："比较文学的危机"，黄源深译，干永昌等编选《比较文学研究译文集》，上海译文出版社，1985年，第122-135页。

在中国，最具有代表性的中国比较文学学者，不能不提到钱钟书先生。钱钟书学贯中西，堪称博学鸿儒，在中国比较文学和比较诗学的发展历程中一直被公认为是一位里程碑式的重要学者；其《管锥编》、《谈艺录》都是举世公认的学术经典。而钱钟书先生也持同样的看法：认为东西方文学的可比性在于文学与文化的共同性。钱钟书希望通过比较，寻找普天之下共同的诗心、文心、共同的艺术规律、共同的人类心声。他对不同时空、不同文化、不同文明背景之下人性、人心、人情的相通相融充满了信心。这一点在《谈艺录》的序言中表述得最为清楚，即钱钟书先生所谓"东海西海，心理攸同；南学北学，道术未裂"[5]。钱钟书看来，不管时空如何转变，不管文化、文明多么不同，既然人性人情有着那么多息息相通之处，那么，四海之内的文心、诗心必然是可以沟通的，而他自己进行学术研究的目的正是要构筑一座不同文化、文明之间顺利进行交流沟通"心理攸同"的桥梁。显然，无论是韦勒克，还是钱钟书，他们都将东西方不同文明文学的可比性建立在相同性之上，建立在人性的共通性基础上的；他们的看法是对韦斯坦因反对东西方文学比较的观点的有力批判和纠正。他们也用大量事实来证明，东西不同文明文学与文论是有共同性的，不同文明的文学是有可比性的。在这一点上，我认为无论是韦勒克，还是钱钟书，都是正确的。

但是，也必须指出，仅仅强调不同文明的共同之处，是不够的；只讲同，不讲异，显然也是片面的；一味的求同，甚至会误导学术界。从这个角度来看，我认为无论是韦勒克的观点，还是钱钟书的观点，也是不很全面、不太准确的。如果我们认识不到这一点，就无法真正解决东西方不同文明文学比较合法性这个难题。实际上，韦斯坦因所说的"企图在西方和中东或远东的诗歌之间发现相似的模式则较难言之成理"，这个问题并非无中生有；不直面东西方文明的异质性，往往会"各执一隅之解，欲拟万端之变：所谓东向而望，不见西墙也"（《文心雕龙·知音》）。因而，无论是韦勒克，还是钱钟书，都没有真正解决韦斯坦因的困惑；他们所主张的基于不同文明中的共同人性，都没有解决韦斯坦因所担忧的差异性问题；求同性并没有真正奠定东西方文学比较的学理上的完全的可比性与合法性。因为不同文化之间的确存在着根本的差异，在许多方面无法兼容，不同文明之间即有可通约性，又有着不可通约性。跨文明比较文学研究绝不可能只有简单的求同，而是在相互尊重、

---

5 钱钟书："序言"，《谈艺录》，中华书局，1993 年，第 1-2 页。

保持各自文化个性、差异与特质的前提下进行平等对话。在进行跨文明比较学的研究时，如果只一味"求同"，不强调"异"，势必会忽略不同文化的独特个性，忽略文化与文学在相互影响的复杂性与相互比较的多样性，最终使研究流于表面的同，甚至肤浅的同，例如曾经一度被学者们所严厉批评的 X+Y 式（某某与某某比较）的浅度的比附研究。

法国学者弗朗索瓦·于连（Francois Jullien，又译朱利安）对钱钟书先生的批评：正是看到了这个问题。弗朗索瓦·于连认为，钱钟书先生只看到"同"，忽略了差异，是一个重大失误！多年来，尽管我们给予钱钟书太多的崇仰，而且这么多年来也很少有人能够对他的学术研究指手划脚，但是，弗朗索瓦·于连，一个当代法国学者，却对钱钟书的比较文学研究进行了令人深思的否定和批评。1996 年，他在一次访谈录中，指出钱钟书比较研究的致命要害：即把"比较"视为了"类比"，认为比较在于追求意义的近似，甚至是一味地求"同"。于连说：

我很敬佩他，他学识渊博，对中国传统了如指掌，而且具有高尚的人格。但他的比较方法是一种近似法，一种不断接近的方法：一句话的意思和另一句话的意思最终是相同的。我觉得这种比较收效不大。

在这个问题上我提到过刘若愚，我在我的博士论文的前言里与他拉开了距离，我认为他出发点错了，他试图用一种典型的西方模式考察中国诗学，这种方法得出的结果没有什么价值。（转引自秦海鹰[6]）

于连认为，我们必须承认的是，钱钟书的确是一个学贯中西的大学者，从知识的渊博程度上讲，令人敬佩，但是，他没有在真正意义上把"比较"弄懂，因而于连认为钱钟书的"比较"收效不大。多年来，我们中国学者对钱钟书顶礼膜拜，法国学者于连却大胆地拆解掉了钱钟书头上可能误导学界的光环，敢于批评钱钟书先生，这对于中国学术界是振聋发聩的。于连的批评实际上表明，作为学术大师的钱钟书，在比较文学研究方向上，在一定程度上的确误导了中国学术界。

于连对钱钟书的如此批评不禁令人深思：究竟怎样的比较才能真正切合实际，才能对于跨文明背景下的中国的比较文学有切实的价值？在全球化语境下比较文学成为显学的今天，"比较"应当坚持怎样的身份立场和价值取

6　秦海鹰：《关于中西诗学的对话——弗朗索瓦·于连访谈录》，《中国比较文学》，1996 年，第 2 期，第 77-87 页。

向才能取得突破性进展，才能对世界文明的发展做出贡献呢？而且，退一步思考，于连对钱钟书评判的根据是什么？这些根据是否成立？我认为，于连所牵涉出的问题，不仅仅是汉学的问题，更是中国的比较文学乃至世界比较文学发展的一个关键性和前沿性的问题，那就是东西方不同文明比较文学的可比性与合法性问题。只有在这个重要的比较文学学科理论问题上做出了推进，全世界比较文学才能摆脱"危机论"和"死亡论"，才能真正获得"新生"。

从中国比较文学实践来看，求同的比较文学学科理论也给我们带来了巨大的困扰。长期以来，国内学者并没有从学科理论上认识东西方不同文明文学比较的变异学与异质性，很多中西不同文明比较文学研究仍然囿于西方原有的求同性比较文学学科理论框架，简单地把影响研究的同源性与平行研究的类同性理论运用到不同文明圈之间的比较。在东西方文学比较中，恪守"东海西海，心理攸同"的金科玉律，处处去求同，想方设法地找同，似乎只要发现了东西方文学惊人的相似之处，就万事大吉，基本不考虑、或者基本上不去深思东西方文学表面相似背后的巨大的文明差异，于是便导致了中西比较文学中出现的大量浅层次的、肤浅的某某与某某，或者被戏称为 X+Y 式的比附性研究，甚至出现乱比、滥比的现象，究其原因还是比较文学学科理论中异质性、变异性研究的缺失使然。比较文学界大量的 X+Y 式的浅度的比附研究，就是只注意表面的同，忽略了深层的异。这是一个重大失误！这个失误，其根子还在于比较文学学科变异学理论的缺失。

时代在呼唤新的比较文学学科理论，变异学的提出，正是解决这个难题的一个比较文学学科理论的重要突破。变异学是指对不同国家、不同文明的文学现象在影响交流中呈现出的变异状态的研究、以及不同国家、不同文明的文学相互阐发中出现的变异状态的研究。通过研究文学现象在影响交流以及相互阐发中呈现的变异，探究比较文学变异的规律。变异学研究的重点在求"异"的可比性，研究范围包括跨国变异研究、跨语际变异研究、跨文化变异研究、跨文明变异研究、文学的他国化研究等方面。

变异学重新为东西方文学奠定其合法性，这个合法性就是既承认不同文明文学的共同性、普适性，又承认不同文明文学的异质性和变异性，变异学肯定了差异也是具有可比性的，这就从正面回答了韦斯坦因的困惑，奠定了东西方不同文明文学比较的合法性。[7]

异质性为何会成为比较文学可比性的基础？以往的比较研究都是求"同"，现在提倡的"异"可比吗？它比较的基础何在？这是比较文学可比性原则提出的问题，也是比较文学变异学必须回答的问题。在不同文明的文学研究成为当前比较文学研究的大趋势背景下，如果主张平行研究只在同一个文明圈中展开，甚至拒绝探寻不同文明的异质性因素，这已经是包括韦斯坦因在内的许多西方学者持有的陈旧观点。因为在他们看来，异质文明之间的文学差异太大，这些不同文明间的文学是不可能展开比较研究的。但是，在具体的批评实践中，这样的比较实际上一直存在，而且成绩卓著。遗憾的是我们的比较文学学科理论还没有充分认识和阐释差异的可比性问题，也没有对这个问题给予正面回答及相应的解决。因此，当前比较文学学科理论面对的最紧迫的问题是对差异的可比性问题的认识和解决。

长期以来，不少从事比较文学学科理论研究的学者认为，有了法国学派所提出的影响研究和美国学派所倡导的平行研究，整个比较文学学科理论体系就是一座完满的大厦。事实是否真的如此？我们在尊重西方比较文学学科理论（主要是法、美学派的学科理论）的同时，不得不重视一个问题，那就是之前的几乎所有比较文学学科理论都是从求同性出发的，都认为比较文学的可比性是相同性；无论是法国学派的"影响研究"，或是美国学派的"平行研究"，甚至所谓俄苏学派的"类型研究"，都是强调共同性，认为可比性在于同源性或类同性。因而，整个欧美的比较文学学科理论都是缺乏变异性研究的。

中国学者提出的比较文学变异研究，弥补了法国学派"影响研究"和美国学派"平行研究"的缺憾，开启了注重异质性和变异性的比较文学学科理论的新阶段。变异不仅仅是文化与文学交往中的重要概念，也是比较文学中最有价值的内容，更是一种文化创新的重要路径。从学科理论建构方面来看，提出比较文学变异学将是一个观念上的变革。它的提出，让我们看到了比较文学学科从最初求"同源性"走向现在求"变异性、异质性"的转变。也就是说，它使得比较文学研究不仅关注同源性、共通性，也关注变异性、异质性。

7　关于比较文学变异学的系统深入研究，可参阅曹顺庆英文专著 Cao Shunqing, The Variation Theory of Comparative Literature (Berlin: Springer-Verlag Berlin and Heidelberg GnbH & Co. K, 2013)。

只有把这"四性"有机地结合在一起，比较文学的学科大厦才会完满。今天，我们提出异质性是比较文学的可比性，也就是说比较文学可比性的基础之一是异质性，这无疑就从正面回答了韦斯坦因的疑问，为东西方文学比较奠定了合法性基础。

异质性的第一层意义是文学交流和影响中的变异。以往的影响关系研究是建立在"同源性"可比性基础之上的，法国学派的理论是其滥觞。法国学派理解的文学国际关系和相互影响就是某种以同源性实证关系、因果关系、求同关系。研究方法仅限于搜集材料、分类鉴别、事实考证、寻绎因果、厘清源流。从放送者经传递者再到接受者的流传研究，从到达点出发向起点追根溯源的渊源研究，以及流传影响的媒介研究，都存在某个相同的、一以贯之的同源关系，使得文学影响的过程保持其自身的同一性，这种相同的、一以贯之的东西就是文学国际关系和相互影响中的同源性。法国比较文学学者认为，一旦这种同源性的影响关系消失，比较文学就不存在了；或者说可比性就没有了。影响关系的同源性包括主题的同源性、形象的同源性、文类的同源性等。国际文学影响关系的同一性保证了实证性研究的可能性和科学性，但是却忽略了文学流传过程中的变异性。法国学派所倡导的文学影响研究，实际上是求同性的同源的影响研究，仅仅关注同源性文学关系，忽略了其中的复杂的变异过程和变异事实。

实际上，文学的跨国、跨语言、跨学科、跨文化／跨文明的流传影响过程中，更多的是变异性；文学的影响关系应当是追寻同源与探索变异的一个复杂的历程。国际文学关系研究或影响研究影响关系的变异性是指国际文学关系和相互影响中，由于不同的国家、语言、文化、心理、意识形态、历史语境等因素，在译介、流传、接受的过程中，存在着语言、形象、主题等方面的变异。文学与文化从一国传到另一国必然会面对语言翻译的变异，接受的变异等问题，会产生文化过滤、误读与翻译上的"创造性叛逆"，甚至发生"他国化"式的变异（例如：佛教中国化，禅宗成为中国佛教；又如：庞德翻译中国诗歌等等），而这些都是文学流传、影响、接受中不可回避的变异现象。国际文学关系和相互影响中的变异性和同一性实际上是共存的，是影响过程的一体两面。以往的影响研究只注重同一影响的一面，而忽视接受变异的一面，这样就导致流传学、渊源学、媒介学研究中只关注"同"的一面，而忽视"异"的一面，把影响关系只理解为同一性的关系而忽视了其中也有变异性的关系，这是西方比较文学学科理论的重大缺憾。

在平行研究中，最富有挑战性的问题是弗朗索瓦·于连对于钱钟书"东海西海，心理攸同"观念的挑战。其中蕴含了异质性的第二层意义：东西方文学的可通约性与不可通约性。东西方文学与文化，既有可以通约的一面，也有不可通约的一面；自可通约的一面来看，的确是"东海西海，心理攸同"；自不可通约的一面来看，不同文明的文学与文化，确实是"和而不同"的，不可完全混为一谈。余虹的《中国文论与西方诗学》的价值，就在于鲜明地提出了东西方文学与文论的不可通约性。但是，由于过分强调了不可通约性，是其失误。相反的例证是刘若愚的著作《中国的文学理论》，这实际上是一部以现代西方文学理论来阐释中国传统文学理论的专著。刘若愚主要是从求同的角度，将中国传统文学理论与西方文学理论进行比较，因其阐述严密，涉猎广泛，成为颇具影响的著述。但是，也因其一味求同，也存在明显的失误：《中国的文学理论》用改造过的艾布拉姆斯四要素理论、自创的双向循环圆形理论来阐释中国文学理论，基本割裂了中国文学理论的完整体系。正如弗朗索瓦·于连所批评：刘若愚"用的是艾布拉姆斯（M. H. Abrams）的框架，这个框架对中国不适用"（转引自秦海鹰79）。因为以"求同"为基础的求同式研究必然导致了"异质性的失落"，忽略不同文明间文学现象的异质性，极大影响到平行研究的学术价值。于连提出："这是一个要害问题，我们正处在一个西方概念模式标准化的时代。这使得中国人无法读懂中国文化，日本人无法读懂日本文化，因为一切都被重新结构了。中国古代思想正在逐渐变成各种西方概念，其实中国思想有它自身的逻辑。在中国古文中，引发思考的往往是词与词之间的相关性、对称性、网络性，是它们相互作用的方式。如果忽视了这些，中国思想的精华就丢掉了"（转引自秦海鹰882）。只有在充分认识到不同文明间的异质性基础上，平行研究才能在一种"对话"的视野下展开，才能实现不同文明间的互证、互释、互补，才有利于不同文化间的融合与汇通。类同性研究在同质文明的平行比较中有很实际的应用性，若进入异质文明的平行研究中，异质性则显得尤其重要、更为根本，如果不注意异质文明的探源，不注意异质文明的学术规则和话语差异，则这种比较必然成为浅度的"比附"文学。异质性决定了平行研究的价值和意义。

8　秦海鹰：《关于中西诗学的对话——弗朗索瓦·于连访谈录》，《中国比较文学》，1996年，第2期，第77-87页。

中国学者习惯套用西方理论，并将其视为放之四海而皆准的普适性真理。其实西方理论既有普适性，也有地方性，或曰特殊性；如果不把西方理论与中国现实的文化土壤相结合而盲目地套用，是必然会出现问题的。我们在引进西方理论的时候，不应该把它完全当作绝对的普遍真理，可以承认西方理论有其普适性，但还应该注意它的地方性与异质性。跨越异质文明对于不同文明有着互相补充、互为参照的现实意义，所以突出异质性，不仅有利于不同文明文学的互识与互补，而且也有利于实现不同文明之间的沟通和融合，更有利于我们建构一个"和而不同"的世界，这也是比较文学变异学研究的最重要的目的。

需要指出的是，变异学强调异质性的可比性，是有严格的限定的，这种限定，是在比较文学影响研究与平行研究求同的可比性基础之上的一次延伸与补充：在有同源性和类同性的文学现象之间找出异质性和变异性。例如，禅宗与佛教有相当的差异，但是不管发生了多少变异，它依然可以回溯到源头——印度佛教。也就是说，进行比较的两者不管表面上有多大的差异，但是有"源"与"流"的关系。在影响关系研究中，变异学追求的是同源中的变异性；如果没有"同源"，也就谈不上什么"变异"。在平行研究中，任何不同国家的文学实际上都有异质性，尤其当研究对象分属不文明圈时，异质性更是非常明显。变异学主张，在研究对象之间要首先找到类同性，然后才能进一步研究变异性，并阐释类同性背后的差异及原因。如用浪漫主义来阐释李白，现实主义来概括杜甫，虽然不是绝对类同，但是李白与浪漫主义、杜甫与现实主义毕竟是有一定的类同相契之处。变异学主张在这种类同性基础之上，再进一步分析研究对象之间的异质性，阐释其中发生的阐释变异及探索其深层文化机制。

中国比较文学学者提出的变异学理论，不仅回答了韦斯坦因的困惑，奠定了东西方不同文明文学与文化比较的可比性与合法性，也必将开创比较文学学科理论的新阶段，推动全世界比较文学研究的发展。

比较文学平行研究中的变异问题[1]

在比较文学研究中，有很多值得研究的变异现象。这是我们提出比较文学变异学的基础。根据我们的定义，比较文学变异学是指对不同国家、不同文明的文学在影响交流中呈现出的变异状态的研究以及对不同国家、不同文明的文学在相互阐发中出现的变异状态的研究。这个定义包含了变异学的两大研究领域，即影响研究中的变异和平行研究中的变异。但学界对这两个领域的重视程度却有不小的差别。一般而言，学界对影响研究中的变异问题并无争议，这一研究领域也已经引起了比较文学研究者的重视，例如严绍璗、王向远等学者就曾对中日文学在互相交流中出现的变异现象进行过相关的研究[2]。但对于平行研究中的变异这一领域，学界尚没有展开广泛深入的研究，从一定程度上来说这是由于我们对平行研究中的变异问题缺乏理论上的说明和界定，很多人仍对此感到困惑，所以有必要对这个问题做出进一步的解说。

一

可能有人对平行研究中是否存在变异问题心存疑虑。但这种心态恰恰反映出人们认识上的盲区。平行研究中的变异问题并不像影响研究中的变异那样显而易见，以致于虽然我们时常遇到它但又往往习焉不察。这是因为很多时候它涉及的是那些被我们视为理所当然的概念术语以及这些概念背后隐藏

1 原载于《中山大学学报（社会科学版）》，2014 年，第 3 期。
2 参见严绍璗：《"文化语境"与"变异体"以及文学的发生学》，《中国比较文学》，2000 年，第 3 期。王向远：《新感觉派文学及其在中国的变异——中日新感觉派的再比较与再认识》，《中国现代文学研究丛刊》，1995 年，第 4 期。

的话语权。也只有从这两个角度着眼，我们才能从学理上对平行研究中的变异问题做出清楚的说明。平行研究中存在变异问题。正如上述变异学的定义揭示的那样，平行研究中的变异研究，是指对不同国家、不同文明的文学在相互阐发中出现的变异状态的研究。

平行研究中之所以会产生变异，是由于在研究者的阐发视野中，在两个完全不同的研究对象的交汇处产生了双方的阐释变异因子。或者说"平行研究中的变异，最根本之处是体现在双方的交汇中，是文明的异质性交汇导致了不同文明的变异"[3]。台湾学者曾提出比较文学的"阐发法"，主张用西方文论阐发中国文学。后来陈惇、刘象愚教授又提出"双向阐发"研究，包括用外来的理论阐发本民族文学和用本民族理论阐发外民族文学[4]。而在进行这种以中释西、以西释中，或者中西双向阐发时，总会发生一些误读、误解。这些误读、误解就属于平行研究中的变异现象。例如，颜元叔用西方弗洛伊德理论来阐发李商隐的诗歌，认为李商隐的"春蚕到死丝方尽，蜡炬成灰泪始干"中的"蜡炬"，是"男性象征"[5]。这种脱离中国文学特质的"创造性的阐发"引起了叶嘉莹的反驳。叶嘉莹认为颜元叔严重误读了李商隐的诗歌。因为李商隐的诗里根本没有这个意思。她总结了蜡烛在中国古典文学中所具有的三种象征意义，认为蜡烛可以作为光明皎洁之心意的象征，可以作为悲泣流泪的象征，也可以作为心中煎熬痛苦的象征。不论从哪个角度理解，都不能说古诗中的蜡烛是"男性象征"[6]。颜元叔的阐发就是典型的阐发变异。

其实这种阐发变异是大量存在的。西方学者使用西方理论阐释中国文学时，往往也会出现此类变异。比如美国有学者使用弗洛伊德的理论阐释《金瓶梅》中的武松杀嫂，得出了出乎我们意料的结论。该学者认为武松杀嫂，表面上看是为哥哥报仇，把自己的嫂嫂杀了。但实际上武松杀嫂其实是武松爱嫂，武松很爱潘金莲。但他又碍于伦理道德，不能和嫂子结合。潘金莲曾经数次勾引武松，又是拨火，又是敬酒。武松表面上虽不领情，心里却非常

3 曹顺庆：《变异学：比较文学学科理论的重大突破》，《中山大学学报》，2008年，第4期。

4 陈惇、刘象愚：《比较文学概论》，北京：北京师范大学出版社，1988年，第144页。

5 颜元叔：《谈民族文学》，台北：台湾学生书局，1975年，第63页。

6 叶嘉莹：《漫谈中国旧诗的传统》，冯牧主编：《中国新文学大系1949-1976》，第二集·文学理论卷二，上海：上海文艺出版社，1997年，第822-823页。

受用。但是他又不能突破伦理禁忌与嫂子结合。在这种情况下，最好的办法就是通过杀嫂来实现与潘金莲的结合。论者指出《金瓶梅》"安排金莲死于和武松的'新婚之夜'，以'剥净'金莲的衣服代替新婚夜的宽衣解带，以其被杀的鲜血代替处女在新婚之夜所流的鲜血，都是以暴力意象来唤起和代替性爱的意象，极好地写出武松与金莲之间的暧昧而充满张力的关系，以及武松的潜意识中对金莲的性暴力冲动。性与死本来就是一对有着千丝万缕联系的概念，这里，金莲所梦寐以求的与武松的结合，便在这死亡当中得以完成"[7]。这种阐释虽有新意，但很可能让我们哭笑不得。之所以会产生这种问题，就是因为该研究者用以阐释武松杀嫂的理论观点是西方的，其背后的话语规则也是西方的。这种阐释脱离了中国的文化语境，将武松杀嫂作为一个孤立的"文本"放置在西方理论的视域中加以考察，这样一来就难免产生阐释的变异。

不过我们倒也不必一味指责这位教授生搬硬套，因为在用中国的视角认识西方时，也难免会有这种曲解的阐释，而且曲解的程度甚至有过之而无不及。我们从古代到现代，都有这种阐释的变异。比如说西方人到清朝来谈事情，但他们不肯向清朝皇帝下跪，因此就没有谈成。当时的阐释说西方人不肯下跪是因为他们的腿骨是直的，不能跪下去。乾嘉时期国门未开，有此误解也不足为怪。后来国门被迫打开，国人开始与西方接触，但对西方的了解也很肤浅。当时的中国人从本土的文化立场出发，对仅仅只是一知半解的西方连蒙带猜，不时说出一些令人瞠目的"奇谈怪论"。袁枚的孙子袁祖志说当时的中国人认为英语是"泰西官话"[8]。这一说法虽与事实不合，倒还不那么离谱。黄遵宪写诗隐晦地说洋人的语言是"鸟语"[9]。这有点出格，但如果了解到中国历来有将蛮夷之族的语言称为"鸟语"的认识传统，也就不会为此感到大惊小怪。下面的事实很可能更让我们"吃惊"。晚清中国刚开始与西方通商时，有人认为："天下那有如许国度！想来只是两三国，今日称'英吉利'，明日又称'意大利'，后日又称'瑞典'，以欺中国而已！"又有人说："西人语多不实。即如英、吉、利，应是三国；现在只有英国来，吉国、利国从未来

7　田晓菲：《秋水堂论金瓶梅》，天津：天津人民出版社，2003 年，第 260 页。

8　袁祖志：《出洋须知》，转引自钱锺书：《七缀集》，北京：三联书店，2002 年，134 页。

9　钱锺书：《七缀集》，第 138-139 页。

过。"[10]以上这些例子颇能说明当时对西方误解到了什么程度。这种阐释是在用中国的理论或观点来解释西方时产生的，当我们只是从中国的立场出发"强西方以就我"的时候就很容易产生这种变异。

之所以会出现这种阐释的变异，是因为东西方文明都各自拥有一套属于自己的话语体系，有自己特有的话语规则。用西方话语来阐释中国文学时，由于阐释的标准属于西方话语体系，与中国话语体系存在异质性，不仅会带给中国文学崭新的理解维度，同时也会在阐释中出现种种变异。使用弗洛伊德的理论阐释李商隐的诗，阐释武松杀嫂，就是典型的例证。同样用中国话语来阐释西方文学时，也会出现变异。比如清末民初林纾翻译外国小说，将斯威夫特的《格列佛游记》翻译为《海外轩渠录》，将欧文的《见闻杂记》翻译为《拊掌录》。他对书名的翻译都是从中国古代的书名中寻找与原书类似者。《轩渠录》是宋代吕居仁撰写的幽默笑话集，《拊掌录》则是对《轩渠录》的补遗之作。用这两个书名来翻译斯威夫特和欧文的书，显然是立足于中国的文化语境，而并非是出于尊重原作的考虑。林纾还用桐城派的古文家法来分析西洋小说的写作技法，姑且不论这种分析是否有助于揭示古今中外共通的"文心"，这种"以中释西"的做法难免会出现种种阐释中的变异。

这种阐释的变异还有很多。这是互相没有影响关系的异质文化在互相阐释时出现的变异。这些变异有些是想像，有些是误读，有些是根据某种理论原理阐释文学作品时产生的曲解，比如说根据弗洛伊德的原理，武松就成了一个爱潘金莲而不得，杀潘金莲而结合的人。这种阐释的变异是变异学中很重要的内容，可惜我们在这一领域的研究还很不够。

我提出的失语症，其实就是一种阐释的变异。我们今天所有的文学史都是用浪漫主义、现实主义这套观念来解释中国文学。我们把浪漫主义、现实主义作为放之四海而皆准的真理。我们的文学史讨论《诗经》的"现实主义"特色，屈原的"浪漫主义"品格，认为杜甫的诗歌是"现实主义"而李白的诗歌则是"浪漫主义"。这种简单的套用，无疑会遮蔽中国文学的特质，还会导致一些始料未及的问题。例如白居易在《与元九书》中提出了"文章合为时而著，歌诗合为事而作"[11]的主张，所以有人认为白居易的文学观是

---

10 醒醉生：《庄谐选录》卷三，转引自钱锺书：《七缀集》，第140页。

11 白居易：《与元九书》，郭绍虞：《中国历代文论选》，上海：上海古籍出版社，2001年，141，139页。

现实主义的；而在同一篇文章中，白居易还提出"诗者，根情、苗言、花声、实意"[12]的观点，既然感情是诗歌的"根"，所以又有人据此说白居易主张的是浪漫主义文学观。这两种说法依据的都是白居易的这篇文章，却得出了截然相反的结论，而且还都能"言之成理"！之所以会出现这种矛盾，就是因为浪漫主义、现实主义等概念均是在西方文学的基础上提出的术语，与中国文学并无直接关联。这里我们不妨以"浪漫主义"的概念为例来说明这一点。在西方，浪漫主义缺乏明确统一的界定。艾布拉姆斯甚至认为西方那些互相矛盾的浪漫主义定义"或者是模糊不清以致几乎毫无意义，或者是太专门化而与包罗广泛的各类文学现象不相符合"[13]。所以他在《文学术语词典》中并没有为浪漫主义下一个明确的定义，而是用描述的方式总结了 18 世纪末 19 世纪初英国浪漫主义诗歌的一些特征，比如"在文学素材、形式和风格上，普遍支持革新、反对传统主义"[14]，"在《抒情歌谣集》的序文中，华兹华斯再三论述了他的观点：优秀诗歌是'强烈感情的自然流露'。依据这种观点，诗歌并不像镜子那样主要是映现行动中的人们；相反，诗歌的根本要素是诗人自己的情感"[15]，"外在的大自然，即包括动植物在内的自然景色，在很大程度上成为诗歌的一个不变主题"[16]。法国、德国的浪漫主义文学也各有其特征，难以笼统地概括。韦勒克经过详细论证，得出结论："在自然、想象和象征诸问题上，种种浪漫主义观点之间存在着深刻的连贯性，彼此之间有着复杂的牵连。"[17]但我们即使能在韦勒克的基础上，对浪漫主义做出一个既能包罗上述诸国文学的各种特征又有明确界限的定义，也不能不加辨别地直接用这种浪漫主义概念来概括屈原、李白的诗歌。

　　同样，用西方文论的观点来阐释中国古代文论，也会出现种种问题。比

12　白居易：《与元九书》，郭绍虞：《中国历代文论选》，上海：上海古籍出版社，2001年，141，139 页。

13　[美]艾布拉姆斯著，吴松江译：《文学术语词典》，北京：北京大学出版社，2009年，第 351，355，355-357，357 页。

14　[美]艾布拉姆斯著，吴松江译：《文学术语词典》，北京：北京大学出版社，2009年，第 351，355，355-357，357 页。

15　[美]艾布拉姆斯著，吴松江译：《文学术语词典》，北京：北京大学出版社，2009年，第 351，355，355-357，357 页。

16　[美]艾布拉姆斯著，吴松江译：《文学术语词典》，北京：北京大学出版社，2009年，第 351，355，355-357，357 页。

17　[美]艾布拉姆斯著，吴松江译：《文学术语词典》，北京：北京大学出版社，2009年，第 351，355，355-357，357 页。

如中国曾有学者用内容和形式的二分法来解释《文心雕龙》里的"风骨"概念，有人说"风"是内容，"骨"是形式；也有人说"风"是形式，"骨"是内容。其实"风骨"是中国古代文论中特有的概念，与"内容"、"形式"并不存在明确的对应关系。如果不顾及中西文论的不同话语规则，一味以西释中，就难免出现这种曲解[18]。显然这种变异不是从同源关系而来的，而是拿一种理论来强行解释中国文学和文论时产生的变异。

近代以来，倾向于用西方文论来阐释中国文论，这使中国古代文论面临很大的危机。1927年郑振铎在《研究中国文学的新途径》一文中从"归纳的考察"和"进化的观念"两个角度立论，认为"统而言之，自《文赋》起，到了最近止，中国文学的研究，简直没有上过研究的正轨过"[19]。这无疑宣判了中国文论的死刑，所以中国文论就成了博物馆里的东西，成了学者案头的材料。今天的中国文论研究，大都是研究中国古代文论史，所以这门学科干脆被称作中国文学批评史。有一次开会我提出一个观点，中国文学批评史就是中国文学批评"死"。自这门学科成立起，中国古代文论就"死"了。这是因为"以西方文学范式研究中国古代文学。这种解读方式造成了对古代文论真实意义的曲解"[20]。这就是弗朗索瓦·朱利安说的中国人读不懂中国文化。为什么读不懂呢？"因为一切都被重新结构了。中国古代思想正在逐渐变成各种西方概念。"[21]这就是阐释的力量。当我们用一种文化阐释另外一种文化的时候，被阐释的文化就会变样。中国文论在西方文论的阐释之下，失去了它背后的话语规则，所以就会呈现出"失语"状态。而这与一个世纪以来中国的学术文化背景密切相关。近代以来，"由于中西知识谱系的整体切换，本世纪传统知识的研究主流是在西学之分科切域的目光下的肢解性研究，重心是用西学的逻辑视域、知识点和分析方法对传统知识作分析、甄别、确认、评价，实质是将传统知识'翻译'为分析质态的西学知识内涵。由于整个知识的背景根基是西学的，传统知识只有在被'翻译'

18 曹顺庆：《文论失语症与文化病态》，《文艺争鸣》，1996年，第2期。

19 郑振铎：《郑振铎全集》（第五卷），石家庄：花山文艺出版社，1998年，第288页。

20 曹顺庆：《变异学：比较文学学科理论的重大突破》，《中山大学学报》，2008年，第4期。

21 秦海鹰：《关于中西诗学的对话——弗朗索瓦·于连访谈录》，《中国比较文学》，1996年，第2期。

为西学式分析性内涵的时候似乎才可以理解。但事实是：传统知识的特质常常没法'翻译'"[22]。没法"翻译"却硬要"翻译"，或不得不"翻译"，这样一来在阐发中出现变异乃至进而造成"失语症"，就在所难免了。

通过以上的分析，可以更具体地看出用一种文化阐释另外一种文化的时候会产生的变异现象，有些变异现象还揭示出当下的学术研究中隐藏的一些深层问题。当我们将这些内容纳入视野以后，讨论的范围就更大了，跟当代的联系也更广了。再比如赛义德讲的东方主义也是这种变异。赛义德的东方学认为东方不是东方。为什么东方不是东方呢？因为在赛义德看来，"西方学术中的东方学是在西方向东方的扩张中，在其帝国主义的意识形态下建构起来，西方的东方知识是以殖民扩张以及对新异事物的兴趣的背景下发展起来"[23]。在西方人看来，"东方是非理性的，堕落的，幼稚的，'不正常的'；而欧洲则是理性的，贞洁的，成熟的，'正常的'"[24]。西方人用西方的理论、西方的眼光来看东方，把东方看走样了，所以东方不是东方。把东方看走样了，也就是把东方阐释走样了，这就是变异。东方不是东方就是典型的阐释的变异。

二

通过上文的论述可以看出，阐释的变异是广泛存在的。但是问题并没有到此为止，为了更深入地理解这一问题，还须进一步揭示是什么在支配着阐释。其实上文已经涉及了这个问题。简而言之，决定阐释的是话语权。如果从话语权的角度来重新审视历史，就会发现几乎所有的历史都是话语权的掌控、话语权的阐释和话语权的斗争的历史。由于话语权的存在，才形成我们历史上很多很难解的问题。换句话说，历史上有些很难解释的现象，只有用话语权才可以解释。比如中国文学史上有几个很难解开的结，其中一个是西汉的文人诗很少。这是从古代起到现在我们都解不开的结。汉代有乐府诗，但乐府诗是民歌，不是文人诗。文人写什么呢？写辞，写赋，很少写诗。这个

---

22 曹顺庆、吴兴明：《替换中的失落——从文化转型看古文论转换的学理背景》，《文学评论》1999 年第 4 期。

23 曹顺庆、张雨：《比较文学变异学的学术背景与理论构想》，《外国文学研究》2008 年第 3 期。

24 [美]爱德华·萨义德著，王宇根译：《东方学》，北京：三联书店，1999 年，第 49 页。

现象令很多人百思不得其解。为什么会出现这种状况呢？并不是因为汉代的文人不读诗，他们也读诗。他们读的诗，就是《诗经》。汉代经学盛行，《诗经》作为五经之一，受到当时文人的重视。他们对《诗经》非常熟悉。但他们为什么不模仿《诗经》来写诗呢？其实这其中隐藏着一个话语问题。什么话语呢？就是汉代"罢黜百家，独尊儒术"，用儒家的经典来当伦理道德教科书。汉代强调以德为先，选拔人才和官员都要举贤良、举孝廉，看重的就是一个人的道德品质。

在经学盛行的背景下，《诗经》中所有不符合伦理道德的诗，经学家都要强行把它阐释过来。比如说"关关雎鸠，在河之洲。窈窕淑女，君子好逑"，以今天的眼光来看，就是男女爱情诗，尤其中间还有"求之不得，寤寐思服。悠哉悠哉，辗转反侧"几句，更能证明这一点。但《毛诗序》却要通过阐释来改变这种倾向。《毛诗序》说："《关雎》，后妃之德也，风之始也，所以风天下而正夫妇也。"[25]又说："是以《关雎》乐得淑女，以配君子，忧在进贤，不淫其色；哀窈窕，思贤才，而无伤善之心焉。"[26]在这种阐释中不论是"忧在进贤"，还是"哀窈窕，思贤才"，都是在极力淡化和消解这首诗的情爱色彩，而赋予它伦理道德的内涵。《诗经》中所有谈男女恋爱的诗，统统都要用这种方式来重新阐释。在经学家看来这些诗表面上是谈爱情的，其实是谈伦理道德的。在这种话语解释下，哪个文人可以去创作一首表面上是写男女之情的，其实是讲伦理道德的诗呢？这很难写出来。

汉代的文人诗广为人知的无疑是《古诗十九首》。《古诗十九首》直到东汉末期才产生。这些诗被古人评价很高，几乎一字千金。但如果深究这些诗歌便可从中发现一些与汉代的经学话语相矛盾的地方，例如其中有一首写道："生年不满百，常怀千岁忧。昼短苦夜长，何不秉烛游？为乐当及时，何能待来兹？"这首诗没有宣传儒家的伦理道德，而是宣扬人生苦短，应当及时行乐的世俗观念。而《青青河畔草》一诗中的"昔为娼家女，今为荡子妇。荡子久不归，空床难独守"，则更显示出社会风气的变化，这首诗流露出的思想倾向显然与经学家提倡的"妇德"背道而驰。这就是文人诗。为什么文人在东汉末年敢写这种诗了呢？因为儒家思想垮台了。曹操的招贤令就说："今天下得无有被褐怀玉而钓于渭滨者乎？又得无盗嫂受金而未遇无知者乎？二三

---

25 郭绍虞：《中国历代文论选》，第30，31页。
26 郭绍虞：《中国历代文论选》，第30，31页。

子其佐我明扬仄陋，唯才是举，吾得而用之。"[27]曹操的招贤令不再只是举贤良、举孝廉，而是连盗嫂受金者都可以。选拔人才不再只重道德，而是唯才是举，评价标准已然全部改观。儒家话语垮台后，才会出现这种文人诗。因此，只有用话语权才可以解释这一文学现象。

不过从总体上看，儒家的伦理道德思想一直是中国古代社会的主流话语，虽然在不同的历史时期，它宽严不同，松紧有别，但却一直都是人们信奉的价值准则。从下面的例子也能看出这一点。明代中后期出现了以《金瓶梅》为代表的世情小说。《金瓶梅》的文学成就是公认的，甚至国外有学者认为《金瓶梅》是中国古代小说中写得最好的。但这样一部优秀的小说，却找不到作者。《金瓶梅》署名兰陵笑笑生作，但此人到底是谁，却至今难有定论。有人说肯定是大手笔写的，不署名，可惜了。但作者为什么不署自己的姓名呢？因为古人觉得这种小说署上自己的姓名很丢脸。为什么会丢脸呢？也是因为话语权。因为小说中对性爱的描写不符合当时占据社会主流地位的儒家伦理道德话语权。

话语权的力量也可以从下面的例子中看出来。中国古代话语特点是文言话语霸权，所以白话文学长期受到压抑。例如唐代诗坛上就存在着一个游离于主流诗歌之外的白话诗派，该派的代表诗人有王梵志、寒山和庞居士等。白话诗派贯穿了整个唐代，并且向上可以追溯到南北朝时期，向下则延续到五代北宋以后。但这样一个持续时间这么久的诗歌流派却长期不为人们关注。之所以会这样，其中一个重要原因就是传统的文学观点历来轻视甚至排斥通俗的白话文学[28]。但到了现代，这种情况发生了根本的转变。白话文运动以后，白话替代了文言，取得正统地位。文言文章被视为"桐城谬种"和"选学妖孽"而大受批判。但即使是在经过五四新文学运动，白话文已经成为主流的情况下，文坛上仍有不少人在创作古典的诗词文，并且不论是创作数量，还是作品质量，都不容忽视。但当下几乎所有的中国现当代文学史都不收录现当代人写的古典诗文。这很可惜，也导致了现当代文学史不能反映现当代文学创作的实际状况的缺憾。

另外，不同文体也有尊卑之分，中国古代历来以诗文为正统，而轻视戏曲小说。清代修《四库全书》，就不收录戏曲小说。在古代文人看来，文章才

---

27 曹操：《曹操集》（上），北京：中华书局，1974年，第73-74页。

28 项楚：《唐代的白话诗派》，《江西社会科学》2004年第2期。

是"经国之大业，不朽之盛事"。而自从清末梁启超提倡"小说界革命"、"曲界革命"以来，小说和戏曲渐为世人关注，并逐渐从文坛的边缘移向了中心，成为最受重视的文体。这种文学观念的变化带来文体尊卑的转变。作为文学风尚的转变，这本没有问题；甚至像郑振铎那样将变文、佛曲、弹词、鼓词等民间文学视为有待发现的"巨著"，并以此作为研究中国文学的"新途径"之一[29]，也没有多大问题。但是后世的研究者依据这种转变之后的文体次序去写作古代的文学史，就难免要出问题。翻阅现有的各种中国文学史即可发现，在叙述明清文学史时，小说戏曲所占的篇幅均不同程度地大于诗文。这反映出自从进化论传入中国，文坛学界提倡"一代有一代之文学"之后，小说已然被视为明清文学的代表性文体。但用这种后出外来的观念来阐释和描述明清的文学史实就免不了要出问题。因为明清时期不论是创作数量还是受重视程度，小说戏曲都难以和诗歌散文相比。所以现代的文学史叙述与明清文学的实际状况并不相符。这一现象也和话语权有关。正是由于有话语权的存在，我们才会不断地用一种文化观念去阐释另一种文化现象，而一旦进行这种阐释，变异就在所难免。

由于不同文明的差异性，不同国家、不同文明的文学在互相阐发时总会出现种种变异状态，这些都属于平行研究中的变异问题。而阐发中的误读、误解，既是需要我们仔细研究的对象，同时也由于它与话语权紧密相关，因而也是值得认真反思的问题。我们既要探究不同文明的文学在阐释中变异的具体情况，也要揭示这些变异产生的原因。这样不仅能更准确地把握不同文明的特质和话语规则，同时也促使我们反思：一味使用强势文明阐释弱势文明或用主流话语阐释边缘话语可能带来的问题——这种阐释往往会遮蔽被阐释方的特质，造成阐释与历史事实不相符合的弊端。由此看来，平行研究中的阐发变异，就不仅仅是一个有待深入开掘的研究领域，而且还是一个不容忽视的文化问题。

平行研究中的变异研究，不但是一个有待开垦的处女地，更是一个大有可为的研究领域。从变异学角度重新审视比较文学平行研究，可以让我们认识不同国家、不同文明的文学相互比较与阐发之中的变异规律，这涉及当今学术研究的许多重要问题。例如文学与文论的他国化问题（西方文论中国化、中国文论西方化），文化与文学的融合与创新问题（庞德对中国诗歌误阐释而

---

29 郑振铎：《郑振铎全集》（第五卷），第299-301页。

发明了意象派)，话语权与文化文学阐释问题（赛义德提出的东方主义问题），比较文学差异的可比性问题（弗朗索瓦·朱利安对钱锺书的批判），比较文学学科新理论建构问题等等。因篇幅有限，不能一一细说，容他日再撰文详论。

跨文明文论的异质性、变异性及他国化研究[1]

跨文明文论的异质性是指基于不同文明而产生的从根本质态上彼此相异的文论。例如，就中国文论与印度文论，西方文论而言，它们是三种从不同的文明中孕育出来的，在基本文化规则和文论话语上是在根本上就相异的理论。

跨文明文论的异质性是指基于不同文明而产生的从根本质态上彼此相异的文论。例如，就中国文论与印度文论、西方文论而言，它们是三种从不同的文明中孕育出来的，在基本文化规则和文论话语上是在根本上就相异的理论。异质性的文论话语，在互相交流、对话时，就会产生相互激荡的态势，形成互识、互证、互补的文论杂语共生态，并产生变异甚至他国化，进一步催生新文论话语的产生。如果不能清醒地认识并处理跨文明文论的异质性，则很可能会促使异质性的相互遮蔽，并最终导致某种异质性的失落；如果能够明确认识到跨文明文论的异质性、变异性及他国化规律，对于各国文论建设，乃至世界文论建设，皆有重要的学术意义。

因此，文学变异学研究十分注重跨文明文论的异质性研究。跨文明文论的变异性是指一种文论经过文化传播抵达另一种异质文化后所发生的理论变异，认为一种理论从此时此地文化语境向彼时彼地文化语境的传播都会产生一定程度的变异。一种理论"进入新环境的路决非畅通无阻，而是必然会牵

---

1 原载于《深圳大学学报》(人文社会科学版)，2016年，第2期。

涉到与始发点情况不同的再现和制度化的过程。"[2]文学理论变异学通过研究不同文明文学理论交流的变异状态，以及研究不同国家、不同文明文学理论在同一个范畴表达上存在的差异，从而探究文学理论变异以及他国化的内在规律。

一、文论的他国化规律

如何实现异质文论的交流与融汇，需要研究出切实可行的方法和路径。这一方法与路径应是在总结人类文化交流的总体规律，总结各国文学理论发展规律的基础之上得出来的，而不应是闭门空想、人为设计出来的。在中国数千年的历史上，实际上存在着若干次的中外文化"融汇"与文化的"转换"和"重建"。例如，仅魏晋南北朝至唐代，中国文化与文学、文论就遭遇了两次大的异质文明的交流融汇和转换重建。其一是南北文化的碰撞与融汇，其二是印度文化与中国文化的交流、转换与禅宗的建立。魏晋南北朝时代，印度佛教传入中国，对中国文化以巨大冲击，曾一度威胁中国文化之根本。这就是"中国的佛教化"。这个时期，有点类似于中国现当代时期的全面西化状况，中国文化在欧美文化的强烈冲击之下，几乎完全断裂，中国文化之根已经很虚弱了。这种虚弱状态，就是当今文化与文论的"失语"状态。目前这种状态可能有两个发展方向，其一是继续"西化"（在古代是用西来的佛教来化中国，在当今是用西方文化来化中国）；其二是将西方文化中国化。而佛教虽然"西化"（或曰中国佛教化）了中国，同时也逐渐走上了中国化的道路。"西来"的佛教在经历魏晋南北朝的"化中国"之后，自唐朝始，经过文化调整，佛教开始加快了中国化的步伐，使中国文化渡过了危险期，终于走向了融汇西（印度）中的"转换"与"重建"之路，形成了中国化的佛教——禅宗，禅宗已经不是印度佛教，而是中国佛教。"中国的佛教化"和"佛教的中国化"最关键的问题和最根本的区别就是以什么东西为主来"中国化"。如果以印度佛教文化为主来"中国化"，那只会适得其反，只能是印度佛教"化中国"；正确的道路是以中国文化为主，以中国文化话语规则为主来实行佛教的中国化，才可能真正实现"转换"与"重建"。从"中国佛教化"与"佛教中国化"的历程中，我们可以总结出一条文论发展的基本规律，即"文

2　赛义德：《理论旅行》，见《赛义德自选集》，中国社会科学出版社，1999 年，第138 页。

论的他国化规律"。无论文化还是文论,在一定的历史文化条件下,都是可以"转换"的,这种"转换",就是"他国化","中国佛教化"与"佛教中国化"都是一种"他国化"现象,这是一条文化与文论发展的规律,是不以人们意志为转移的客观事实,我们如果掌握了这一规律,就找到了中国当代文论"重建"的可靠方法。中国当代文化与文论的重建任务,就是在实现古代文论现代转化的同时,要利用"他国化"的规律,实现"西方文论的中国化"。而要实现"中国化",首要的不是处处紧追西方,而应处处以我为主,以中国文化为主,来"化西方",而不是处处让西方"化中国"[3]。

理解"文论的他国化"规律,首先必须正视:当一种理论在不同的文化背景中被跨语际译介和传播后必然被不同程度地"他国化",这是"他国化"的初涉阶段。初涉阶段是由文化传播和语言翻译的"他国化"决定的。在不同的文明体系中,当一种文化传播到另一种文化中,必然会面对过滤、误读、理解后的再创造过程。这主要是因为文明的差异"是历史的产物,不会很快消失。它们比政治意识形态和政治制度的差异更为根本。"[4]文学理论作为文化的重要载体,在译介传播时同样会有"他国化"的特点。无论是被传播的原理论还是传播后的理论,都必然带上不同文化的品质,很难通过译介就消除文化间固有的差异。从语言译介的角度看,当一种语符转化成另一种语符时,不仅很难追求形似,更难追求和把握的是蕴涵在语言后面的民族文化心理、不同语言之间的理解,必然带有误读和再创造的过程。从阐释学的角度来看,翻译者对文本进行解读和阐释时,他的"前理解"会先行占有文本,他与文本之间的对话,也就是两个文化之间的对话,当两个特殊的视界融合时,组成的是一个新的"视界"。这样,经过翻译后的文本已经是对原文本的超越,前后两个文本不可能是完全相同的,不同之处正是在一定程度上被"他国化"的部分。西方文论在中国被译介后,由于受到文化和语言的过滤与误读,已经在不同程度上有异于原创理论,这是西方文论"中国化"的初涉阶段。其次,西方文论中国化的根本阶段是以中国的学术规则为主来吸收西方文论,这才是真正意义上的"中国化"。文化的传播和理论的翻译绝不仅仅是语言的转换问题,必然会遇到隐藏在文本之后的学

3 曹顺庆:《文学理论的"他国化"与西方文论的中国化》,湘潭大学学报(哲学社会科学版),2005年,第5期。

4 [美]亨廷顿著:《文明的冲突》,张林宏译,《国外社会科学》,1993年,第10期。

术规则，是在不同学术规则中进行话语的切换。一旦某种理论离开自己的学术规则，很难说还具有最初的意义生成，因此我们必须从根本上结合中国的学术规则，以中国的运思方式、话语习惯为主，来吸收与改造西方文论。中国学术规则与西方学术规则代表着不同的文化传承和文明特点，它们在文化机制和话语方式等方面存在着根本的差异。两种不同学术规则决定了中国传统文论话语与西方文论话语（以及被"西化"的中国现当代文论话语）之间的异质性。只有意识到我们有着自己的文化传统和文化身份，以平等的姿态投入到与西方文论的对话中，并且以自己的话语习惯和学术规则为准则，逐步在互证、互补的多元视角下形成杂语共生态，并进一步催生新的文论话语，才能将中西文化和诗学以不同的路径走向更高层次的融合。那么，我们又该如何以中国学术规则为主，来使西方文论中国化呢？一方面我们必须充分意识到中国传统学术规则的重要性。中国现代学术话语积极主动地采纳了西方的逻辑语势，而弃绝了传统的学术规则。我们未能照顾民族文化特征的西化式现代化历程，最终导致了文化建构思路和学术言说方式的全面西化。在我们对中国现代性危机进行反省和调整的时候，除了西方资源就只剩下中国传统的诗学资源，我们必须把握住这个资源。这个资源的价值并不是用来注解和确证现代诗学知识的正确性、合理性，而在于从"异质性"的立场和视角来反省和调整现代诗学作为一种诗学知识形态的偏差。另一方面在具体实践上，在西方诗学全面取代中国传统诗学并已出现"失语"危机的情形下，应尝试让传统诗学的学术规则成为吸收和融汇的平台，让外来理论和现代诗学在这个平台上与中国的话语系统、学术规则互为补充，互为启发[5]。

　　以中国文化与文论为主来重建中国文论，不仅走得通，而且已经有学者走过来了。在现代文论史上，王国维、钱钟书等人的成功实践就是明证。王国维深受德国古典哲学美学的影响，他的许多论文都是运用叔本华、尼采、康德、席勒等人的美学理论来探讨中国文学问题的名篇，是中西文化交融的产物。他的诗学有两大突出鲜明的特征："一是在概念、范畴层面因大量吸纳西方话语而带来的言说能力增强和理论视野的扩展；二是在诗学精神上向中

5　曹顺庆等：《重建中国文论的又一有效途径：西方文论的中国化》，《外国文学研究》，2004 年，第 5 期。

国传统诗学的回归。"[6] 在《人间词话》中，他开宗明义地指出，"词以'境界'为上"。"境界"是中国传统话语，王国维以中国传统文论话语为根本，直接运用中国传统的"词话"言说方式，同时将西方的许多美学术语融入其中。比如，对"境界"的分类，他就认为"有造境，有写境，此理想与写实二派之所由分。然二者颇难分别。因大诗人所造之境，必合乎自然，所写之境，亦必邻于理想故也。"[7] 他对"造境"与"写境"的分类，其实是受西方浪漫主义与现实主义分类的影响，但王国维并未以二元对立的哲学观念来认定非此即彼，而是以中国哲学整体和谐及物我合一的观念来消化之，认为二者难以分开，同存于作品中。可见，王国维虽然吸收了西方文论话语，但他已成功地将其消化，并融入中国传统的诗学精神和表达方式中，成为中国文论话语的有机组成部分，实现了西方话语的"中国化"。钱钟书学贯中西，他的《谈艺录》、《管锥编》都引用了大量的西方话语。但与世人对待传统思想文化不同，钱钟书不是"机械地以现代西方术语去'切割'中国古代思想，而是'独辟蹊径，借照邻壁'，以现代西方文化的映发，而使中国传统典籍中那些往往不为人注意的思想智慧，焕发出一种'当代性'，在当代思想中找到自己的位置并推动这一发展。"[8] 王国维和钱钟书的成功在于：他们根植于中国传统文论话语，有效地将西方文论话语中的某些"枝芽""嫁接"到中国文论话语的"大树"上，增强了中国文论话语的言说能力，同时保持了中国文论话语的"本色"。这说明西方文论"中国化"不仅仅是良好的愿望和设想，而是具有可能性、现实性的。我们通过对中西文论传统进行清理，完全可以挖掘出其中可以交汇交融的生长点，在中国文论话语的基础上，实现其有效"嫁接"。只要我们运用文化与文论"他国化"这条文化发展规律，实现以我为主的西方文论的中国化，就能真正实现中国文论的现代转化与重建[9]。

二、西方文论的中国化研究

西方文论"中国化"是指以中国的学术规则为主来创造性地吸收西方文论话语，吸收、利用西方文论话语来丰富、更新中国传统的文论话语，并将

---

6 李思屈：《中国诗学话语》，四川人民出版社，1999年，第162页。

7 王国维：《人间词话》，上海古籍出版社，1998年，第1页。

8 胡范铸：《钱钟书学术思想研究》，华东师范大学出版社，1993年，第290页。

9 曹顺庆，童真：《西方文论话语的"中国化"："移植"切换还是"嫁接"改良？》，《河北学刊》，2004年，第5期。

"新话语"切实作用于当代文学创作和批评的实践中，以推动中国文论话语的发展，实现中国文论话语的当代重建。其要义在于：一是改变生搬硬套、"以西代中"的做法，将西方文论置于中国文学实践的土壤中，用中国的文学创作实践和具体文学现象来辨析、检验西方文论具有的普适性价值所在；二是以中国的学术规则为主来创造性地转化西方文论成果，在中西文论对话与互释的基础上，达到中西融合，从而揭示文学发展、演变的普遍规律。因此，"中国化"最关键的就是"坚持以我为主来消化吸收西方文论，进行深层次的话语规则融合，以形成一种新的学术话语规则。"[10]

西方文论能否"中国化"的一个重要条件在于是否适应中国的需要。只有适应需要，才能变异、转换。乐黛云先生在《尼采与中国现代文学》一文中，考察了尼采与中国现代文学的关系后得出结论说："可见一种外来思想能不能在本国产生影响，产生什么样的影响，其决定因素首先是这个国家内在的时代和政治的需要，全盘照搬或无条件移植都是不大可能的。"[11]乐先生得出的这一结论同样适用于文学理论的"中国化"。异质文论的"中国化"不能"全盘照搬或无条件移植"，异质文论在中国生根发芽必须适应中国的土壤，这种适应性包括多方面，比如文化适应性、文论适应性、文学适应性等等，而需要适应性则是更为根本的。这里以苏联文学理论在中国的合法化为例加以说明。20世纪20-30年代的中国文艺学教学主要受西方文论的影响，教材以翻译西方文艺学教材和根据西方文论自编教材为主。以后受"革命文学"和无产阶级文学运动的影响，苏联文艺学教材开始进入中国，1937年以群翻译了维诺格拉多夫的《新文学教程》，并于1942年写了《文学底基础知识》，该书被认为是"维诺格拉多夫《新文学教程》的中国版"，标志着中国文艺学教材由受西方文论教材的影响到受苏联文艺学教材影响的重要变化。1953查良铮翻译了富有权威性和完整性的季摩菲耶夫的《文学原理》，对解放后的文艺学教学和教材产生了更大影响。但是这些翻译和编写教材仅是个人行为，而1954年毕达可夫来到北京大学讲授文艺学并出版《文艺学引论》则是政府行为，他是由中央教育部和北京大学聘请来的苏联专家。毕达可夫的讲课和

10 曹顺庆，邹涛：《从"失语症"到西方文论的中国化——重建中国文论话语的再思考》，《三峡大学学报（人文社会科学版）》，2005年，第5期。

11 乐黛云著：《尼采与中国现代文学》，见北京师范大学中文系比较文学研究组选编《比较文学研究资料》，北京师范大学出版社，1986年，第557页。

教材的出版标志着苏联文学理论在中国的合法化。那么为什么要请毕达可夫来中国讲授文艺学？实在是"时代和政治的需要"。首先，从时代政治来讲，与新中国建立后向苏联"一边倒"、全面学习苏联有关。50年代苏联派了大量专家帮助中国发展工业、科技，同时也派专家到各高校，帮助发展高等教育事业。就高校中文系而言，往北大派了毕达可夫讲文艺学，往北师大派了柯尔尊讲俄苏文学，后来全国高师的一批俄苏文学的学科带头人都是北师大苏联文学研究班、进修班毕业的。其次，从教材建设来讲，也与国内的需要有关。在1951年全国知识分子思想改造运动中，《文艺报》对高校中文系的文艺学教学展开了批判，主要对象是山东大学的吕荧教授，最后连"马大师"黄药眠教授也不得不做检讨。批评以后，全国没有统一的教材，教师们也无所适从，不知道文艺学该怎么讲，这样请苏联专家来帮助就成顺理成章之事。再次，从师资队伍来讲，也是迫切需要的。在《文艺报》关于文艺学教学大讨论中，认为解放前留下来的教师已不适应新的教学需要，解放后毕业的年轻教师刚刚走上教学岗位，新一代教师还没有成长起来，所以迫切需要通过办由苏联专家讲课的研究班来培养文艺学课程教师，以解决师资问题。可见，异质文论的"中国化"必须适应中国的需要，适应是变异、转换的基础，没有适应性，就缺乏变异的条件和可能，也就无法实现文学理论由"中国西方化"向"西方中国化"的转变。

西方文论"中国化"的基本路径，除了异质文论对话，激活文论新质之外，至少还有两条可行的途径：

一是异质文论相似，互相启发阐释。异质文论面对共同的文学话题，在某些方面会有相同或相似的见解。这种相同或相似之处，能够互相启发阐释。这样在一种文化中产生的文论由于有与中国文论在某些方面的相似性，极易被中国文论界接受和理解，从而实现文学理论的"中国化"。这里我们以阐释学在中国的接受为例加以分析说明。阐释学起源于对《圣经》的解释，这一起源与儒家传统的解经方式有相似之处，因此阐释学就容易被中国文论界所接受。德国哲学家和神学家弗里德利希·施莱尔马赫把古老的阐释学发展成为一门具有普遍意义的学问。他的"哪里有误解，哪里就有解释学"成为解释学上的名言。而《周易·系辞上》中也有"仁者见之谓之仁，智者见之谓之智"的认识相对性的说法。狄尔泰把仅仅局限于文本解释的阐释学上升到历史哲学的高度进行认识，海德格尔和伽达默尔使阐释学成为当今一门显学。

中国古代不仅有"解经"的实践经验，而且孟子早在《孟子·万章上》中就提出"故说诗者，不以文害辞，不以辞害志，以意逆志，是为得之"的说法。董仲舒在《春秋繁露·精华》中更总结出"《诗》无达诂，《易》无达占，《春秋》无达辞。"在阐释学中，海德格尔强调文本本身，认为我们必须向文本消极地敞开心胸，屈服于其神秘的存有，任由自己受其质问[12]。伽达默尔却认为：作者没有穷尽作品的意义，文学文本的"真貌"无从得知[13]。正如对"以意逆志"的解释，东汉赵岐说："以己之意逆诗人之志"（《孟子疏》），朱熹也说："当以己意逆取作者之意，乃可得之"（《四书章句集注》）。而清人吴淇则认为应"以古人之意求古人之志"（《六朝诗选定论缘起》）。《周易·系辞上》："书不尽言，言不尽意。"《庄子·天道》："意之所随者，不可以言传也。"陆机《文赋》："恒患意不称物，文不逮意。盖非知之难，能之难也。"所有这些同伽达默尔相似都在慨叹语言表意的局限性。伽达默尔认为文学作品的意义"总是超出字面所表达的意义"，艺术语言"意味无穷"，就因为有"意义的过量"；这和司空图《与李生论诗书》中的"韵外之致"、"味外之旨"，欧阳修《六一诗话》中的"含不尽之意，见于言外"，姜夔的"句中有余味，篇中有余意，善之善者也"（《白石道人诗说》）等等，不是也很相像吗？我们这样比较，并不是说中国古人早就提出了西方现代文学理论，而在强调已有的知识前提往往是借鉴接受的有利条件，相似的理论见解往往有利于异质文论的"中国化"，如果说相似中的差异是比较的理由，那么差异中的相似是互相启发的基石。

二是创造性误读异质文论。对异质文论可以作为一种知识加以学习，在阅读的时候，力求准确理解和接受。但也可以"误读"，"误读"不在于掌握知识，而在于创造新理论，从误读异质文论中创造自己的理论。众所周知，西方意象派理论大师庞德从中国传统诗学和儒家思想中得到滋养，创造了西方意象派理论，成为美国现代主义诗歌理论的奠基人。庞德的成功在于他既吸收了中国诗学精神中的精髓，借鉴了对于西方世界来说的一种"陌生化"的中国古典意象理论，又立足于自己本国的诗学话语根基之上，用一种分析的、逻辑化的诗学话语表述出来，成为一种科学化、体系化、具有可操作性的理论批评形式。否则，如果离开西方逻辑的、体系化的表述之根，意象派诗学也就不会有今天的成就。可见，通过创造性误读异质文论可以实现异质文论

---

12 Terry Eagleton: *Literary Theory: An Introduction*, Blackwell Publishers, 1983, p.56.
13 Terry Eagleton: *Literary Theory: An Introduction*, Blackwell Publishers, 1983, p.61-62.

的本土转化。西方文论的"中国化"也是如此。例如对于注重创造新理论的鲁迅来说,他对尼采的接受就是"误读"中的创造。五四前夕,鲁迅并不把尼采的思想作为一个完整的体系来研究和接受,他只是"为我所用"地择取尼采思想中引起自己共鸣、符合自己意愿的部分,按照自己的理解加以运用,为构建自己的思想体系服务。他提出的"掊物质而张灵明,任个人而排众数"(《文化偏至论》)主张以及"有一分热,发一分光"(《随想录第四十一》)的精神都来源于对尼采的"误读",在"误读"中加以吸收改造,从而阐明自己的理论主张。这种创造性"误读"的例证很多。胡风在论述他的具有"主观战斗精神"特点的现实主义时,提出了一个"相生相克"的理论命题,这是对苏俄作家阿·托尔斯泰"误读"的结果。阿·托尔斯泰说:"写作过程,就是克服的过程。你克服着材料,也克服着你本身。"对此,胡风发挥说:"这指的是创造过程中创造主体(作家本身)和创造对象(材料)的相生相克的斗争;主体克服(深入、提高)对象,对象也克服(扩大、纠正)主体,这就是现实主义底最基本的精神。"[14]这些"误读"所得出的具体结论,不一定都是我们赞成的,但是通过创造性误读异质文论,为构建自己的理论服务,确是实现西方文论"中国化"的一条有效途径[15]。

三、异质文论的对话与激活

中国现当代文论在总体上是西方文论播散的结果,最直接的影响者包括文艺复兴时期思想家的文论主张和原苏联的文论体系,这些理论可能包含了人类审美活动的共同性方面。可是如果我们承认各地区、各民族文化、文明的异质性,那么文学、文论本身就是文化的核心内容,它理应具有民族文化的特性,而且无论从文学反映生活还是表现了作者的心理来看,也都有异质性的问题。如果仅以西方的文论作为基轴,就无法把握中国的文学与文论!20 世纪以来,中国古代文论面临的最大问题就是自身文化传统"异质性"的被遮蔽。余英时先生在总结 20 世纪中国知识分子与传统文化的关系时写道:"中国知识分子对自己历史、文化、传统的认识则越来越疏远,因为古典训

---

14 胡风:《人道主义和现实主义的道路》,见文振庭等编《胡风评论集(下册)》,中国社会科学出版社,1991 年,第 66-67 页。

15 靳义增:《从变异学视角看文学理论"中国化"的基本路径》,《文艺理论研究》,2006 年,第 5 期。

练在这一百年中是一个不断堕退的过程。到了今天，很少人能够离开某种西方的思想架构，而直接面对中国的文学、思想、历史了，他们似乎只有通过西方这一家或那一家的理论才能阐明中国的经典。"[16]这一观察应该说是准确的。如用现实主义浪漫主义这一套现成的西方文论来研究中国古代的作家或古代的文学思想，力图让古代作家或古代文学思想在西方文论体系中就座落实，这种现象在现当代中国知识分子的文章与论著中表现得异常频繁。现代学术史上学者们为白居易的文学思想是现实主义的还是浪漫主义的争得面红耳赤就属这方面的典型案例。李白是浪漫主义、杜甫是现实主义的现代认知，也可作如是观。至于新时期以来用各种时髦的西方理论来研究中国古代文论（准确地说是阉割了中国古代文论），亦是这一现代"传统"在当代的继续而已。因此可见，中外文论的异质性正是需要展开对话的现实基础[17]。

所谓"对话"其实就是换位的思考意识。巴赫金认为，对话才是意义的呈现，才能造出意义的多方面性，他说，"须知，在任何时代和任何社会集团的意识形态视野里，都不是一个，而是几个相互矛盾的真理，不是一条、而是几条分开的意识形态途径。"[18]这里相互矛盾的真理不是在一个固定的视点就可以全面观察到的，也不是单一的话语就可以全面加以表述的，它需要一种在对话中得以凸显的契机。哈贝马斯认为，没有哪一个个人或者团体可以独自宣称自己就是理性的代表，真正的理性应该是在一个场域之中体现的，它是一种公共对话的空间，在这种对话中达成某种程度的共识，而该共识才是理性原则的体现，就是说理性实际上是在交往对话的过程中展现的。由此，哈贝马斯注重现实生活本身的意义，认为生活的知识是"一种深层的非主题化知识，是一直都处于表层的视界知识和语境知识的基础。"[19]在生活的世界中，发话人、听者共同参与所涉及的题域，不同人士会有各自对问题的看法和理解，他们都是主体而不只是其中某方作为单一的主体。这种对话的思想和立场在重建中国当代文论话语中具有十分突出的意义。这一意义体现在：

---

16 余英时：《文化危机与民族认同》，见王元化主编《学术集林（卷七）》，上海远东
　　出版社，1996年，第71页。

17 张荣翼：《现代性、对话性、异质性——中国当代文论的内在关键词》，《湘潭大学
　　学报（哲学社会科学版）》，2006年，第5期。

18 巴赫金著：《文艺学中的形式主义方法》，见《巴赫金全集（第二卷）》，河北教育
　　出版社，1998年，第131页。

19 [德]哈贝马斯：《后形而上学思想》，曹卫东等译，译林出版社，2001年，第77页。

从中、外文论的关系来看，一方面我们再也不能盲目地闭关锁国式地进行学科工作，这一转变在新时期以来虽然也还有若干不足，但是基本已经做到了；另一方面就是我们在学习引进西方的文论和学术思想的过程中，我们自己缺乏源自本身的问题意识，像欧美文论家对于商业文化、对于现代社会可能展开了一些抨击，而这样的批评在中国本土的适用性其实是需要加以论证的。在跟进西方的过程中，我们对身边的现实缺乏反应已经成为普遍现象，而这正是人文学科发展中的畸态。

异质文论之间如何展开对话？进行异质文论的对话应掌握两条基本原则，明确三种具体途径。两条基本原则就是"话语自立"和"平等对话"。所谓"话语自立"就是指异质文论的对话要明确各自不同的话语，有了各自不同的话语，然后再寻找相互之间的能够达成共识和理解的基本规则。这里的"话语"是指一定文化思维和言说的基本范畴和规则。因此，异质文论对话就是要实现话语之间的相互对话。忽略话语层面，忽略文化最基本的意义建构方式和言说规则，任何异质文论的对话只会有两种可能：要么是文化现象的表层比较，要么是强势文论的一家独白。第二条基本原则是"平等对话"原则。要做到东西方异质文论话语真正平等对话是很不容易的。但是，异质文论的对话如果抛弃或忽略这项平等原则就只会导致一种强势文化的霸权状态。20世纪中国文化与文论在与西方强势文化与文论交往时未能重视相互之间的平等，其结果就是我们所谓中国文化与文论的"失语"。我们学到了别人的理论话语，却失去了自己的理论话语。我们不是用别人的文学理论来丰富自己的文学理论，而是从文化的话语层面被整体移植和替换。历史经验表明，异质文论之间的对话只有在坚持话语平等原则的条件下才得以有效地进行。否则，"对话"只能再次变为"独白"。异质文论对话的具体途径主要有三种，即"不同话语与共同话题"、"不同话语与相同语境"和"话语互译中的对话"。所谓"不同话语与共同话题"就是指异质文论进行对话，首先要确定一个共同的对话话题，有了共同的话题也就有了对话的基础。比如，我们可以以"文学的本质"为共同话题，在中国古典文论、西方文论、印度古典诗学乃至日本古代文论之间进行多元对话。"不同话语与相同语境"是指没有共同的话题但具有共同的语境。所谓共同语境，就是不同话语在完全不同的社会历史条件下所面对的某种相同或相似的境遇或情境。在这些相同或相似的境遇或情境下，不同的话语模式都产生各自不同的反应，形成自己不同的话语言说方式和意义建构方式。虽然不同话语各自的话语内容和话语功能都不相同，它们的话题也不相同，但是，它们都是由某种共同的语境或境遇造成的。根据这些话语的共同语境，我们就可以让它们进入对话领域。"话语互译中的对话"是指在文学与文论的话语互译中展开深层的话语对话。随着语言哲学和比较文学译介学的发展，翻译的本质开始越来越为人们所了解和重视。翻译所涉及的不仅仅是纯语言学问题，两个文本或两种语言背后是两种迥然不同的异质文化和话语体系。不同的文化和话语体系，有其独特的概念范畴和言说规则，它们之间可能有一些重叠、交叉和对应，但绝不可能完全等同。这样，异质文化和话语之间的表层互译背后充满着深层话语"张力"。翻译本身就是一种异质文化与话语的潜在对话[20]。

异质文论的对话能够相互激活与启发，从而促使文论新质的产生。例如，在佛教中国化的过程中，印度佛教演变为具有中国特色的禅宗文化。在文化新质基础上，中国古代文论开始出现诸如"妙悟"、"意境"等极具创造性又有中国特色的概念范畴。这里我们以"境"或"境界"为例加以分析说明。唐宋以来的诗论、词论中，广泛用到"境"或"境界"，这一术语来源于佛教，《大毗婆沙论》说："境，通色、非色，有见、无见，有对、无对，有为、无为，相应、不相应，有所依、无所依，有所缘、无所缘，有行相、无行相。"唐代孔颖达最早把"境"运用到文论中来，他在解释"感物说"时说："物，外境也。言乐初所起，在于人心之感外境也。"[21]"外境"是指客观的物象世界。王昌龄在《诗格》中提出"诗有三境说"，其中，"物境"是指自然景物层面，"情境"是指主体感情层面，"意境"是指诗歌整体意蕴层面。刘禹锡在《董氏武陵集纪》中认为"境生于象外，故精而寡和。"司空图在《与王驾评诗书》中说"长于思与境偕，乃诗家之所尚者。"王国维更在《人间词话》中区分"有造境，有写境"，"有有我之境，有无我之境。""境界"一名，早见于《无量寿经》："斯义宏深，非我境界。"《楞伽经》中说："第一义者，圣智自觉所得，非言说妄想觉境界。"《法苑珠林·摄念篇》中说："如是六根种种境界，各各自求所乐境界，不乐余境界。"在诸如《成唯识论》、《大毗婆沙论》等佛教经论中，"境界"一词，频频出现。古代文论家用到"境界"的，如宋

20 曹顺庆，支宇：《在对话中建设文学理论的中国话语——论中西文论对话的基本原则及其具体途径》，《社会科学研究》，2003年，第4期。
21 阮元校刻：《十三经注疏（下）》，上海古籍出版社，1997年，第1527页。

李涂《文章精义》："作世外文字，须换过境界。庄子寓言之类，是空境界。"明代王世贞《艺苑卮言》云："骚赋古选乐府歌行，千变万化，不能出其境界。"陆时雍在《诗镜总论》中说："唐人无此境界。"清代叶燮《原诗》中说："从至理实事中领悟，乃得此境界也。"梁启超《饮冰室诗话》说："（黄）公度之诗，独辟境界。"况周颐《蕙风词话》："涩之中有味，有韵，有境界。"王国维更在《人间词话》中标举境界说："然沧浪所谓兴趣，阮亭所谓神韵，犹不过道其面目，不若鄙人拈出'境界'二字，以探其本也。"这些说法中，"境界"的含义不同，有的是指艺术修养所达到的境地，有的是指意境，但借用佛教话语来言说中国诗词，则是一致的。现在看来"妙悟"、"意境"等概念范畴已完全中国化。异质文论之间的相互激发应站在本土文化的立场上接受外来文论的影响，起主导作用的是本土文化传统，立足点与归宿也是本土文化。诚如陈寅恪所说："其真能于思想上自成系统，有所创获者，必须一方面吸收输入外来之学说，一方面不忘本来民族之地位。此二种相反而适相成之态度，乃道教之真精神，新儒家之旧途径，而二千年吾民族与他民族思想接触史之所昭示者也。"[22]异质文论对话中的激发所坚持的正是这种一方面吸收输入外来的文论学说，一方面不忘民族特质的主张。陈寅恪在《鸠摩罗什译经的艺术》一文中曾讲道，鸠摩罗什译经，"或删去原文繁重，或不拘原文体制，或变易原文。"[23]这里的"变易原文"就是立足本土文化立场而接受外来文化影响的变异。

变异与他国化是异质文化、异质文论相互对话与激发的必由之路，也是当今文论发展与创新的康庄大道。

---

22 陈寅恪：《金明馆丛稿二编》，上海古籍出版社，1990年，第252页。

23 陈寅恪：《鸠摩罗什译经的艺术》，见胡适著《白话文学史》，百花文艺出版社，2002年，第115页。

变异学：比较文学学科
理论研究的重大突破[1]

迄今为止，比较文学作为一门独立的学科理论，经历了三大发展阶段：第一阶段是法国学派坚持的实证性的影响研究；第二阶段是美国学派坚持的平行研究；第三阶段是中国学者倡导的跨越异质文明的变异研究。本文从世界比较文学学科理论的发展深度入手，探讨变异学的重大理论意义和学术价值。

一、比较文学现有学科理论的缺憾

比较文学学科理论的第一阶段是法国学派。法国学派是以实证性的影响研究为其基本特征的，坚持实证的科学精神，是法国学派最根本的特征。法国学派奠基人梵·第根说："比较文学的对象是本质地研究各国文学作品的相互关系。"[2]要使比较文学研究落到实处，就必须加强实证性的科学精神。梵·第根也认为比较文学的特质就是要把尽可能多的来源不同的事实归纳在一起，使"比较"二字摆脱美学的含义，而获得一个科学的含义。法国学派的主要理论家马·法·基亚声称："比较文学并非比较。比较文学实际只是一种被误称了的科学方法，正确的定义应该是：国际文学关系史。"[3]卡雷也指出比较文学是实证性的关系研究："比较文学是文学史的一个分支：它研究拜

---

1 原载于《比较文学与跨文化研究》，2018年第2卷第2期。

2 参阅梵·第根：《比较文学论》，戴望舒译，台湾商务印书馆1995年版，第55页。

3 参阅马·法·基亚：《比较文学》，颜保译，北京：北京大学出版社1983年版，北京大学比较文学研究丛书，前言第1页。

伦与普希金、歌德与卡莱尔、瓦尔特·司各特与维尼之间，在属于一种以上文学背景的不同作品、不同构思以及不同作家的生平之间所曾存在过的跨国度的精神交往与实际联系。"[4]

法国学派的学科定位是既追求一种实证性的研究方法，又强调国际文学关系史。在他们的研究视野中，比较文学的研究是在不同的国家文学体系之间的文学关系史的研究，建立起的是以流传学、媒介学、渊源学三大理论为主的研究大厦。流传学研究的是一个文学现象在另外的文学体系中获得的影响与传播的状态；媒介学研究的是不同国家之间的文学影响得以形成的中介方式；渊源学是在起点不明确的情况下所做的研究，是追本溯源的研究方法。可见，法国学派比较文学的学科立足点是实证"关系"，而不是"比较"，属于文学外部的研究。

比较文学学科理论的第二阶段是美国学派。美国学派倡导"平行研究"与"跨学科研究"。法国学派提出"比较文学不是文学比较"，实质上就是丢弃"比较"，而只谈"关系"。美国学派恢复了曾一度被法国学派丢弃的"比较"，打破了法国学派强调的事实联系的自我限制，将没有实际影响与关系的一国文学与另一国文学或多国文学、文学与其他学科（包括自然学科、社会学科以及艺术、宗教、历史和哲学）之间进行比较。它重点关注的是文学性，即文学作品内在的审美价值与规律，所以它是属于文学的内部研究。它用文学的美学价值取代了法国学派倡导的文学实证性的影响关系，突出了比较文学的研究重点是既重视跨国也重视跨学科的特点。

目前，几乎所有从事比较文学学科理论研究的学者都以为，有了影响研究和平行研究，整个比较文学学科理论体系就是一座完满的大厦。事实是否真的如此？研究结果证明：迄今为止，比较文学学科理论并不是完美无缺的，它仍然存在很多问题。因为，即使有了影响研究和平行研究，我们仍然不能解决比较文学研究中的很多问题。

首先，影响研究与平行研究都是建立在"求同"的基础之上，他们是求不同中的同，求不同国家中的类同、不同学科中的共同。影响研究的可比性建立在"同源性"基础之上，平行研究的可比性建立在"类同性"基础之上。这种"求同"的理论模式，并不完全符合比较文学的基本事实和客观规律。

---

4 参阅卡雷：《比较文学》出版序言，见北京师范大学中文系比较文学研究组编《比较文学研究资料》，北京：北京师范大学出版社1986年版，第43页。

因为法国学派所强调的以"国际文学关系"为核心的"影响研究"，其变异性要大于类同性。即便是在美国学派强调的以"类同性"为共同规律的"平行研究"与"跨学科研究"中，也存在着大量的变异现象。

我们承认，在比较文学研究中，"同源性"、"类同性"是"可比性"的基本立足点，但我们要郑重提出：变异性、差异性同样具有可比性，而且具有更大的学术意义与理论价值。比较文学变异学理论是立足于差异性这个基本点上而提出来的。变异学探讨的是完全差异的对象是否存在可比性的问题。变异学的根本理论认识是：异质性也是可以比较的。同源中包含了变异，因为同源的文学从一个国家传到另一个国家，在语言翻译层面、文学形象层面、文学文本层面和文化层面都会产生变异，这就是异质性的体现。事实上，平行研究与影响研究也存在着一个求"异"的问题。然而"异"是两个学派都没有注意的重要问题。法国学派和美国学派都没有从学科理论角度出发对其加以考虑和总结。

二、影响研究的特点与面临的困惑

法国学派提出比较文学就是研究国际文学关系史，坚持实证性的科学精神正是法国学派的突出个性，但是实证性的文学关系也同时包含变异的问题。因为当一国文学传到另一国时，它会不可避免地产生变异。

实际上，国际文学关系的两大支柱是实证与变异，也就是实证性的国际文学关系与变异性的国际文学关系。对于实证研究，我们可以做如下分类：诗歌的实证关系研究、小说的实证关系研究、形象学的实证关系研究。对于变异研究，我们也可以做如下分类：翻译的变异研究、语言的变异研究、接受学的变异研究等等。

在法国学派的研究中，国际文学关系研究只突出了实证性的一面，即只注重研究存在着事实联系的不同国家的文学，而忽略变异性的一面。法国学派不但回避谈论审美判断与平行比较的问题，也没有认识到在影响研究中存在着的变异。这是法国学派学科理论的两大缺憾。其中，放弃"比较"，忽略文学审美的缺憾，被美国学派所弥补，而变异性的缺憾至今仍未解决。

法国学派提出国际文学关系时，一直强调实证性和科学性，但是在具体从事影响研究时却遭遇了很多无法实证的困难。比如，运用实证方法就很难对形象学进行研究。实际上，形象学研究的实质就是变异，而且法国学派在最早的比较文学学科理论中就已经提到了文学作品中的"他国形象"问题，这证明他们早已涉足非实证性的变异学领域的研究，只是自己还未察觉，因而也没有能够从学科理论的高度加以总结。

早期的形象学研究，虽然表面注重的是有事实关系的文学关系史的研究，其实早已突破实证性的研究。卡雷 1947 年在巴黎布瓦文出版社出版了他的《法国作家与德国幻象，1800-1940》，此书由他的学生基亚在《比较文学》一书中设置了《人们眼中的异国》一章，借以专门讨论形象学问题，这是最早的一部对形象学研究进行确认的概论性著作。卡雷与基亚的努力，使得法国学派打开了比较文学研究的新方向，那就是他们直接进入了对"形象学"的研究，但是他们依然不承认"形象学"是非实证性的。可事实上，法国学派确实是在运用实证的、科学的方法从事着非实证、非科学的对象性研究，这样的比较研究是不属于法国学派所倡导的比较文学范畴的。

从形象学的各要素分析，形象学应该属于变异学研究范畴。它主要是指一部作品、一种文学中表现出来的他国形象。他国形象是一种"社会集体想象物"[5]，以形象学研究的"词汇""套语"为例，中国人将美国人称为"美国佬"，将日本人称为"日本鬼子"，这些就是中国人对美国人、日本人的集体想象的体现。正因为它是一种集体幻象，是一个国家对另一个国家的集体想象，所以产生变异是必然的。变异学中的形象学对想象的强调，从"再现式想象"上升到了"创造性想象"层面，也就是说他者的形象不是再现，而是主观与客观、情感与思想混合而成的产物，客观存在的他者形象已经经历了一个生产与制作的过程，是他者的历史文化现实在注视方的自我文化观念下发生的变异的过程。

可见，在文学的传播与交流中，在诸如审美、心理等难以确定的因素的作用下，被传播和接受的文学会发生变异。如果说影响研究的根本目标是求"同"，那么变异学研究探求的基本特征就是"异"。变异学追求的是同源中的变异性。

三、平行研究的特点与面临的困惑

目前，很多比较文学概论教材都认为平行研究是美国学派发明的，准确

---

5 参阅让—马克·莫哈：《试论文学形象学的研究史及方法论》，孟华主编，《比较文学形象学》，北京：北京大学出版社 2001 年版，第 29 页。

地说，应该是美国学派恢复了平行研究。对此，我们应该注意以下三点：

第一，法国学派否定了平行研究。认为"平行"不是比较文学，凡是不涉及"关系"之处，都不是比较文学，"比较"的方法被后来的美国学派所恢复。

第二，美国学派提倡平行研究的原因是：文学研究、文学批评是讲究审美性的。法国学派仅仅强调文学外部的实证性研究，而忽略了文学的审美性特征，这直接导致了比较文学研究的非审美性。文学研究中必然伴随着审美性因素和心理因素，而这是实证性关系研究所无法证明的，这个缺憾恰恰被美国学派弥补了。美国学派倡导的平行研究，一方面比较的是不同国家的作家、作品与文学现象的同；另一方面是将文学与诸如艺术、宗教、哲学、自然科学等其他学科之间作比较。当然比较的两者必须具备可比性，从中总结出文学的审美价值以及文学发展中带有普遍规律性的东西。

第三，美国学派研究的重点内容有比较诗学、类型学、主题学、文体学和跨学科研究。主题学，主要研究的是不同国家的作家对相同主题的不同处理，它研究的范畴包括母题研究、情境研究和意象研究。值得一提的是，平行研究中包含主题学，影响研究中也包含主题学，这种现象体现了平行研究中也必然包含变异关系研究。

第一次在比较文学史上提出"主题学"这一术语的是法国比较文学家哈利·列文。他在比较文学学科理论上的重要建树是"主题学研究"，并形成了自己的理论体系。法国学者保尔·梅克尔在 1929 年至 1937 年间编辑了一套主题学丛书。1968 年，美国著名学者韦斯坦因在其专著《比较文学和文学理论》中单独开辟了"主题学"一章，弗朗索瓦·约斯特在其专著《比较文学导论》中详细地论述了主题学。

到底主题学是属于影响研究，还是属于平行研究？事实上，主题学的研究方法既含有影响研究注重文本外部关系的因素，也含有平行研究注重文本内部审美性的因素。所以，平行研究中的主题学、文体学等研究内容，也是属于影响研究的重要内容。

美国学派并非完全排斥影响研究，它批判的是对文学进行纯粹的实证考察，主张应该将实证研究与审美研究结合起来，也就是将影响研究与平行研究结合起来。何况，这两种研究范式在某些内容上是呈交叉状态的，是密不可分的。这也就是为何在美国学派的主将韦斯坦因和雷马克的著作中，都有对影响研究的阐述。

　　法国学派的影响研究只讲文学关系，美国学派恢复了比较。从表面上看，比较文学学科理论似乎已是一个完整的体系，但事实并非如此。因为，美国学派的平行研究已经出现了困惑，使得体系出现了不完满之处。具体体现在：有人提倡比较文学无边论，又有人提倡比较文学应该有边界。比如，韦勒克等人就提出什么都可以用于比较。在他们看来，比较文学、文学史与文学批评等都是注重研究审美性的，比较文学就是探讨全人类文学的共同审美性。它可以跨越很多边界，包括文明的边界，从而研究全球范围内的文学，以至于韦勒克认为可以将比较文学边界无限扩展，甚至可以直接将比较文学改称为"文学研究"。因为这些都是共同的，都是为了探讨人类共同的文学规律。正如韦勒克所主张的："将全世界文学看作一个整体，并且不考虑语言上的区别，去探索文学的发生和发展，"去"研究各国文学及其共同倾向。"[6]可见，他的认识已经偏离了学科边界，成了比较文学无边论。与此相反，雷马克认为比较文学应该有学科边界，而且韦斯坦因也认为跨文明的比较是不存在的，不应该将比较文学的边界扩大。对此，韦斯坦因批评道："我以为把研究领域扩展到那么大的程度，无异于耗散掉需要巩固现在领域的力量。因为作为比较学者，我们现有的领域不是不够，而是太大了。"[7]韦斯坦因认为如果将比较文学研究的范围扩大，研究的对象会过于庞杂，何况东西方的文化差异太大，无法进行追求类同性的平行比较。显然，无论是韦勒克还是韦斯坦因，他们的主张虽有差异，但都在比较文学的"求同"之上进行研究，这证明了美国学派倡导的比较文学的根本立足点是建立在"求同"的基础之上的。

　　从"求同"的思想意识出发，不管是韦勒克还是韦斯坦因，都没有认识到比较文学的变异性实质。美国比较文学界两种对立的观点反而揭示了比较文学学科理论面临的一个危机，而这种危机美国学者却恰恰没有看到。他们只论争或说明了东西方不同文明的文学可比或不可比的问题，却并没有说明种种理由。不过，韦斯坦因后来的观点有所改变，已经开始看到东西方文学比较的必要性。

　　美国学者之间的论战，反映出的核心问题有：第一，他们走不出比较文

6　参阅干永昌等编选：《比较文学研究译文集》，上海：上海译文出版社 1985 年版，第 134 页和 165 页。

7　参阅韦斯坦因：《比较文学与文学理论》，沈阳：辽宁人民出版社 1987 年版，第 25 页。

学"求同"的思维模式；其二，欧美学界的某些前沿理论已经发现了一些问题。例如赛义德（Edward Said，1935-2003）的《东方学》一书，就是从差异的角度来看待问题的。他阐述的道理是西方人研究的东方不是真正的东方。这个运用学理方式加以研究的观点，在西方引起了很大的轰动。对此，很多人认为这是因为西方的话语霸权导致的结果，其实最根本的原因在于东西方文化的异质性。很明显，赛义德并没有从东西方文明的异质性来深刻地认识这点，而更多地是从话语霸权的角度来谈论问题。他认为，是西方的话语霸权决定了西方处处都会站在自己的立场，用自己的眼光去看待东方，他没有认识到东西方文化是存在异质性的，也就是说双方既有可通约性，又有不可通约性，这是西方以赛义德为核心的学者们，在对东西方文明差异性问题上认识的局限性。

以上分析说明，美国学者在运用平行研究看待问题时，往往会忽略异质性的问题，这使得比较文学面临着危机，从另一个侧面也证明了比较文学学科理论存在着重大缺憾，即缺乏变异学理论的指导。

一般情况下，比较文学学者不会想到一个问题，即平行研究中也存在着变异问题。因为，我们在通常情况下所讲的变异是影响研究中的变异。但是，当我们运用平行研究时，实际上是在相互阐释，也可以说，平行研究就是阐释研究。在阐释中，两个毫不相关的对象在研究者的视野中相汇了，由于不同的人、不同的语言、不同的文化、不同的文明，对同一文学作品的阐释是不可能完全相同的，对于平行比较的阐释更加不同，比较双方的变异因子从阐释交汇处产生了，这就是平行研究中的变异问题。不同的文明在碰撞中产生变异，这种变异涉及了文明差异的交集。我们可以提出这样的观点：平行研究中的变异，最根本之处就体现在双方的交汇中，是文明的异质性交汇导致了不同文明的变异。平行研究中的变异，最突出之处体现在话语变异上。可以说，中国与西方原本都有一套独立的文学话语体系。以浪漫主义为例。湖畔派诗人提倡的浪漫主义，注重的是情感的自然流露。正如华兹华斯所说："诗歌是强烈情感的自然流露，它起源于在平静中回味的情感。"[8]华兹华斯在《写于早春》这首诗中这样写到："…… / 穿过簇簇樱草，在树阴下，/ 长春花已把它的花环编成；/ 我有个信念：认为每一朵花 / 都在享空气的清

---

8 参阅华兹华斯：《抒情歌谣集·前言》第 2 版。中译参阅《文学批评理论——从柏拉图到现在》，北京：北京大学出版社 2000 年版，第 183 页。

新。……。"[9]柯勒律治在《查木尼山谷日出颂》中赞叹到:"……,啊,高峻的布朗峰!／阿芙河、阿尔维伦河在你山麓下／咆哮不停;但你,最威严的形体!／高耸在你沉静的松海当中,／多么沉静啊!在你的周围和上空／……。"[10]这两首诗赞美了充满欢乐的大自然,以及诗人对自然界一草一木的感受与爱怜之情。从这两首诗歌中,我们可以看出西方的浪漫主义强调的是个人感情的自由抒发和诗人的主观想象力。若以此浪漫主义标准来衡量中国文学,中国的古代诗歌基本上都可归入浪漫主义范畴之内,因为中国的古诗都是重情的,都是"发乎情"[11]的。正如白居易对诗的定义:"感人心者,莫先乎情,莫始乎言,莫切乎声,莫深乎义。诗者:根情,苗言,华声,实义。"[12]但事实上,中国诗并不是浪漫主义可以完全概括的。所以说,被冠之以"浪漫主义"的所谓中国浪漫主义,绝不是西方提倡的浪漫主义。一种事物从一个国土传播到了另一个国土,它必然会生成新的事物,这就是变异。也就是说,西方话语进入到中国,虽然其主要架构仍然是西方的话语体系,但在中国国土上,这种话语已经产生了变异,已不再完全是西方的了。比如,"禅宗"已不是印度佛教,而是印度话语与中国话语结合后发生变异的结果。

四、比较文学变异学提出的相关学术背景

关注差异可以说是当代世界的一大思潮,也可以说是一个学术前沿问题,这一学术思潮最典型地体现于解构主义理论上。而之后的女性主义、后殖民主义、新历史主义,族群理论、生态主义、话语理论以及西方马克思主义,尤其是法兰克福学派的理论统统都带有解构主义色彩。

很多学者都曾指出解构主义是结构主义的继承和进一步发展。的确,两种理论都是基于对事物间关系的考察而建立起来的,但解构主义与结构主义又是截然不同的。结构主义总的理论追求是要找出总括所有事物的规律,其"结构"关乎意义和形式,涉及知识系统化。但在解构主义理论家看来,结

9　参阅华兹华斯等著:李昌陟译,《英国浪漫主义五大家诗选》,重庆:重庆出版社2000年版,第4、5页和79页。

10　参阅华兹华斯等著:李昌陟译,《英国浪漫主义五大家诗选》,重庆:重庆出版社2000年版,第4、5页和79页。

11　参阅郭绍虞主编:《中国历代文论选》(第一卷)《毛诗序》,上海:上海古籍出版社2001年版,第63页。

12　参阅郭绍虞主编:《中国历代文论选》(第二卷)白居易《与元九书》,上海:上海古籍出版社2001年版,第96页。

构恰恰绝非什么起源和中心，它来自差异，并由差异所决定。结构主义讲词的意义的产生时以 cat 与 cap 的差别为例，也说明了语言系统构成的差异性原理。结构主义总的诉求是求同，而解构主义恰恰是寻求差异。德里达自造的词汇"延异"（differance）这一解构主义独特的术语就鲜明体现其求异的思维倾向。

解构主义思想极大地影响了包括女性主义、后殖民主义、后现代主义在内的现当代西方文论。后现代主义理论有两大特点，其一是解构中心，反中心，其二是讲通俗，反精英，总括起来就是解构中心，倡导多元。后殖民主义理论的一个典型特征批判西方文化霸权，所以在谈到"失语症"问题时，我国台湾就有人因此称曹顺庆为中国后殖民主义的代表人物。女性主义也是利用解构主义的差异性思想来解构男性中心主义。而克里斯蒂瓦、斯皮瓦克、霍米·巴巴等学者同时是女性主义、后现代主义、解构主义的理论家，他们的比较文学和翻译学理论就是从解构主义思想出发的，斯皮瓦克是以翻译德里达的《文字学》，介绍其解构主义理论出名的。

另外，阐释学、法兰克福学派和福柯的话语理论都有着强烈的解构色彩。福柯的专著《疯颠与文明》《性史》都是在批判和揭露话语强权的压制。鲁迅的《狂人日记》就是《疯颠与文明》最好的例证，他借狂人之口揭露和颠倒不合理的规则。可见话语霸权对社会和个人的压制是相当厉害的，福柯的理论典型地揭露话语霸权对社会产生的强大的控制力量。韩朝、东德西德的人民本为同胞，之所以会对峙起来就是因为受不同的意识形态话语的控制，一些在宗教思想影响下的族群激烈的对峙也是如此。

总而言之，当今西方批评理论都有着一个基本的趋势和动向，即从原来的对真理的追求，对终极性的追求，对同的追求，转向对差异，对非终极性、非本质的追求。这是当代西方一个重要的思潮和学术转向。这种关注差异性的思维倾向已经开始反映到我们比较文学学科领域中来。首先是翻译问题。翻译是我们比较文学研究的一个比较重要的问题，斯皮瓦克和苏珊·巴斯奈特都注意到了翻译过程中产生的变异，我国学者谢天振及时地总结出一套译介学理论。其次是形象学中的变异问题。今天我们正式响亮地提出比较文学变异学，这是我们在整个世界学术发展的前沿领域的重要作为，在比较文学学科发展史上是具有突破性意义的。

当今世界的另一大学术思潮和前沿动向是跨文明研究。本世纪一个轰动学术界的事件就是亨廷顿的"文明冲突论"的出现。亨廷顿是美国哈佛大学政治研究所的所长，他认为冷战结束以后，在世界上不同的文明影响下，族群和国家的力量开始突显并左右世界动态。"在后冷战时代的新世界中，冲突的基本源泉将不再首先是意识形态或经济，而是文化。……全球政治的主要冲突将发生于不同文化的国家和集团之间。文明的冲突将主宰全球政治。""下一次世界大战，如果有的话，必将是所有文明之间的战争。"[13]他提出这个理论之初，很多学者对其嗤之以鼻，多数人认为主宰世界格局的根本力量还是经济利益与国家利益，还有的学者说他别有用心，讲文明冲突是为了使西方世界与中国和伊斯兰世界对立，并在其中为美国谋取经济的、政治的利益。但几年之后的"9·11"事件从一定程度上证明了亨廷顿的理论，"9·11"事件既是一个弱肉强食时代的悲剧，同时也是文明冲突的例证。

文明的冲突与差异问题是我们当今一个学术前沿问题。哈佛大学学者杜维明针对亨廷顿的"文明冲突论"写了一本《文明的冲突与对话》，主张不同文明间要进行对话，而且认为："儒家伦理能够为全球文明对话提供资源。"[14]赛义德的后殖民主义，也涉及到不同文明的差异问题。"东方主义"指向的所谓东方与西方，实际上就是两种不同的文明，他所揭示的西方加之于东方的歪曲、误读和文化霸权，是我们今天很多学术问题和困惑的根源所在。可以看出，从亨廷顿、杜维明、赛义德的理论，到我们今天讲的族群身份问题，都涉及到文明的差异这么一个学术前沿问题。所以说今天我们学术研究如果不关注全世界的文明差异，就不能触及真正的学术前沿。从当前大的国际冲突来看，文明冲突，不同文明间的关系问题变得越来越不容忽视。今天我们中国已经在一些学者的倡导下，提出建立和谐世界的理念，这中间其实也涉及文明的差异问题。当前我们国内的学术研究，包括比较文学研究正处在文明交流的风口浪尖上。我们中国人搞比较文学，本身就要直接面对异质文明的冲击，中西文学比较如此，中印、中日文学比较也是如此。

当前世界解构主义思潮和跨文明研究这两大学术前沿有一个共同点，那就是关注差异性。在当今的学术研究中，差异性问题实际上已经成为一个核

---

13 [美]塞缪尔·亨廷顿：《文明的冲突与世界秩序的重建》，周琪等译，北京：新华出版社2002年版。

14 [美]朱汉民、肖永明选编：《杜维明：文明的冲突与对话》，长沙：湖南大学出版社2001年版，第13-15页。

心问题。阐释学和解经学的区别也在于此。解经学的目的是要找出一个本真的、不变的东西，而阐释学显然是求异的。西方阐释学的革命性变革就是承认完全忠实于原作的解读是不可能的，并且是不必要的，在阐释中差异则是绝对的，是新的意义增长点。中国的经学也有"诗无达诂"之说。不过阐释学和我们的"诗无达诂"思想是有差异的，后者只是无奈地承认不同的人有不同的理解，说我们虽然对经典都有不同的理解，但都要遵从圣人之意。举例说，春秋有"三传"，诗有"四家"，但不管怎么解，也不能说《诗经·野有死麕》中"有女怀春，吉士诱之"中对男女偷情的歌颂是对的，而只能将这首诗解释为"恶淫也"，对其行为进行批判。"四家诗""春秋三传"各自的具体说法虽然有异，但它们在相同的话语权影响之下形成的价值取向是相同的。当然我们中国古代思想中也有一些可以挖掘出的阐释学资源，如"春秋笔法"与"微言大义"的阐述方式，确实会产生不同的新的意义，但是这种意义的生产方式，跟西方的阐释学刻意地从差异中寻求意义的生长点的解读方式不同。我们的阐释经典是绝对不能离开圣人之旨的，不管六经注我，还是我注六经，都是一种传统的"依经立义"的方式。

解构主义与结构主义，阐释学与解经学，包括翻译理论和译介学的区别都在于对差异性的不同态度。传统翻译理论的重点是讲"信、达、雅"，并不是说我们没有认识到在翻译活动中会有走样、误译等变异现象的存在，而且我们也知道"诗无达诂"，但是我们在翻译和解经的过程中还是要尽量做到忠实于作者原来的意图。今天的译介学强调"创造性的叛逆"与阐释学所讲新的意义的新生思维倾向是相同的。从解经学到阐释学，从翻译理论到译介学实际上就是一个从求同思维向求异思维的转变，这就是我们学术界的一个新的动向和理论基点。

这样一个注重差异性的学术思维决定了我们今天基本的学术动向，如果我们对此再不加以关注，那我们在学术研究上就会落伍。正是在这样一个大的理论背景之下，我们才提出了变异学的研究方向。比较文学学科理论就是在解构主义与跨文明研究思潮的推动下发展的，而变异学就是两大思潮交汇处具体的理论生长点。

五、比较文学变异学提出的理论基础和实践基础

确立"变异学"为比较文学的一个研究领域，是从比较文学学科领域的

现状、文学发展的历史实践以及比较文学学科理论的拓展几个方面来综合考虑的。

首先，所谓当下比较文学学科研究领域的失范是指比较文学自身的研究领域没有一个明确的研究对象和研究范围，而且有些理论阐述还存在很多纷乱之处。其中存在于影响研究中的实证性与审美性的纷争就突出地表现了这种比较文学学科领域的失范现象。

影响研究的法国学派最初之所以提出国际文学关系史理论，一方面回应了当时克罗齐等人对比较文学的非难，另一方面也考虑到作为一个学科必须有一个科学性基础，所以他们提出比较文学不是文学的比较，而是一种实证性的国际间文学关系史的研究。但是，后来美国学者却质疑了法国学派的影响研究单纯强调科学实证而放逐审美价值的学科定位，认为他们的影响研究是僵硬的外部研究和文学史研究，提出要"正视'文学性'这个问题"[15]，因为"文学性"是美学的中心问题，是文学艺术作品得以存在的内在规定性。也就是说，比较文学应该把美学价值批评重新引进比较文学学科领域之中。

但是，一旦文学性介入比较文学的影响研究实践之中，就使得我们面前的比较文学研究出现了新的困扰。这主要是因为传统的影响研究以实证性探寻为研究定位，当然如果仅仅对于"国际文学关系史"[16]的研究来说，这种实证性的影响研究本来也无可厚非，但是对于一种文学的比较研究来说，它却存在着一定的缺陷。这主要是因为，实证性的影响研究想要求证的是人类的美学艺术创作过程中存在的接受和借鉴规律，"实证能证明科学事实和科学规律，但不能证明艺术创造与接受上的审美意义。"[17]也就是说，要从文学艺术的外部研究来揭示其文学内部的规律性，这当然是非常困难的。所以，影响又被称为是"像难以捉摸而又神秘的机理一样的东西，通过这种机理，一部作品对产生出另一部作品而做出贡献。"[18]就连强调实证影响研究的卡雷（Carte，也有译为伽列）都认为影响研究"做起来是十分困难的，而且经常

---

15 韦勒克：《比较文学的危机》，干永昌等选编《比较文学研究译文集》，上海：上海译文出版社 1985 年版，第 133 页。

16 马·法·基亚：《比较文学》，颜保译，北京：北京大学出版社 1983 年版，第 1 页。

17 陈思和：《20 世纪中外文学关系研究中的"世界性因素"的几点思考》，《中国比较文学》2001 年第 1 期。

18 布吕奈尔等著：《什么是比较文学》，葛雷等译，北京：北京大学出版社，1989 年版，第 74 页。

是靠不住的。在这种研究中，人们往往试图将一些不可称量的因素加以称量。"[19]

所以说，文学审美性介入比较文学研究之后，影响研究就不应该还是一种单纯的文学关系史研究了。然而，当下我们的许多比较文学教材在处理影响研究的时候还没有很好地解决文学史研究和文学性研究的关系问题，还是将二者纠结在一起。比如在阐释媒介学的时候，还是把实证性的文学媒介考证与译介学混杂在一起，这样造成的后果就是没有办法真正把译介学出现的非实证性"创造性叛逆"说清楚。可以说，当下的译介学已经不是简单的语词翻译了，它更关注于文学性因素在不同语言体系中出现的变异现象。但是由于以前的影响研究特征过于模糊，所以就造成了译介学无法获得恰当的研究定位。实际上，比较文学中的实证性研究和审美性研究并不是不可两全的，我们没有必要在影响研究中对二者纠缠不清，完全可以将二者分为两个不同的研究领域。一个是实证性的文学关系史研究领域；另一个则不再只注意文学现象之间的外部影响研究，而是将文学的审美价值引入比较研究，从非实证性的角度来进一步探讨文学现象之间的艺术和美学价值上新的变异所在，是属于文学变异学研究领域。

其次，提出文学变异学的研究领域，是有充分的文学历史发展实践支持的。这是因为从人类文学的历史发展形态上看，文学形式和内容最具有创造力和活力的时代，往往是不同国家、不同民族文学，乃至不同文化／文明之间互相碰撞、互相激荡的时代。这些时期的社会文化和文学不会保持静态，往往表现为不同体系的文化和文学之间碰撞激荡、交流汇聚、相互融合，这是各种文学基因发生"变异"并形成新质的最佳时期。所以，这些时期会在文学上呈现出生机勃勃、丰富多彩、新异多变的创造性面貌。比如中国魏晋南北朝时期的文学局面就是一个典型的例证。虽然这一时期社会动荡不安，甚至战乱频仍，但是正是由于印度佛教文化／文学因素大量被引入中土，刺激了中国本土的文学创造力，当然还有中国南北朝文学的彼此交流和融合，所以在文学和文学理论方面都留下了许多不朽的篇章。探究这种文学横向发展现象的内在实质，就是不同文化／文学体系之间的冲突和交流，"能够激活冲突双方文化的内在的因子，使之在一定的条件中进入亢奋状态。无论是

---

19 J-M·伽列：《比较文学初版序言》，北京师范大学中文系比较文学研究组选编《比较文学研究资料》，北京：北京师范大学出版社1986年版，第43页。

欲求扩展自身的文化，还是希冀保守自身的文化，文化机制内部都会发生一系列的'变异'。"[20]本土文化／文学体系自身出现的变异因素往往就是文化与文学新质的萌芽，而这种具有创造力的新因素最终推动了文学的发展。

而且，这种外来的异质性文学因素所引起的文学变异现象甚至使得本土固有的传统得以变迁，这样的文学变异就成为一个复杂的动态过程。变异的文学现象促进了本土文学的发展，并逐渐融入本土文学的传统中，形成后世文学的典范。比如闻一多在论及中国古代文学史的时候，肯定了佛教文学对中国文学产生的重大推动作用，认为如果没有外来的文学因素的介入，中国本土文学就不会有那么多变异性的发展，北宋以后的"中国文学史可能不必再写。"[21]确实，魏晋以降的佛教文学流传进入中土，中国古代文学在这种横向的冲击下，吸收和借鉴，产生了新的文学变异因素，我们今天所说的深受外来文学因素影响的中国禅宗以及变文、小说、戏剧早已成为中国文学自身的固有传统。而且，每个国别文学体系中出现的文学变异现象都是丰富而复杂的，因此对文学变异现象的研究理应成为比较文学研究的主要视角之一。

最后，提出文学变异学领域的原因还是因为我们当下的比较文学学科拓展已经改变了最初的求同思维，而走入求异思维的阶段。比较文学的法、美学派理论都是在单一的文明体系内部进行的，他们都是从求同思维来展开比较文学的研究的。尤其对于没有实际关联的不同文明体系的文学现象之间的比较，美国学派的平行研究更是从一个共通的"文学性"层面出发，来研究它们之间的共同点的。它注重强调没有实际影响关系的文学现象之间的"某种关联性"[22]。这种所谓的关联性也就是韦斯坦因所谓的类同或者平行研究中存在的"亲和性"[23]。无论是"关联性"或是"亲和性"，都是一种以求同思维为中心的比较文学研究模式，这在单一的西方文学／文明体系中是很实际的一种研究范式。然而，当我们将比较文学的研究视野投向不同的文明体系

---

20 J—M。伽列：《比较文学初版序言》，北京师范大学中文系比较文学研究组选编《比较文学研究资料》，北京：北京师范大学出版社1986年版，第43页。

21 闻一多：《文学发展中的予和受》，约翰 J. 迪尼、刘介民主编《现代中国比较文学研究（第一册）》，成都：四川人民出版社1988年版，第214页。

22 亨利·雷马克：《比较文学的法国学派和美国学派》，北京师范大学中文系比较文学研究组选编《比较文学研究资料》，北京：北京师范大学出版社1986年版，第71页。

23 乌尔利希·韦斯坦因：《比较文学与文学理论》，刘象愚译，沈阳：辽宁人民出版社1987年版，第36页。

中的文学比较的时候，就会发现，除了一些基本的文学原则大致相同外，更多的是异质性的文学表现，更多的是面对同一个文学对象而形成的不同的文学表达形式或观念的变异。对不同文明体系的文学变异现象的研究曾被韦斯坦因等西方学者的求同思维所怀疑，这种"迟疑不决"[24]的心态正是比较文学求同思维的具体写照。那么，我们现在要做的就是要走出比较文学的求同，而要从异质性与变异性入手来重新考察和界定比较文学的文学变异学领域。而文学变异学的提出正是这种思维拓展的最好体现。

从上面三个方面来说，我们提出比较文学的变异学研究领域是对颇受争议的影响研究的研究对象和范围的重新规范，并且变异学还有古今中外的文学横向交流所带来的文学变异实践作为支持，它更和当下比较文学跨文明研究中所强调的异质性的研究思维紧密结合。所以，比较文学的文学变异学的研究领域有着坚实的理论和实践基础。

六、比较文学变异学理论的提出

自 2005 年在中国比较文学第八届年会暨国际学术研讨会上，比较文学变异学（The Theory of Variation of Comparative Literature）设想首次提出后，在学界引起了众多关注与热烈的讨论。

变异学的设想首先源于对比较文学形象学、译介学研究中涉及的变异问题的思考。从法国学派时期就已经萌生的比较文学形象学研究并不采用实证性的研究方法，它实际上就是一种变异学研究，但长期以来却归属于法国学派的实证性的文学关系学研究。1999 年在成都召开的中国比较文学学会第六届年会暨国际学术研讨会上，有学者就提到形象学的非实证性研究性质和归属不当的问题，出席会议的法国著名比较文学家谢弗莱尔就以现在已经不讲学派作为回答。这明显是一种遁词，正说明形象学挂在追求实证性研究的法国学派名目之下是有问题的。例如形象学的重要概念——社会集体想象物本身就是一种不真实的想象，其中就蕴含着变异的因素。哥伦比亚大学的比较文学教授、后殖民主义理论家赛义德的"东方学"就是一种涉及形象学的变异学研究，"东方学"是形象学理论框架之上建构起来的，赛义德认为西方学术中的东方学是在西方向东方的扩张中，在其帝国主义的意识形态下建构

---

24 乌尔利希·韦斯坦因：《比较文学与文学理论》，刘象愚译，沈阳：辽宁人民出版社 1987 年版，第 5 页。

起来，西方的东方知识是以殖民扩张以及对新异事物的兴趣的背景下发展起来，这种意识形态的话语就是"东方是非理性的，堕落的，幼稚的，'不正常的'，而欧洲则是理性的，贞洁的，成熟的，正常的。"[25]

国内也有学者注意到文学传播中的变异现象，如严绍璗的日本文学"变异体"研究，谢天振的译介学都涉及到这个问题，但很可惜没有人对此问题做深入、系统的分析和总结。举例来说，普通的翻译理论注重的是翻译过程中语言层面的转换，而译介学更注重不同文化间的翻译活动中产生的"创造性叛逆"。谢天振《译介学》中就引用了美国比较文学家韦斯坦因的话："在翻译中，创造性叛逆几乎是不可避免的。"[26]传统翻译研究也遇到过翻译中的失落、误读与变形的问题，但其核心追求是我们长期以来讲的"信、达、雅"中的"信"，即在翻译过程中怎样克服变异和所谓的"创造性叛逆"，进而忠实，或尽可能接近忠实地翻译别国的作品。译介学认为没有忠实的翻译，所以致力于研究翻译过程中意义的失落、变形与新生，译介学也因此才成为一个新的研究领域。解经学与阐释学的原则性区别也在于此。解经学的核心观念是要忠实，不管西方的经学家在解读《圣经》过程产生了怎样的歪曲，他们都认为自己是忠实的。同样，虽然中国的经学讲"诗无达诂、易无达占、春秋无达辞"（《春秋繁露卷三·精华第五》），讲读经要"以意逆志"（《孟子·万章上》），而且分出了汉学、心学、理学、朴学等各种学派，解经者却都相信他们是圣人的忠实信徒，他们的任何解释都是要阐明圣人之旨。西方的阐释学彻底打破了这种观念，认识到完全忠实的解释是不可能的，而且恰恰是在不忠实的变异中产生了新的意义。翻译和阐释活动是在古今、中外、主客体的对话中进行的，其间充溢着意义的变异、生产和创新。正是在此意义上，我提出了比较文学变异学理论。

形象学、译介学近几年一直困扰着我们比较文学界。变异学理论的提出可以消除比较文学学科分属不当的情况。我们可以将译介学、形象学从原先实证性研究中分列出来，归为变异学研究。四川大学出版社出版《比较文学学》这本教材，就分列了文学跨越学、文学关系学、文学变异学、总体文学四大板块，把实证性的研究归入文学关系学，并以文学变异学统括译介学、形

25 严绍璗：《论"文化语境"与"变异体"以及文学的发生学》，《中国比较文学》，2000 年第 3 期。

26 谢天振：《译介学》，上海：上海外语教育出版社 1998 年版，第 233 页。

象学、接受学等分支。[27]另外，变异学理论也会提醒我们在文学研究实践中注意分辨可实证的事实材料和发生变异的因素，解决跨文明研究中的异质性问题，并进而掌握好我们的研究角度。

从整个世界学术发展的角度来讲，变异学理论的提出也具有突破性意义。在世界范围内，注意和研究变异现象的大有人在。赛义德就注意到理论在传播过程中产生的变异现象，并提出了当下很是时髦的"理论的旅行"说。[28]四川大学的吴兴明教授受变异学理论的启发，在《江汉论坛》发表了一篇名为《理论的旅行和变异学》的文章，探讨的就是理论旅行和变异学的关系问题。[29]当然现在还有许多全世界当红的理论家，他们的理论中包涵着变异学的因子。我们应从变异学的角度来认真看待并梳理这些理论，把其中变异学的因子总结出来，用以厘清我们当前的比较文学学科理论架构和未来的发展思路。

七、变异学的理论核心："异质性"作为比较文学可比性基础

关注差异性思维是当今世界重要的思维方式和学术思潮，是世界学术研究发展到关键点上的转折。在这样的一个关键的时间点上，我们比较文学学科理论发展还没有及时做出反应，比较文学变异学理论就是要从学科理论方面来弥补这个缺憾。

比较文学变异学首先要进行的是对不同文明间异质性因素的研究，也就是说比较文学变异学的可比性基础是文学的差异性存在样态。以前的比较文学理论都建立在追求不同国家文学的共同规律的基础之上。法国学派主张的比较文学可比性基础是文学现象间可实证的同源性，并在此基础上建立了三大理论支柱：流传学、媒介学、渊源学。法国学派的理论的缺失在于不能反映文学流传中信息的失落、增添与误读，以及不同历史时期、不同接受者、不同文明的影响下的文学阅读的差异。尽管法国学派对此也已有所察觉，但他们没有能够解决这个问题，以至于仍将整个比较文学学科归为实证性影响研究之列。今天我们国内的诸多比较文学教材也没有试图去搞清楚这个问题，而是循着法国学派的老路，不管三七二十一把传统的流传学、媒介学、渊源学，还有主题学、文类学、形象学、译介学都挂在影响研究之下，大家都没有

---

27 曹顺庆主编：《比较文学学》，成都：四川大学出版社 2005 年版，第 1-3 页。

28 [美]爱德华·W. 赛义德：《理论旅行》，载《赛义德自选集》，谢少波、韩刚译，北京：中国社会科学出版社 1999 年版，第 138-161 页。

29 吴兴明：《理论的旅行和变异学》，《江汉论坛》，2006 年第 7 期。

注意到求同思维统归下比较文学学科理论出现的问题。

变异学是我们比较文学领域的一个巨大的未开垦的处女地。文学作品和理论在由起点经由媒介到终点的流传过程中会发生的信息的失落、变形，如果我们的学科理论对此不给出合理的解释，那我们的理论就是不可靠的。法国学派认为他们重实证，所以总显得理直气壮，我们今天搞影响研究的学者也这么认为。其实他们的实证，如果不考虑变异性，不考虑文学作品和理论的旅行过程中的失落、变形、改变和新生，那这种实证就是一种不可靠的伪实证。所以今天首先要解决法国学派的这一大理论缺憾。

美国学派的理论是对法国学派理论的纠正，他们恢复了比较在比较文学研究的重要地位，并提出了跨学科研究，但其理论的基本的立足点也在于求同。他们提出的平行研究和跨学科研究可比性基础在于类同性。美国学派这套理论用我们差异性理论来看，其问题还是在于求同。比较文学美国学派的根本缺陷在于拒绝对异质性因素的研究。如果说法国学派是"求同忘异"的话，那么美国学派就是典型的"求同拒异"。美国学派代表人物韦斯坦因的《比较文学与文学理论》中提到比较文学不能进行不同文明圈的文学比较时说："我不否认有些研究是可以的……但却对把文学现象的平行研究扩大到两个不同的文明之间仍然迟疑不决，因为在我看来，只有在一个单一的文明范围内，才能在思想、感情、想象力中发现有意识或无意识地维系传统的共同因素……而企图在西方和中东或远东的诗歌之间发现相似的模式则较难言之成理。"[30]可以看出，处在西方文明圈中的美国学派，虽然不像法国学派那样拘泥于实证性研究，却也存在一个局限，那就是他们拒绝跨越异质文明的文学比较。在当今跨文明研究已经成为全世界学术研究焦点的时代大潮中，美国学派拒绝跨文明研究只能是固步自封。

因为从一开始就不得不面对东西方不同文明的碰撞与冲击，我们中国人搞比较文学实际上就是在进行跨文明的文学研究，但是我们以前也没有认识到跨文明研究的规律，也可以说我们是"求同不知异"。长期以来，我们用浪漫主义、现实主义解释中国文学作品，却没有自觉反省两种文化间的差异，而是盲目套用西方的理论，这正是我们最大的问题。也就是说，忽视比较文学研究中的差异不仅是美国学派，更是我们中国学者的问题。美国学派比较

---

30 [美]韦斯坦因：《比较文学与文学理论》，刘象愚译，沈阳：辽宁人民出版社1987年版，第5-6页。

文学研究的问题是不注意文明差异的比较，而正是他们拒绝认识和研究的这种差异，才促成了赛义德的"东方学"的出现。赛义德的"东方学"为什么对西方人有震撼作用，就是因为赛义德从西方话语内部，以东方人的视角来关注东西方文明的差异问题。中国比较文学中为什么会出现 X+Y 式比附文学的危机，就是因为我们不知道去辨析不同文明间文学现象的异质性因素。

由上所论，当今我们的比较文学研究既要寻求文学现象背后的共通规律，又要关注文学流传过程中的变异性与不同文明间文学的异质性因素。以前我们比较文学研究只求同，不重异，从法国学派、美国学派，到我们中国学者都没有注意到不同文明之间的文学交流中呈现出来的差异性，但事实上差异性是更为重要的内容，想把比较文学推向一个更高的层次，进行更深入的研究，那就要在比较文学变异学所提出的异质性上下功夫。

从学科理论建构方面来讲，变异学的提出是我们中国比较文学在基本观念层面上一个革命性的变革。比较文学学科建立时，其立足点在于寻求不同国家、不同学科、不同文明中的文学的相同之处，但是现在我们看到，它的更大的价值追求应该在于寻求不同国家文学在流传、传播过程中产生的变异，以及不同文明间的异质性因素。比较文学变异学的提出，就要求比较文学研究在求证同源性的同时关注变异性，追求共通性同时也关注异质性。只有建立在求同与辨异这两点基础之上，我们对文学交流诸因素的把握才能更准确，我们的比较文学学科大厦才能立得更稳一些。我们今天把异质性作为比较文学学科的可比性提出来，也就是要把比较文学研究的可比性建立在异质性的基础上，这是比较文学学科的一个新的重要理论转折。四川大学吴兴明教授的《赛义德的理论旅行与变异学》在异质性问题上可说是打了头阵。

为什么异质性能成为比较文学的可比性，这是我们的比较文学变异学理论首先要解决的一个问题。我们的学科理论从来都是追求不同国家、不同学科、不同文明的文学中的同质性因素，即追求共同的美学基点。我们今天提出的差异真的可比吗？其比较的基础在哪里？这些问题就是比较文学的可比性原则对变异学提出的考验。

在跨文明研究成为学术大势的背景下，我们可以看到美国学派比较文学研究的缺失在于他们拒绝不同文明间的异质性因素，其平行比较的最大问题是囿于西方同一种文明范围之内，韦斯坦因拒绝不同文明间文学的比较，也是因为不同文明圈中产生的文学差异太大。作为比较审慎的学者，韦斯坦因和西方很多学者都认为不同文明圈中发展起来的文学，如东西方文学是不可以比较的。然而在批评实践中，这样的比较却一直在进行，而且在今天全球化的文化交流背景下也非如此不可。只是我们还没有很好地解决相应的学科理论问题，所以才会出现中国比较文学中浅度的 X+Y 式的比较。所以说当前我们比较文学的根本问题在于没有充分认识并解决差异的可比性问题。

美国学派力图避开的文明差异问题，正是亨廷顿所讲的文明冲突的根源。我们只有真正认识到文明差异问题，才有可能实现所谓世界文学，或者和谐世界的构想，因为文明差异对我们的影响小到生活的方方面面，大到我们的一些根本价值诉求。西方人不理解中国文化结构，就有人多次预言中国即将崩溃，但是却看见中国越搞越好，他们就觉得完全不可理解。其实根本问题就在于他们不理解中国的文化形态的特点。可见文明的异质性在我们的文化交流、日常生活、国家发展和世界发展中是一个很重要的问题，而正是这么一个重要问题被我们搞比较文学的人拒绝和遗忘了。

西方的观念被我们很多人当成公理来用，他们认为西方的浪漫主义、现实主义理论是放之四海而皆准的，完全没有意识到对这些理论不加辨析就加以应用会出问题。二十八个布尔什维克攻击毛泽东农村包围城市是"农民主义"，就是因为这些人完全没有想到外来的理论如果不跟中国的实际结合是会失败的。所以西方理论中国化是我们今天比较文学变异学研究的一项重要内容，西方理论中国化过程中的变异可以提醒国人不要再把西方理论当作绝对真理来用，而要注意它的异质性。我国台湾学者的阐发法提出要以中国的文学实践检验、考验西方理论，虽然还是以西方理论为基准，也客观上提醒我们注意异质性的问题。而我们长期以来理所当然地用西方的浪漫主义、现实主义理论来解释我们中国古代文学时根本就没有考虑它们是否适合中国文学的研究。所以今天有很多人在反对我提的失语症时说，我们文学史上得好好的，并没有什么失语！事实上大家甚至认为诸如浪漫主义、现实主义的很多理论就是我们自己的理论。但是用浪漫主义、现实主义理论来解释中国文学是有很大问题的。在 20 世纪 80 年代的一次学术会议上，一些著名学者对白居易的诗和诗论到底是浪漫主义还是现实主义进行了激烈的争论。一方依据《与元九书》中的"文章合为时而著，歌词合为事而作""唯歌生民病，愿得天子知"判定白居易持现实主义创作态度，一方以白居易对诗的定义"诗者：根情、苗言、华声、实义"中对情感的强调认为其诗论是浪漫主义的。这引发了我对用浪漫主义、现实主义解释中国文学的适用性问题的思考。西方浪漫主义、现实主义理论是其二元对立世界观的产物，主客二分是形成西方浪漫主义、现实主义两大派的前提。艾布拉姆斯的《镜与灯：浪漫主义文论及批评传统》用了镜与灯的隐喻，"一个把心灵比作外界事物的反映者，另一个则把心灵比作发光体，认为心灵也是它所感知的事物的一部分。前者概括了从柏拉图到18世纪的主要思维特征；后者则代表了浪漫主义关于诗人心灵的主导观念。"[31]这就是说，现实主义像镜子一样反映客观事物，浪漫主义像灯一样投射情感。而在中国很难讲清楚谁是浪漫主义，谁又是现实主义，因为中国文化长期强调天人合一，物我合一，比如说我们的意境理论就是强调主客体合一的，硬要把它说成是浪漫主义或是现实主义是行不通的。所以在西方的理论和中国的文学实际之间是存在非常明显的异质性的，我们没有看到这个异质性，就在不知不觉中把西方的理论贴到我们的文学上去，长期以来就形成了让我们哭笑不得的局面。可以说我们现在很多人讲的、学的古代文学是用西方理论附会曲解过的古代文学，已经不是真正的我们自己的文学，或者说古代文学的原貌被异质文明的阐释遮蔽了，这就是一种典型失语症的表现。

我们知道跨越文明界限的异质文化有互相参照、互为补充的意义，所以突显文明异质性的意义非同小可，因为如果人类文明之间不存在差异性，整个人类远缘杂交的优势就没有了。提倡所谓参照性、互补性，就是希望通过比较文学这座桥来实现整个世界文化的沟通与融合，并进而构建一个"和而不同"的和谐世界，这就是我们提出关注差异，发展比较文学变异学研究的最终目的。当然关于变异学的具体理论怎么样，以及怎么从具体角度研究变异学，以后我会进行更加深入的阐述，也欢迎有更多的人加入我们的研究与讨论中来。

八、比较文学变异学：整合比较文学学科理论

如果将文学变异学作为比较文学的研究领域之一，那么，它在比较文学整个学科建构中的地位是怎样的呢？它和比较文学学科其他研究领域的彼此关系是如何的呢？这些都是我们需要给以明确界定的。

---

31 [美]M.H. 艾布拉姆斯：《镜与灯：浪漫主义文论及批评传统》，郦稚牛、张照进、童庆生译，北京：北京大学出版社2004年版《序言》，第2页。

实际上，对变异学领域的界定以及对比较文学学科领域的界定还离不开对比较文学学科特质的再明确。如果我们从学科史的实践上来看的话，比较文学作为一个学科，它的学科特质几乎就没有稳定过。法国学派提出比较文学是国际间文学关系史的研究，是缩小了比较文学研究领域，人为地造成比较文学研究的危机。美国学派提出平行研究和跨学科研究，却又把研究领域无限扩张，把比较文学推到一种"无边的比较文学"的"文学研究或文学学术研究"；[32]中国学者提出比较文学的跨文化或者跨文明研究，更多的是带有文化自觉意识和方法论意识上的学科思维建构。这三者对比较文学学科特质各有侧重之处，当下中国比较文学理论界更多地是将这三者粘贴在一起，来建构自己的比较文学学科理论体系，没有在共时性的层面上去面对比较文学真正的学科特质问题。所以，就无怪乎当下的比较文学学科领域迟迟不能得到一个明确的研究对象和研究范围了。

那么比较文学的学科特质该如何来界定呢？如果我们综合比较文学发展三个历史阶段的学科理论实践以及定位，就会发现比较文学学科研究是在两个基点上展开的：跨越性和文学性。

首先，从比较文学作为一个学科进入文学研究视野的时候，研究者就在把比较文学的学科特征归结为一个最为基本的核心——跨越性。从歌德和马克思提出"世界文学"的设想以来，法国学派从跨国研究来进行文学关系史研究，美国学派提出跨学科研究，中国研究者提出跨文化以至于跨文明研究，虽然各有不同的侧重点，但是他们都十分强调在不同文学体系进行跨越式的比较研究。比较文学的跨越性特质突出了比较文学是具有世界性胸怀和眼光的学科体系，它主要关注的目标就是通过对不同国家、文化与文明之间不同文学体系之间跨越性的研究，在异同比较之中探寻人类可能存在的"共同的诗心"，可以说，跨越性是比较文学得以区别于其他学科的一个突出特质。

跨越性的特质一方面说出了比较文学的开放性和交叉学科的特征，更因为是对不同文学／文化体系的跨越性研究，使得它更能够发现文学新创造的生长点所在，因此具有更多的前沿性研究的特征；另一方面，跨越性说出了比较文学的一个学科理想，就是以一种世界性的胸怀来探寻人类的共同文学规律。只有通过对不同国别、文明体系中的文学进行跨越研究，对文学和人

---

32 韦勒克：《比较文学的危机》，干永昌等选编《比较文学研究译文集》，上海：上海译文出版社 1985 年版，第 130 页。

类其他艺术领域的跨越研究，才使得我们有可能接近和洞悉一种"共同的诗心"。

其次，比较文学研究实际上离不开文学研究，或者说，它离不开文学性和审美性的基点。上文已经谈到美国学派对法国学派放逐文学性的文学关系史研究的激烈反驳，提出比较文学研究必须"正视'文学性'这个问题"[33]，但是随着学科的发展，尤其是文化研究的蓬勃兴起对比较文学研究产生了很大的渗透作用，从而使得当下的一些比较文学研究过于向文化研究靠拢，并且大有被取而代之的可能。正如乔纳森·卡勒（Jonathan Culler）所说，比较文学的这种文化研究使得比较文学成为一种"对世界上所有话语和文化产物的研究"[34]，从而使得比较文学学科成为一种无边界的文学研究。这样的话，比较文学就成了一种几乎"无所不包"的学科，就完全谈不上一个学科必须具有的明确的研究对象和研究范围，就在这无所不包之中泯灭了自身。当然，我们无意完全否认文化转向对比较文学带来的新启发和学科研究生长点，我们所要强调的就是作为一个学科，比较文学研究必须有自己明确的学科研究领域。如果离开了文学或者文学性的研究，比较文学就无从建立一个稳固的研究领域，它也就成了无本之木，无源之水。

由此可见，跨越性和文学性作为比较文学的两个不可或缺的学科特质，也同样规定着比较文学学科研究领域的划分。如果说，法国学派的文学关系史的研究和美国学派的跨学科研究等都强调了对文学现象的跨越性研究，而成为比较文学的学科领域，那么，比较文学变异学研究领域刚好就是从跨越性和文学性这两点上面生发出去的，它是文学跨越研究和文学审美性研究的结合之处。因为最为切近比较文学的这两个学科特质，所以成为一个更为稳固的学科研究领域。和文学关系史研究相比较，它更为突出文学比较的审美变异因素，不但注重对有事实影响关系的文学变异现象的比较研究，而且也研究那些没有事实关系的，以及以前在平行研究中人们对同一个主题范畴表达上面出现的文学或者审美异质性因素，所以说，文学变异学研究领域更为开阔，是对比较文学学科理论的整合。

---

33 韦勒克：《比较文学的危机》，干永昌等选编《比较文学研究译文集》，上海：上海译文出版社 1985 年版，第 133 页。

34 Jonathan Culler, "Comparative Literature, at Last!" in Charles Bernheimer. *Comparative Literature in the Age of Multiculturalism*. The Johns Hopkins University Press, 1995, p.117.

从上文的这些论证中，我们就可以得出比较文学变异学的定义：比较文学变异学将比较文学的跨越性和文学性作为自己的研究支点，通过研究不同国家之间的文学现象交流的变异状态，以及研究没有事实关系的文学现象之间在同一个范畴上存在的文学表达上的异质性和变异性，探究文学现象差异与变异的内在规律性所在。

九、比较文学变异学的研究范围

分析了比较文学变异学提出的原因，以及真正的含义之后，那么作为一个比较文学学科的固定的研究领域，文学变异学也应该有自身明确的研究对象和研究范围。我们将从四个方面来辨析文学变异学可能的研究范围。

第一是语言层面变异学。它主要是指文学现象穿越语言的界限，通过翻译而在目的语环境中得到接受的过程，也就是翻译学或者译介学研究。国内一般的比较文学教材都沿用法国学派的观点，将译介学放入媒介学的研究范畴之中，但是由于媒介学属于传统实证的影响关系研究，而译介学却涉及了很多跨越不同语言与文化层面的变异因素在里面，所以我们很难将译介学归入此类。也就是说，"译介学最初是从比较文学中媒介学的角度出发、目前则越来越多是从比较文化的角度出发对翻译（尤其是文学翻译）和翻译文学进行的研究。"[35]由于当下视野中的译介学研究已经超越了传统的语词翻译研究的范畴，所强调的已不是传统的"信、达、雅"，而是"创造性叛逆"。已经从传统的实证性研究，走向了一种比较文学视野下的文化与文学研究，那么译介学就不能用简单的实证影响关系来作为研究范式了，它已经超出了媒介学研究的范畴。而在这其中，我们要把研究的注意力从语词翻译研究转向那些语词的变异本身，也就是将文学的变异现象作为首要的研究对象。

第二是民族国家形象变异学研究，又称为形象学。形象学产生在 20 世纪的中叶，基亚在其《比较文学》一书中就专列一章《人们眼中的异国》来论述形象学，并称之为比较文学研究"打开了一个新的研究方向"[36]。虽然后来韦勒克以形象学是一种"社会心理学和文化史研究"来否定伽列和基亚的尝试[37]，但随着社会科学新理论的出现，形象学逐渐成为比较文学研究的分支之

---

35 谢天振：《译介学》，上海：上海外语教育出版社 1999 年版，第 1 页。

36 马·法·基亚：《比较文学》，颜保译，北京：北京大学出版社 1983 年版，第 170 页。

37 韦勒克：《比较文学的危机》，干永昌等选编《比较文学研究译文集》，上海：上海译文出版社 1985 年版，第 125 页。

一。当然，形象学也从最早的实证性关系研究，而走入对一种文学和文化研究的范畴里面。形象学主要研究目的就是要研究在一国文学作品中表现出来的他国形象。在这里，他国形象只是主体国家文学的一种"社会集体想象物"[38]。正因为它是一种想象，所以使得变异成为必然。比较文学对于这个领域的研究显然是要注意这个形象产生变异的过程，并从文化／文学的深层次模式入手，来分析其规律性所在。

第三是文学文本变异学研究。比较文学研究的基点是文学性和文本本身，所以文学文本之间产生的可能的变异也将必然成为比较文学研究的范畴。首先它包括有实际交往的文学文本之间产生的文学接受的研究领域。文学接受是一个很热门的研究领域，正如谢夫莱尔（Yves Chevrel）所说，"'接受'一词成为近 15 年来文学研究的主要术语之一。"[39]国内的多本比较文学概论也列出了专章来处理接受研究的问题，但问题是，接受研究目前还没确定一个明确的研究定位。它是影响的一种变体呢，还是不同于影响研究的新研究范式，它和影响研究的异同又在哪里呢？实际上，从变异学和文学关系学的角度来看文学接受学，问题就非常清楚了。它不同于文学关系研究，主要是因为后者是实证性的，而文学接受的过程却是有美学和心理学因素渗入，而最终无法实证的，是属于文学变异的范畴。其次，文学文本变异学研究还包括那些以前平行研究范畴内的主题学和文类学的研究。主题学和文类学虽然研究范围不同，但它们有一个共同点，就是二者都有法、美学派追求"类同"或者"亲和性"研究的影子。而实际上传统的主题学、文类学研究中，已经不可避免地涉及到主题变异和文类变异问题，尤其在不同文明体系中，文本之间的主题和文类在类同之外，更多的却是不同之处，那么我们的比较文学研究的任务就是"不仅在求同，也在存其异"。[40]而且通过不同的文学主题和文类变异现象的研究，我们可以更为有效地展开不同文明体系间的文学对话，从而更为有效地总结人类的文学规律。

第四是文化变异学研究。文学在不同文化体系中穿越，必然要面对不同

---

38 让马克·莫哈：《试论文学形象学的研究史及方法论》，孟华主编《比较文学形象学》，北京：北京大学出版社 2001 年版，第 29 页。

39 伊夫·谢夫莱尔：《从影响到接受批评》，金丝燕摘译，转引自乐黛云《比较文学原理》，长沙：湖南文艺出版社 1988 年版，第 245 页。

40 张隆溪：《钱钟书谈比较文学与"文学比较"》，北京师范大学中文系比较文学研究组选编《比较文学研究资料》，北京：北京师范大学出版社 1986 年版，第 94 页。

文化模式的问题。也就是说，"文化模子的歧异以及由此而起的文学的模子的歧异"[41]是比较文学研究者必然要面对的事情，文学因文化模子的不同而产生的变异是不可避免的事情。这其中，以文化过滤现象最为突出。文化过滤是指文学交流和对话过程中，接受者一方因为自己本身文化背景和传统而有意无意地对传播方文学信息进行选择、改造、删改和过滤的现象。文化过滤研究和文学接受研究很容易混淆，但是最为关键的，就是文化过滤主要是指由于文化"模子"的不同而产生的文学变异现象，而不是简单的文学主体的接受。同时，文化过滤带来一个更为明显的文学变异现象就是文学的误读，由于文化模式的不同造成文学现象在跨越文化圈时候造成一种独特的文化过滤背景下的文学误读现象。那么文化过滤和文学误读是怎样的关联，它们彼此之间关系如何，它们是如何成对发生的，它们所造成的文学变异现象内在的规律性是什么，这都将是文化过滤和文学误读所主要探讨的问题。

这四个层面的变异研究共同构成了比较文学的文学变异学的研究领域。当然，作为一个全新的学科视角，变异学研究中还存在很多问题等待梳理，但可以肯定地说，文学变异学的研究范畴的提出，对于比较文学学科领域的明确，以及对于比较文学学科危机的解决无疑是一种有益的尝试。

十、比较文学变异学：比较文学学科理论的重大突破

对文学作品而言，"理论"就是一个"话语"，文学理论就是文学作品的话语。换句话说，文学理论是从文学作品中总结出的基本规则，再用这套规则来指导文学创作。关于"话语变异"，我们可以引进赛义德"理论旅行"的观点来加以说明，也就是说一种文学理论话语从一个国家"旅行"到了另一个国家以后，会产生变异。当代的"理论旅行"基本上是从西方到东方，东方基本上是在接受西方的理论话语，西方的理论话语到了中国以后，产生了两方面的话语变异。一方面，在知识谱系上，西方文论几乎整个地取代了中国文论。现当代的中国学术与文学研究几乎都是照搬西方的文学和理论，导致我们的话语方式和言说方式都是西方式的。新时期，中国极力地引进、介绍西方的文学和理论。海德格尔、卡夫卡、哈贝马斯等西方文学家、理论家几

---

41 叶维廉：《东西方文学中"模子的应用"》，温儒敏、李细尧编《寻求跨中西文化的共同文学规律——叶维廉比较文学论文选》，北京：北京大学出版社 1987 年版，第 3 页。

乎成了我们的口头禅，中国学术很难有自己的创新。渐渐地，我们发现自己实际上已经处于"失语"的状态了。我们没有站在自己的话语方式的基点上对西方文论进行为我所用的改造，而是全盘照搬西方文论。另一方面，西方理论自身也产生了变异，即西方文论的中国化。[42]学术界已有不少学者讨论"西方文论中国化"的问题。西方的文论话语必须与中国传统话语的言说方式相结合，我们应站在中国学术规则的立场上选择性地、创造性地吸收西方文论，切实有效地推动中国文论话语的发展，才能真正地实现西方文论中国化，从根本上解决中国文论话语的"失语症"现状。要理解"西方文论中国化"，首先应注意文学理论的"他国化"。由于面临不同的文化背景与语言翻译问题，西方文学理论在中国的传播不可避免地会具有某些中国色彩。因为在不同的文明体系中，当一种文化传播到另一种文化中时，就必然会面对一个吸收、选择、过滤、误读的再创造过程。其次，要使西方文论具备真正意义上的"中国化"，就需要西方文论自身与中国本土的传统文化、学术规则和话语言说方式相结合，加快中国文论自身的创造力。[43]

西方文论的引入导致了中国文论的整体"失语"。自从我在1995年发表在《东方丛刊》的《21世纪中国文论发展战略与重建中国文论话语》一文中提出"失语症"的问题后，就引发了学界长达十年的论争。对"失语症"的认识，很多学者提出了自己的看法。在此，我们需要重申一下"失语症"的内涵。它有两点内涵：其一，它体现了中国传统文论话语的失落；其二，汉语文化现象本身的现代转型。事实上，"失语"也属于变异的范畴。"失语"是一种现代性变异，即中国理论自身的变异。"失语症"是中国文论追寻现代性的一种症状体现。中国文论的现代性变异主要体现在以下四个方面：第一是古代文论的现代化努力。古代传统文论在现代性文论面前失去言说自我意义

---

42 关于这两个问题可参阅曹顺庆、谭佳：《重建中国文论的又一有效途径：西方文论的中国化》，载《外国文学研究》，2004（5）。曹顺庆、李夫生：《重建中国文论话语的新视野——西方文论的中国化》，载《理论与创作》，2004（4）。曹顺庆：《文学理论的"他国化"与西方文论的中国化》，载《湘潭大学学报》（哲学社会科学版），2005（5）。

43 关于这两个问题可参阅曹顺庆、谭佳：《重建中国文论的又一有效途径：西方文论的中国化》，载《外国文学研究》，2004（5）。曹顺庆、李夫生：《重建中国文论话语的新视野——西方文论的中国化》，载《理论与创作》，2004（4）。曹顺庆：《文学理论的"他国化"与西方文论的中国化》，载《湘潭大学学报》（哲学社会科学版），2005（5）。

的途径，所以古代文论呈现出了在西方现代性文论中的被动转化和在自我传统文论基础上的积极建构。第二是现当代文学艺术整体否定了古代文论的意义建构方式，而整体接受了西方文论的话语范式。现当代文学艺术所呈现出的这一趋势就是现代性的变异。第三是以西方文学范式研究中国古代文学。这种解读方式造成了对古代文论真实意义的曲解。第四是全社会对中国传统经典文化的多重否定。最直接的例子就是语言的变革。中国古代文论素有"言不尽意"的话语言说方式，但是自从 20 世纪初语言发生变革以来，白话文逐渐取代了文言文，人们在与西方文化与文论的接触中逐渐淡忘了自身的话语模式，使得我们对中国传统经典文论的品读渐趋陌生。

另外一种话语变异是中国文学理论在与西方文论的碰撞中出现的"激活"问题。也就是说，话语在变异中被"激活"后会产生新的东西，这是一个生产性的过程。这种"激活"是对传统文化精神的回归和承继。首先，它要求我们全面反思过去对传统文化的误读，重新审视中国传统文化典籍。其次，从中国文化特征入手领悟本土传统文化典籍的精神特质。只有这样，才能在与西方文论的碰撞中站稳自己的脚跟。最后，在与西方文论的平等对话中，中国文论应以自己特有的文化精神来言说当今的学术问题，展现中国文论自我的魅力，这正是话语言说的创造性的体现。[44]

可见，中国文论话语要实现现代性重建，就要在坚守中国传统文论话语言说方式的基础上，借鉴和融会西方文论的精髓，才不会让西方文论话语成为中国文论意义建构的方式，达到本土与他者的良好结合，实现传统文论的现代转换。

比较文学话语变异最典型的个案，就是中国学者提倡的阐发法。在整个当代中国，学者们都形成了一个基本思路，即用西方文学理论（或是西方话语言说方式）来解读中国文学作品，这使得中国文学作品与西方理论产生了变异。对此，我们可以从两个方面入手：其一，西方理论改变了中国文学。比如，用浪漫主义解释《诗经》，解释李白、屈原等；运用现实主义解释杜甫、白居易等。从某种意义上说，这使得中国文学产生了变异。其二，西方理论在与中国文学的交汇中也发生了变异。比如，我们在运用西方的浪漫主义阐释中国诗人李白、屈原时，西方的浪漫主义理论也发生了变异。在进入中国之前，西方的浪漫主义以华兹华斯、柯勒律治讲述的浪漫主义为准，强调诗

---

44 参阅李清良：《话语建设与文化精神的承继》，《求是学刊》1997 年第 4 期。

歌表达的就是一种强烈的情感（这在前面已有所论述，此处不再赘述），而中国在讲述浪漫主义时则更突出它的理想、夸张等方面的内容。可见，西方理论与中国文学作品，二者在碰撞中都产生了变异。整个中国的当代文学史、古代文学史和现代文学史，都是在用西方话语来解释中国的文学作品。它既使中国的文学作品产生了变异，也使西方的理论产生了变异。中国文学理论自身产生的现代性变异包含了积极意义与消极意义，其中积极意义是：变异成为两种异质文明"杂交"的前提。

当代学者的研究中存在的最大的问题是：认为西方文论具有普遍性。我们认为，西方文论确实有自己力所能及之处，但也有自己力所不能及之处。前一种认识体现了西方文论的普遍性，后一种认识体现了它的不可通约性。但是，"阐发法"从另一个侧面向我们展示了中西文明的碰撞，碰撞的结果正如刘若愚在《中国文学理论》中提到的："对于不同文化和不同时代之间不同的信仰、假定、偏见和思考方式，给予适当考虑之后，我们必须致力于超越历史和超越文化，寻求超越历史和文化差异的文学特点和性质以及批评的概念和标准。否则我们不应该再谈论'文学'（literature），而只谈分立的'各种文学'（literatures）；不谈'批评'（criticism），而只谈'各种批评'（criticisms）。"[45]负责翻译此书的杜国清这样评论："在谈论文学时，由于这本书的出现，西洋学者今后不能不将中国的文学理论也一并加以考虑，否则将不能谈论'普遍的文学理论'（universal theory of literature）或文学（literature），而只能谈论个别或各国的'文学'（literatures）和'批评'（criticisms）而已。"[46]

可见，"阐发法"是自觉地意识到了差异性，并且主动地、有意识地进行不同文明之间的文化交流，是一种自觉的异质文明之间的互相阐发。它是用西方理论解释中国文学作品，同时用中国文学作品来检验、校正西方理论。"阐发法"成为中国当代变异学跨文明研究的第一个突破，也是跨文明研究从自觉的、异质角度出发的突破口。

可以说，中国比较文学就是在中西文明的碰撞之下催生出来的，是中西文化之间的冲突所产生的结果。文明冲突中的异质性与变异性大于共同性，

---

45 参阅[美]刘若愚著：《中国文学理论》，杜国清译，南京：江苏教育出版社2006年2月版，第209页和封底。

46 参阅[美]刘若愚著：《中国文学理论》，杜国清译，南京：江苏教育出版社2006年2月版，第209页和封底。

而异质性与变异性是中国比较文学的表现形态，也是跨文明研究中的一个核心问题。异质性是跨文明语境下的必然产物。变异性在没有跨异质的文明中也是存在的，在跨文明研究中得以进一步突显出来。所以，在"求同"思维下从事跨文明研究，是会面临诸多困难的，而变异才是现今的比较文学学科理论应该着重研究的内容。

比较文学变异学的学科支点是变异性与文学性，它主要是研究不同国家、不同文明之间的文学在交流中出现的变异状态，它重点在求"异"。例如，文化过滤是指在文学的交流与对话中，接受者因为自身文化背景的因素而有意无意间对传播者一方的文学信息进行选择、删除、改造和移植的现象。文化过滤就是一种文学变异的现象，而由它所带来的更为明显的文学变异现象则是文学误读。

我们说，在尊重法、美学派的学科理论时不得不重视一个问题，那就是整个比较文学学科是缺乏变异性研究的，而文学变异学研究正是比较文学研究的一个新视角、新方法和新理论，是全世界比较文学学科理论的重大突破。比较文学变异学弥补了法国学派"影响研究"和美国学派"平行研究"的重大缺憾，开启了一个注重异质性和变异性的比较文学学科理论的新阶段，尤其是开启了跨文明比较研究的新历程。因为，在人类文学史的整个发展历程中，不同文明之间的碰撞不可避免地会产生文学新质，也使得不同文明的异质性和变异性得以突显出来，而不同文明的比较、对话与交融，将是人类文化交流的更高阶段。

在此之前的所有比较文学学科理论都是从求同性出发的。20 世纪 90 年代我们提出了异质性的可比性问题，现在我们又进一步提出"变异性"的比较文学学科理论——"变异学"，变异不仅仅是文明交往中的重要概念，也是比较文学中最有价值的内容，更是一种文化创新的重要路程。中国学者提出的比较文学"变异学"，将对全世界比较文学学科理论的发展产生巨大的推动与促进作用。

比较文学变异学中的文化结构变异[1]

    2010 年，国际最权威的文艺理论选集《诺顿理论与批评文选》在第二版修订中，第一次收录中文著作，然而收录的并不是中国学者认为最重要的《文心雕龙》《二十四诗品》等文论经典，而是收录了李泽厚《美学四讲》"艺术"篇中的第二章"形式层与原始积淀"，文中涉及贡布里奇的美术史研究，以及亚里士多德以来西方诗学所聚焦的形式论问题。同样是 2010 年，美国哈佛大学比较文学教授 Stephen Owen（宇文所安）非常坚定地作出论断："中国文学思想无法影响西方文学理论，除了当下某些追求时髦的思想者，才会严肃地对待叶燮、《文心雕龙》。"[2]以上表明，对西方而言，《文心雕龙》与西方诗学存在不可通约的结构性差异，这种差异不仅构成中西方的"不可比性"，而且导致部分西方学者认为西方思想可以影响中国思想，而中国思想较少甚至不可能影响西方思想。例如韦斯坦因就认为"把文学现象的平行研究扩大到两个不同的文明之间仍然迟疑不决。"[3]史景迁也说："当我们发现一种体系完全不融于自己的体系时，我们就不得不抛弃它、否定它。西方正是面临着这样一种紧张局面。"[4]因此，刘若愚的《中国文学理论》，台湾学派"阐发研究"，都试图阐明西方话语在中国语境中的普遍有效性。然而，为什么只能以西释

---

1 原载于《中华文化论坛》，2019 年，第 5 期。

2 宇文所安、程相占：《中国文论的传统性与现代性》，《江苏大学学报》2010 年第 2 期。

3 [美]韦斯坦因：《比较文学与文学理论》，刘象愚译，沈阳：辽宁人民出版社，1987 年，第 5 页。

4 [美]史景迁：《文化类同与文化利用》，廖世奇等译，北京：北京大学出版社，1990 年，第 26 页。

中、单向推演？为什么不能以中释西、双向互释？近年来中国学者提出的比较文学变异学学科理论，正是试图解决这些问题。本文以伏尔泰改编《赵氏孤儿》为例，阐明儒家文化影响西方启蒙主义的历史过程及文化结构变异的一般规律。

一、西方启蒙主义为什么选择中国儒家文化？

18 世纪的法国，涌现出孟德斯鸠、狄德罗、卢梭、伏尔泰等启蒙主义思想家，尽管他们在研究旨趣上略有不同，但总体上都试图从神学中摆脱出来，用一种开放包容的跨民族、跨文化视野重构欧洲思想："启蒙主义者认为，必须抛弃千百年来神学观念的束缚，用属于自己的思考来决定自己的行动。由此，他们以这种自然或理性的法则去衡量和批评一切现存事物，以证明以往的社会形态、国家形式和传统观念，都应被当作不合理的东西扔到垃圾堆里去。"[5]在中世纪，西方社会的主要思想还是基督教神学，在这种思想的控制下，自然科学和人文科学都得不到积极发展，意识形态长期处于蒙昧状态，尤其是在查理曼大帝死亡以后，基督教更是如日中天，因此学界也称为"黑暗的中世纪"，启蒙运动正是在这样的文化背景下产生的。启蒙运动（The Enlightenment）这个词本身就有"照亮"的意思，他们通过理性来解放思想、点亮智慧，用人的理性之光驱散中世纪神学统治下的黑暗，因此提出"天赋人权"，这在法国《人权宣言》和美国《独立宣言》中，都体现得非常明显。

那么，在这次西方文化的重大转向中，中国文化是否有所参与呢？钱林森教授认为："中国激发了启蒙作家新的想象力，开阔了他们的新视野，拓宽了他们的描写领域，而成了他们创作上的一个精神源泉。"[6]的确，孟德斯鸠、伏尔泰、卢梭都与中国有着深厚的思想交往，在这里以伏尔泰为例来阐述这个问题，因为从某种意义上说："18 世纪的欧洲是伏尔泰的欧洲，也是'中国之欧洲'。"[7]具体地说，伏尔泰在建构启蒙主义之理性话语过程中，有效化用了中国儒家思想，宋柏年教授指出："伏尔泰对于孔学的毫无保留的推崇并不是盲目的。他曾细心研究了儒家的经典著作《四书》、《五经》以及《孔子传》，把儒家思想在自己的哲学、历史乃至文学创作中广泛加以汲取、消融和宣扬，

5　聂珍钊：《外国文学史》（上），北京，高等教育出版社，2015 年，第 220 页。

6　钱林森：《法国作家与中国》，福州：福建教育出版社，1995 年，第 61 页。

7　钱林森：《法国作家与中国》，福州：福建教育出版社，1995 年，第 75 页。

成为 18 世纪受儒家思想影响最深的启蒙思想家、作家。"8事实上，早在 17 世纪末，西方传教士就逐渐将他们关于中国文化的见闻及文献史料译介到西方，例如 1662 年达科斯塔翻译的《大学》出版，1687 年比利时教士柏应理在巴黎出版《中国哲学家孔子》等等，这些儒家经典逐渐被欧洲学者所接触、了解，并促使他们一方面对基督教神学思想产生质疑，另一方面又掀起中国文化典籍的研习热潮，"尤其是伏尔泰从始至终都是中国文明的崇拜者，中国文化的'最积极的颂扬者和公开的拥护者'。"9儒家文化显然成为他重构西方文化的精神指南。

伏尔泰潜在的思维是：为什么基督教文化会在欧洲占据绝对权威地位？为什么不能用人的理性取代神的意志？所以，当他看到孔子"子不语：怪、力、乱、神"的时候，思想得到极大的共鸣，甚至在室内悬挂孔子的画像，并题做一首诗："殊方有哲士，发言明且清，斯文赖不表，理性得其贞。"10对 18世纪的启蒙主义思想家而言，他们试图彻底走出"黑暗的中世纪"，但问题是：摆脱基督教文化之后，又靠什么来支撑欧洲文化精神呢？解构不是目的，建构才是归途，如果这个问题不能解决，那么就只能陷入虚无主义的被抛性深渊之中。最终，伏尔泰在中国思想中，寻求到了推进西方文化结构性变异的有效性元素，那就是：儒家思想中的道德理性法则。

儒家文化并没有基督教和上帝，这是与欧洲文化无关的一种思想体系，但是儒家文化却用自己的话语运作模式，将古代中国治理得井然有序，这个话语模式，就是由"仁""义""礼""知""性"等构成的道德理性法则。孟德斯鸠在分析中国封建政体后指出："他们把宗教、法律、风俗、礼仪都混在一起。所有这些东西都是道德。"11而伏尔泰的思路则是：如果能用儒家思想的道德法则来解构基督教文化，那么则可以实现欧洲文化的"光明未来"。于是，伏尔泰一生近 80 部作品、二百多封信件中都提到过中国，从根本上说，这是一种强烈的文化诉求，钱林森教授分析道："伏尔泰如此热情、全面地颂扬中

---

8 宋柏年：《中国古典文学在国外》，北京：北京语言学院出版社，1994 年，第 46 页。

9 宋柏年：《中国古典文学在国外》，北京：北京语言学院出版社，1994 年，第 45 页。

10 [法]伏尔泰：《伏尔泰全集》，转引自钱林森：《法国作家与中国》，福州：福建教育出版社，1995 年，第 76 页。

11 [法]孟德斯鸠：《论法的精神》，张雁深译，北京：商务印书馆，2007 年，第 181 页。

国，是因为他从中国文化模式中，发现了启蒙思想家所需要的思想资源和精神力量。一个迥异于西方文明的中国模式，对启蒙思想家来说，无疑是新的思想武器和批判武器。"[12]伏尔泰采取的具体策略是：首先是深入研读儒家文化经典，然后根据文化建构的需要，对这些元素进行引用、评论和阐释，更重要的是，将这些元素进行思想层面的整合、变异和再创造，最后，从整体文化结构上改变18世纪的欧洲。值得注意的是，伏尔泰对中国文化的推崇，并不是因为他对中国文化的了解有多么深入，他的目的也不是为了向西方译介中国文化文本，伏尔泰没有到过中国，他涉猎的也主要是一些传教士的著作和书信，这些资料本身就不太可靠，而伏尔泰在运用这些材料时，难免又产生不少"不正确理解"，然而，正是异域空间的想象性变异，加上传播材料的不可靠叙述及引发的传播变异，再加上伏尔泰在跨文化交流中产生的"不正确理解"及阐释变异，促进了儒家文化与启蒙主义的对话融合。

既然伏尔泰选择中国文化，那么具体从哪里切入呢？17世纪的欧洲，新古典主义戏剧方兴未艾，1674年布瓦洛发表《诗的艺术》，提出戏剧美学的"理性"标准，强化"三一律"及戏剧中的规范化问题，可见戏剧艺术在当时的主流地位。伏尔泰审时度势，选择改编纪君祥创作的元杂剧《赵氏孤儿》。此剧主要根据《史记·赵世家》进行改编，背景是春秋时期，晋国贵族赵氏家族位高权重，而晋灵公对之既爱又恨。将军屠岸贾一直遭赵氏挤兑，他在晋灵公默许下，将赵氏家族三百人全部诛杀。赵氏孤儿的母亲将孩子交给民间医生程婴，然后自缢身死。程婴将孤儿藏在药箱，准备带出宫外，但是被守门将军韩厥搜出，没料到韩厥也深明大义，放走程婴和赵氏孤儿，自己拔剑自刎。屠岸贾得知赵氏孤儿逃出，下令杀光全国一月以上、半岁以下的婴儿。程婴为了拯救赵氏孤儿，献出独子以代替赵氏孤儿。20年后，程婴告诉了赵氏孤儿这一切，赵氏孤儿欲复仇屠岸贾。这就是《赵氏孤儿》的基本故事情节。纪君祥这个剧本从《左传》《国语》《史记》等史籍取材，肯定了不畏强暴、为正义献身的道德精神。

1731年，传教士马若瑟神父将之翻译成法文，1735年全文发表在杜哈德主编的《中国通志》第2卷上，产生重大反响："《赵氏孤儿》的首次引进，在18世纪的法国和欧洲产生了很大的反响，伏尔泰据此写成轰动巴黎剧场的《中国孤儿》，英国、意大利及欧洲其他一些国家也先后出现类似的改写

---

12 钱林森：《法国作家与中国》，福州：福建教育出版社，1995年，第81页。

本。"[13]钱林森教授也指出："伏尔泰据此创作《中国孤儿》，于 1755 年在巴黎首次公演，盛况空前，一下轰动了法国和欧洲。此后，伏尔泰的《中国孤儿》频频上演于法兰西剧院。"[14]当时法国大众争先恐后订票观看此剧，盛况空前。

那么，为什么伏尔泰改编后的《中国孤儿》能在当时的法国备受欢迎呢？且看其主要内容：故事背景发生在南宋末年，地点发生在北京，成吉思汗攻陷北京城，宋朝的皇帝在临死之前，把孤儿托付给大臣张惕（法文 Zamti）。成吉思汗为了斩草除根，不惜一切代价到处抓捕遗孤。为了保护大宋遗孤，张惕决定将自己亲生儿子作为替身交给成吉思汗，并以自己亲身儿子冒名顶替大宋遗孤，把真正的遗孤请别人带到高丽去，他的妻子伊达美（法文 Idame）虽然理解丈夫的用意，但作为母亲坚决不同意牺牲自己的儿子，于是为了保住儿子，他成吉思汗说出了真情，大宋遗孤没有顺利出逃。恰好早年成吉思汗未成大业之前，曾认识伊达美，深深爱上了她，但是伊达美拒绝了成吉思汗的求婚。如今，当成吉思汗知情后，对她的爱慕之心仍未消灭，就以其儿子、丈夫和遗孤作为条件进行要挟，希望答应他的婚约。而后，其夫张惕被捕入狱，成吉思汗命令对其严刑拷打，逼其就范，张惕也劝说伊达美为了保护大宋遗孤而牺牲她个人的节操。但是，伊达美再次拒绝了成吉思汗，并和丈夫一起参与救助大宋遗孤。在这样的情况下，她救孤失败，但仍然没有屈服，也一同被捕入狱，选择和丈夫、儿子一起赴死，捍卫宋朝的荣耀，并要求其丈夫先将她杀死，然后自杀。成吉思汗暗中听到了她们的对话，感受到他们夫妻大义凛然、不屈不挠的民族气节，感受到汉族文化的民族精神、道德信仰的伟大，不禁悄然动容、深受启发。于是，下令赦免了他们夫妻，并封张惕为官，用汉民族的道德文明教化其蒙古民族的黎民百姓、文武百官，并用汉族法律取代蒙古法律，将大宋遗孤和张惕夫妇的儿子收为义子。

二、儒家文化如何变异为启蒙主义话语资源？

从这样一个文本对比中可以看出，伏尔泰《中国孤儿》和纪君祥的《赵氏孤儿》已经发生了很大变化。伏尔泰的改编绝非一时冲动，从一个剧本的改编，到一个划时代的文化结构转型，这个过程大致经历了文本变异、思想

---

13 王宁、钱林森、马树德：《中国文化对欧洲的影响》，石家庄：河北人民出版社，1999 年，第 43 页。

14 钱林森：《法国作家与中国》，福州：福建教育出版社，1995 年，第 85 页。

变异到文化结构变异三个阶段：

（一）文本改编层面的"他国化变异"。伏尔泰创作《中国孤儿》并不是出于译介动机，他看到的马若瑟的法文译本，其实已经是一个"变异体"。从时间上看，纪剧背景是春秋时期，而伏剧是宋末元初，前者是汉民族内部的斗争，而后者是蒙汉不同民族的斗争；从情节上看，纪剧重在通过残忍的杀害、复仇来展示民族气节，而伏剧通过爱情的感化来展示道德力量；纪剧的主人公是屠岸贾，他在主导着搜孤杀孤行动，而伏剧的主人公换成了成吉思汗，大宋王朝代表在当时处于繁荣而成熟的汉文化，而成吉思汗的元朝代表的则是落后的野蛮文化。在源文本中，纪君祥插入了很多角色的讲唱部分，马若瑟显然认为欧洲接受者并不在意这种抒情式的意义表达方式，因此这些带有抒情意味的讲唱内容都被删去了。西方戏剧从亚里士多德《诗学》到卡斯特尔维屈罗再到布瓦洛，一直延续着"摹仿"的戏剧传统，这种传统在"三一律"中彰显无遗，例如莫里哀的《伪君子》就是一个范本。伏尔泰受到西方古典主义戏剧理论的影响，没有按照元杂剧的戏剧模式来对西方戏剧进行"中国化"变异，而是"以我为主"，用西方诗学中的"三一律"来进行"化中国"变异。

如何以文本改编"化中国"呢？在伏尔泰看来："中国戏剧史的成就只有希腊可相比拟，至于罗马人简直是毫无成就。他所认为的代表作，就是《赵氏孤儿》。但此剧原本过于复杂，缺乏恋爱的要素，且与三一律不合；因之主张改作，把剧中角色也全部改换，以元朝为背景，来描写鞑靼人和中国人的风俗习惯，共成五幕。而最重要的，即在此剧里面表示一种中国之道德的人生观。"[15]可见，他要维护"三一律"关于"时间在一昼夜、地点一致、行动一致"的基本要求。纪君祥源文本从赵氏孤儿出生到复仇，大概20年的时间，地点也是不断变化，情节更是如此，主要围绕杀孤、搜孤、救孤和复仇等情节展开。伏尔泰把所有事件都浓缩为一天的时间，地点也是保持一致。在情节方面，纪剧中的孤儿有一个成长的过程，而伏剧中的孤儿始终保持着孤儿状态，故事侧重反映成吉思汗从一个侵略者变为一个开明君主的复杂过程。

在伏剧的改编中，时间、地点、情节相对统一，便于阐述戏剧理念和表达戏剧冲突。更为重要的是，他在文本改编中将纪剧的仇杀氛围加入了浪漫

---

15 朱谦之：《中国哲学对欧洲的影响》，石家庄：河北人民出版社，1999年，第303-304页。

的感情氛围和家庭氛围，伏尔泰的意见是：蒙古人、满洲人虽然征服了中国，而最后还是给被征服者的智慧征服了，他深信理性的力量、智慧的力量、道德的力量。范存忠先生认为："伏尔泰着手改编马若瑟译的《赵氏孤儿》。他把这故事从公元前五世纪的春秋时期往后移了一千七八百年。他又把一个诸侯国家内部的'文武不和'的故事改为两个民族之间的文野之争。在技术方面，他遵照新古典主义的戏剧规律，把《赵氏孤儿》的动作时间从二十多年（据伏尔泰说是二十五年）缩短到一个昼夜。情节也简化了。原剧包括弄权、作难、搜孤、救孤、除奸、报仇等段落，伏尔泰只采取了搜孤救孤。同时，依照当时'英雄剧'的作法，加入了一个恋爱的故事。"[16]

伏尔泰删去了紧张、悲愤的原剧内容，增加了柔情、温暖的感情元素，法兰西学院院士波莫分析道："在纪君祥的原戏中，并没有任何感情纠葛，而这才是符合中国传统的。起初，伏尔泰大概也试过没有爱情，甚至没有女人的悲剧。他正确地认为，在法国舞台上，向女人献殷勤的气氛有损悲剧效果。但在众人反对下，他不得不改变主意。确实，女演员、观众，大家都要求爱情。于是，在《中国孤儿》中，爱情成了行动主线，导向剧终。"[17]为了适应本土文化，伏剧中的感情元素体现在四个方面：张惕对宋朝之忠以及他对遗孤之爱；成吉思汗对伊达美的喜慕之爱；伊达美对儿子之爱；张惕和伊达美对宋朝之爱。同时，这四种爱又交织成四组矛盾冲突：一是张惕一家对大宋遗孤是救与不救的矛盾；二是伊达美对成吉思汗是从与不从的矛盾；三是张惕对伊达美是劝与不劝的矛盾；四是成吉思汗对张惕一家及大宋遗孤是杀与不杀的矛盾。这四种矛盾，在纪君祥的剧本中很少体现，但是伏尔泰却对此大写特写，尤其是在最后，将这些矛盾集中化解，这样，"三一律"的形式体裁就很好地为伏尔泰试图表达的内容服务。实际上，伏尔泰的重心显然不在孤儿这个角色，大宋遗孤在伏剧中不过是一个静态的符号，就像是冒险、夺宝类电影中的宝藏一样，受众并不关心这是些什么宝藏，金币、银币、文物等等，都无所谓，只要有价值就行。孤儿也是一样，他的年龄、性别都无所谓，只要很重要就行。伏尔泰的根本目的，是通过对剧作的改编，来唤醒和启示自己的民族和自己的君主，像中国的这些"开明君主"一样，能够励精

---

16 范存忠：《〈赵氏孤儿〉杂剧在启蒙时期的英国》，张隆溪、温儒敏：《比较文学论文集》，北京：北京大学出版社，1984年，第105页。

17 [法]勒内·波莫：《〈赵氏孤儿〉的演变》，《天津师范大学学报》1990年第5期。

图治、担当有为，用道德理性重构欧洲文化。

（二）思想对话层面的"他国化变异"。在中国文学史家看来："这部剧作确实歌颂了中国的传统道德，但应该注意到，它真正吸引人的地方，是剧中人物在道德完成中所表现的人格力量。"[18]这不仅仅是忠奸斗争或家族斗争，它重在体现人格意义上的悲壮与崇高，或者说："他们或杀身成仁、或忍辱负重以实现其自觉承担的使命的行为，便有了人格完成的意义和崇高的悲剧美感。"[19]伏尔泰在改编这部剧作时，加上一个副标题——"孔子的五幕伦理"，很明显看得出伏尔泰对孔子的崇拜："在道德学说方面，伏尔泰俨然以欧洲的孔子自居，他几乎可说是一个道地的欧化了的孔子。他那些颂扬孔子的话，与其说是颂扬一个东方的古代哲人，还不如说是颂扬他自己！"[20]通过这个剧，他实际上是在展示一种道德意图，用钱林森教授的话说："这与其说是一种艺术的选择，不如说是一种文化选择，即儒家理性文化、道德文化的选择。"[21]那么他如何将这个文本的艺术功能转化为一种思想文化功能呢？最核心的地方，就是他将中国的道德与西方的理性进行了贯穿勾连，将中国的道德精神融入西方的理性建构之中。

首先，对张惕而言，作为大宋丞相，贯穿其所有行为的核心话语是"忠"，为了这个"忠"，他宁可牺牲自己的生命、妻子的贞洁以及爱子的生命，可以说是放弃一切来保护大宋遗孤，以此来体现一个忠臣对国家和民族的精神信仰；其次，对伊达美而言，她既是一个慈母，坚决不愿意牺牲自己的儿子，她又是一个贞女，没有屈服于成吉思汗的求爱与淫威，她还是一个爱妻，愿意同儿子、丈夫一起而赴死，同样，她还是大宋王朝的一个臣民，愿意和丈夫一起救孤，这四种身份交织在一起，唯一的选择就是"玉碎"，以死效忠，而且最好的选择是三人一起死亡，视死如归、气势如虹。她对丈夫说："我们要学习那些自由人的榜样。要死要活都得自己作主张。"这是一句铮铮铁骨的自由宣言，在基督教神学中，死生都是掌握在上帝之神手中，而这一句话，人的生死一切是掌握在人自己手中，"人从于天"变成"人定胜天"，人可以通

18 章培恒、骆玉明：《中国文学史》（下），上海：复旦大学出版社，1996年，第52页。

19 章培恒、骆玉明：《中国文学史》（下），上海：复旦大学出版社，1996年，第53页。

20 许苏民：《比较文化研究史》，昆明：云南人民出版社，1992年，第131页。

21 钱林森：《法国作家与中国》，福州：福建教育出版社，1995年，第86页。

过自由选择来实现自己的意志，这是对启蒙主义思想家"天赋人权"的生动诠释。

如果张惕的"忠"体现的是一种刚，那么，伊达美的"贞"则是体现的"柔"，刚柔并济，以柔克刚，用儒家文化的道德软实力征服成吉思汗的蒙古硬霸权。当然，这一切主要体现在成吉思汗，他作为一个君王，具有一个王者的霸气，在战争中所向披靡、大功告成；对于大宋遗孤，他深谋远虑、赶尽杀绝、不留后患；他作为一个男人，对伊达美又情有独钟，早年迷恋，功成名就以后仍然用情专一、不改初心，尽管遭到伊达美的多次拒绝，但还是想尽一切办法来博取芳心；作为一个道德的化身者，他受到张惕及伊达美行为的感悟，为了整个国家民族的利益，他毅然弃了个人对伊达美的恋情，赦免众生，并顺水推舟，用儒家文化来教化蒙古人。

整个剧目最关键之处在于最后成吉思汗对这些"敌人"态度的陡转，按照故事发展的正常思路，应当设计张惕一家三口及遗孤的死亡，因搜孤而起，因救孤而生，因失败而死，这是一个完整的故事链条，或者如纪剧那样，救孤成功，并多年以后顺利复仇，总之，这种不共戴天的矛盾必须刚性化解。而伏剧并没有这样设计，英国学者赫德逊认为："中国人缺少勇武精神似乎无可指摘；相反地它却解释为优越文化的一个标志，而且还强调了这一事实，即中国人曾吸收了所有曾征服过他们的好战的野蛮人。这是伏尔泰反对卢梭所持的观点。"[22]在卢梭看来，一个人的最高美德就是为国捐躯，提倡爱国的尚武精神，而不是所谓的道德精神，因此卢梭攻击伏尔泰，两人由此分道扬镳，而"伏尔泰极力反驳这些攻击，他声称，文明必然最终获胜，以它的道德优越性压倒野蛮的军国主义。"[23]

正是基于伏尔泰这样的内在动机，关键时刻的成吉思汗才有"良知发现"，导致出现"反转突变"：张惕从死刑犯变成为人师表者，伊达美保住了贞洁也保全了性命，大宋遗孤和张惕的儿子受到恩宠，四个人从地狱走向天堂，当然成吉思汗也通过道德法则的警醒，从一个暴君转变为仁者。本来剧情应当是强弱分明、善恶一方的，到最后恶的一方都归向了善。更为重要的是，成吉思汗从这样一个事件当中，发现了汉族文化的精神力量，他无条件释放他们三人，并说："我十分佩服你们，你们已将我征服了。"伊达美追问具体原

---

22 [英]赫德逊：《欧洲与中国》，李申等译，北京：中华书局，2004 年，第 271 页。
23 [英]赫德逊：《欧洲与中国》，李申等译，北京：中华书局，2004 年，第 271 页。

因时，成吉思汗说："你们的德行。"全剧结束，一种"开明君主"的伟岸形象跃然纸上。伏尔泰通过对成吉思汗这个形象的塑造，着力呼唤法国塑造新的"开明君主"，钱林森教授感叹："儒家文化正由此而与启蒙思想相交融，伏尔泰正由此而通向对中国精神的追求。《中国孤儿》与《赵氏孤儿》同奏的正是由儒家文化而陶铸而升华的中国文化精魂的凯歌！"[24]这种交融体现在：成吉思汗、张惕、伊达美这三个主要人物形象，既是中国的，又是法国的；既不是中国的，又不是法国的，就像我们所知道的禅宗一样，既是印度的，又是中国的；既不是印度的，又不是中国的，类似这种交叉重叠的变异形象，就是文化层面的"他国化变异"，是比较文学变异学的最深层次的"比较"，在不比之比中完成了异质文化的结构性对话。

文化结构层面的"他国化变异"。赫德逊指出："在18世纪，法国兴起了两个完全不同的思想流派，它们都提出了社会改革。它们可以区分为自由主义者和新君主主义者。"[25]伏尔泰就是典型的新君主主义骑手，他需要为自己的思想寻找充分的证据，最后："新君主主义者则在中国找到了他们的范例和依据。他们崇拜中国的理由实际上非常简单。他们所以引征亚洲，是因为欧洲的过去没有任何东西可以作为他们的依据。欧洲的全部过去和现在都受到他们所不喜欢的政治倾向的影响。"[26]正是因为西方没有这样的传统，所以才从中国寻找话语资源，这就是一种"寻异"的比较路径，他迂回到异质文明的无关性思想中，然后与欧洲思想传统进行对视，最后启示和重构欧洲文化思想。伏尔泰的"寻异"过程中，传教士们提供绝好的机会："来华传教士们的作品，借助于当时流行的'中国热'，在欧洲得以广泛传播，而这种对中国全面深入的介绍，也把'中国热'推向了一个新的阶段：思想影响的阶段。"[27]他超越了一般的文本译介、改编和传播，伏尔泰敏锐地看到了中国文化的异质性要素，并将异质元素化为积极的文化推力，继而改变一个时代的思想形态。

与之相反，当时很多法国学者，将中国文化作为一个可以任意揉捏的文化符号来进行主观想象，例如勒纳尔（Regnard）写的《中国人》，就对儒家的

---

24 钱林森：《法国作家与中国》，福州：福建教育出版社，1995年，第94页。

25 [英]赫德逊：《欧洲与中国》，李申等译，北京：中华书局，2004年，第267页。

26 [英]赫德逊：《欧洲与中国》，李申等译，北京：中华书局，2004年，第267-268页。

27 孟华：《伏尔泰与孔子》，北京：中国书籍出版社，2015年，第48-49页。

文人学士进行嘲讽、丑化。这种现象一直以来都非常普遍，前美国哥伦比亚大学大学比较文学教授赛义德认为，西方学者："将东方学视为西方用以控制、重建和君临东方的一种方式。"[28]他们的立场都是西方中心主义，都是一种"寻同"的比较思路来统摄、宰制或格式化中国文化，对于与欧洲文化同源或类同的文化体系，则可以展开文化征用，对中国文化这种异质性文化，要么搁置不比，要么主观丑化，没有将异质性作为可比性。

之所以将伏尔泰作为一个学案来进行论证，一方面如赫德逊所说，伏尔泰没有在西方文化传统找到启蒙主义思想的鲜活例证；另一方面，他接触到中国文化的译本后，不是像卢梭一样批驳，而是虚心从这种异质思想体系中寻找对西方有利的元素，尽管他的目的并不是译介传播中国文化，甚至在这个过程中充斥着各种文化误读，但我们不能从文学文本的角度来进行是否判断，从比较文学变异学的立场来看，应当从文化互补与文化利用的立场予以合理分析，因为伏尔泰不是将中西文化进行比较，他不仅是认同，而且是"应和"，他对中国文化不止于心理膜拜，还从西方文化的角度对中国儒家文化进行创造性转化和创新性发展，从中国文化中寻找与西方文化在"模子"层面的通约性。事实证明，他的这条路径是有效的，在今天看来，我们认为这就是比较文学变异学的一个成功案例。

那么，文化结构变异之"结构"又体现在何处呢？在启蒙主义思想之前，是封建专制与黑暗的中世纪，基督教神学思想占据统治地位，这种思想的主要特征是"蒙昧主义""禁欲主义"，神权大于人权。在启蒙主义思想之后，是西方的资产阶级革命，主要特征是"天赋人权"，无论是《人权宣言》还是《独立宣言》，都从神权转向了人权。在神权与人权两种文化结构之间，并非瞬间实现革命式替换，必须有一个介于两者之间的第三种权力，这种权力体系就是康德哲学所构建的道德理性主义体系。康德认为："道德律作为运用我们的自由的形式上的理性条件，单凭自身而不依赖于任何作为物质条件的目的来约束我们；但它毕竟也给我们规定、并且是先天地规定了一个终极目的，使得对它的追求成为我们的责任，而这个终极目的就是通过自由而得以可能的、这个世界中最高的善。"[29]而伏尔泰、康德所探寻的道德律，正是中国儒家思想的核心要义。孔子、孟子，都阐述了"道""仁""善""不忍之心"等道德

---

28 [美]赛义德：《东方学》，王宇根译，北京：三联书店，1999年，第4页。

29 [德]康德：《判断力批判》，邓晓芒译，北京：人民出版社，2002年，第307页。

理性话语范畴，这些范畴以非宗教的伦理价值信仰，在神权与人权之间协调周旋，形成独特的文化结构体系。

因此，伏尔泰的《中国孤儿》产生的不仅仅是一种流传中的文本变异和阐释变异，而是在此基础上更深层次的文化结构变异，他从中国儒家文化中提取道德理性文化，并在欧洲文化思想史中构建"神权——道德——人权"的三维延展结构。通俗地说，基督教神权是先验的、唯一的、绝对的权力体系，而人权，也并不是绝对的自由，"天赋人权"意味着在人权之前，还存在一个先验性的公道关系，类似于中国文化中"天道""仁道""礼"。在宗教法则和人为法则之间，伏尔泰、康德等启蒙主义思想家插入了道德法则，这个法则承上启下、前后勾连，既解构了封建蒙昧主义的文化体系，结束了中世纪大约一千年左右的神学思想统治，又参与建构了"天赋人权"的新的文化体系，对后来的西方文化思想产生至关重要的影响。

三、文化结构变异的一般规律及实践路径

以上分析，有效推翻了文首提出的论断，即：中国文化具有自身的原生异质性特征，如果从西方中心主义角度来遮蔽这种异质性，既是对历史事实的否定，也不利于当今的文化发展。在全球化多元化时代，中国文化不仅能影响西方，还能通过跨文化对话，成为西方思想发展的重要资源和动力，例如当代法国哲学家弗朗索瓦·于连，就是在中西思想之间寻找"间距／之间"，化用中国文化来重构西方文化。伏尔泰从西方文化的基本立场出发，通过对儒家思想的文化误读和创新阐释，寻找到中西方在文化模子和深层结构上的通约性，他不仅是对中国文化元素的译介，而是一种深层话语体系的有效征用，从比较文学变异学的角度分析，这种变异模式不是现象性的，它蕴含有文化变异的一般规律：

立足文化原质性。伏尔泰是基于西方文化立场来阐释中国儒家文化，是化中国而不是中国化，是利用他者话语资源而不是被吸附到他者话语场域之中，这就不可能"失语"。在当时的法国，中国文化传播过去之后，有的作家仍然像伏尔泰一样基于西方文化立场，但是他们却并没有尊重中国文化的异质性，而是在凸显异域情调和猎奇心理，例如勒纳尔（Regnard）写的《中国人》："此剧于 1692 年首演，由法国皇室的意大利戏剧团演出。仆人扮演中国文士时，极尽取乐之能事。这个假象的中国人在舞台上时而以哲学家出现，

时而以伦理家出现，时而又以理发匠、工匠、乐剧作家出现，闹尽了笑话。当时法国和欧洲的剧场充斥着这类融合了欧洲戏剧传统的古怪的中国戏，它们的共通点是假借一个所谓的中国角色或题材，来满足观众的东方好尚和异国情调。"[30]

但是，伏尔泰没有像勒纳尔那样在西方文化中沾沾自喜，恶意丑化中国文化，他认真研读中国文化的各种著述材料，在研读中展开思想的比较对视，正如约斯特所说："如果回顾伏尔泰所有的小说、剧本、论文、杂文、历史著作和辞典，我们几乎到处都能看到异国情调的存在，并且我们几乎到处都会发现异国情调是与讽刺联系在一起的。异国情调的作用并非是要暗示或创造或再创造一个世界，而是要强调对比，要把两种生活方式、两种态度、两种宗教、两种学说放在一起相互对照。"[31]伏尔泰在这样的对照中，发现了中国文化具有的且欧洲文化所缺乏的东西，例如他在《风俗论》说："似乎所有民族都迷信，只有中国的文人学士例外。"[32]那中华民族依靠什么来实现精神信仰的终极指向呢？朱谦之教授分析了其中的原因："他为什么这样赞美中国文化呢？因为中国文化是《圣经》以前的文化，且为《圣经》以外的文化。在他研究中国文化的内容时，竟发现了和欧洲不同的一种新文化。"[33]在这种比较中，他发现了中世纪基督教文化的缺陷，并试图用中国文化去参照互补，说到底这就是一种互补思维，在比较中寻找差异，寻找为我所用的元素，而这也比较文学变异学的目的："提倡所谓参照性、互补性，就是希望通过比较文学这座桥来实现整个世界文化的沟通与融合，并进而构建一个'和而不同'的和谐世界，这就是我们提出关注差异、发展比较文学变异学的最终目的。"[34]

产生了文化新质。伏尔泰在成吉思汗以及张惕等人身上，分别赋予了崭新的形象特征以及思想特征，并且不再聚焦源文本中的复仇主题，而是聚焦于道德感化和良知觉悟："为了宣扬中国道德，他以元曲《赵氏孤儿》为

---

30 钱林森：《法国作家与中国》，福州：福建教育出版社，1995年，第95页。

31 [瑞士]约斯特：《比较文学导论》，廖鸿钧等译，长沙：湖南文艺出版社，1988年，第156页。

32 [法]伏尔泰：《风俗论》上册，梁守锵译，北京：商务印书馆，1995年，第28页。

33 朱谦之：《中国哲学对欧洲的影响》，石家庄：河北人民出版社，1999年，第289页。

34 曹顺庆、张雨：《比较文学变异学的学术背景与理论构想》，《外国文学研究》2008年第3期。

蓝本，改编和创作了《中国孤儿——五幕孔子的伦理》的剧本，认为这是一本可从中领会中国人的道德生活远胜于诵读耶稣会士的著作。剧本以元朝为背景，频频通过剧中人物之口来宣扬中国道德同化外来征服者的力量。"[35]通过这些人物的良知觉悟，产生了区别于当时西方宗教法则的道德法则，这个道德法则就是文化新质，道德法则是源于儒家的异质性文化，经过文本、思想和文化层面的变异，融入当时的欧洲文化思想体系之中，与之前的神权及之后的人权，形成了具有生命力的有机关联结构，构建了新的文化生产力。

第三，推进了结构变异。前面已经分析，伏尔泰及其他启蒙主义思想家所倡导的道德理性法则，并不是一种静态的文化新质，而是具有话语生产力的动态涡纹结构，他源源不断产生思想力量，消解中世纪的蒙昧主义，又促进资产阶级文化的新生与建构，它融入了这一场思想文化的变革之中，也成为西方文化思想的有机组成部分，孟华教授指出："如果说其他的自由思想家们由于儒学的实用价值而在一时、一事上需要借助于孔子的力量，那么伏尔泰则达到了一种更高的境界：对'仁'的认同使他真心实意奉孔子为师。他把握了儒学的本质，几乎在一切重大问题上，他都能将先师的学说融会贯通于自己的启蒙宣传中，从而使经他诠释过的儒学成为了启蒙思想的一个有机组成部分。"[36]文化结构变异的重要特征之一，就是它不仅在当时融入了本土文化结构，并在后续的历史发展中，形成潜在的影响力和制约性。综上所述，伏尔泰笔下的中国儒家文化并不是基于中国文化语境中的儒家文化，经过多层的文化过滤、文化渗透及各种"不正确理解"，儒家文化像盐溶进水一样，润物细无声地融贯到当时的西方思想文化之中，这就是一种文化结构的他国化变异。

文化结构他国化变异是比较文学变异学中一种深层复杂的变异模式，从变异类型来分析，有现象变异和结构变异两类；从变异层次来分析，有文学变异、文论变异和文化变异三类，两者相结合的最深处，就是文化结构变异。从基本定义上讲，文化结构变异是指某一国文学或文论思想在他国进行译介、传播、接受和转化过程中，与接受国文学或文论思想相互融合，并互相吸涉有利元素，尤其是接受国根据本国文学或文论发展的实际需要，对他国文学

35 许苏民：《比较文化研究史》，昆明：云南人民出版社，1992年，第132页。
36 孟华：《伏尔泰与孔子》，北京：中国书籍出版社，2015年，第192页。

或文論進行適應性改造，繼而形成新的文學或文論變異形態，這種形態後來被不斷地實踐運用，以至於整體改變接受國文學或文論的知識譜系結構，並且，隨著歷史的不斷演進，這種文學或文論結構變異逐漸走向深入，最後形成一種文化力量，推動接受國文學、文論以及文化的轉型發展，從根本質地上改變了接受國文化思維方式和文化結構體系，這就是文化結構層面的他國化變異。文化結構變異是在文學結構變異和文論結構變異基礎上的一種更深層的結構變異形態，它不僅僅是對文學和文論知識體系結構發生了影響，還對本國的文化結構、文化品格、文化質地產生了重大深遠的影響。其主要特徵是穩定性、持久性、變異性和延展性，它能將產生的文化新質融入本土文化的差序結構之中，並不斷向前發展。

從中國立場出發，文化結構變異主要包含兩個向度：一是他國文化的中國化；二是中國文化的他國化。文化結構變異一般要建立在深入的文化交流基礎上，縱觀中西文化交流史，我們可以作如下分析：第一，就他國文化的中國化向度來看，中國文化發展歷程中，有幾個很重大的文化結構變異形態：一是佛教文化中國化。佛教思想融入中國傳統的儒、道文化思想之中，形成儒釋道三教合流的文化思想變異形態；二是近現代西方文化思想的中國化。1840 年鴉片戰爭以後，中國逐漸掀起學習西方思想的文化思潮和文化運動，通過器物、制度和文化三個階段的漸進演變，不斷引進西方文化思想、理念和方法，推進了中國文化的現代轉型；三是馬克思主義中國化。1938 年，毛澤東同志在《論新階段》中最先提出了"馬克思主義中國化"這個命題。1941年，毛澤東同志在中共中央政治局擴大會議上又提出"中國實際馬克思主義化"的思想，他認為："我們反對主觀主義，是為著提高理論，不是降低馬克思主義。我們要使中國革命豐富的實際馬克思主義化。"[37]在這之後，馬克思主義中國化進程逐步深入，並生成中國特色社會主義文化體系。第二，就中國文化的他國化而言，也有幾個重大的文化結構變異形態：一是儒家思想的歐洲化。主要是 16 世紀前後，以利瑪竇為代表的西方傳教士，將中國思想帶回歐洲，伏爾泰、孟德斯鳩等啟蒙主義思想家，批判性吸收借鑑中國儒家文化，變異整合為西方啟蒙主義思想，推進了西方文化結構變異，並形成一個特殊的歷史時期，如史景遷所說："關於中國的知識在十六世紀末的西方已開始成為一種重要的力量，中國的歷史學家稱這段時期為晚明，即萬曆

---

37 毛澤東：《毛澤東文集》第 2 卷，北京：人民出版社，1993 年，第 374 頁。

后期。"[38]；二是中国思想的东方化。除了"向西走"，还有"向东走"，尤其在中国封建社会鼎盛时期的唐朝，日本派留学生来中国学习，并变异转化为日本本土思想，例如空海（遍照金刚），就是学习中国文论思想后编撰出《文镜秘府论》，日本的记纪体神话、俳句、和歌等文学样式，都是中国文学在日本的变异体，其他东亚国家如韩国、朝鲜等，也受到中国文化的影响而创新自己的文化；三是近现代中国文化思想的西方化。从笛卡尔、莱布尼茨、黑格尔、叔本华、海德格尔、庞德、福柯、德里达、于连等等，数不胜数，他们在著述中或多或少参照了中国思想，尤其是海德格尔，与萧师毅合译《道德经》，从中国文化思想中吸取了积极元素，并展开创造性转化，继而开拓出存在主义哲学思想。可见，在中国文化思想走出去过程中，不仅仅是影响他国文化，还同样被他国文化所改造、变异，产生"文化新质"，成为他国文化结构的组成部分，并推进了他国文化的结构变异。

综上所述，文化结构变异是跨文化、跨民族文学与文化交流中发生的一种普遍规律，这个规律的基本特征就是"不忘本来、吸收外来、面向未来"：基于中国文化异质性，吸收转化他国文化，继而产生的文化新质。这并不是一种暂时性的、现象性的变异，它融入本国文化结构，并改变本国文化的整体形态，继而产生一种新的结构性力量，推动文化的发展。恩伯在《文化的变异》中认为："所谓传播，即使由于两种文化接触之后，一种文化把属于另一文化的某些特质借取过来的过程。"[39]但是借取只是一个初始阶段，传播不一定发生结构变异，而结构变异往往依赖于深度传播。从比较文学文学变异学的角度来看，比较不是目的，而是为了发展，有创新才有发展，有文化新质才有文化变异，这是一种向前看的文化思维方式。文化没有优劣之分，各民族应当走出文化诗学的封闭圈，利用他国文化资源，在比较中相互"启发""照明""检视""互补""重建"，产生属于我们自身的文化新质，发展我们自身的文化体系。如代迅教授所说："在跨文化实践中，西方文化在中国从来没有逃过'中国化'的命运，而是在中国语境中被进行了'中国版'的大幅度改写，经过中国人的选择、挪移、变形和重组，它直接被整合进了中国自身的

38　[美]史景迁：《文化类同与文化利用》，廖世奇等译，北京：北京大学出版社，1990年，第12页。

39　[美]C·恩伯、M·恩伯：《文化的变异》，杜杉杉译，沈阳：辽宁人民出版社，1988年，第54页。

知识体系与现实需要之中，成为中国文化自身的一个组成部分，也成为了中国本土权力运作的一种形式，中国的西方文化和西方的西方文化是两个完全不同的东西，这种同源而异质的现象还值得我们深入地去思索。"[40]他所说的"中国的西方文化"，其实就是文化变异产生的文化新质，还有佛教中国化产生的禅宗思想，近代西方文化中国化产生的中国现代文化思想，以及马克思主义中国化产生的中国特色社会主义思想等等，都是中国文化吸收外来文化产生的文化新质。乐黛云教授分析："纯而又纯的本土文化其实并不存在。中国文化早就吸取了佛教文化、西域文明以及周边各民族文化的多种因素，构成了今天的中国文化。"[41]因此，文化结构变异是对中外文化交流史中存在的特殊文化变异现象的理论总结，是跨文化比较的一般规律，它对于当今中国文化"走出去"战略和"一带一路"文化传播，具有重要的方法论实践意义。

本文与王超合写

---

40 代迅：《西方文论在中国的命运》，北京：中华书局，2008年，第218页。
41 乐黛云：《跨文化之桥》，北京：北京大学出版社，2002年，第50页。

变异学：中国本土话语的世界性意义[1]

随着我国综合国力的不断增强与中外文化交流的不断深化，"中国话语"不但成为学界关注的焦点，更成为国家人文社会科学的重要发展战略。孙绍振教授2017年7月3日在《光明日报》发文指出："二十多年前，曹顺庆先生就有了中国文学理论完全'失语'的反思：由于根本没有自己的文论话语，'一旦离开了西方文论话语，就几乎没办法说话，活生生一个学术哑巴'"[2]。"最明显的是，处于弱势的本土话语几乎为西方强势话语淹没，中国文学理论基本上失去了主体性。季羡林先生指出：'我们东方国家，在文艺理论方面噤若寒蝉，在近现代没有一个人创立出什么比较有影响的文艺理论体系。'这就是说，中国文学理论民族独创性基本上丧失了。"[3]这种说法，在我国国家领导人的讲话中得到了肯定。习近平主席指出："我国哲学社会科学在国际上的声音还比较小，还处于有理说不出、说了传不开的境地。""跟在别人后面亦步亦趋，不仅难以形成中国特色哲学社会科学，而且解决不了我国的实际问题。"[4]孙绍振教授认为："引进西方文论的本来目的，是以自身文化传统将之消化，以强健自身的文化机体，与西方文论平等对话，以求互补共创。胡适就提出'输入学理'的目的是为了'再造文明'。也就是说，要重建中国文论

1 原载于《济南大学学报（社会科学版）》，2020年，第1期。
2 孙绍振：《医治学术"哑巴"病，创造中国文论新话语》，光明日报，2017-07-03（12）。
3 孙绍振：《医治学术"哑巴"病，创造中国文论新话语》，光明日报，2017-07-03（12）。
4 习近平：《在哲学社会科学工作座谈会上的讲话》，新华网，2016-05-18。http://www.xinhuanet.com/politics/2016-05-18/c_1118891128_4.htm.

话语。笔者认为，目前'关键的一步在于如何接上传统文化的血脉'。钱中文先生等人也提出了'中国古代文论的现代转换'的重大命题。"[5]

比较文学是西方引进的学科，隶属西方学科体系与学科理论范畴之下——法国学派的实证性影响研究以及美国学派的平行研究及跨学科研究。表面看来，比较文学这一学科进入中国已具备了系统性、整体性和规范性，然而在学科教学实践及理论运用过程中却出现了"水土不服"的现象——如以西方浪漫主义比较中国古代诗人（李白）的"浪漫主义"诗歌；以现实主义比拟杜甫于家国危难之际的"现实主义"创作等，更是出现了诸多的"X+Y"式的比较，如莎士比亚与汤显祖的比较，为求其戏剧（曲）的创作天才的相似性，便以浅易的相同出生年代、生长环境和时代背景比附。诸如此类的研究现象造成了中国比较文学领域在霎时间吸收前一世纪的学科理论资源却无时间消化下所造成的混乱，不加思考地整体植入西方学科理论，致使这一学科的学术研究鲜少创新。

近五十年来，中国学者在这一学科理论建设中不断进行反思、回顾，逐步从困惑中清醒，笔者近几十年来一直以西方理论与中国文学尤其是古代创作的解读不适、比较文学学科创新为思考点，于1995年提出中国文论的"失语症"，以一种清醒、客观的态度审视中西方思想与文学的可比性、适用性及应用性。中国古代不乏诗文评点（《毛诗序》、曹丕《典论·论文》、陆机《文赋》、刘勰《文心雕龙》、钟嵘《诗品》、司空图《二十四诗品》、严羽《沧浪诗话》等），鲁迅先生称《文心雕龙》是可与亚里士多德《诗学》比肩而立的著作，然而中国在近代史上的落后被动经历，使得其在器物、制度而至文化层面逐步西化、科学化。中国自古以来的话语在书院改制后施行的学院制度下消失殆尽。胡适那一代人的"历史进化论"、"整理国故"彻底"科学化"以及"打倒孔家店"等运动，进而掀起了以西方新思潮解读中国文学的一股思潮，在多数情况下不追寻历史语境而以西方话语阐释中国文学。台湾学者提出的中国学派初期提倡的阐发法（以西方理论阐释中国文学），在实践过程中愈加显露弊病，中国学界亟待一种更适用于中国本土文学且具有普适性的学科理论。笔者从建构中国比较文学学科理论话语体系入手，立足《周易》的"变异"思想，成功地建构起了"比较文学变异学"新话语。变异学所说的变异，

5 孙绍振：《医治学术"哑巴"病，创造中国文论新话语》，光明日报，2017-07-03（12）。

并不是一个孤立的话语范畴，而是一个整体性的话语系统，这个系统根植于中国哲学的深层结构。首先对这个结构进行阐述的，就是作为群经之首的《周易》：

> 谓之为易，取变化之义。既义摠变化而独以易为名者。易纬干凿度云：易一名而含三义，所谓易也，变易也，不易也。又云：易者，其德也光明四通，简易立节，天以烂明，日月星辰，布设张列，通精无门，藏神无冗，不烦不扰，淡泊不失，此其易也。变易者，其气也，天地不变，不能通气，五行迭终，四时更废，君臣取象，变节相移，能消者息，必专者败，此其变易也。不易者，其位也。天在上，地在下，君南面，臣北面，父坐子伏，此其不易也。郑玄依此义，作易赞及易论云：易一名而含三义，易简一也，变易二也，不易三也。[6]

在这一段原典文献中，提出了著名的"易之三名"说。可以看出，《周易》主要讲变易，但它又并非仅仅是在说变易，而是构建了"变易、简易、不易"三位一体的意义生成系统。具体地说，变易就是四时更替、五行运转、气象畅通、生生不息；不易就是天上地下、君南臣北、纲举目张、尊卑有位；简易则是乾以易知、坤以简能、易则易知、简则易从。显然，在这个意义结构系统中，变易强调"变"，不易强调"不变"，简易强调变与不变之间的基本关联。万物有所变，有所不变，且变与不变之间存在简单易从之规律，这是一种思辨化的变异模式，这种变异思维的理论特征就是：天人合一、物我不分、对立转化、整体关联。这是中国古代哲学最重要的认识论，也是与西方哲学所不同的"变异"思想。"比较文学"既是人文学科的重要组成部分，又是跨越中西的国际性学科。在当前中华民族伟大复兴的中国梦实现阶段，在当今中外文化交流愈加频繁且纵深发展的背景下，建构中国比较文学学科理论话语尤为关键，且任务艰巨。新世纪以来，中外国际交流呈现出全方位、宽领域、多层次的特点。随着中国科技、经济与文化发展的日新月异，多个领域都需要中国话语的建构。比较文学理论话语的建构，既有学科属性上的意义，又能为中国文化软实力的提升贡献力量。既有本土化民族特色与自身品质，又有国际视野和世界胸怀，这是比较文学中国学派建构自身的学科理论话语时所应坚持的原则。比较文学学科理论话语体系的建构必须彰显"中国特色"。这个"中国特色"包括四层含义：一是以本土化的理论为根基，

---

6 [唐]孔颖达：《十三经注疏》（上），上海古籍出版社，1997年，第7页。

并且能解决当下实际的比较文学危机与问题，二是要努力学习当取法以《周易》为代表的中国传统文化与智慧，三是要使"中国特色"本身具有世界胸怀与长远目光，成为世界认同的优质特色，四是要让本土化的"中国特色"精益求精，并进一步成为"世界特色"，成为一种更为普遍（universal one）的理论和国际学界公认的标识性概念。如此，中国比较文学学科理论话语体系才能切中当下、引导国际学术界展开研究和讨论，长久立足、持续进步，产生国际性影响。

一、文学变异学的理论缘起和理论优势

中国学者自踏入比较文学领域本质上便与欧美同质文明圈中的比较文学研究有所区别，他们面对的不仅是语言的差异，流传媒介的信息错落，更是在不同文明的立场上冲撞与思考。这恰如文明的冲突在世界政治、经济格局中的体现，汤因比（Arnold J. Toynbee）在其著作《历史研究》（A Study of History）中批评了"统一文明论"的观点，认为自我中心、东方不变、直线进步都是不符合真实情况的理论，汤因比从种族论及环境论区分了世界历史中存在的 21 种文明，进而明晰了文明之间的差异性，"有的以艺术见长，有些以宗教见长，有些则以工业文明见长"[7]，有衰落的文明，也有停滞、生长或新生的文明，文明之间的共性和"不可通约性"是必然存在的，若强势地推进文明霸权，将会出现世界性的极端事件或悲剧发生，而若在平等和谐的交流境况中，在尊重文化观念的差异下进行对话，新的文化基点、适应全方位的政治、经济等诸方面的新理念将会应势而生，如"中国崛起"这一曾被世界讨论的议题，这一曾被外方媒体误以为"中国威胁论"的观念在当下中国一系列合作共赢、追求世界和平发展的实质性举措中正悄然转变。同时，在文化层面也迎来了新时代的变化，恰如亨廷顿在 1933 年夏于美国《外交》杂志上发表题为《文明的冲突？》这一文章，引起了国际学术界的普遍关注和争论。作者从冷战后的世界政治格局推究其间冲突的根本主宰不再是意识形态，而是文化方面的差异，是"文明的冲突"，这一观点对中国学者的影响颇深。　中国文明是世界上古老文明之一，其人对其文明的独特性和成就亦有清楚的认识，自然在思考问题时常从文明的角度审视，亨廷顿的"全球政治开始沿着文化线被重构"将人们的核心认同向文化转移，他所呼吁与关注的并不是他著作所

---

7 [英]汤因比著，曹未风译：《历史研究》，上海人民出版社，1959 年，第 41 页。

书写的冲突，而是在其中文版序言中所说"我唤起人们对文明冲突的危险性的注意，将有助于促进整个世界上'文明的对话'"[8]。在新儒家代表杜维明的著述《文明的冲突与对话》中亦明确了多元文明观，并针对列文森在《儒教中国及其现代命运》一书中所断定儒家传统业已死亡的这一结论在此后的学术研究中致力于儒家思想领域、儒学传统对于世界现存文明的普适性探索与现代转化建设。对于比较文学学科而言，意识到差异性并非难事，但尊重差异性却是需要长时期的实践，以实践成果证明这一总理念的丰富学术价值。中国话语的提出进一步构成比较文学学科的多元性，中国学者在此领域所提出的变异学亦是以多元文明的基本观点，在明晰文明的共性下将关注点侧移至差异性，此一建设性理论也将予西方学者以提示，在东西方跨异质文化的研究中，文明、文化的差异须提到研究观念的前提准备之中。

对于学科发展而言，尽管有以法国为中心的影响研究和以美国为中心的平行研究承续了学科的开山与百年实践，比较文学理论仍有较多不足之处，中国学者在思考法国学派下的形象学与媒介学时，以文学作品的跨文化、跨语际的角度，发现了西方比较文学学科理论研究所忽略的异质性因素。法国学者在学科建成之初时，以比较文学"研究国际文学关系史"以及"比较文学不是文学比较"回应克罗齐等人的质疑，以"科学""实证"等具信服力的观念稳固学科基础。十九世纪，法国学界在法德等国文学关系研究中确有显著成果，也让比较文学有了初具规模的学术团体、刊物、杂志、高校课程、学术著作等。随着欧洲大量学者因故而至美国时，当时俄国形式主义所提倡的"文学性"、新批评所主张的文本转向和文本的审美性等因素使得韦勒克在 1958 年那篇《比较文学的名称和实质》中直言"影响研究"使得比较文学静寂如"一潭死水"，他们在现有规模的领域上显得雄心勃勃，把"超越一国文学领域的研究，文学与诸如艺术、哲学、历史、社会科学、自然科学、宗教等知识和信仰领域的关系的研究"[9]都欲纳入比较文学的范围之中，可想而知，比较文学无边论、消失论便不可避免。虽然美国学者又唤起了实证研究的另一领域——审美研究，为此学科注入了暂时的生机，但由于"一方

---

8 [美]塞缪尔·亨廷顿著，周琪，刘绯，张立平，王圆译：《文明的冲突与世界秩序的重建》，新华出版社，1998 年，序言。

9 北京师范大学中文系比较文学研究组主编：《比较文学研究资料》，北京师范大学出版社，1986 年，第 27 页。

面英语成为一门国际性语言以后，随着欧盟的一体化过程，我们的大部分研究不再跨语言，另一方面是比较文学合并到文学这一学科"[10]。前国际比较文学学会会长佛克玛在接受中国学者王蕾采访时将上述原因归于欧美国家比较文学的萎缩，但更重要的是欧美比较文学学科理论在建设中并未考虑到跨文明性、全球性、未来性的长远发展，才会屡次三番出现各种各样的"危机说"、"死亡说"，例如影响研究在进行跨文明文学文本等研究时，其核心实证影响已不具有全面性、完整性以及合理性，也不可能以实证性的材料解释异文明的审美因素。平行研究的"类同性"主题学、类型学研究也逐步将比较文学在跨异质文化的学术现状下引向了随意比较的地步。中国有一古语，日"旁观者清，当局者迷"。中国学者最初是以一种"他者"的视野观照比较文学的中国建设道路，在这一过程中意识到了学科史的前阶段重心在"同"，本土接受阶段也一直呈现与西方文学、思潮、流派求同的心理趋向，但现实文化模式，思想观念的差别是不可忽视的，东西方交流的基础是有共同话语的前提下展开，这是过程的开始，并不预示过程的结果，笔者"变异学"提出的时间节点正可以为学者研究提供一个清醒的视角，变异学的提出不是中国学者一时的口号而是客观地思索前理论的缺陷，以及背负着东西方较为全面的理论资源提出的，真正从最大意义的"跨越性"角度展示着中国学者的智慧。

苏珊·巴斯奈特曾说过，虽然比较文学在它的发源地似乎已经衰落，但在其他地方却是一派欣欣向荣，佛克玛直称法国学派已经死亡而在中国等地发展渐趋兴盛，这是因为在比较文学一直未能形成一套能为学界乃至国际广泛接受的基本理论，许多西方学者以当下不谈"学派"来规避此一学科所遇的危机，就如1999年法国著名比较文学家谢弗莱尔在中国比较文学学会第六届年会暨国际学术研讨会上与中国学者的说辞。比较文学学科的建设有一重要的理念——歌德于1827年1月31日与艾克曼谈话中谈到的另一段话却更值得我们深思，"人们的思想、行为和情感几乎跟我们一个样，我们很快会觉得自己跟他们是同类……可不同之点还是在于，在他们那里，外在的自然界总是与书中人物共同生活在一起"[11]，在"世界文学"的最初含义提出时其实

10 王蕾：《比较文学、中国学派和文学变异学——佛克马教授访谈录》，《世界文学评论》，2008年，第1期。

11 [德]艾克曼，歌德著，朱光潜译：《谈话录》，人民文学出版社，1918年，第111页。

就有文明间同与异的区别，甚至"异"的价值甚于"同"的价值。

变异学追求的是"同中之异"，即在比较文学影响研究与平行研究的同源性、类同性的可比性基础之上的进一步延伸与补充，在有同源性和类同性的文学现象的基础之上，找出异质性和变异性。前中国比较文学学会会长乐黛云曾提出过"和而不同"的说法，和而不同也是中国人在认识世界所采用的一种哲学人生观。在西周时期文字记载："和实生物，同则不继，以他平他谓之和，故能丰长而物生之。"（《国语·郑语》)，孔子也说，"君子和而不同，小人同而不和"（《论语·子路》)，其第一义是承认、尊重并赞赏事物、人性品质的差异性和多元性，这也体现了中国人看待事物的辩证思想，将世界视为多元和谐统一，保持差异性样态的存在，乐黛云借这一哲理性观念为中国比较文学指点了其广阔的发展空间，变异学也遵循着此一思维所涵括的尊重与宽容，而在变异学的理论指导下，中国比较文学的学科建设也已打破了旧有的历时性视野，以共时性角度重建学科理论，这需要严谨的思考和极大的勇气，笔者在 2005 年编著的《比较文学学》首次在教材编写上以四大板块——"文学跨越学"、"文学关系学"、"文学变异学"、"总体文学学"实践着"变异学"的理论。中国比较文学教材编写长期陷入学派的限制，而新理论范式的比较文学教材在纯粹地进一步改善长期处于不稳定状况的学科现状，规范比较文学学科体系，同时解决了众多跨文化的学术现象、学术难题并在新的学术领域收获颇丰，笔者所主持的"英语世界中的中国文学译介及研究"等中国项目在变异学理论的视域下极具学术价值，在跨越语际障碍的文明之间纠正了许多常识性误读，增添了更多的差异性理解性，同时也佐证了变异学的理论实践价值。

二、变异学的学理依据

在文学变异学提出之前，国内外学者其实对东西文学的异质性与变异性便有所认识、探讨和论述。即使是同语境下的文学流传研究也有异质性因素存在。美国学者韦斯坦因在其著作《比较文学与文学理论》中已经有意无意地触碰到了变异问题，他指出："从原则上说，比较学者绝不应对影响中的主动和被动因素作质量上的区分，因为接受影响既不是耻辱，给予影响也没有荣耀。无论如何，在大多数情况下，影响都不是直接的借出或借入，逐字逐句模仿的例子可以说是少而又少绝大多数影响在某种程度上都表现为创造性的转变。"[12]但韦斯坦因对这种影响变异研究扩大到不同文明间却犹豫不决，相反赛义德于1928年提出的"理论旅行"一观念尽管本意是以卢卡契为例来说明任何理论在其传播过程中必会发生变异，这对以"跨越性"为特征的比较文学研究尤其是跨文化研究有所启示，中国学者叶维廉在1975年在《东西比较文学中"模子"的应用》中提出"文化模子"的概念——鱼没有见过人，必须依赖他本身的"模子"他所最熟识的样式去构思人"。"模子"成为结构行为的一种力量，也是人所依靠的存在经验在反映新的经验素材时所依靠的背景力量，在需要解释或塑形新经验材料时会必要地将"模子"变体。尽管认识得到接受，但是我们都知道鱼眼中的人的形象是错误的，甚至是歪曲的，又如"结构语言学家大多先求取'共相'的元素来建立所谓'深层结构'，往往从西方的'模子'出发，先建立一棵文法树，再应用到别的语言上去"[13]，这样的不加改变的固有范式在起点部分便迈入了错误的道路。诗的翻译同样受文化模子的影响，中国人运用的文字是可追溯至上古时期的象征文字，直至现在仍未如英语等文字简缩为字母，但是西方人曾一度认为人类最基本的语言符号应是如印欧语系字母那般抽象的、率意独断的符号。这是因为其"模子"自认为带有的优越性在语言上的体现而忽略了象形文字的价值，由变异学的观点，我们只有尊重对象，才能正确地了解对象。象形文字不是抽象文字的对立面，而是代表一种异体的思维系统——"以象构思，顾及事物的具体的显现，捕捉事物并发的空间多重关系的玩味，用复合意象提供全面环境的方式来显示抽象意念"，汉字的此种系统思维、空间多义性在古诗中所表达出来的意境感、审美感及世人所倾注的意识感都有体现，就如宋代词人吴文英的词句："何处合成愁，离人心上秋"，若翻译成"*where comes sorrow? Autumn on the heart/of those who part*"，原词的心绪确实得以传达，但汉字双关艺术之妙处却遗憾不能被英文阅读者所识。

阅读者的个人接受也是一决定性因素，在中国，早在孟子时期便提出了"以意逆志"和"知人论世"的文学接受问题，但孟子从源头上便奠定了中国文学接受上的心灵普遍性基础，个人的随意解读都是以达到"道""志"等

---

12 [美]乌尔利希·斯坦因著，刘象愚译：《比较文学与文学理论》，辽宁人民出版社，1987年，第29页。

13 李达三，罗钢主编：《中外比较文学的里程碑》，人民文学出版社1997年版，第58页。

最高境界为最终旨归，"依经立义"是中国文学阐释的主导话语。在西方，尼采以一切勇力推翻西方思想价值体系，高呼"上帝死了"，费尔巴哈在谈到音乐时说，当音调抓住了你的时候，是什么东西抓住了你呢？你在音调里听到了什么呢？难道听到的不是你自己的声音吗？罗兰·巴特直接将作者从文本的主导圣坛上拉下，警示着"作者已死"，至 20 世纪 60 年代时，兴起于德国的接受美学更是将读者的作用抬至中心地位并形成了系统的理论。如此文本不仅与其社会文化环境即文化模子之间进行相互作用，而且同样与接受者进行互动，然而接受者的接受过程都有其期待视野的参与，以尧斯的看法，期待视野是一定历史时期下，读者自身的审美理想、审美趣味在其阅读接受过程中的能动体现，恰如每一位读者都带着自己的期待视野来参与阅读，而这个视野又带有时代与社会环境的烙印期待视野与作品所体现的旨归差异，决定了文学文本、对象被接受的程度与方式。在哲学意义上恰如海德格尔在《存在与时间》中提出的"前理解"（pre-understanding），不同文明之间的文学作品传播亦受到接受个体的差异性阐释，如在英国，狄更斯的《大卫·科波菲尔》更受欢迎，在在中国，读者更加看重他另一部作品《双城记》所蕴含的历史风貌和意义启迪；唐璜传说是西方文学中一个永恒的母题，400 年来一直被常写不衰，从西班牙作为蒂尔索的剧本《塞维亚的荡子》中浪荡子的形象到莫里哀《唐璜》中的"冒险者改写"，拜伦《唐璜》中的"英雄形象"，或霍夫曼短篇小说视"唐璜"为人性本身已明显有作者意识的投射。莫扎特的歌剧《唐·乔万尼》和萧伯纳的戏剧《人与超人》等等，"唐璜"已不再是最初文学作品中的原样，而是在后世诸多创作者自身的创造性接受而作出的具有时空跨越性和个体接受创造的内涵。即使是如今公认的世界文学大师莎士比亚，他的作品在各国的流传和评介亦有不同之处，本琼生称其为"时代的灵魂"，"属于永恒的世界"，而托尔斯泰却在满心的期待看完莎翁各种版本著作后感叹不仅没有体会到快感，反而感到一种难以抑制的厌恶和无聊。这正印证了那句名谚——一千个读者就有一千个哈姆雷特。

这便是在深层文化机制的影响之外更有接受者个体的影响事由，强调读者立场的文学审美接受理论在思想界内产生了深远的影响，作为学科理论的变异学也恰当地吸收了其部分思想养分，将文学流传终端接受者的作用纳入比较文学研究领域，使更多的文学现象有了更为恰切的阐释背景，而与接受活动的主体性作用同时被发现的亦有媒介的价值，麦克卢汉的"地球村"形象地展示出媒介的力量也预示着媒介的世界范围性将进一步缩短语言、民族、国家之间的距离。比较文学法国学派已将媒介学列为重要研究方法之一，但其研究"文学传递的经过路线、文学流传的方式与途径以及文学流传的因果规律的一门学问"，而当媒介与接受者都成为跨语际、跨文化的承担因素，媒介学边不能简单地做影响实证研究了。就如在变异学视域下的媒介变异研究中最为突出和直观的一面就是翻译研究。因为翻译本身所固有的跨越性特征——跨语言、跨文化、跨民族、跨国界所决定的。但翻译这一带有显著变异性特征的媒介者却不为历来的比较文学学者所青睐。第一本比较文学专著——波斯奈特的《比较文学》（1886）在书中涉及到了中国、印度、日本的诗学，但却对翻译研究不置一词，翻译带来的文化误读为早期学者所忽视，著名的《比较文学早期论文集》（1973）汇集了十余名著名比较文学家（梅茨尔、科赫、戴克斯特、贝茨、布吕纳介）等人的代表性论文，涵盖了比较文学的属性、功能、任务、意义以及世界文学的内涵，却没有涉及翻译研究的篇章。早期的比较文学杂志，如匈牙利比较文学家梅茨尔创办的《总体比较文学学报》，虽然以六种语言呈现，但由于早期比较文学研究者处于印欧语系且熟练掌握多种欧洲语言，处于同一文明圈中，翻译也未曾受到重视。直至不同语言、文化、文明进入西方学者的视野中才使得翻译不再仅仅被视为转换信息的中介而可视为信息的决定者。故而进入 20 世纪下半叶以后整个西方比较文学界都发出了一种声音——重新评估翻译研究。布吕奈尔称翻译是"发明的学校"，意大利比较文学家梅雷加利著《论文学接受》称"翻译无疑是不同语种间的文学交流最重要，最富特征的媒介。法国文学社会学家埃斯卡皮在其专著《文学社会学》中更是提出了翻译的创造性，"因为它赋予作品一个崭新的面貌，使之能与更广泛的读者进行一次崭新的文学交流；还因为它不仅延长了作品的生命，而且又赋予它第二次生命"[14]。中国学者谢天振教授在 20 世纪 80 年代便将翻译研究纳入比较文学的视野中进行拓展，并提出了译介学（Medio-translation）的研究方向，重点关注在跨文化、跨文明背景之下译者在跨语际翻译中的创造性表现——"个性化翻译、误译与漏译、节译与编译、以及转译与改编"，并探讨在这一过程中发生的种种语言变异现象背后的社会、历史、个人以

---

14 [法]罗贝尔·埃斯卡皮著，王美华，于沛译：《文学社会学》，安徽文艺出版社 1987 年版，第 137 页。

及文化根源。文学变异学既汲取了翻译研究中显著的变异性因素，同时也扩展了翻译的文本局限。现代意义上的翻译也不再仅仅存在于语言相互之间的信息交流和转换，也存在于语言内的翻译以及不同媒介之间的"翻译"，如图画、手势、服饰、音乐等表达符号。文化交流的载体都烙印上文化背景的影响，而如何正确地翻译其中的文化信息以及分析文化因子的误读、遗漏才能使人们更好地理解世界。

文化全球化是不可阻拦的趋势，异质文化的魅力往往吸引着另一文化圈的关注，但由于环境、社会、历史等诸多背景性的异质文化因子在起点，接受点以及接受过程中同时起效应，造成文化知识迁移的失真，甚至出现文化形象的误解，不利于文化间的和谐交流，故而关注文化变质因子将成为比较文学跨异质文化领域首要关注之点。

三、文学变异学的理论构成

文学变异学的提出与中国比较文学的理论实践和知识资源密切相关。当西方背景的比较文学研究进入非西方背景的异质文化的时候，在政治层面所划分的国别研究及跨国研究已经不能解释跨越东西方文明文学作品，现象的变异因素。最初，韦斯坦因对东西不同文明比较是有所迟疑的，"我不否认有些研究是可以的……却对文学现象的平行研究扩大到两个不同文明之间仍然迟疑不决。因为在我看来，只有在一个单一的文明范围内，才能在思想、感情、想象力中发现有意识或无意识地维系传统的共同因素……而企图在西方和中东或远东的诗歌之间发现相似的模式则难言之成理"[15]。从此段话可以看出西方学者对东西文明文化的比较研究仍将关注点置于发现"相似的模式"，韦勒克自1958年指出比较文学影响研究的危机之后，文学性重新在比较文学界受到重视，然而尽管平行研究拓宽了此学科的界限但仍未将宽容置于不同文明之间。文学变异学便宣告所研究的中心在于"异"，不同文明的异质性是不可忽略的，也正是因此不同文明间的文化交流反而会激生出或兴盛、或衰亡的文化因子。在跨文化变异研究中，笔者提出了三个方面的注意因素：

首先是文化过滤。"文化过滤指文学交流中接受者不同的文化背景和文化传统对交流信息的选择、改造、移植、渗透的作用"，也是一种文化对另一种

---

15 [美]乌尔利希·斯坦因著，刘象愚译：《比较文学与文学理论》，辽宁人民出版社1987年版，第5-6页。

文化发生影响时，接受方的创造性接受而形成对影响的反作用"[16]。文学文本究竟发生了什么变异？这些变异的根底何在？跨异质文化下的文学文本事实上的把握与接受方式是怎样的？这些都是文化过滤所要研究的内容，具体而言，文学过滤具有三个方面的含义，其一，关注接受者的文化构成性。任何接受者都生长于特定的地域时空里，他与生俱来地烙上地域时空的文化印痕，社会历史语境以及民族心理等因素，而正是这些因素在交流中发挥着必然性的作用，埃德加·莫兰在其书《方法：思想观念》中提到了"选择性疏忽"和"淘汰性压抑"便是文化过滤的另一体现，选择性疏忽使接受者忽略一切不符合接受圈文化信仰的东西，淘汰性压抑直接将一切不符合接受圈信仰的信息或一切被认为来源错误的反对性意见。如《大卫·科波菲尔》在中国的首个译本是林纾的《块肉余生述》，原著有一句妻子要求丈夫尊重自己的话——"*it was still because I honored you so much, and hoped that you might one day honor me*"，但是在林纾译文中却为"然尚希冀顺谨侍君箕帚，附君得名，予愿已足"。中国古代封建社会中对妇女"以夫为纲"的文化背景若不为原作者已知，便会造成他国人对林纾翻译的困惑、质疑甚至误解。其二是，接受过程中的主体性与选择性。"接受者的主体性是文化过滤的前提条件"，"接受者对交流信息存在选择、变形、伪装、渗透、叛逆和创新的可能性与必然性"，例如《诗经》的名称英译为 *The She King：The Book of Ancient Poetry*（James Legge）、*The Shi King：The Old Poetry Classic of the Chinese*（Williams Jenming）、*The Book of Songs*（Arthur Warley）、*The Classic Anthology Defined by Confucius*（Ezra Pound）。《诗经》既为歌又为诗的概念在英语中找不到相应的指称词，庞德竟然以为《诗经》出自孔子之手确实是完全没有了解《诗经》的来源了，《诗经》为民间歌谣、庙堂正曲、前朝遗音的集合，据传孔子删诗成今日 305 篇《诗经》，但孔子删诗说在中国学界仍有争议。这便是接受者主体知识的影响和传播导致的后果。其三，是接受者对影响的反作用。在文化交流中，影响不仅要通过接受主体而发挥作用，并且有作用也有反作用。例如，寒山是唐时诗僧，在中国正统文学中少见其文字，《唐诗纪事》、《文苑英华》、《唐诗品汇》对寒山其人其诗都未曾提及，但寒山诗经由日本译本流传至美国却掀起了一股热潮，其诗所蕴含的回归自然、流浪汉形象使当时美国青年——疲惫欲求解脱的一代将其视为精神的追求，寒山成为当时美国青年印象中的"中

---

16 曹顺庆主编：《比较文学概论》，高等教育出版社 2015 年版，第 180 页。

国古代狂士形象"，后起的嬉皮士运动在思想上追求着这种禅宗自由精神，在服饰、装饰、生活方式借鉴中国僧士尤其是流浪僧人的打扮，而在 20 世纪 80 年代、90 年代，这股嬉皮士运动热潮又深深地影响了中国青年，如摇滚乐、毒品、性解放思想、瑜伽等生活方式。虽然嬉皮士在美国存在的时间不足半世纪，但它影响的范围涉及全世界。这也是东方禅宗异域接受以及其反作用的结果。

其次是文学误读，"由于接受者或接受者文化对发送者文化的渗透、修正与筛选，亦即文化过滤，从而造成影响误差，形成误读"[17]。"如果文化过滤存在于文化交流的始终，那么文化误读也必然伴随着文化交流的过程。"[18]文化在传播和接受过程中会因文化过滤的原因而造成发送者文化的损耗和接受者文化的渗透，这样也就会因发送者文化与接受者文化的差异而造成影响误差。其一，接受者依据自身的文化传统与思维习惯，在解读异质文化时会发生理解上的错位。如《红楼梦》在英国最早的译本出自戴维斯之手（J·F Davis），但戴维斯在第三回的宝黛初会时评宝玉《西江月》时将宝玉误作女性。如《西游记》在美国等他国流传中，唐僧与观音的男女关系错改等。其二、从理解的历史性来看，当一部作品进入另一种文化语言之中，不仅是空间地域上的差异，同时也意味着跨越历史时空的错位。《环球时报》一记者回忆时常会遭遇一些让人哭笑不得的问题，比如，中国人是不是在屋顶上种庄稼？中国人是不是还留着辫子？如莫斯科大学宗教学教授谢苗诺夫在接受记者采访时说："中国有很多的自行车，人们还有着狂热的革命热情。"[19]这一停留在上世纪 80 年代的中国印象仅仅来源于一张旧照片。从笔者身边留学群体的反应，如德国播放的中国电视剧仍是 1982 年开拍，2000 年拍完的《西游记》，这些都是文化交流中的时空滞后性所带来的不可避免的误读。其三，虽然文学误读在文化过滤中不可避免，但在某些时候反而会有所创新。在跨文明的文学文本交流与对话中，创新变异也是根源于语言之间的差异性与不对称性。"因为人类的精神产品一旦脱离人的思维便凝结为具有物质形态性的语言形式。特定的经验世界一旦被语言所把握，我们也就受到语言的束缚和制约，而解

---

17 曹顺庆主编：《比较文学概论》，高等教育出版社，2015 年，第 178 页。

18 曹顺庆主编：《比较文学概论》，高等教育出版社，2015 年，第 178 页。

19 参见《独联体国家惊讶中国巨变，认为中国人还留着辫子》，《中国经济网》，2017-11-28。http://www.ce.cn/xwzx/gjss/gdxw/200711/28/。

脱束缚和制约也就必然意味着某种创新，"庞德甚至中国汉字具有音义同构的特点。故而庞德译中国古诗往往运用拆字译法。如《论语》中"学而时习之，不亦说乎"，庞德译文为"*To study with the white wings of time passing/is not that our delight*"，"习"字拆成"羽"和"白"，翅膀寓意鸟的飞翔，将时间的流逝形象地表达出来，但是原文未将"时"的反复性译出也算创新中的信息错落。中国古诗意象性在庞德创造性的翻译中也影响到了美国现代诗意象派的形成，中国学者赵毅衡所著《诗神远游——中国如何改变美国现代诗》、钟玲《美国诗与中国梦》便是此研究领域之代表作。文化过滤和文学误读都是接受方文化在文学交流、对话过程中表现出的对交流主体的一种行为态度，是接受者主动性的表现。在基于文化的差异性、异质性之上，文化过滤和文学误读的过程既是原有文本意义衰减的过程，也是接受者文化渗透、新意义的生成过程。

在文学变异学的概念之中，"他国化"成为最为深刻，也最具研究价值的一部分。变异学对于文学的他国化的定义为，"一国文学在传播到他国后，经过文化过滤、译介、接受之后的一种更为深层次的变异，这种变异主要体现在传播国文学本身的文化规则和文学话语已经在根本上被他国所化，从而成为他国文学和文化的一部分"，他国化的表现形式可分为两种：一种是从接受国的角度来看，即本国文学被他国文学所"化"，如在五四时期，中国的整理国故运动，以胡适所强调的科学为中心，凡事讲科学，科学主义对中国近现代的文学理论批评以及古代批评思想的影响在之后的学科建设，著述表达等诸方面根深蒂固。中国现代的诗歌形式在自由主义的思潮中，"我手写我口"，以白话文代替文言，以自由体形式代替绝句、律诗的音韵，格式要求，最后竟至古体诗成为小众之学，难入中国现当代文学史，而他国化的判断标准在于其话语规则是否发生改变。变异学中的话语理论概念并非指一般意义上的语言或谈话，而是借用当代的话语分析论，专指文化意义的建构法则，这些法则是指一定文化传统、社会历史和文化背景下形成的思维、表达、沟通与解读等方面的基本规则，是意义的建构方式和交流与创立知识的方式。例如，在中国主要的传统话语规则中有一个以"道"（Tao）为核心的意义生成和话语言说方式。中国儒道皆讲"道"，孔子之道谓行仁教，儒家作文更是以文载道为尊，《文心雕龙》第一篇便以《原道》为名，"道沿圣以垂文，圣因文而明道"，中国诗歌中所载之道可显性地呈现在诗句中，如李白"举头望明月，低头思故乡"，陆游"楚虽三户能亡秦，岂有堂堂中国空无人！"乡愁，报国之心溢于辞间；中国诗词亦可在言外寻意，如王维"行至水穷处，坐看云起时"，陶渊明"采菊东篱下，悠然见南山"、"晨光理荒秽，带月荷锄归"，字词之间蕴涵着淡远悠雅的意境，可意会不可言传，中国古诗中蕴含的"志""道""境"是无法被现代西方科学理论所能条缕分析、精剖细解，而当下中国文学批评以西方逻各斯之观念将古文论分门别类、体系化、切割化，这也是"元语言"的置换过渡，一种本土文论他国化的体现。

变异学的提出是中国学者在长达数十年的学科理论建设和反思中作出的对整个比较文学学科的补充和调整。在一开始跨越语际、文化、文明的视野中观照文学文本、事件，在世界流传中的变异及变异因子的探寻。正是由于变异学最初所携带的跨越性、文学性、世界性特质使得此理论在实践过程中有极强的普适性和启发性。中国学者以跨文化的学术身份提出变异学，正如佛克玛所言同一文明圈内也存在变异，故而变异学同样适用于同质文明圈内的同源文化现象变异研究。中国作为东方文明古国，其历史资源和文学经验的积淀是远远未被西方文化圈所了解的，东方在现在一直以"他者"的身份呈现在"主体"——西方的印象中。然而，他者不再是主体眼中的他者而是与主体一样拥有"主体性"的他者。在审视作为"他者"的东方，无论是译本，图片，音像等各种信息，文学变异学将提供一种"具了解之同情"的态度。文学变异学同样将长期隐伏的"文化模子"提出水面，有时往往背景式的知识却往往被忽略，在文化的深层结构中决定着文化圈的话语言说方式，接受者无意中造成的信息错落等文化过滤，接受者因主体性和文化构成造成的文学误读以及更深层次的话语规划改变——他国化。变异前后的文学现象很少能完整地将信息重叠或接受，失真性造成的误解常常存在，对于他国形象或他国人民的认识也将出现不符事实的曲解，文化的多元性在口号中兴盛而在实践中消失，文学变异学不仅是在学科方法上提供借鉴之处，更是在认知方式上有着哲学性的启发。

2014 年，笔者的英文著作：*The Variation Theory of Comparative Literature*（《比较文学变异学》)，由全球最著名的出版社之一斯普林格（Springer）出版社出版，并在美国纽约、英国伦敦、德国海德堡出版同时发行。*The Variation Theory of Comparative Literature*（《比较文学变异学》)系统地梳理了比较文学法国学派与美国学派研究范式的特点及局限，首次以全球通用的英语语言提出了中国比较文学学科理论新话语："比较文学变异学"，将这一彰显中国特色的比较文学学科理论话语及研究方法呈现给世界。打造了一个易于为国际社会所理解和接受的新概念、新范畴和新表述，引导国际学术界展开了对变异学的研究和讨论。正如欧洲科学院院士、《欧洲评论》主编、比利时鲁汶大学（University of Leuven）英语与比较文学教授西奥·德汉（Theo D'haen）对《比较文学变异学》（英文版）所评价：曹教授的该著作（*The Variation Theory of Comparative Literature*）"将成为世界比较文学发展的重要阶段（an important stage），该书将比较文学从西方中心主义方法的泥潭中解脱出来，"推向一种更为普遍（universal one）的理论。"（"I am already sure, though, that Cao's book will mark an important stage in the development of Comparative Literature away from a predominantly Western-centred approach to a more universal one."），显然，比较文学变异学已经成为国际比较文学一个标识性概念，成为一个有世界影响的中国话语。

欧洲科学院院士、西班牙圣地亚哥联合大学让·莫内讲席教授、比较文学系教授塞萨尔·多明戈斯教授（Cesar Dominguez），及美国科学院院士、芝加哥大学比较文学教授苏源熙（HaunSaussy）等学者合著的比较文学专著（*Introducing Comparative literature: New Trends and Applications*）高度评价了比较文学变异学。在该专著的第 50 页，作者引用了《比较文学变异学》（英文版）中的部分内容，阐明比较文学变异学对于另一个对于必要的比较方向或者说是过程十分重要的成果是，2013 年出版的曹顺庆教授的《比较文学变异学》（英文版）。与比较文学法国学派和美国学校形成对比，曹顺庆教授倡导第三阶段理论，即，"新奇的、科学的中国学派的模式，以及具有中国学派本身的研究方法的理论创新与中国学派"（《比较文学变异学》（英文版）第 43 页）。通过对"中西文化异质性的"跨文明研究"，曹顺庆教授的看法会更进一步的发展与进步（《比较文学变异学》（英文版）第 43 页），这对于中国文学理论的转化和西方文学理论的意义具有十分重要的价值。（"Another important contribution in the direction of an imparative comparative literature-at least as procedure-is Cao Shunqing's 2013 The Variation Theory of Comparative Literature. In contrast to the "French School" and "American School" of comparative Literature, Cao advocates a "third-phrase theory", namely, "a novel and scientific mode of the Chinese school," a "theoretical innovation and systematization of the Chinese school by relying on our own methods" (Variation Theory 43; emphasis added). From this etic beginning, his proposal moves forward emically by developing a "cross-civilizaional study on the heterogeneity between Chinese and Western culture" (43), which results in both the foreignization of Chinese literary theories and the Signification of Western literary theories.[20])

法国索邦大学（Sorbonne University）比较文学系主任伯纳德·弗朗科（Bernard Franco）教授在他最近出版的专著比较文学：历史、范畴与方法》 *La littératurecomparée: Histoire, domaines, méthodes*[21]中，多次提及并赞赏变异学理论。他认为比较文学变异学理论是中国学者对世界比较文学的重要贡献。

美国哈佛大学（Harvard University）厄内斯特·伯恩鲍姆讲席教授、比较文学教授大卫·达姆罗什（David Damrosch）对该专著尤为关注。他认为《比较文学变异学》（英文版）以中国视角呈现了比较文学学科话语的全球传播的有益尝试。曹顺庆教授对变异的关注提供了较为适用的视角，一方面超越了亨廷顿式简单的文化冲突模式，另一方面也跨越了同质性的普遍化。（"It represents a most welcome outreach to give a Chinese perspective in English. Your emphasis on variation provides a very useful perspective that helps go beyond the simplistic Huntington-style clash of cultures on the one hand or universalizing homogenization on the other."）

比较文学变异学理论作为比较文学"中国话语"，已经受到了国际学界的广泛关注与高度评价，真正实现了习近平主席所主张的"提炼标识性概念，打造易于为国际社会所理解和接受的新概念、新范畴、新表述，引导国际学术界展开研究和讨论"[22]，让中国学术话语产生世界性影响。

本文与刘诗诗合写

---

20 Cesar Dominguez, HaunSaussy, and Dario Villanueva, *Introducing Comparative literature: New Trends and Applications*, London and New York: Routledge, 2015. P.50.
21 Bernard Franco, *La LitteratureCompareeHistoire, domaines, methodes*. Armand Colin, 2016.
22 习近平：《在哲学社会科学工作座谈会上的讲话》，新华网，2016-05-18。http://www.xinhuanet.com/politics/2016-05/18/c_1118891128_4.htm.

变异学：探究人类文明
交流互鉴的规律[1]

人类文学、文化、文明的发展存在纵向与横向两条发展线索，在这两条发展线索中，变异的产生都是广泛甚至是必然的，可以说变异是人类文明发展的基本规律之一。对于纵向发展的变异规律，人类早已认识到，并且有了系统的理论。然而，文学、文化、文明的横向变异，却长期没有被学界关注，更没有被作为一种人类文明发展的规律而系统总结出来。变异学的价值和意义不仅仅局限在文学研究之中，亦可对人类文化、文明的发展带来启发。变异学作为重要的创新理论，是文学横向发展变异规律的总结，也是人类文化及文明发展研究的重大突破，是对学界长期以来文明研究盲点、文明偏见的补充和纠正。变异学对横向变异规律的探究，也揭示了人类文明交流互鉴的规律。

比较文学实质上是研究文学、文化、文明的横向发展规律的学科。比较文学的开放性和边缘性决定了其最基本的学科特征在于横向的"跨越性"，法国、美国学者的理论使比较文学获得了横向"跨国"的影响研究，以及横向平行研究和"跨学科"研究的特质。长期以来，这种横向影响研究和横向平行研究被比较文学学者所推崇，然而在西方比较文学学科理论中，文学、文化、文明横向发展中的变异性，是被忽略、甚至是被否定的。西方学者认为，如果没有"同源性"和"类同性"，就没有可比性。实际上，不同文明、文化之间"存在着根本的差异，在许多方面存在着不可通约性，这是一个不容否

1 原载于《成都大学学报（社会科学版）》，2020 年，第 3 期。

认的客观事实"[2]。在进行不同文明的比较研究时，如果只是一味"求同"，而不辨析"异质"和"变异"，势必会忽略各自的独特个性，忽略文学、文化、文明交流的复杂性与多样性，最终使研究流于肤浅。"跨文明比较文学研究绝不是为了简单的求同，而是在相互尊重异质性、保持各自个性与特质的前提下进行平等对话"[3]，并在变异中认识文明交流互鉴的规律。这恰恰是西方比较文学理论所忽略的重要问题。

困境在哪里？显然，学界的学科理论话语落后肯定是一个重要因素——缺乏横向的比较文学、比较文化、比较文明变异的学科理论话语。事实上，文学在跨国、跨语言、跨学科、跨文化、跨文明的流传影响过程中，既有共同性，也有变异性，有时甚至更多的是变异性。"文学的影响关系应当是追寻同源与探索变异的一个复杂历程。国际文学关系研究或影响研究影响关系的变异性是指国际文学关系和相互影响中，由于不同的文化、心理、意识形态、历史语境等因素，在译介、流传、接受的过程中存在着语言、形象、主题等方面的变异"[4]。比较文学变异学正是基于对异质性和变异性的重视，主张"通过研究文学现象在影响交流以及相互阐发中呈现的变异"[5]，探究文学、文化、文明横向变异的规律。

中国学者在西方学者的基础上推进了比较文学的"跨越性"。中国学者首先将"跨文化研究"作为自身的理论特征，认为其"方法论都与这个基本理论特征密切相关，或者说是这个基本理论特征的具体化和延伸"[6]。随后，文化的"异质性"得到特别强调，"跨文化"被更加明确地表述为"跨异质文化"。[7]再后来，"跨异质文化"又被"跨文明"取代，这一方面是为了避免"文化"一词滥用造成的误解与混淆，[8]另一方面的原因在于"文明是文化差异的最大

---

2 曹顺庆：《建构比较文学的中国话语》，载《当代文坛》2018 年第 6 期，第 8 页。

3 曹顺庆：《建构比较文学的中国话语》，第 8 页。

4 曹顺庆，秦鹏举：《变异学：比较文学学科理论的新进展与话语创新——曹顺庆教授访谈》，载《衡阳师范学院学报》2019 年第 1 期，第 113 页。

5 曹顺庆：《建构比较文学的中国话语》，前引书，第 8 页。

6 曹顺庆：《比较文学中国学派基本理论特征及其方法论体系初探》，载《中国比较文学》1995 年第 1 期，第 22-23 页。

7 曹顺庆：《比较文学学科理论发展的三个阶段》，载《中国比较文学》2001 年第 3 期，第 14 页。

8 曹顺庆：《跨文明比较文学研究——比较文学学科理论的转折与建构》，载《中国比较文学》2003 年第 1 期，第 72 页。

包容点"[9]，"跨文明"进一步突出了文化系统之间的差异性。由此，比较文学的学科定位经历了从"跨文化"和"跨异质文化"，最终达到了"跨文明"的层面。

比较文学变异学自笔者于 2005 年正式提出以来，经历了不断的研究实践检验。作为比较文学、比较文化、比较文明等学科理论的重大突破，变异学立足于"跨文明"的基础，关注于异质性与变异性，真正拥有世界性的眼光与胸怀，真正认识了横向发展的变异规律。习近平总书记指出："文明因交流而多彩，文明因互鉴而丰富。文明交流互鉴，是推动人类文明进步和世界和平发展的重要动力。"[10]人类文明呈现丰富多彩面貌的前提正是不同文明间的异质性与变异性，变异学对人类文明的交流互鉴具有重要的理论价值和启示意义，值得进一步深入探讨。

一、文明的纵向变异与横向变异

文学的发展存在一纵一横两条线索，"纵向发展是各民族文学内部的继承性发展，横向发展是世界各民族互相之间的影响、冲突和交会"[11]。人类文化、文明的发展亦是如此，各文化群体、文明形态并非单纯孤立地自我发展，其中也包含了他者文化、文明不可或缺的作用，这种内部发展和外部关联同样构成了文化、文明发展的纵向线索和横向线索。

各文学、文化、文明内部的纵向发展，虽然与历史传统相联系，但并非单纯的传承、沿袭，也必然包含着变异与革新；文学、文化、文明之间的横向发展，虽然都保有各自鲜明的特质，但是在相互开放、交往的过程中，也难免沾染上对方的色彩，相互影响对方的样态，彼此交融。在纵向、横向这两条发展线索中，"变异"是共有的规律，人类文学、文化、文明在纵向与横向的发展中都会不断出现新质，纵向变异和横向变异共同构成了人类文明发展的规律。

其中纵向变异较为明显，纵向变异依附于时间的线性发展，容易被感知

---

9 曹顺庆：《比较文学学科理论的"跨越性"特征与"变异学"的提出》，载《中外文化与文论》2006 年第 1 辑，第 122 页。

10 习近平：《文明交流互鉴是推动人类文明进步和世界和平发展的重要动力》，载《求是》2019 年第 9 期，第 5 页。

11 曹顺庆主编：《世界文学发展比较史》，北京：北京师范大学出版社 2001 年版，第 1 页。

和把握，对于纵向发展的变异规律，人类很早就有了系统的理论。《周易·系辞上》所说的"参伍以变，错综其数：通其变，遂成天地之文"[12]，与《周易·系辞下》所说的"穷则变，变则通，通则久"[13]，就在一定程度上阐明了纵向变异的规律。

刘勰（465？-539？）在《文心雕龙》中专设《通变》一篇，指出"文辞气力，通变则久"[14]，"通变无方，数必酌于新声"[15]，"通变"一词可以有效表达这一类规律。虽然这一篇的主要目的在于说明"矫讹翻浅，还宗经诰"[16]，"望今制奇"[17]的基础是要"参古定法"[18]，但不可否认，刘勰抓住了"时运交移，质文代变"[19]的规律，在撰写体例上采取了"原始以表末"[20]的形式，敏锐地概括出文学纵向发展各个阶段的不同特征。正如其对文学发展轨迹的描述："九代咏歌，志合文则。黄歌断竹，质之至也；唐歌在昔，则广于黄世；虞歌卿云，则文于唐时；夏歌雕墙，缛于虞代；商周篇什，丽于夏年：至于序志述时，其揆一也。暨楚之骚文，矩式周人；汉之赋颂，影写楚世；魏之策制，顾慕汉风；晋之辞章，瞻望魏采。榷而论之，则黄唐淳而质，虞夏质而辨，商周丽而雅，楚汉侈而艳，魏晋浅而绮，宋初讹而新。"[21]刘勰发现了前后阶段之间的延续性，也指明了后一阶段在文体和风格等方面较之以往的变异。

---

12 黄寿祺、张善文撰：《周易译注》，上海：上海古籍出版社 2004 年版，第 517 页。

13 黄寿祺、张善文撰：《周易译注》，前引书，第 533 页。

14 黄叔琳注，李详补注，杨明照校注拾遗：《增订文心雕龙校注》，北京：中华书局 2000 年版，第 397 页。

15 黄叔琳注，李详补注，杨明照校注拾遗：《增订文心雕龙校注》，前引书，第 397 页。

16 黄叔琳注，李详补注，杨明照校注拾遗：《增订文心雕龙校注》，前引书，第 397 页。

17 黄叔琳注，李详补注，杨明照校注拾遗：《增订文心雕龙校注》，前引书，第 398 页。

18 黄叔琳注，李详补注，杨明照校注拾遗：《增订文心雕龙校注》，前引书，第 398 页。

19 黄叔琳注，李详补注，杨明照校注拾遗：《增订文心雕龙校注》，前引书，第 539 页。

20 黄叔琳注，李详补注，杨明照校注拾遗：《增订文心雕龙校注》，前引书，第 611 页。

21 黄叔琳注，李详补注，杨明照校注拾遗：《增订文心雕龙校注》，前引书，第 397 页。

刘勰还着重分析了纵向变异的案例——楚辞。在《辨骚》篇中，刘勰点明楚辞"轩翥诗人之后，奋飞词家之前"[22]的历史位置，针对之前四家评论的褒贬抑扬，再次核实了楚辞的内容，举证其"同于风雅"[23]和"异乎经典"[24]之处，认为楚辞"体慢于三代，而风雅于战国，乃雅颂之博徒，而辞赋之英杰"[25]。在折衷辩证地分析了楚辞的内容之后，刘勰充分肯定了楚辞的价值："虽取镕经意，亦自铸伟辞"[26]，"气往轹古，辞来切今，惊采绝艳，难与并能"[27]，"衣被词人，非一代也"[28]。刘勰将《辨骚》与《原道》《征圣》《宗经》《正纬》并列于"文之枢纽"[29]的位置，正是在服膺经典传统的基础上，认可、看重楚辞文学纵向变异的价值，所谓"变乎骚"[30]正是揭示了这样的道理。在《通变》的最后，刘勰总结到："文律运周，日新其业。变则其久，通则不乏。"[31]这也是对《周易》的呼应。

西方历史上长期存在激烈的"古今之争"。自十六世纪至十八、十九世纪，从意大利到法国、德国，都发生了厚古与厚今的争辩，经过文艺复兴时期、古典主义时期、启蒙主义时期，直到浪漫主义的兴起，厚古思想才最终解体，古今之争持续了三百余年。"文艺作为一种不断流动着的实践精神现象，在其发展的转折阶段或深化时期，总免不了会向人们提出这样的课题：怎样对待它的过去和现在？又怎样开拓它的未来？而这些问题又并非彼此绝缘，于是又产生了如何处理它们之间的关系问题"。[32]"古今之争"实质上就是关于纵向变异的大讨论。

---

22 黄叔琳注，李详补注，杨明照校注拾遗：《增订文心雕龙校注》，前引书，第50页。
23 黄叔琳注，李详补注，杨明照校注拾遗：《增订文心雕龙校注》，前引书，第50页。
24 黄叔琳注，李详补注，杨明照校注拾遗：《增订文心雕龙校注》，前引书，第51页。
25 黄叔琳注，李详补注，杨明照校注拾遗：《增订文心雕龙校注》，前引书，第51页。
26 黄叔琳注，李详补注，杨明照校注拾遗：《增订文心雕龙校注》，前引书，第51页。
27 黄叔琳注，李详补注，杨明照校注拾遗：《增订文心雕龙校注》，前引书，第51页。
28 黄叔琳注，李详补注，杨明照校注拾遗：《增订文心雕龙校注》，前引书，第51页。
29 黄叔琳注，李详补注，杨明照校注拾遗：《增订文心雕龙校注》，前引书，第611页。
30 黄叔琳注，李详补注，杨明照校注拾遗：《增订文心雕龙校注》，前引书，第611页。
31 黄叔琳注，李详补注，杨明照校注拾遗：《增订文心雕龙校注》，前引书，第398页。
32 徐正非：《对西方美学史上几次古今之争的反思》，载《华中师范大学学报（哲学社会科学版）》1988年第6期，第38页。

当然，纵向变异虽然明确地体现在时间的坐标轴上，但变异的产生却并不仅仅是因为时间的推移。纵向变异产生的原因还包括政治经济等社会环境、接受选择等审美取向的不断流转，种种因素在历史进程中汇成合力，推动纵向变异的产生，终使"一代有一代之文学"[33]。

但是另一方面，文学、文化、文明横向发展中的变异规律就没有被学界关注。横向变异长期未被视为人类文明发展的规律之一，也没有被系统地总结出来。然而，横向变异的重要性并不次于纵向变异，甚至从对人类文明的影响来看，横向变异或许更为深刻。横向变异与人类文明的交流互鉴息息相关。自人类文明诞生之初，互相开放、交往、碰撞、交融的横向发展进程就徐徐开始，伴随着横向发展，横向变异也不断发生。

在这一方面，佛教的"中国化"一直都是十分典型的例证。佛教在西汉哀帝年间传入中国，其传入的过程并非风平浪静，经历了与本土儒家、道家等文化的碰撞，并多次遭遇挫折，不过"儒、释、道的斗争在更深层的领域，促进了三教的相互吸收和融合"[34]，佛教最终得以融入中华文化的核心，成为不可缺少的一部分。其中，盛自中晚唐的禅宗，最能代表佛教"中国化"的特色，"在坚持佛教基本立场、观点与方法的同时，禅宗又将佛教的思想与传统的思想，特别是老庄玄学的自然主义哲学与人生态度以及儒家的心性学说水乳交融般地结合在一起，形成了它独特的哲学理论与修行解脱观"，[35]作为"三教合一"的中国化佛教宗派，禅宗"把佛教的中国化推向了一个新的高度"[36]。

佛教东传进入中国，产生了"三教合一"的"中国化"的禅宗，禅宗继续东传，十二世纪进入日本，迎来了"日本化"的历史。

加藤周一（1919-2008）描述了禅宗"日本化"的过程，他认为"通过室町时代世俗化了的禅宗，一方面被分解为美学，另一方面被分解为实践伦理"[37]。具体来看，一方面，自镰仓时代以来，政府统一管理寺院，僧侣也经常参

---

33 王国维：《宋元戏曲史》，北京：东方出版社 1996 年版，第 1 页。

34 王介南：《中外文化交流史》，太原：书海出版社 2004 年版，第 108 页。

35 洪修平：《禅宗思想的形成与发展》，南京：江苏人民出版社 2011 年版，第 319 页。

36 洪修平：《禅宗思想的形成与发展》，前引书，第 325 页。

37 [日]加藤周一：《日本文学史序说（上卷）》，叶渭渠、唐月梅译，北京：开明出版社 1995 年版，第 24 页。

与政治，禅宗高僧与武士政治权力关系密切；另一方面，僧侣更热衷通过禅来接触中国的艺术而不是深入宗教实践。比如，由引进的宋元绘画发展出并不与禅直接相关的日本禅僧的水墨画；日本禅僧的汉语诗文在十五世纪之十六世纪后期彻底世俗化，出现同性爱的题材；以及在十五至十六世纪，茶道作为一门综合艺术出现并完善。如此一来，"宗教的、哲学的禅，就成了文化的、美术的禅"[38]。宗教的禅在室町时代进行了以政治化和美学化为内容的世俗化，到了德川时代，佛教最终由超越世俗的宗教成为完全世俗化的现世文化现象。

外来思想"日本化"的原因在于日本人"执拗地保持土著的世界观"[39]。这种土著的世界观"不是抽象的、理论的，而是倾向于具体的、实际的思考；它不是整个体系，而是注重于个别事物的特殊性的习惯"[40]。当土著的世界观与外来的世界观相遇时，除了完全接受或者拒绝之外，更多的是把外来思想加以"日本化"。这种"日本化"的大致方向就是"舍弃抽象性、理论性，还原于整体性体系的解体及其实际的特殊领域，排除超越的原理，从而把彼岸的体系作出此岸的重新解释，缓和体系的排他性"[41]。因此，此岸性、世俗性的世界观成为禅宗"日本化"的推动力。

禅宗并未在日本停下传播的脚步，它经由日本传入美国。1893 年在芝加哥举办的世界宗教大会是佛教传入美国的起点，半个世纪后禅宗开始在美国盛行。"垮掉的一代"作家如艾伦·金斯伯格（Irwin Allen Ginsberg，1926-1997）、加里·斯奈德（Gary Snyder，1930-）等"大多透过英文的译介，喜欢上禅宗，并以他们所理解的禅宗思想作为他们知性上与精神上的归依"[42]，他们"在英文的禅宗著作中发现他们所需要的心灵解放，所需要的自我肯定"[43]，他们将禅宗和中国禅理诗（如寒山诗）融入自己的生活和文学表达，以对抗美国中产阶级价值观、基督教价值观甚至整个西方文化传统。当时的美国文学吸收禅的内容和意境，形成自身的风格，这也可视为禅宗的"美国化"，而这样的文学又将影响到中国和全世界。

---

38 [日]加藤周一：《日本文学史序说（上卷）》，前引书，第 268 页。
39 [日]加藤周一：《日本文学史序说（上卷）》，前引书，第 20 页。
40 [日]加藤周一：《日本文学史序说（上卷）》，前引书，第 22 页。
41 [日]加藤周一：《日本文学史序说（上卷）》，前引书，第 22 页。
42 钟玲：《中国禅与美国文学》，北京：首都师范大学出版社 2009 年版，第 33 页。
43 钟玲：《中国禅与美国文学》，前引书，第 34 页。

各文明内部都历经了基于各自传统的"通变"，不同文明之间也常常发生类似"中国化""日本化"和"美国化"的"他国化"变异，回顾人类文明的发展历程，由于不同的时代、环境、审美与不同的"土著世界观"等因素，变异必然并且广泛地存在于纵向发展和横向发展之中。纵向变异和横向变异的交织，推动了人类文明的步伐，使之形成了丰富多彩的面貌，将纵向变异和横向变异统一来看，就可以得出这样的结论：变异是人类文明发展的基本规律之一。

二、比较文学变异学的"求异"

如果说各类的文学史是关于文学纵向发展的研究，那么比较文学就是探究文学横向发展的学科。比较文学之"比较"，须建立在世界文学相互交流开放的基础之上，各自封闭的状态无法孕育这一门学科。但是在文学相互开放的前提下，比较文学就真的能触及横向发展的核心规律吗？从比较文学发展的历史来看，答案并不是肯定的。

实际上，西方学者认识到了文学的纵向发展与横向发展这两条线索，并将其形象地比喻为纵横交错的网："一国民族的文学总是处在（垂直方向上）连续的历史传统的前后联系之中，同时又处在（水平方向上）与别国文学不间断的地区性交流之中"[44]，比较文学要"补充那些本国的文学史并把它们联合在一起。同时，它在它们之间以及它们之上，纺织一个更普遍的文学史的网"[45]。

然而遗憾的是，西方学者最初只承认影响的"同源性"。法国学者卡雷（Jean-Marie Carre，1887-1958）在《〈比较文学〉初版序言》中提出："比较文学不是文学的比较"[46]。为什么这样说呢？因为在法国学者看来，所谓的"文学比较"，是用来概括学科诞生之前的平行比较实践的，这些平行比较实际上都是"乱比"，不具备可比性。法国学者确立可比性的第一步，就是将"不可比"的平行研究排除在比较文学的研究对象之外。巴尔登斯伯格（Fernand

---

44 [德]霍斯特·吕迪格：《比较文学的内容、研究方法和目的》，北京师范大学中文系比较文学研究组选编《比较文学研究资料》，北京：北京师范大学出版社 1986年版，第98-99页。

45 [法]提格亨：《比较文学论》，戴望舒译，上海：商务印书馆 1937年版，第13页。

46 [法]J-M·伽列：《〈比较文学〉初版序言》，北京师范大学中文系比较文学研究组选编《比较文学研究资料》，前引书，第42页。

Baldensperger，1871-1958）极力反对主观随意的比较，强调实证性的研究。他提到有人说："'比较文学！'文学比较！这是毫无意义又毫无价值的吵闹！我们懂得，它只不过是在那些隐约相似的作品或人物之间进行对比的故弄玄虚的游戏罢了。"[47]他认为"一种被人们这样理解的比较文学，看来是不值得有一套独立的方法的"[48]。在他看来，之前的比较文学研究大多是"令人厌烦的流水账"[49]、"没有价值的对比"[50]，只是对类同现象的简单堆积和罗列，不能产生论证的明晰性，这种主观臆测和类同比附不具备可比性，可比性应该是同源的、客观实在的，具有科学性和可实证性的。

如此观点的产生与克罗齐（Benedetto Croce，1866-1952）的质疑有关，克罗齐除了指责早期比较文学研究对象的杂乱之外，还认为"比较"不是比较文学所独有的方法，直接否定了学科得以存在的基石。也正因为克罗齐的否定，巴尔登斯伯格、梵·第根（Paul Van Tieghem，旧译提格亨，1871-1948）、卡雷、基亚（Marius-Francois Guyard，1921-2011）等法国学者才审慎地思考了学科基础，致力于将学科规范牢牢限制在实证性的文学关系史中，希望借此夯实学科根基。他们普遍认为"比较文学并不是比较"[51]，"是文学史的一个分支"[52]，"'比较'这两个字应该摆脱了全部美学的涵义，而取得一个科学的涵义"[53]，"凡是不再存在关系……的地方，比较文学的领域就停止了"[54]。

虽然法国学者对于建立稳固的学科基础用力甚勤，收效颇丰，比较文学

---

47 [法]巴登斯贝格：《比较文学：名称与实质》，干永昌等选编《比较文学研究译文集》，上海：上海译文出版社 1985 年版，第 32 页。

48 [法]巴登斯贝格：《比较文学：名称与实质》，干永昌等选编《比较文学研究译文集》，前引书，第 32 页。

49 [法]巴登斯贝格：《比较文学：名称与实质》，干永昌等选编《比较文学研究译文集》，前引书，第 33 页。

50 [法]巴登斯贝格：《比较文学：名称与实质》，干永昌等选编《比较文学研究译文集》，前引书，第 35 页。

51 [法]基亚：《〈比较文学〉第六版前言》，干永昌等选编《比较文学研究译文集》，前引书，第 75 页。

52 [法]J-M·伽列：《〈比较文学〉初版序言》，北京师范大学中文系比较文学研究组选编《比较文学研究资料》，前引书，第 43 页。

53 [法]提格亨：《比较文学论》，前引书，第 17 页。

54 [法]基亚：《〈比较文学〉第六版前言》，干永昌等选编《比较文学研究译文集》，前引书，第 76 页。

最终得以立足，但是影响研究的僵化也是不争的事实。1958 年，这种不关注"比较"，甚至以"科学"代替"文学"的比较文学理论遭到了集中的抵制。在当年的国际比较文学学会第二届年会上，以韦勒克（René Wellek，1903-1995）为代表的美国学者对以往的限制进行了突破，纷纷以"过时""陈腐"来形容之前的影响研究，反对"把'比较文学'缩小成研究文学的'外贸'"[55]，反对"文学研究降格为一种材料的堆砌"[56]。

美国学者恢复了早已出现的平行研究，他们的重新界定使学科理论得到了有效的纠正和补充。雷马克（Henry H. H. Remak，1916-2009）定义比较文学是"一国文学与另一国或多国文学的比较，是文学与人类其他表现领域的比较"[57]。他认为影响研究的贡献"不及比较互相没有影响或重点不在于指出这种影响"[58]的研究，一些题目不管"之间是否有影响或有多大影响，都是卓然可比的"[59]。韦勒克呼吁"必须面对'文学性'这个问题，即文学艺术的本质这个美学中心问题"[60]，比较文学只有"成为文学的研究之后才能够繁荣起来"[61]。美国学者承认了没有事实联系的"类同性"的可比性，关注到了文学性，并再次激发了跨学科的尝试。

这样一来，在实证性的"同源性"之上，补充了文学性的、跨学科的"类同性"，影响研究和平行研究成为比较文学的两大理论支柱。然而这并不代表比较文学作为研究文学横向发展的学科就拥有了足够完整的体系。值得注意的是，无论是影响研究，还是平行研究，比较文学的"求同"思维一直保持着鲜明的色彩，这在一定程度上为其接下来的发展埋下了隐患。

---

55 [美]雷内·韦勒克：《比较文学的危机》，张隆溪选编《比较文学译文集》，北京：北京大学出版社 1982 年版，第 23 页。

56 [美]乌尔利希·韦斯坦因：《比较文学与文学理论》，刘象愚译，沈阳：辽宁人民出版社 1987 年版，第 2 页。

57 [美]亨利·雷马克：《比较文学的定义和功用》，张隆溪选编《比较文学译文集》，前引书，第 1 页。

58 [美]亨利·雷马克：《比较文学的定义和功用》，张隆溪选编《比较文学译文集》，前引书，第 2 页。

59 [美]亨利·雷马克：《比较文学的定义和功用》，张隆溪选编《比较文学译文集》，前引书，第 3 页。

60 [美]雷内·韦勒克：《比较文学的危机》，张隆溪选编《比较文学译文集》，前引书，第 30 页。

61 [美]勒内·韦勒克：《比较文学的名称和实质》，北京师范大学中文系比较文学研究组编《比较文学研究资料》，前引书，第 29 页。

　　一是"求同"思维对跨文明的无视甚至偏见。影响研究往往始于或追溯一个"中心"，制造一种"秩序"，法国学者"以法国文学为中心，织成欧洲诸国文学的网络"[62]，对实证主义的坚持又使他们依赖于事实材料，这些都导致其研究被限制在同一文化系统内，很难跳出欧洲的范围，跨文明就更无从谈起。美国学者在这一方面虽然有所拓展，但也并未进行实质性的推进，比如韦斯坦因（Ulrich Weisstein, 1925-2014）就认为"只有在一个单一的文明范围内，才能在思想、感情、想象力中发现有意识或无意识的维系传统的共同因素"[63]，他执着于"求同"而对跨文明比较犹豫不决，就是因为他认为不同文明之间的相似"较难言之成理"[64]。欧美系统中的比较文学处于单一的文明范围内，正如叶维廉（1937-）指出的，跨文化、跨文明的异质"模子"问题，"在早期以欧美文学为核心的比较文学里是不甚注意的"[65]。

　　二是"求同"思维对异质性和变异性的遮蔽。文学作品在实际接触的流传过程中，由于语言、国度、文化、时代、接受者的不同，会产生信息的改变、过滤，"放送者"的元素并非原封不动地通过"传递者"到达"接受者"，不同体系在横向发展的交流和碰撞中往往会产生新质,这样的新质可能是"放送者"因新的境遇而获得新的面貌，也可能是"接受者"固有传统的更新。另外，即使是没有直接影响的关系，当不同文明体系中的文学、文论相互阐释时，也会发生一些误读。"同源"与"类同"没有将这些异质性和变异性的元素纳入考察范围。

　　忽视跨文明，比较文学无法获得横向发展应有的广度；遮蔽异质性、变异性，比较文学又不能深入横向发展的变异规律。跨文明和异质性、变异性的长期失落互为表里，互为因果，西方比较文学理论对文学横向发展的研究，未能触及横向发展的核心规律，这是之前学科理论中一直未被有效解决的问题。

　　如此隐患最终显露。上世纪七十年代后，中国台湾学者自觉运用比较文学的理论展开"阐发法"研究。"阐发法"意为"援用西方文学理论与方法并加以考验、调整以用之于中国文学"[66]，之后大陆学者将其调整为"双向

---

62 干永昌等选编：《比较文学研究译文集》，前引书，第 7 页。

63 [美]乌尔利希·韦斯坦因：《比较文学与文学理论》，前引书，第 5 页。

64 [美]乌尔利希·韦斯坦因：《比较文学与文学理论》，前引书，第 6 页。

65 叶维廉：《叶维廉文集·第 1 卷》，合肥：安徽教育出版社 2002 年版，第 40 页。

66 古添洪、陈慧桦编：《比较文学的垦拓在台湾》，台北：东大图书公司 1976 年版，第 2 页。

阐发"，认为"阐发研究决不是单向的，而应该是双向的，即相互的"[67]。虽然经过了补充，但是阐发研究在实际操作中仍容易背离初衷。西方话语处于强势状态，以至于剥夺了中国传统文论话语发声的权利，"失语症"的问题愈加严重。在这里，话语"专指文化意义建构的法则，这些法则是指在一定文化传统、社会历史和文化背景下所形成的思维、表达、沟通、与解读等方面的基本规则，是意义的建构方式和交流与创立知识的方式"[68]。比如将西方文论话语套用在中国文论的研究之中，或以西方文论概念解释传统文论术语，或以西方的"系统性""准确性"等标准评判中国文论；在文学批评的实践中，西方文论话语也占据了话语权，中国古代文论丧失了言说本国文学的能力。

比较文学学科理论必须迎来由"求同"到"求异"的转向。为什么中国学者早期的比较文学研究会出现"失语"的问题？原因之一是中国学者直面了跨文明的局面，而以往"求同"的理论方法并不能适配跨文明情况下出现的异质性与变异性。比较文学变异学的提出，目的就在于扭转西方比较文学理论中对"同"的过分依赖，试图以"求异"扩大比较文学的研究视野、真正推进研究的深入，在文学横向发展的研究中探寻横向变异的规律，解决原有理论因缺乏"求异"的理论话语而无法适应跨文明研究的矛盾。

比较文学变异学"通过研究不同国家之间的文学现象交流的变异状态，以及研究没有事实关系的文学现象之间在同一个范畴上存在的文学表达上的变异，从而探究文学现象变异的内在规律性"[69]。比较文学变异学使"求异"的"异质性"和"变异性"与"求同"的"同源性"和"类同性"共同组成了可比性基础。影响研究是由不同文化、文明之间影响的同源关系与交流传播中产生的变异共同构成的，而平行研究是由不同文化、文明之间的类同关系与相互阐释时产生的变异共同构成的，"异"与"同"缺一不可。比较文学变异学为跨文明的比较文学研究奠定了合法性基础，建立起新的比较文学学科理论话语体系。

"在全球化的文化语境中，如果不承认不同文明间的可比性，比较文学

67 陈惇、刘象愚：《比较文学概论》，北京：北京师范大学出版社 1988 年版，第 145 页。

68 曹顺庆、靳义增：《论"失语症"》，载《文学评论》2007 年第 6 期，第 79 页。

69 曹顺庆主编：《比较文学教程》，北京：高等教育出版社 2010 年版，第 48 页。

就不可能是真正全球性的理论学科"。[70]回避跨文明的比较研究，无法真正达成"世界文学"和"总体文学"的学科理想，而对跨文明的重视，是比较文学变异学不同于前人学科理论的宽广胸怀和独到眼光。"不承认异质性与变异性的比较文学，不可能是真正的全球性比较文学学科理论话语。而对异质性与变异性的重视，也正是比较文学变异学超越前人学科理论的创新之处"。[71]只有立足于跨文明的研究实践，比较文学才能打破僵局，获得突破；只有包含异质性和变异性，比较文学的可比性才是完整的，比较文学的理论大厦才是完满的。

三、人类文明交流互鉴的变异规律

上文已经说明，人类文学、文化、文明的发展存在纵向与横向两条线索，而纵向发展与横向发展的共同规律之一是变异，比较文学是研究文学横向发展的学科，比较文学变异学在完善西方前人学科理论的基础上，通过对跨文明和异质性、变异性的重视，真正揭示了人类文学横向发展的变异规律。因为人类文学、文化、文明的相通性、变异现象的普遍性，以及以文学／文化／文明的他国化研究为代表的研究领域的广阔性，所以变异学不仅仅是对文学发展变异规律的揭示，也是对人类文化、文明的发展变异规律的揭示。变异学所探究的横向变异规律，就是人类文明交流互鉴的变异规律。

关于人类文明的发展前景，美国学者亨廷顿(Samuel P. Huntington, 1927-2008）的"文明冲突论"颇具代表性。1993年，亨廷顿指出"正在出现的全球政治的主要和最危险的方面将是不同文明集团之间的冲突"[72]。1996年，他出版了《文明的冲突与世界秩序的重建》，这部书仍在不断地强调"属于不同文明的国家和集团之间的关系不仅不会是紧密的，反而常常会是对抗性的"[73]。

亨廷顿的观点引起了巨大争议甚至遭到批判。不过，亨廷顿对人类文明的描述是较为精辟的，比如"文明为人们提供了最广泛的认同"[74]，"文明是

---

70 曹顺庆：《建构比较文学的中国话语》，载《当代文坛》2018年第6期，第8页。

71 曹顺庆：《建构比较文学的中国话语》，前引书，第5页。

72 [美]塞缪尔·亨廷顿：《文明的冲突与世界秩序的重建》，周琪等译，北京：新华出版社1998年版，第1页。

73 [美]塞缪尔·亨廷顿：《文明的冲突与世界秩序的重建》，前引书，第199页。

74 [美]塞缪尔·亨廷顿：《文明的冲突与世界秩序的重建》，前引书，第23页。

放大了的文化"[75],"文明之间的关系从受一个文明对所有其他文明单方向影响支配的阶段,走向所有文明之间强烈的、持续性的和多方向的相互作用的阶段"[76]。他对国际局势的认知也有现实依据,当今世界历经战乱动荡,至今仍不和平,时常发生的国际事件正不断验证着他的看法。他对多元文明的分析也不失准确,比如"西方文明的价值不在于它是普遍的,而在于它是独特的"[77],不能"按照西方的形象重塑其他文明"[78],多元文化的世界不可避免,"需要接受全球的多元文化性"[79]。

但是,问题的关键不在于亨廷顿描述了什么现状,提出了什么预言,而在于他为什么认为冲突会发生,并提出了什么策略。亨廷顿关注到了文明之间的异质性,这个出发点是这是正确的,而在这之后,他视文明间的异质性为冲突的原因,将异质性带入了一种消极的状态。比如,他将人类文明归纳为七个(或八个),却常常以"西方文明"和"非西方文明"概括,这就将异质性替换为一种对立性。又如,他认为西方应该"促进西方联盟,协调其政策,以便使其他社会挑动一个西方国家反对另一个西方国家的手段难以实现,并促进和利用非西方国家之间的差别"[80],这就将异质性当做国际关系的筹码。再如,他认为应该把"共同性原则"作为维护多文明世界和平的三个原则之一,"各文明的人民应寻求和扩大与其他文明共有的价值观、制度和实践"[81],虽然不失为一种合理的看法,但这就又将异质性置于共同性的遮蔽之下。

这样一来,亨廷顿的一些观点尽管不失精辟、真实、准确,也不能掩盖其思想中的西方中心主义与"求同"思维。"文明冲突论"自其甫出就引发了大量的争议,本文并非再次对其进行全面地探讨,而是以此为对照,为人类文明发展提供另外一个理解角度——同样以跨文明异质性出发的变异学的角度。变异学在人类文明横向发展中关注的不是冲突,而是交流互鉴,并将变异作为人类文明交流互鉴的规律,具体来说,这一规律有以下三个特征。

首先是变异的平等性。变异学尊重跨文明的异质性与变异性,认为各文

---

75 [美]塞缪尔·亨廷顿:《文明的冲突与世界秩序的重建》,前引书,第24-25页。
76 [美]塞缪尔·亨廷顿:《文明的冲突与世界秩序的重建》,前引书,第39页。
77 [美]塞缪尔·亨廷顿:《文明的冲突与世界秩序的重建》,前引书,第360页。
78 [美]塞缪尔·亨廷顿:《文明的冲突与世界秩序的重建》,前引书,第360页。
79 [美]塞缪尔·亨廷顿:《文明的冲突与世界秩序的重建》,前引书,第368页。
80 [美]塞缪尔·亨廷顿:《文明的冲突与世界秩序的重建》,前引书,第226页。
81 [美]塞缪尔·亨廷顿:《文明的冲突与世界秩序的重建》,前引书,第370页。

明是平等的。当今世界各国国力虽有强弱之分，但是人类文明无高下优劣之别，每种文明都是独一无二的，这种独特性本身就值得被尊重。即使不同文明之间存在影响关系，也不能因此形成某种中心主义，形成"等级"与"秩序"的观念。被称为"五山文学"的日本禅僧汉文诗，并不因其以汉字书写而成为中国文学的附庸；"垮掉派"诗人加里·斯奈德的诗歌也不会因其明显的中国影响丧失自身独特的价值；海德格尔（Martin Heidegger，1889-1976）的哲学更不能因其与道家思想的渊源而被视为中国哲学的派生。它们都是各自文化土壤上受中国文化之水浇灌而产生的果实，都丰富着世界文学、思想的样态。同样，在现代政治、经济环境中，各国对西方文化的接受也不能成为西方视自身为"优等"的理由。变异学认为，一方面，"同源"与"类同"无法抑制"异质"与"变异"的价值，另一方面，每种文明都无需以牺牲自身独特性为代价来换取虚假的认同，因为被迫的认同必定是短暂的。欧洲科学院院士西奥·德汉（Theo D'haen，1950-）评价变异学"将比较文学从西方中心主义方法的泥潭中解脱出来，推向一种更为普遍（universal one）的理论"[82]，去中心化的、普遍的变异学也将改变西方中心主义的文明观。

其次是变异的对话性。变异学坚守跨文明的异质性与变异性，认为其带来的是对话而非对立，更非对抗。在对文学、文化、文明横向发展的研究中，韦斯坦因认为不同文明的文学因"异"而不可比，亨廷顿认为不同文明之间因"异"而发生冲突，他们只认为"同"是对话的基础，而拒绝、回避关于"异"的对话。虽然亨廷顿解释说唤起"对文明冲突的危险性的注意，将有助于促进整个世界上'文明的对话'"[83]，但"求同"的对话能在多大程度上深入"话语"层面而又有效避免"失语症"的问题呢？实际上，"异"更能推动对话的深入，搁置了"异"的对话很难达成真正的交流。杜维明（1940-）指出"对话主要是了解，同时自我反思，了解对方，也重新反思自己的信念、自己的理想有没有局限性"[84]，对话是为了相互参照和相互学习，是为了了解各自的缺失，并为对方的缺失提供自己独特的具有建设性的观点，只有关于"异"的对话才能达到这样的目的。"对话的最后是'庆幸多样'（celebration

---

82 王苗苗《"中国话语"及其世界影响——评中国学者英文版〈比较文学变异学〉》，载《比较文学与跨文化研究》2018 年第 2 期，第 119-120 页。

83 [美]塞缪尔·亨廷顿：《文明的冲突与世界秩序的重建》，前引书，第 3 页。

84 杜维明：《文明对话的发展及其世界意义》，载《南京大学学报（哲学·人文科学·社会科学）》2003 年第 1 期，第 39 页。

of diversity），多样性是值得庆幸的"[85]，"所谓的大同，严格地说就是不同"[86]，只有"异"才能获得多样性，以不同成就大同，这就是"和而不同"（《论语·子路》）。大卫·丹穆若什（David Damrosch，1953-）认为变异学"一方面超越了亨廷顿式简单的文化冲突模式，另一方面也跨越了同质性的普遍化"[87]，这两方面都要依靠跨文明的异质性和变异性对话。

最后是变异的创新性。变异学强调跨文明的异质性与变异性，认为其最终可以促进人类文明的创新发展。变异学视人类各文明处于平等的地位，主张在保持文化个性与特质，并相互尊重异质性的前提下进行对话与交流。更重要的是，变异学发现了蕴含在交流之中的创造性，肯定变异的价值，就是肯定了这种创造性。由此变异学进一步揭示了文学、文化创新的规律和路径，这是变异学又一个重要的收获。比如厄内斯特·费诺罗萨（Ernest Fenollosa，1853-1908）不求系统而严谨地论述汉字体系，单纯突出象形字的图画性，以此表明自己的诗学理解，揭示中国诗歌之美，这已然不是汉字的原貌，庞德（Ezra Pound，1885-972）则又更进一步，对汉字进行了大胆的想象和意象拼接式的阐释，推动了意象派诗歌的发展。可以说汉字经历了一个被误读的过程，但这也是一个被再次创造的创新过程。翻译问题亦可由此观之，虽然译文有可能与原文相龃龉，但也不能否认创造性叛逆的积极作用，"世界文学是在翻译中发生了变异的文学，没有翻译的变异，就不会有世界文学的形成"[88]，甚至可以认为，中国现当代文学的产生和发展，就受到了翻译文学的巨大影响。"和实生物，同则不继"（《国语·郑语》）从反面说明了"通变则久"的道理，"异"比"同"更加具有发展潜力。人类文明在交流互鉴中相互启发，自由变异，实现创新发展，这正是人类文明共同繁荣的必经之路。

可以说，变异学以跨文明、异质性、变异性的理念切中了人类文学、文化、文明横向发展之肯綮，抓住了人类文学、文化、文明交流互鉴的规律——变异。而且，变异学理论本身也代表了具有创新性的"中国话语"在世界舞台上与其他话语的平等对话。变异学之所以可以作为"中国话语"参与世

---

85 杜维明：《文明对话的发展及其世界意义》，前引书，第39页。

86 杜维明：《文明对话的发展及其世界意义》，前引书，第39页。

87 王苗苗：《"中国话语"及其世界影响——评中国学者英文版〈比较文学变异学〉》，前引书，第124页。

88 曹顺庆：《曹顺庆：翻译的变异与世界文学的形成》，载《外语与外语教学》2018年第1期，第127页。

界学术交流，引导国际学术界的研究和讨论，正是因为变异学是一种新概念、新范畴、新表述，它取法于中国传统文化与智慧，并能有效解决当下实际的学科问题，具有世界胸怀与长远目光，使"中国特色"成为世界认同的优质特色，并成为一种更为普遍（universal one）的理论和国际学界公认的标识性概念。[89]

从变异学的角度来看，人类文明的归宿不是文明的冲突，而是可以通过交流互鉴走向文明的进步与世界的和平发展。习近平总书记指出，"文明是多彩的，人类文明因多样才有交流互鉴的价值"，[90] "文明是平等的，人类文明因平等才有交流互鉴的前提"，[91] "文明是包容的，人类文明因包容才有交流互鉴的动力"，[92]这是推动人类文明交流互鉴所需坚持的正确态度和原则。这同样也是变异学对人类文明发展规律的最基本的认知，变异学通过对跨文明的异质性与变异性的探究，认识了人类文学、文化、文明横向发展的变异规律，从而揭示了人类文明交流互鉴的规律，这恰恰是西方比较文学理论所忽略的重要问题，是对学界长期以来文明研究盲点、文明偏见的补充和纠正，也是人类文学、文化、文明发展研究的一个重大突破。

本文与李甡合写

---

89 王苗苗:《"中国话语"及其世界影响——评中国学者英文版〈比较文学变异学〉》，前引书，第 119 页。

90 习近平:《文明交流互鉴是推动人类文明进步和世界和平发展的重要动力》，前引书，第 5 页。

91 习近平:《文明交流互鉴是推动人类文明进步和世界和平发展的重要动力》，前引书，第 6 页。

92 习近平:《文明交流互鉴是推动人类文明进步和世界和平发展的重要动力》，前引书，第 6 页。

"间距/之间"理论与比较文学变异学[1]

    比较文学变异学是中国比较文学学者提出的学科理论创新话语,自 2005 年提出以来,尤其是 2013 年英文版《比较文学变异学》(Shunqing Cao, *The Variation Theory of Comparative Literature*, Heidelberg: Springer, 2013)出版以来,受到国内外学界的高度认同和热烈反响。实际上,国际上很多学者早已意识到某一国文学在跨国家、跨学科、跨语际、跨文明传播接受中的变异现象。例如,法国学者伽列就指出:"比较文学主要不是评定作品的原有价值,而是侧重于每个民族、每个作家所借鉴的那种发展演变。"[2]美国学者雷马克同样注重影响交流中的变异事实:"在许多影响研究中,对渊源的探索注意得过多,而对下列问题则重视不够:保留了什么、扬弃了什么,材料为什么和怎样被吸收并融化,其成效如何?"[3]美国哈佛大学比较文学教授丹穆若什也认为:"世界文学不是指一套经典文本,而是指一种阅读模式——一种以超然的态度进入与我们自身时空不同的世界的形式。"[4]说到底,他认为世界文学就是阅读模式的变异转换。当然,还有赛义德提出的"理论旅行",以及法国学者朱利安近年提出的"间距 / 之间"理论,这些理论在一定程度上都影响了国际学术的发展走向。本文专门针对朱利安提出的"间距 / 之间"这个重

---

1 原载于《西南交通大学(社会科学版)》,2020 年,第 6 期。
2 伽列:《〈比较文学〉初版序言》,见北京师范大学比较文学研究组编《比较文学研究资料》,北京师范大学出版社,1986 年,第 43 页。
3 雷迈克:《比较文学的定义和功能》,见干永昌编《比较文学研究译文集》,上海译文出版社,1985 年,第 209 页。
4 丹穆若什:《什么是世界文学?》,查明建、宋明炜等,北京大学出版社,2014 年,第 309 页。

要理论与比较文学变异学理论的关系做一个较为详细深入的辨析，以利于我们进一步认识比较文学变异学理论的重要意义、变异学与国际理论的相关性和变异学理论的世界性意义。

一、"间距"：他者性作为可比性

朱利安近年来抛出"间距"与"之间"两个概念，以此为着力点，对现有的比较文学研究方式进行再创新、再发展。这两个概念既有联系又有区别，分别涉及到比较文学变异学的相关研究内容，现从以下几个方面进行比较对视。

1. 差异与间距。1996 年接受秦海鹰教授访谈的时候，朱利安还是认同"差异性比较"[5]这个提法。1999 年，他自己也表明，他采用的比较方法是"差异的比较研究"（comparatisme de la différence）[6]。但是 2012 年又"建议"用间距（l'ecart）来置换差异。那么，何谓"间距"？为什么要提出"间距"？它与差异有何本质区别？一般认为，差异与类同是对立的逻辑范畴，但是朱利安却不以为然，他首先对差异概念重新进行了界定，他认为差异并不是认同的对立面，它仍然是一种认同："差异概念一开始就把我们放在同化的逻辑里——同时做分类和下定义，而不是放在发现的逻辑里。差异不是一种大胆而喜欢冒险的概念。面对文化多元性，差异难道不是一种懒惰的概念吗？"[7]也就是说，差异和类同是并列分类下定义，有同则能识异，有异则能辨同，在这个意义上讲："差异是一个认同的概念；我们观察到这一点的同时也注意到，一个与之相反的事实，那就是不可能有文化认同。认同事实上至少用三种方式围绕着差异：一，认同在差异的上游，并且暗示差异；二，在制造差异时，认同与差异构成对峙的一组；三，最后，在差异的下游，认同是差异要达到的目的。"[8]从思想的上游到下游，没有认同就没有差异，反之亦然，因此差异也是另一种形式的认同，两者还是没有在根本上、在思想的上游展开区分。

由此朱利安提出间距概念："间距与差异这两个概念之间的不同，至少有三点。首先，间距并不提出原则认同，也不回应认同需求；其次间距把文

5　秦海鹰：《关于中西诗学的对话》，《中国比较文学》，1996 年，第 2 期。
6　弗朗索瓦·于连：《新世纪对中国文化的挑战》，《二十一世纪》，1999 年，第 4 期。
7　朱利安：《间距与之间》，见方维规编《思想与方法》，北京大学出版社，2014 年，第 25 页。
8　朱利安：《间距与之间》，见方维规编《思想与方法》，北京大学出版社，2014 年，第 23 页。

化和思想分开，因而在它们之间打开了互相反思的空间，思考得以在其间开展。因此，间距的形象（figure）不是整理、排列、存放，而是打扰，它以探险和开拓为其志向：间距使众多的文化与思想凸显为多彩多姿的丰富资源。最后，我们还可以藉助间距概念，避免提出——假设——一些有关人之本性的、总是带着意识形态的成见；间距邀请我们从事我称之为人性的自我反思。"[9]概言之，间距在整个逻辑序列上位于差异与类同的上游，是更根本的话语范畴。在空间序列上，它并不占据实体据点，而是一个虚构的张力空间。最重要的是，它不回应认同，从同与异的范畴体系中抽身出来、悬而未决。正如高建平教授所说："文化差异的存在，是一件幸事还是一个不幸？这很难说。并且，这么提出问题本身就是错误的。不管幸还是不幸，差异就在那儿。更重要的是，从'同'与'异'的视角进入这个问题，这本身也是错误的。在思考它们的'差异'之间，有着一个更为根本的东西，这就是'间距'。"[10]

2. 间距与无关。搞清楚什么是间距之后，那么这个间距应当如何构建？它的支点、弧线以及论域有何限制条件？法国文化与德国文化是否存在间距？显然，朱利安认为并非任意两个支点都能构建间距，其基本设置条件就是支点之间的无关性。因为只有具有无关性的对象才能摆脱同一性制约，形成比较舒展的思想支点和张力空间。他指出："为了能够在哲学中找到一个缺口（边缘），或者说为了整理创建性理论，我选择了不是西方国家的中国，也就是相异于西方希腊思想传统的中国。"[11]中国的无关性体现在什么地方呢？相对于以古希腊文明为源头的西方文化而言，这个无关性的要求是："一是脱离印—欧语言，这排除了梵文，因为梵文不可能使我们脱离印—欧语言平台。二是脱离历史、影响和传播的关系，这就排除了阿拉伯世界和希伯来世界，二者持续地与我们西方的历史相关，它们要传递给我们的仍然是希腊知识。实际上它们运用的知识模式与我们的文化和科学历史是不可分割的。三是我们最终遇到了一个国家，它的思想在远古时代的各种文本中均有陈述。而日本并非如此，众所周知，日本是在中国文化的温床中发展起来的，不可能适

---

9 朱利安：《间距与之间》，见方维规编《思想与方法》，北京大学出版社，2014 年，第 25 页。

10 高建平：《从"他"到"你"：他者性的消解》，见方维规编《思想与方法》，北京大学出版社，2014 年，第 67 页。

11 杜小真：《远去与归来》，中国人民大学出版社，2004 年，第 3 页。

应我的选择。所以，选择只有一个，那就是中国。"[12]

通过这样的逻辑筛选，朱利安认为只能选择中国，当然这并不是刻意设置差异，他补充道："我通过中国，并不是要取中国和西方的'差异'，而是要追寻二者彼此的'无关'（indifference）。"[13]尽管当时朱利安并没有提出间距的概念，但是他却指出了间距与差异之间的哲学分野。那么，为什么要找寻这种无关的支点呢？在朱利安看来，这种迂回的目的就是要从"内在建构"转向"外在解构"，迂回到"他者性"来进入"内在性"，继而实现内外两个支点的间距效应。所以，我们不能将无关性理解为随意选择两个事实上"无关"的支点，这事实上是一种有目的的思想"绕行"："我希望绕过所有欧洲的范畴遗产，同时脱离'比较主义'的可能性。"[14]朱利安从比较主义路径中脱离出来，提出"不比较的比较"，也从同一思想体系的必然性中走出来，绕行到某种偶然性的惊诧和震撼："于是，绕道中国，就是走出自身理念的偶然性，或者说，通过一种外在的思想，在自身理念里退后几步而与'理所当然'保持距离。"[15]

常人都知道，没有相似性就没有可比性，比较可以理解为从主体视域出发的求同存异，波斯奈特、梵·第根等学者都是沿着由内向外、由此到彼、由中心到边缘的路径展开，而朱利安反其道而行之，认为可比性不应该建立在同源性、类同性等因素之上，当然也不是建立在差异性基础上，应当摆脱同与异的纠缠，将可比性建立在他者性基础上，回归事物本身的存在样态，从根本上转换比较视域，将"由内向外""由此到彼"转为"由外向内""由彼到此"，逆向展开思想批判："在我看来，中国是从外部正视我们的思想——由此使之脱离传统成见——的理想形象。我并非认为我们在中国之所遇就一定是最相异的，但至少这个地方是他处，一下子所有的东西都难以与之适应。"[16]这就是他强调的"作出间距"（faire un ecart），而非寻找"关系"。

3. 间距与变异学。第三个问题，间距与比较文学变异学是否有思想关联？有何关联？又有何差异？这种关联性体现在：两者都提出将他者性作为

12 杜小真：《远去与归来》，中国人民大学出版社，2004年，第4-5页。
13 杜小真：《远去与归来》，中国人民大学出版社，2004年，第36页。
14 杜小真：《远去与归来》，中国人民大学出版社，2004年，第15页。
15 朱利安：《间距与之间》，见方维规编《思想与方法》，北京大学出版社，2014年，第22页。
16 弗朗索瓦·于连：《迂回与进入》，杜小真译，三联书店，2003年，第3页。

可比性，其比较的出发点不再是"寻同"，而是跨越异质文明，在根本上相异的两个或多个支点上构筑间距从比较文学发展史来看，这种寻同的基调一直潜伏着，20世纪初，法国学者洛里哀曾在《比较文学史》中展望："世界主义和国际主义将成为世界思想的生命，各民族将不复维持他们的传统，而从前一切种性上差别必将消灭在一个大混合体之内——这就是今后文学的趋势了。"[17]可见，影响研究的倡导者误解了歌德的初衷，他们试图通过比较文学来考证文学交流的事实以及模仿借鉴中的传承，继而消除民族文学之间的差异性。然而，在朱利安看来，思想"大同"的背后实质上是文明的持续冲突，我们必须面对文明的差异性和多元化问题。朱利安认为："重要的是，某种世界分裂的观念，使得诸如希腊和中国的相遇不能够通过平行、比较的简单公式完成，正如我开始时所讲，必须在重新规定范畴的过程中重新建立。"[18]根据朱利安的描述，我们应当如何重新创建比较文学研究范式呢？朱利安认为比较文学不能回避差异，在寻同的思想中舒适自在，更应当承认差异、利用差异，在无关性的思想碰撞中形成比较态势："这样的学者，他们的心灵深处，往往会出现剧烈的'不适'，也可以说是'碰撞'或'冲突'。而这种'不适'能够被改变为'良机'，也就是'比较'的良机。"[19]所以，杜小真教授与朱利安谈话时说道："我感到，你从希腊思想传统出发对中国思想进行研究，力图脱离某些以事实关联为依据的'影响比较'以及以同类相比为原则的'平行比较'的局限，从哲学角度描述和分析中国思想及其一些概念，这对我很有启发。"[20]例如，朱利安曾写过《平淡颂》，他认为："我绝不可能想象一种平淡的可能的实证性，平淡一旦被阐明，我们和中国朋友们对平淡的理解是相同的。我甚至认为这样一种可能性在欧洲将永远是'不可想象'的，至少从正题观点看，平淡在欧洲原本就是不可归于某一范畴的。"[21]他的观点很明确，关于平淡这种审美范畴，中西方没有实证性影响交流，并且也无法展开平行研究，它只存在于中国文化诗学，两者产生间距并构成另一种特殊的比较研究方式，即变异学中的对位阐释变异："即预先设定某种主题、母题、题材、类型或范畴，将不同文明语境中的不同表象形态进行对比互释所产生的意义

---

17 洛里哀：《比较文学史》，傅东华译，上海书店，1989年，第352页。
18 杜小真：《远去与归来》，中国人民大学出版社，2004年，第16页。
19 杜小真：《远去与归来》，中国人民大学出版社，2004年，第26页。
20 杜小真：《远去与归来》，中国人民大学出版社，2004年，第1页。
21 杜小真：《远去与归来》，中国人民大学出版社，2004年，第31页。

变异。"[22]比较对象之间没有影响交流之同源性，也没有平行研究之类同性，而是具有在主体比较视域趋同前提下的阐释变异性。再如，朱利安说道："中国人似乎并不以语言为真理或意义的归宿，'道'的领悟不一定要通过语言，更不等同于语言，而'逻各斯'却首先被理解为上帝的或理性的'言说'。"[23]这就是中西方在意义论这个问题上进行对位阐释时发生的变异。

可见，朱利安所展开的比较方式，正是比较文学变异学的关注焦点。因为"变异学理论主张的'异质性'与'变异性'，在承认中西方异质文化差异的基础之上，进行跨文明的交流与对话，研究文学作品在传播过程中呈现出的变异。"[24]朱利安在中西跨文明比较过程中，发现某些既不能实证、也不能平行比较的变异现象，并将这种交流对话中呈现的变异性作为可比性："比如'存在'的问题，是我们在研究中国思想时不能绕过的。西方传统意义上的 Etre，在古代中文中找不到相对等的概念。"[25]这种既没有同源性，也没有类同性的现象，只能用变异学理论才能进行有效阐释，因为变异学将异质性作为可比性，就是从差异出发寻求互补，在他者中反思和重构自身，朱利安也说："必须有他者，也就是同时要有间距和之间，才能提升共同的／共有。因为共有不是相似，它不是重复也不是统一／齐一，它跟它们正好相反。"[26]需要警惕的是：朱利安并没有在强调无关性的同时否定通约性，他也提出"共有"，但"共有"不是"相似"，前者相当于叶维廉说的"文学模子"，后者相当于韦斯坦因所坚守的"共同因素"，看似一样，实则有别。因为前者是"和而不同"的差序格局，后者是"同而不和"的重叠格局，所以朱利安反复强调："正如共同之处只能通过间距才发挥作用，文化的本性在趋向同质化的同时也不停地异质化；在趋向统一性的同时也不断地多元化。"[27]这个共通之处是不断变异发展而不是稳如泰山的，这一点正是变异学与间距理论的异曲同工之处。

---

22 王超：《比较文学变异学中的阐释变异研究》，《当代文坛》，2018 年，第 6 期。

23 秦海鹰：《关于中西诗学的对话》，《中国比较文学》，1996 年，第 2 期。

24 曹顺庆：《建构比较文学的中国话语》，《当代文坛》，2018 年，第 6 期。

25 杜小真：《远去与归来》，中国人民大学出版社，2004 年，第 52 页。

26 朱利安：《间距与之间》，见方维规编《思想与方法》，北京大学出版社，2014 年，第 37 页。

27 朱利安：《间距与之间》，见方维规编《思想与方法》，北京大学出版社，2014 年，第 39 页。

虽然朱利安提出的"间距／之间"与变异学理论存在通约之处，但是仍然有区别，主要就是：间距将他者性绝对化，只有中国才与西方有无关性。比如中国有平淡，而西方没有；中国研究"势"，而西方并不重视；反过来说，西方有裸体艺术，而中国回避裸体形态；西方有逻各斯，而中国讲言不尽意……，将诸如此类的议题进行跨文明对话，这就是一种阐释变异，这也是丹穆若什之"世界文学"没有涉及的变异类型。然而，如果我们沿着这个思路反问：不在无关性文明体系之下，就没有可比性和阐释变异了吗？例如印度和中国，中国和日本，都有文化相关性，那么我们就不能在它们之间构筑一个间距来进行文学阐释吗？只能说，中国和欧洲的无关性更加彻底，他异性程度更大，但是这不应当作为比较文学的绝对限制性条件，比较文学应当是一种开放包容的研究形式，朱利安将可比性从相似性拉向极端的他异性、无关性，聚焦于跨文明阐释变异，而没有将变异性视为一种普遍的比较文学研究规律。可见，间距所表现的只是变异学研究的一个领域，而不是全部内容。相比而言，丹穆若什就没有将这个问题绝对化，他提出的"椭圆形折射"就没有将支点限制在无关性之中，而是融入世界文学的整体格局。所以说，间距是一种可比性创新，但是间距不应当仅仅局限在中西方两个无关性的支点上，应当从跨民族、跨国家、跨语际、跨文明等多点展开。在这个问题上，变异学则针对这些理论缺憾，对这两种变异思想进行互补融合，提出了自己的话语理论体系。

二、"之间"：变异性作为可比性

如果说"间距"是在寻找异域、他者并将他者性作为可比性，那么"之间"则是在寻找变异、对话并将变异性作为可比性。朱利安自己也认为，他继承了福柯的异托邦思想，但是他（删去）又走出了异托邦的他者想象："但是我们也不要停留在任何异托邦里，这一点正是我在这一方面最终对福柯所做的批评。"[28]福柯的焦点在异托邦、他者性之中，而朱利安却实现了另一种超越，即寻找同与异两者"之间"（l'entre）的存在，这正是他区别于福柯的地方所在。

1."间距"与"之间"。首先，什么是"之间"，它和"间距"有什么关系？朱利安指出："间距会产生什么？我的回答乍看好像是一个非答案，那就是：

28　朱利安：《间距与之间》，见方维规编《思想与方法》，北京大学出版社，2014 年，第 34 页。

间距产生之间（l'entre）。"[29]那什么是"之间"？不能否认的一种基本事实是："之间"不是某个单一的固定点，而是两个以上支点形成的未分化状态。德国学者何乏笔认为："之间状态意味着向各种可能性的开放性和虚待性，意味着在分化与融合、二分与统一之间来回往复的交流状态。"[30]"之间"需要两个或两个以上的支点，这些支点会建立某种关联，这种关联性的聚合场域就是之间。那么朱利安为什么会提出"之间"？朱利安所谓的"之间"，并非一个单向度的空间场，而是一个复合式的意义场，这种思想他来源于他对庄子和王夫之的解读："《庄子》里有名的庖丁解牛之刀便是'游刃有余'地解牛：因为庖丁的刀在关节'之间'，所以不会遇到阻碍和抵抗，牛刀不会受损，总是保持刚被磨过一般地锐利。"[31]庄子所说的"游刃有余"，是顺应事物自身的结构规律，既不凸显主体性，也不凸显客体性，而是回到事物本身之"然"的状态，正如庄子在《齐物论》中所说："何谓和之以天倪？曰：是不是，然不然。是若果是也，则是之异乎不是也亦无辩；然若果然也，则然之异乎不然也亦无辩。"[32]同样，朱利安也认为："对王夫之的解读可以把握中国文化的基础表象：变化（世界和意识的）的不断调节，在本质关系中可见与不可见之间的来一往，对于在自然范围内标明的价值的肯定，而又避免了任何二元断裂，也没有任何形而上学的'存在'。在对中国文学理论的研究过程中，我感到变化的思想在中国文化中的重要地位：诗被理解成为在'外'与'内'、'情'与'景'（而不是西方人的创世秘密）之间的不断相互作用。"[33]无论是庖丁解牛"游刃有余"，还是王夫之"情景交融，妙合无垠"，都是处于"之间"的变异状态，亦虚亦实、亦真亦假、似有似无、似真似幻，始终在不断调节、不断变异。

"之间"源于中国哲学中的变异思维，除了庄子和王夫之，还有《周易》阴阳、乾坤、天地"之间"；《老子》有无、难易、高下"之间"；中国文论话语中，还有情景"之间"、出入"之间"、内外"之间"、山水"之间"等等。

29　朱利安：《间距与之间》，见方维规编《思想与方法》，北京大学出版社，2014年，第31页。

30　何乏笔：《混杂现代化、跨文化转向与汉语思想的批判性重构》，见方维规编《思想与方法》，北京大学出版社，2014年，第117页。

31　朱利安：《间距与之间》，见方维规编《思想与方法》，北京大学出版社，2014年，第32页。

32　郭庆藩：《庄子集释（上）》，中华书局，2012年，第114页。

33　杜小真：《远去与归来》，中国人民大学出版社，2004年，第39页。

中国诗歌的最高境界也是"之间"，例如柳宗元的诗歌："千山鸟飞绝，万径人踪灭。孤舟蓑笠翁，独钓寒江雪。"视角在"山、径、舟、钓"间不断变异，外在空间从大到小浓缩，而内在空间从小到大扩张，而人就在这大小"之间"、天地"之间"、内外"之间"、动静"之间"、天人"之间"飘移、淡化、离散。所以朱利安认为："之间的本性是，不留焦点、不留固定点，它就不引人注意。"[34]因此，从比较文学的角度说，朱利安认为"之间"就是无法精确比较的变异状态："30多年来，我在中国与欧洲之间思索。我不作比较，或者说，我只有在限定的时间之内并且针对限定的片段进行比较。在中国思想与欧洲思想之间侦查出间距并使间距发挥作用。"[35]"之间"的产生，必须依赖于"间距"，"之间"的内涵张力依赖于"间距"提供的空间尺度，而西方哲学却显然拒绝这种模糊、飘逸的、出神入化、不可描述的思想风格，因为："西方思想是一种二元的框架，分此岸和彼岸、现象和本质。中国思想没有这种二分法。在'神'和'化'之间没有西方的那种割裂，'化'是事物显在的阶段，是经验的世界，而'神'则是对'化'的深化。"[36]西方哲学发展到胡塞尔现象学，也开始转向将主客体二元进行融合，朱利安也提到现象学对当前比较文学方法论创新的重要意义："一旦严格地设想了'客观性'，就需要付出代价，永远有可能跌入另一边，跌入'主观性'的幼稚当中（中国的思想避开了这块暗礁，因为中国的思想是从过程的角度去思考的，'道'的主体，运行的主体便化解在过程当中；现象学是我们试图从死胡同里走出来的一种最现代化的途径）。"[37]朱利安认为，现象学与中国的"道"在这个问题上为"间距"与"之间"提供了哲学可能性，因为两者都是强调主客不分、天人合一、对立转化、变异发展的整体关联体系。

　　2."之间"与张力。"间距"产生"之间"，但是"之间"之后呢？"之间"是不是意味着纯粹的空白、虚无、一无所有？非也。"之间"具有孕育性，或者说，"之间"就是"道"，"之间"需要"侦查"才能发挥意义生产作用。朱利安说道："间距的本性——对我而言，这点是最基本的——乃在于它之后不

---

34 朱利安：《间距与之间》，见方维规编《思想与方法》，北京大学出版社，2014年，第31页。

35 朱利安：《间距与之间》，见方维规编《思想与方法》，北京大学出版社，2014年，第34页。

36 秦海鹰：《关于中西诗学的对话》，《中国比较文学》，1996年，第2期。

37 弗朗索瓦·于连：《圣人无意》，闫素伟译，商务印书馆，2004年，第149页。

像差异那般,它不是表象的或描述的,而是有生产力的(productif);它在其所拉开的双方之间造成并呈现张力。造成张力,正是间距必定操作的。"[38]这个表述很关键,差异是一种表象描述或事实判断,它没有生产性,然而,"之间"不能准确表述,它是一种张力,张力具有生产性与伸展性。张力(tention)这个词很有趣,这是新批评流派(New Criticism)的学者们很喜欢用的一个词语,以它为"之间"的中间体,向外拓展,就可加上词缀"ex"构成外延(extention),向内收缩,就可加上词缀"in"构成内涵(intension),所以张力就具有不确定、不稳固、不可描述的伸缩变异特征,这种不可描述性只能在对象的自明性中去顺应和领悟。而且,这个词目前依然时髦,张江教授2017年出版《阐释的张力》、方维规教授2018年主编 Tensions in World Literature(《世界文学中的张力》),都用的张力这个词,显然,张力被视为一种生生不息的动态变异和形态转化力量。

当然,比较就是研究文学与文学之间的关系,例如,梵·第根就认为比较文学是研究放送者、传递者和接受者之间的"经过路线",平行研究也研究跨文化、跨学科之间的文学阐释。但是,它们的"之间"与朱利安的"之间"并不相同,这体现在:(1)梵·第根的"之间"存在一条具有不可逆性的经过路线,可以进行事实考证,而朱利安的"之间"不存在某种经过路线,即使有,也是一系列虚线,无从考证,只能去侦查;(2)梵·第根的三点"之间"是相对封闭的线性结构,而朱利安的"之间"是开放的、生产性的、孕育性的和变异性的散状结构;(3)平行研究的"之间"是局限在同一文明体系之内,排除了无关性、异质性背景下的他者支点,而朱利安的"之间"恰恰位于异质文明体系,范围更大、差异更大、支点更宏阔。朱利安说:"我感兴趣的是:中国和欧洲思想在互不相干的情况下得到思考,以提供一种比较观点,或更准确地说,提供一个反思观点,而每一方都从我在它们二者之间的来—回运作出发,在另一方那里得到思考。"[39]可见,"之间"具有"虚无性""无关性""畅通性""生产性""变异性"等理论特征。

3."之间"与变异学。"之间"最后走向何方?"之间"的生产性是盲目的吗?显然不是,"之间"在两个思想支点中产生变异,这正是和比较文学变

---

38 朱利安:《间距与之间》,见方维规编《思想与方法》,北京大学出版社,2014年,第26页。

39 杜小真:《远去与归来》,中国人民大学出版社,2004年,第67-68页。

异学在思想深处的通约，因为朱利安指出了变异学中的三种变异内容：第一，"之间"与移位阐释变异。他认为："作出间距，就是跳出规范，用不合宜的方式操作，对人们所期待的、约定俗成的东西进行移位；简而言之，即打破大家所认同的框架，去别处冒险，因为担心会在此处沉溺胶着。"[40]朱利安在这里提到一个关键词语——"移位"，将某种话语移位于异质文明语境进行跨文明阐释，这其实和赛义德之"理论旅行"具有契合性，这种新的方法就是"不比较的比较"，他说道："关键是要借助每一个'具体案例'的阐释，通过有关文本的解读，找到一种可以彼此交流的平台，打破彼此各不相干的局面。这样就避免了那种生硬的平行比较。"[41]在这里，他又指出一个关键词——阐释。朱利安认为，这种跨文明语境下的文本阐释既不是影响研究的内容，当然也不是平行研究的领域，实际上，这就是比较文学变异学的研究方式，因为在变异学理论中，"移位阐释变异即某个原生性文本质态置放于跨文明'新情境'中被阐释时所发生的意义变异"[42]。这看似不是比较，实际上却是通过在他者境域中设置另一个支点，将文本移植过去，研究话语移植过程发生的历史转移和意义转化现象。第二，"之间"与译介变异。朱利安认为："翻译如果不是在原文与译文两种语言之间打开和制造'之间'的话，它是什么呢？……这就是为什么对我而言，翻译就是同时进行同化与异化，以便让他者通过同化与异化'之间'。"[43]他并没有将翻译看作语言层面的传递，而是将之视为兼有同化与异化之间的某物。或者说，翻译本身就是创造性叛逆，埃斯卡皮、韦斯坦因、严绍璗、谢天振、王向远等学者都意识到了这个问题。翻译文学不是外国文学，当然视为中国文学也不合理，它是一种作为"之间"的独立衍生物，用严绍璗教授的话说，即文学变异体，这就是变异学中的译介变异，译介变异除了研究翻译过程中的意义变异之外，还涉及文化过滤和文学误读背后的意义变异转换机制；第三，"之间"与他国化变异。我们是否永远无限期停留在异质文明"之间"？当然不是，高建平教授认为："朱利安给了我们两个概念，对我们思考文化间的问题有很好的启发：第一是'间距'。

---

40 朱利安：《间距与之间》，见方维规编《思想与方法》，北京大学出版社，2014年，第26页。

41 杜小真：《远去与归来》，中国人民大学出版社，2004年，第36页。

42 王超：《比较文学变异学中的阐释变异研究》，《当代文坛》，2018年，第6期。

43 朱利安：《间距与之间》，见方维规编《思想与方法》，北京大学出版社，2014年，第35页。

'间距'不是'差异'。我们借助'间距'而思考，而'差异'是思考的结果。第二是'之间'，我们从与'他''她''它'之间，转向与'你'之间，实现'面对面'。这不仅是为了实现对'你'的思考，而更重要的是为了对'我'的理解。"[44]对"之间"的研究只是一个过程阶段，最终是为了回归主体自身的转化与变异，远去是为了归来，迂回是为了进入，吸收是为了转化，变异是为了发展，所以朱利安说："人们无法定义一种文化的本性会是如何——会做成如何，甚至也无法建构其存有或其本质。什么是文化的'本性'呢？正是自我转化和改变。"[45]一切变异，最后都通过对他者的创造性转化和创新性发展，实现他国化或本土化、中国化，这是比较文学研究的最终目的，也是文学与文化发展的基本规律。正如陈来教授所分析："弗朗索瓦·于联的《迂回与进入》所体现的则是另一种取径，照这种研究立场，研究一种异文化，并不是纯粹为了研究一个客观的对象，也不是为了产生一种新的融合；研究'他者'的目的不是以认知对象为满足；研究他者的目的，乃是为了最终更好地理解自己。"[46]

三、"间距／之间"理论中的变异学思想

综上所述，朱利安提出的"间距／之间"与比较文学变异学在研究内容上至少存在以上三个方面的契合点，不仅如此，两者在研究方法上也有异曲同工之处，具体体现在：（1）将变异性作为可比性。朱利安提出摆脱影响研究和平行研究"求同存异"的思维模式，并一再批判钱锺书、刘若愚是"寻同的比较主义"。他和赛义德特别关注理论旅行中的变异尤其是阐释变异，其《平淡颂》《本质或裸体》等很多著作都是对位阐释变异、移位阐释变异、译介变异、他国化变异的研究案例。正是在这个层面上，他吸收了中国思想中的变异哲学，将变异性作为可比性。他指出："变化可以从一种观点过渡到另一种观点，却不停留在任何一种观点上，不断地使观点扩大视野，让观点保持着开放的姿态；同时，只有通过不断地变化视角，通过不断地回归，我们才能领'悟'到，在万物中不断流露的内在性永远也无法单独

---

44 高建平：《从"他"到"你"：他者性的消解》，见方维规编《思想与方法》，北京大学出版社，2014年，第78页。

45 朱利安：《间距与之间》，见方维规编《思想与方法》，北京大学出版社，2014年，第24页。

46 陈来：《跨文化研究的视角》，《跨文化对话》，1999年，第2期。

地隔离出来，内在性甚至于会让我们熟视无睹。正是在这一点上，不断变化的智慧的言语与哲学渐进式的、构筑性的话语有了区别，因为哲学的话语是辩证的话语。"[47]并且，他认为这种变异哲学是西方思想不能提供的，只有中国才能产生这种思想，为什么西方比较文学不能产生变异学呢？他分析道："希腊思考过存在，但始终是在存在的荫蔽之下，而中国只设想过变化（devenir）。但中国设想的，已经不完全是'变化'了，因为中国的变化不是以'存在'为前提（'存在'的准确定义正是'不变化'）——我们的概念太狭窄了——，而是以'道'为前提，正因为有了道，世界才不断地更新，现实才不断地处在发展的过程中。"[48]概言之，西方哲学是以存在、实有、逻各斯为基本前提，而中国思想是以"道"为基本前提，前者是不易的哲学，后者是变异的哲学，正是因为中国有这种哲学土壤，所以才产生变异学；（2）将他者性作为可比性。朱利安之所以找寻无关性，说到底，就是中国与西方存在他者性。他的思路是通过跨文明迂回来实现从外部解构，而韦斯坦因是通过寻找"共同因素"实现从内部来（删去）建构，这是两种截然相反的比较文学思路。朱利安不仅认同变异，而且指出只有从他者的差异化角度才能实现变异，成中英在与朱利安的对话中指出："我们可以说变易即是变异，因之变异必须导向他者的形成。事实上，为了变易的可能，一个表现变易的差异必须发生与体现在新生个体的存在上。从这个角度看，变化就是差异化，而差异化就必须引进新的存在体以体现差异。"[49]杜小真也分析了朱利安研究他者性的根本原因："中西对话的原因和根源就是差异，即文化传统造成的差异。差异越大、越彻底，就越需要对话。"[50]但是，之前的学者并不是没有意识到差异性对话的重要性，只是说，他们大多数要么像韦斯坦因一样拒绝对话，要么在对话中将中国及东方虚拟化、弱化甚至是妖魔化，因此基本是不平等对话，正如杜小真教授所说："由于在政治、经济、军事等诸多方面的巨大反差，使得西方在文化方面也获得了占绝对优势的解释权，使得中西对话事实上并'不对等'。我想，这里原因大多在于，今天中西对话或沟通的通用理解方式往往是西方的，难以理解丰富

---

47 弗朗索瓦·于连：《圣人无意》，闫素伟译，商务印书馆，2004年，第202页。

48 弗朗索瓦·于连：《圣人无意》，闫素伟译，商务印书馆，2004年，第96页。

49 成中英：《太虚中的本体之间：异而他、他而异、异而化》，见方维规编《思想与方法》，北京大学出版社，2014年，第45页。

50 杜小真：《远去与归来》，中国人民大学出版社，2004年，第69页。

复杂的世界。"[51]（3）将他国化变异作为目的。尽管很多先驱者早就提出"比较文学不是文学比较""比较不是理由"，然而这都是否定判断，那比较文学研究的根本目的究竟是什么呢？变异学理论认为，那就是他国化："文学的他国化是变异学的重要观点。它是由不同的语言，不同的文明，不同的文化个案与接受造成的变异，这种变异会最终走向别的国家的文学，我们称之为他国化。"[52]尽管朱利安没有对他国化问题进行明确阐述，但是成中英与他的对话中间接分析了这个问题："由变异而他而化的过程是一个辩证发展的过程，不能停留在他者之间的无关与间断之上。激发我与他者两者之间的发展潜力，是本体存在体的需求，也是对本体存在的一个基本认识。"[53]在2012年北京师范大学举办的"思想与方法"国际会议中，笔者也撰文回应了朱利安的"间距／之间"理论："因此，变异学的态度其实也是一种间距态度，比较的双方在保持间距的同时，通过不断对话交融，然后逐渐形成新的东西。"[54]

从变异学视角来看，朱利安关于"间距／之间"的思想也存在一定局限性，体现在：（1）间距将他者性与无关性绝对化，否认了异质文明之间的通约性、同源性及类同性。尽管他为了找寻与希腊思想的无关性间距，迂回到中国这样一个支点，其初衷是为了从外部解构西方思想，但是，难道比较文学与比较哲学必须建立在这种绝对无关性基础之上吗？况且中西方真的如此对立吗？显然这是一种相对片面的思路，张隆溪教授说："中西文化对立的观念在西方汉学中影响颇深，也是于连著作中一个占主导地位的思想。"[55]比较文学变异学也将他者性、变异性作为可比性，这一点是相通的，但是变异学并不是与法美学派完全割裂、单独"求异"，而是在研究同源性、类同性的基础上研究异质性、变异性，这是一种包容式创新和发展，因为世界文学与文论不可能只有建立在无关性基础之上的间距，也有建立在相关性基础上的间距，朱利安完全规避同源性、类同性，完全拒绝认同与差异概念，用无关性

51 杜小真：《远去与归来》，中国人民大学出版社，2004年，第70页。

52 曹顺庆、付飞亮：《变异学与他国化》，《甘肃社会科学》，2012年，第4期。

53 成中英：《太虚中的本体之间：异而他、他而异、异而化》，见方维规编《思想与方法》，北京大学出版社，2014年，第47页。

54 曹顺庆：《和而不同，和实生物》，见方维规编《思想与方法》，北京大学出版社，2014年，第191页。

55 张隆溪：《中西文化研究十论》，复旦大学出版社，2005年，第127页。

间距来构建"之间"，这种论调容易导致相对主义问题。朱利安曾提出用现象学来解决比较文学问题，但显然这并不是真正的现象学理论。而变异学从张隆溪与朱利安的论辩中找到了第三种解决方案：既研究同源性、类同性又研究他者性、变异性。迂回与对视是一种比较方法，但不是唯一的方法，例如，中国和日本并不是无关性的两个支点，正如于连所说，日本文化是在中国文化的温床发展起来的，但是中国文学在日本文学有很多变异体，例如严绍璗教授研究的日本"记纪体神话"，就是中国古代神话在日本的变异体，难道说我们不能通过这个变异体来拓展研究中日神话的通约性与变异性吗？难道说这就不能构成支点、形成"间距"、产生"之间"了吗？将可比性限制在同源性、类同性上诚然有所偏颇，但是不能一棍子打死，完全抛弃认同。变异学有效借鉴了朱利安关于"间距"与"之间"的思想，但是更强调基于差异且利用差异，用"和而不同"的思想来激发理论新质，所以笔者认为："变异学认为比较文学的可比性不仅包括异质性变异性，也包括同源性类同性，这点是区别于不承认一个预设共同价值追求的间距观。"[56]（2）"之间"将阐释变异扩大化，忽视了流传变异等其他形式。朱利安主要的理论贡献，就是逃离西方二元对立的哲学思维，从中国变异思维中寻找重构西方文化思想的哲学资源。他批评钱锺书"寻同"，他自己是"寻异"，他围绕"平淡""裸体""时间"等范畴，从跨文明角度进行迂回阐释，继而生成不同的变异效应，这就是变异学中的对位或移位阐释变异，当然他也提到了译介变异问题。但是除此之外，例如佛教中国化产生的"变文"以及中国文论中的"以禅喻诗"，这恰恰是在一种文化交流中产生的误读、误释、转化和变异，如果用朱利安这种"不比较的比较"方式，就不能有效回应这些变异现象。我们应当肯定朱利安在无关领域寻找的阐释间距，但是也不能否定文学在交流、传播、接受过程中的流传变异："间距观认为不存在一个既定的普遍认同，因此，它竭力否定差异概念，它所诉求的既非同一性也非差异性，它基本不做比较，而是通过一个独立的外在他者反思自身。这也是间距与变异学的分野之处。"[57]因此，朱利安侧重无关性基础之上的对位、移位阐释，而丹穆若什侧重民族文

---

56 曹顺庆：《和而不同，和实生物》，见方维规编《思想与方法》，北京大学出版社，2014年，第191页。

57 曹顺庆：《和而不同，和实生物》，见方维规编《思想与方法》，北京大学出版社，2014年，第191-192页。

学在世界范围内流通而产生的流传变异，都各自涉及某一种范式。变异学在朱利安和丹穆若什的变异学思想上进行整合，分为流传变异和阐释变异两种基本类型，并在此基础上形成第三种复合式深层变异——他国化变异，所以变异学既呼应了当前国际比较文学的理论前沿，也结合实践进行了包容性创新，在对话交流与批评发展中，构建起了比较文学的中国话语。

本文与王超合写

变异学与他国化：走出东方文论"失语症"的思考[1]

一、从中国文论失语到东方文论失语

笔者曾在《文艺争鸣》1996 年第 2 期发表《文论失语症与文化病态》一文，提出"失语症"的概念，认为"长期以来，中国现当代文艺理论基本上是借用西方的一整套话语，长期处于文论表达、沟通和解读的'失语'状态"[2]，"失语症"是一种严重的文化病态，也是西方话语霸权占据主导地位的结果。时至今日，中国文学理论界的"失语"问题仍旧没有得以解决，孙绍振最近提出："其实，二十多年前，曹顺庆先生就有了中国文学理论完全'失语'的反思：由于根本没有自己的文论话语，一旦离开了西方文论话语，就几乎没办法说话，活生生一个学术'哑巴'。"引进西方文论的本来目的，是以自身文化传统将之消化，以强健自身的文化机体，与西方文论平等对话，以求互补共创。胡适提出"输入学理"的目的是为了"再造文明"。"曹顺庆先生认为，要重建中国文论话语，关键的一步在于如何接上传统文化的血脉。"钱中文先生等人也提出了"中国古代文论的现代转换"的重大命题。孙绍振非常感慨地说："但是，二十多年过去了，对于重建中国文论新话语的口头响应者尚属寥寥，实际践行者则更是不多。一味'以西律中'对西方文论过度迷信，有越来越猖獗之势。这种迷信有时显得幼稚可笑。"[3]"一旦离开了西方学术话

1 原载于《文艺争鸣》，2020 年，第 12 期。
2 曹顺庆：《文论失语症与文化病态》，《文艺争鸣》，1996 年，第 2 期。
3 孙绍振：《学术"哑巴"病为何老治不好》，《光明日报》，2017 年 7 月 3 日 12 版。

语，就几乎没办法进行学术研究"[4]。"浪漫主义""现实主义""内容""形式"
"风格""典型"这些文论概念，都属于西方的"舶来品"，中国学者在这些西
方文论话语之下进行的研究，本身就是对中国古代文论话语独特性和异质性
的遮蔽与忽略。而套用西方的概念、处在西方的话语和理论模式中的研究，
也会产生诸多问题，中国文学与文论原有的深刻内涵无法在这种西化模式的
研究中被还原和被理解。因此我们应当沿着两条路径来建设中国当代文论话
语，其一是西方文论的中国化，其二是中国文论的当代活化，才能够真正建
构起"当代中国学术话语体系"，走出文学研究的"失语"困境。关于西方文
论的中国化，笔者已经有论文发表。[5]

笔者认为，"失语症"不仅仅是中国一个国家的现象，而是一个世界性现
象。早在笔者提出"失语症"之前，就已经有学者提出了世界性的文化"失语
症"。这个学者就是哥伦比亚大学英语与比较文学教授、美国著名后殖民主义
学者爱德华·赛义德（Edward W.Said，1935-2003）。赛义德在福柯话语意义
上理解东方主义，把西方学界的东方学知识称为"东方学话语"，从而质疑其
知识合法性，这是其东方主义文化批评理论的核心。赛义德认为，东方文化
根本没有话语权，他提出的理论概念"东方主义"（orientalism），实际上就是
东方文化的"失语症"理论。赛义德认为，在东方主义这套话语—权力网络
系统中，东方被置于西方文化的权力话语之下，东方文化被他者化了，成为
被评判、被研究、被描写的对象。赛义德解构东方主义的最大意义不是得出
了什么结论，而是提出了东方文化无法言说自身的失语症现象。赛义德作为
后殖民批评的领军人物，从话语建构和文化批判的角度，揭露了帝国主义的
文化话语霸权，为沉默的第三世界、为失语的东方文化与文论发声，有力推
动了后殖民主义理论思潮的发展。《东方主义》[6]和《文化与帝国主义》[7]是其
代表著作。在《文化与帝国主义》中，赛义德指出，帝国主义和殖民主义都不
是简单的积累而获得的行为，它们都被强烈的意识形态所支持和驱使。帝国
主义实际上暗藏认知暴力，它诱使土著与之共谋，将东方民族文化变成"无

4　曹顺庆：《建构比较文学的中国话语》，《当代文坛》，2018 年，第 6 期。

5　曹顺庆：《文学理论的"他国化"与西方文论的中国化》，《湘潭大学学报》，2005
　年，第 5 期。

6　Edward W. Said. *Orientalism*, Penguin, 1978.（爱德华·赛义德《东方主义》）

7　Edward W. Said. *Culture and Imperialism*, Knopf, 1993.（爱德华·赛义德：《文化与
　帝国主义》）

声的他者"。所谓"无声的他者"，实际上就是患了"失语症"的东方文化这个他者。因此，可以说失语症不仅仅是中国文化与文论的问题，更是一个重要的国际性问题。我们必须认识到，不仅是中国文论和文学研究需要打破"失语"状态、构建新的话语体系，对于"东方"来说，也需要走出长期以来被西方言说的"失语"藩篱，破除"西方中心主义"的话语霸权，才能还原东方各文化圈、各地域文论的特色与原貌，从而进一步揭示东方文学与文论的发展规律。在倡导人类命运共同体的当下，我们尤其需要从世界性胸怀来认识走出东方文明"失语"困境这样一个重要话题。

东方文学与东方文论的范围，实际上囊括了包括东亚、南亚、西亚北非三大文化圈在内的丰硕的文化成果与资源，但"东方"这个概念本身，却属于西方"舶来品"，"是欧洲人基于自身地理位置与视野而设定的政治、文化概念，是一个他者视角下的对象"，产生于"东方与西方的权力结构和力量对比中，产生于西方力量绝对优势的前提下"。[8]由此可见，"东方"是西方学者基于地理区域的人为划分和政治模式的力量差异所建构起来的一个概念，且不说对地理位置的简单分区能否概括数千年来东方几大文化圈和不同地域交流互动和文明互鉴所产生的文化流动与变异现象，西方学者所建构出来的"东方"，是站在西方主义中心立场上对"他者"进行的打量与想象，其目的是通过与在政治、经济、社会、文化等方面显著不同于"西方"的"东方"的对比，实现自身存在的确证与权力力量的彰显。在此概念下形成的"东方学"，实质上也是"地域政治向美学、经济学、社会学、历史学和哲学文本的一种分配"[9]。在这种模式下的"东方学研究"，"东方"是被建构的、被想象的和被言说的，东方是"失语"的，"东方没有话语权，不能发出自己的声音。西方替东方说话，一切关于东方的论说和描述都是在西方的论说模式中被呈现的"[10]，西方的"东方学研究"，是为了进一步强调东西力量差异与自身的话语霸权，而非在尊重东西文明和不同文化异质性基础上，真正去探究东方文明的形成与发展，去理解东方文化和文论的内涵。东方几大文化圈，包括中国、日本、朝鲜、印度、阿拉伯、波斯

8　范文丽：《新时代背景下的"东方哲学"研究范式反思》，《哲学动态》，2020 年，第 5 期。

9　[美]萨义德：《东方学》，王宇根译，生活·读书·新知三联书店，1999 年，第 16 页。

10　范文丽：《新时代背景下的"东方哲学"研究范式反思》，《哲学动态》，2020 年，第 5 期。

等地域和国家在内，都有着丰硕的文学与文艺理论成果，都自成一套独特的文论话语体系，并且东方的文化与文化、地域与地域、国与国之间的互动交往非常密切，在互相学习与借鉴的过程中进一步发展和完善了各自的文艺理论。就像季羡林先生在《东方文论选》的序言中所说，"东方各国共同努力，形成了东方文艺理论体系，内容有同有异，总起来看却是一个庞大而深邃的、独立的文艺理论体系"[11]。然而，在西方所建构的"东方"中，在西方的"东方学研究"模式下，东方不同文化圈、不同地域文论的多元性与异质性被忽略和抹消，东方各文化圈、各地域在相互影响、交流过程中所具有的共通性审美规律无法被挖掘与呈现，东方文论的历史地位和理论价值在西方研究中无法被认可与彰显，西方只知《诗学》，而不晓《文心雕龙》与《舞论》。"从文明史实及文化发展来看，文明是多元生成的，并不是西方中心的"[12]，但长期以来，在西方话语霸权主导下，东方不同文化圈、同一文化圈不同地域的文化异质性在西方学者对"东方"的想象与建构中被抹除，东方文学与文论的价值被遮蔽，不仅"被西方学者所轻视和忽略，有时甚至是被东方学者所忽略"[13]，国内学者对于比较文学和比较诗学的研究，也大多集中在中西之间的比较，东方各文化圈、各地域之间的比较研究成果寥寥无几。"东方文学是东方文化的缩影，多元发展、相互交流"[14]，东方古代文论则"具有不同于西方文论的民族特色与较高的理论价值"[15]，构建东方古代文论话语体系，是在破除西方中心文明观前提下对东方文明成果的再审视，也是对东方三大文化圈、文化圈内不同地域丰富多元、各具特色的文学、文论价值的挖掘与重现，同时还是在世界文学与总体诗学的宏阔视域中对东方文学和审美发展共通规律的再观照。

王向远在《近四十年来我国"东方文学史"的三种形态及其建构》中，总结了改革开放以来的四十年，国内学者尝试走出西方建构出的"东方"，在文学史意义上对"东方"进行重构所做的努力及渐进的三种形态：一是长期以来流

11 季羡林：《〈东方文论选〉·序》，曹顺庆主编《东方文论选》，四川人民出版社，1996 年，序言第 1 页。

12 曹顺庆：《世界多元文明史实与西方中心文明观的破除》，《人民论坛》，2019 年，第 26 期。

13 曹顺庆主编：《东方文论选》，四川人民出版社，1996 年，绪论第 1 页。

14 黎跃进：《东方文化与东方文学》，《湘潭大学学报（哲学社会科学版）》，1999 年，第 3 期。

15 曹顺庆主编：《东方文论选》，四川人民出版社，1996 年，绪论第 1 页。

行的"社会学模式"，即"把东方文学史视为东方社会历史的直接反映"，即"使东方文学史的发展演进从属于东方社会历史的发展演进"，将东方文学史视作"对社会历史的诠释和延伸"，但依旧限制在"古代—中古—近代"的西方史学与社会学模式框架中，并且没有对"东方文化"的特殊性做出清晰界定，且仍采用地缘政治学的概念来界定"东方文学"的范围，将"非西方"文学（亚非文学）界定为"东方文学"。这一模式以 1983 年出版的《外国文学简编·亚非部分》（中国人民大学出版社）为代表。二是以王向远的《东方文学史通论》（上海文艺出版社 1994 年初版，宁夏人民出版社 2007 年再版，高等教育出版社 2013 年增订版）为代表的"文化学模式"，不仅探究社会历史对文学的影响，用时代主要特征的关键词来归纳东方文学的发展历程，将东方文学史分为"信仰的文学时代""贵族化的文学时代""世俗化的文学时代""近代化的文学时代""世界性的文学时代"，强调"文学的文化性"的同时"更注意文学性、审美性的凸显""更注重从审美价值与审美观念的角度看待文学现象""更注重审美文化的作用，更注意揭示文学在各民族共同审美趣味（民族美学）形成中的重要功能"。在这种模式下，"东方文化"的特殊性得以辨别，"东方文学"的共同审美趣味得以揭示，"东方文学"的范围界定，不再是基于地理位置或地缘政治的判断，而是基于文化属性的判断，"特别是审美文化属性的判断"。三是构想中的"东方学模式"，即"把东方文学作为'东方学'的一个分支，研究和揭示文学的东方元素、东方特性以及文学中的东方认同，总结东方文学的共同性和共通性，包括共通发展规律、共用语言、共同题材主题以及共通诗学，从而由第一种模式的'非西方的'文学史、第二种模式的'在东方的'文学史，发展到'东方的'文学史"[16]。如何走出西方话语霸权的藩篱？如何将东方各文化圈、各地域多元的文艺理论囊括进来，构建起世界总体诗学意义下的东方古代文论话语体系，以及构建出什么样的东方话语体系，才足以呈现和还原东方各文化圈、各地域文艺理论的丰富内涵？这些都是构建东方古代文论话语体系需要思考的问题，而这些问题的解决和东方文论话语体系的构建过程，都离不开比较文学变异学的研究视野与方法论基础。变异的产生，在人类文学、文化与文明的纵向与横向两条发展线索中，是广泛且必然存在的，"可以说变异是人类文明发展的必然规律之一"，而"变异学作为重要的创新理论，是文学横向

---

16 "东方文学史"三种形态的划分与阐释，详见王向远：《近四十年来我国"东方文学史"的三种形态及其建构》，《人文杂志》，2019 年，第 2 期。

发展变异规律的总结"。变异学的研究视野与方法，在立足不同文化异质性的基础上和对横向变异规律的探究中，揭示了人类文明交流互鉴的规律。[17] "文明因多样而交流，因交流而互鉴，因互鉴而发展"[18]，东方各文化圈、各地域的文学与文论具有各自的异质性和民族特色，同时也是在不同文化圈、不同地域密切联系、互动交流、借鉴吸收的历史进程中发展与丰富起来的。因此东方文论话语体系的总体建构，需要辨清东方不同文化的异质性，重视东方各大文化圈、各地域之间文化的联系与互动过程，追溯文化交流互鉴中产生的变异现象，以及探究变异对文化发展与审美范畴扩展所产生的影响。

在破除"西方中心主义"、走出西方对"东方"的建构，以及重新释义与界定"东方"、构建属于东方的"东方文学史"上，国内学者做出了一定的尝试和努力，东方古代文艺理论话语体系的构建，如今正朝着在还原东方文论多元性面貌基础上构建起东方共通诗学的"东方学模式"前进。

二、变异学：重建东方文论话语体系的方法论基础

2005 年，笔者正式在《比较文学学》一书中提出"比较文学变异学"，强调比较文学研究需要从以往的"求同"思维中走出，从"变异"的角度出发，拓宽比较文学的研究。2006 年，笔者在《比较文学学科中的文学变异学研究》一文中对"变异学"做出明确定义，并在《比较文学教程》中进行了补充。经过十多年的发展，"变异学"的概念得到不断完善："比较文学变异学，是指对不同国家、不同文明的文学现象在影响交流中呈现出的变异状态的研究，以及对不同国家、不同文明的文学相互阐发中出现的变异状态的研究。通过研究文学现象在影响交流以及相互阐发中呈现的变异，探究比较文学变异的规律"[19]。"变异学"的研究方法，强调不同文明、文化的"异质性"，挖掘和探究文化、文学影响交流和相互阐发过程中的变异现象，从而将"异质性"和"变异性"纳入比较文学研究的"可比性"中，将比较文学的研究重点由"同"转向了"异"。此前法国学派影响研究和美国学派平行研究过分强调比较文学研究的"同源性"和"类同性"，这种"求同"思维无视"跨文化""跨文

---

17 参见曹顺庆、李甡：《变异学：探究人类文明交流互鉴的规律》，《成都大学学报（社会科学版）》，2020 年，第 3 期。

18 习近平《习近平在亚洲文明对话大会开幕式上的主旨演讲》，2019 年 5 月 15 日，新华网（http://www.xinhuanet.com/world/2019-05/15/c_1210134568.html）。

19 曹顺庆主编《比较文学概论（第二版）》，高等教育出版社，2018 年，第 124 页。

明”的比较研究，对“异质”文化、文明的比较产生偏见。法国学派和美国学派的比较文学研究突出了某种“中心”和“秩序”，最终只会将比较文学带入“死局”，限制在以“法国文学”或“欧美文学”为核心的同一文化系统或单一文明范围内的比较，忽视同质文化、文明之外，世界文化、文明的多元性、异质性以及比较的可能性，因此也才有了斯皮瓦克“一门学科之死”一说。[20]伴随着 21 世纪的全球化和文化多元化语境，比较文学的“新生”，必须走出传统“欧洲中心主义”意义上的比较，重新审视“跨文明”比较的可能性，立足“异质性”，将西方之外丰富多元的文化、文学纳入比较的范围中来，在对“变异性”的研究中探究人类文明交流互鉴的规律。

“变异学”方法的提出，是对“西方中心主义”的冲击和破除，在尊重“异质性”的基础上实现了不同文明的平等对话，在“跨文明”的比较研究中扩大了比较文学的研究视野，从而让比较文学走出了发展危机，在全球化的文化语境中成为“真正全球性的理论学科”[21]，朝着“世界文学”和“总体诗学”的学科理想前进。东方文明源远流长，在各地域的交流互动中，不断实现文化的发展与更新，给人类文明留下了丰硕的文化、文学成果，形成区别于西方、独具特色的一套古代文论体系。然而在以往的“影响研究”和“平行研究”中，“东方”是消失了的，“求同”思维下的比较并没有将东方丰富而深邃的文学、文论资源纳入研究范围中来，带着“西方中心主义”傲慢的比较，更是容易歪曲“东方”的原本面貌，以“西方话语”想象“东方”、言说“东方”，而非真正理解东方文明的独特性与文学、文论的具体内涵。因此，重建东方古代文论话语体系，需要立足“变异学”的方法论基础。只有在比较文学变异学的研究视野和方法中，才能真正走出西方对“东方”的建构，才能真正还原“东方文化”的异质性和独特性，才能真正恢复“东方文学与文论”在世界文学中的地位与价值，才能真正实现东方文学、文论与西方文学、文论的平等对话和交流，才能真正把东方和西方共同纳入世界文学与总体诗学的发展轨迹里，在人类命运共同体的理念中探求文学和审美发展的共通规律。

“变异学”的研究视野和方法，不仅是应用在东方与西方的比较上，在所构建的“东方”内部进行东方文学、文论之间的比较中，也需要秉承“变异学”的基本理念，立足东方不同文化圈、不同地域的文化“异质性”，对文化、

---

20 Gayatri Spivak. *Death of a Discipline*. New York: Columbia University Press, 2003.
21 曹顺庆：《建构比较文学的中国话语》，《当代文坛》，2018 年，第 6 期。

文学交流互动、影响传播过程中的"变异现象"进行探究，并考察这些"变异"对各国、各区域文论的创新。只有承认"异"的存在，理解"异"的内涵与文化互动产生的"变异"现象，才能在"异"的基础上总结和提炼出"同"来，从而构建起能够呈现"东方特性"的总体诗学体系来，在这一体系中，"异"被承认和理解，并且在"同"中和谐共存。

在"东方文学史"建构的第三种形态"东方学模式"中，王向远认为根本立场与方法是要聚焦东方文学与文论的"东方特性"，通过具有显著"东方特性"的三大区域（东亚、南亚、中东）文学，强化"东方认同"，进一步证明"东方审美共同体"的存在。在文论和诗学方面，则倾向于"寻求、建构东方共通诗学，包括以'味论'为核心的、连通中国、印度、波斯等整个东方的'东方味论诗学'"[22]。东方几大文明古国的社会生产方式、历史发展进程具有一定程度的相似性，再加上古丝绸之路上贸易商人、传教僧侣等媒介的存在，东方三大文化圈不仅商业贸易往来频繁，区域之间的文化交流也相当密切，各区域的文化和文学在这种开放互动的环境中得以传播和相互渗透，东方文学和文论则在这种交流、渗透中不断更新、发展。正是由于生产方式、社会制度、历史进程等方面的相似性，以及文化文学在传播交流中的相互渗透与影响，才让"东方特性"的归纳与呈现、"东方认同"的建构与强化，不至于成为无稽之谈。东亚、南亚、西亚三大文化圈的诗学体系各自都有着显著的特点，在创作动机、总体风格、语言载体等方面存在着差异，因此各自的诗学也呈现出不同风貌。[23]但东方内部区域和区域之间的文论或诗学也存在着密切联系，共用着某些特定的文论重要范畴：同一文化圈的不同地域，如东亚文化圈的中国古代文论和日本诗学，都有"风"和"气"的范畴，可以就此提炼出东亚诗学的两个核心概念；而不同文化圈之间，东亚、南亚、西亚三大文化圈都共用着"味"的范畴，且三大文化圈诗学中的"味"，都是"由食物的味觉感受引申出来的文艺欣赏与审美感受的概念"[24]，深受东方所共有的敏锐细腻的"通感"与"内倾化、直觉化的思维方式"的影响[25]。因此"味"

---

22 王向远：《近四十年来我国"东方文学史"的三种形态及其建构》，《人文杂志》，2019 年，第 2 期。

23 参见王向远：《"味"论与东方共同诗学》，《社会科学研究》，2020 年，第 2 期。

24 王向远：《"味"论与东方共同诗学》，《社会科学研究》，2020 年，第 2 期。

25 参见黎跃进：《东方文化与东方文学》，《湘潭大学学报（哲学社会科学版）》，1999 年，第 3 期。

这个共用范畴成为构建"东方共同诗学"的纽带，并且具有显著的"东方特性"。

在纵向发展与横向交流中，东方孕育的诗学内涵是多元而深邃的，不同区域、不同国家、不同民族的文论和诗学自成系统，其重要范畴烙上了各自的民族特色，带着各自社会、历史、文化发展具体走向的痕迹。如印度诗学的"庄严""风格""味""韵"范畴，阿拉伯诗学的"技""品级"范畴，波斯诗学的"味""律动"范畴，以及东亚文化圈内中国古代文论的"风""气""神""境""味"范畴，日本诗学的"物哀""幽玄""寂"范畴，朝鲜诗学的"气""神""兴""淡"范畴等，对这些范畴的理解，需要和不同民族、不同国家、不同区域"异质性"文化背景相结合，在具体的语境文本中领悟不同范畴的真正内涵。不同地域的文论体系所共有的范畴，其内涵可能存在较大的差异；而不同的范畴之间，其内涵也可能存在相似性和共通处。只有看到不同文化、文论体系的"异质性"，只有在具体的文化语境中理解和领会文论范畴的内涵，才能进行比较，并在比较中总结出"同"，从而提炼出能够代表"东方特性"的共通审美规律。但所总结和提炼出的"同"中，一定是包含"异"的，这是由东方历史发展进程中多元文化长期并存的背景所决定的，东亚、南亚、西亚能够通过"味"这一共用诗学范畴联系起来，构建出"三元一体的'东方共同诗学'"[26]，但提炼出来的共用范畴"味"，又囊括了东亚、南亚、西亚诗学"味"的"差异"：在"味"的浓度上，南亚、西亚的"味"浓烈，东亚的"味"清淡甚至偏向"无味"；在"味"的嗜好上，南亚偏"甜"，西亚偏"咸"，东亚则偏爱类似"茶味"的"涩"[27]。正是由于"差异"之存在，东方古代文论呈现出繁荣多样的面貌，异质文化的交流更是赋予文论不断丰富创新的生机与活力。东方古代文论话语体系构建，前提是承认"异质性"存在、理解"异质性"内涵；所构建出来的"同"，也必然包含着"异"。

三、"他国化"对东方古代文论重要范畴发展创新的影响

"人类的文学、文化、文明的发展存在纵向与横向两条发展线索"，变异的产生广泛出现在纵向和横向的发展中，而"比较文学实质上是研究文学、

---

26 王向远：《"味"论与东方共同诗学》，《社会科学研究》，2020 年，第 2 期。

27 参见王向远：《"味"论与东方共同诗学》，《社会科学研究》，2020 年，第 2 期。

文化、文明的横向发展规律的学科"，比较文学变异学研究，跨越了异质文明，去追溯不同文学、文化、文明交往互动过程中出现的横向变异现象，从而探究和揭示出人类文明交流互鉴的规律。[28]"东方学模式"下的东方文学和文论研究，不仅要提炼"东方特性"，揭示各区域共同审美趣味，强化"东方认同"，同时也重视各区域之间文化、文学的联系与交流，因为严格意义上的"东方文学"，由汉语文学、梵语文学、阿拉伯语文学三种组成。东方三大文化圈的形成，也是民族文学、文化在传播过程中影响力不断扩大，出现和形成"超民族的文学、文化区域"的结果。[29]由此，构建东方古代文论话语体系，除了要在纵向上梳理清各区域、各国、各民族文论的发展脉络，还要在横向上把握好各区域、各国、各民族之间的联系互动与文化交流，研究横向变异现象，并且在此基础上进一步探讨横向变异对文论纵向创新发展的影响，才能理解和总结各地域文论的更新发展与内涵扩展。

文化、文学在开放的环境中交往、碰撞、交流到最终的交融，探讨横向交流和影响中出现的变异现象，离不开变异学的"他国化"研究。"他国化"作为比较文学变异学的重要标准和核心理论，是"变异进程的终极状态"[30]，是一国文化、文学传播到他国后，"经过文化过滤、译介、接受之后发生的一种更为深层次的变异"[31]。这种"终极状态"和"深层次变异"表现为话语规则的转变，传播国的文化、文学被接受国进行本土性的改造和转化，从而成为他国文化、文学的一部分。比较文学的变异现象体现为流传变异、阐释变异、结构变异三种范式，"他国化"则推动着最深层次的复合式变异即"文化结构变异"，"接受国根据本国文化发展的实际需要，对他国文化进行适应性改造，继而形成新的文化变异形态，它们从根本质地上改变了接受国文化结构体系，并形成一种具有生产性、孕育性的文化新生力量"[32]。因此，"他国化"研究"不仅在涉及跨越性文化交流的领域有方法论的指导作用，

28 参见曹顺庆、李甡：《变异学：探究人类文明交流互鉴的规律》，《成都大学学报（社会科学版）》，2020年，第3期。

29 王向远：《近四十年来我国"东方文学史"的三种形态及其建构》，《人文杂志》，2019年，第2期。

30 曹顺庆、唐颖：《论文化与文学的"他国化"》，《现代中国文化与文学》，2015年，第2期。

31 曹顺庆主编：《比较文学概论（第二版）》，高等教育出版社，2018年，第139页。

32 王超、曹顺庆：《比较文学变异学中的文化结构变异》，《中华文化论坛》，2019年，第5期。

更提供了一种人类文明可能通过和谐交流和沟通达到的创新手段"[33]。在文化、文学交流互动过程中，东方各民族、各国、各区域，由于特定的社会历史背景和各自文化的异质性，在对外来文化、文学的接受中免不了异质文化的冲突碰撞，但更多的是在碰撞中交流、交融，对外来文化进行有机借鉴和变异性吸收，并在对外来文化的本土化改造过程中产生文化"新质"，推动本土文化的创新发展。对于一国的文论体系来说，"他国化"不但在本土文化中产生了文化"新质"，在一国对于外来文化的接受、吸收和本土化改造过程中，以及在文化"新质"的影响下，文论体系以及文论范畴的内涵也得到了发展和创新，因而横向变异又进一步推动着文论的纵向变异。

在这方面，禅宗思想的日本化对日本古典文艺理论的影响就是相当典型的例证。

佛教自汉代传入中国，在和儒家、道家思想的碰撞、交流中逐渐被吸收、被调和，最终实现"佛教的中国化"的本土化转换，并在中晚唐时期形成独具中国特色的禅宗。"中国禅宗之所以是中国式的思想而区别于印度佛教，正因其和中国的儒家、道家哲学一样也是以'内在超越'为特征的"[34]，慧能在与本土哲学相结合的基础上改造了佛教，将一切的教义与信条都归到"万法不离自性"的根本见解上，"破除一切仪式障，破除一切文字禅"[35]，从而创立了禅宗。禅宗主张"见性成佛""不立文字""直指心传"，以"顿悟"（南宗）为禅的教学方法，把"无相为体、无住为本、无念为宗"作为修行宗旨。相比印度佛教烦琐的教义与仪式，禅宗不受拘束、务求适宜，倾向于更为自然、简易的修行方式，追求精神上的超脱与绝对自由，这和道家的理想不谋而合；另一方面，禅宗又吸收了儒家"忠""孝"等道德伦理观念，倡导"禅修不能脱离世间、人间"[36]。禅宗巧妙地将出世的精神追求与入世的修行方式糅合在一起，在特定的历史背景下影响了日本对禅宗的接受。

宋元时期禅宗走向成熟，临济宗和曹洞宗兴盛，前有荣西、圆尔、觉心、天佑思顺、桂堂琼林、道祐等日僧入宋学禅，将禅宗思想传播到日本，后有

33 曹顺庆、唐颖：《论文化与文学的"他国化"》，《现代中国文化与文学》，2015 年第 2 期。

34 汤一介：《〈中国禅宗史·序〉》，印顺：《中国禅宗史》，江西人民出版社，2007 年，序言第 2 页。

35 胡适：《禅宗是什么》，漓江出版社，2013 年，第 58 页。

36 郭云：《佛教变异与禅宗的新生》，《长江师范学院学报》，2011 年，第 1 期。

宋元禅僧兰溪道隆、兀庵普宁、大休正念、无学祖元、一山一宁等相继赴日，以镰仓为中心推广临济禅，禅宗东渐迎来了古代中日文化交流的第二次高潮。[37]镰仓时代和室町时代，日本对于禅宗思想的引进和吸收是相当主动且普遍的，这种对于外来的异质文化积极接受的态度：一是源于权力阶级的变动和政治体制维护的需求。禅宗简易、朴实的修行方法不仅深受新兴武士阶层的喜爱，禅宗中儒佛思想的混合，"授禅之余还讲治国平天下的道理"[38]的特点，使禅宗得以用来建立起调和朝廷（公家）、幕府（武家）、佛教（寺家）三家关系的伦理观念，从而巩固政治，荣西著《兴禅护国论》，称"兴禅"是为了"镇护国家"，且主张"禅戒结合"。二是源于对大陆文化的崇拜。伴随着禅宗思想传入日本的，是宋元的汉语诗、寺院建筑风格、肖像画和水墨画、茶和茶器等，室町时代"五山派"的僧侣"更热衷于通过禅接触大陆的学问和艺术，尤其是大陆的美术和文艺"[39]，因此禅宗思想的东传，同时也是宋朝文化、艺术的东传。除此之外，禅宗思想在日本的被接受，少不了中日之间来往的僧侣所起到的媒介作用。但还有一个重要前提是，禅宗思想中有符合日本土著世界观的元素所在，这种土著世界观是"人世的"，是"日常的"。经过中国化后的佛教，也即禅宗，吸收了儒、道思想，取消佛教烦琐的教义和仪式，强调"心即是佛""梵我合一"，修行体现在日常的心性中，从而回到一种更为自然、朴素的方式，并且和日常行为密切结合，"提倡在世间、人间修行"[40]，这些都与日本土著世界观相契合。

不过，更应该注意到的是日本土著世界观和印度、中国的"异质性"，在日本原始神道的世界里，诸神不代表超越的观念，不是"正义、美、真理和命运"[41]的化身，诸神世界是人类现世社会的延续，神灵存在于日常的、具体的万物中，和人类保持着紧密联系。日本土著世界观重视的是"此岸的、非超越的、日常世界的现在"[42]，而非彼岸的、超越的灵魂救济，另一方面

---

37 参见杨曾文：《日本佛教史》，人民出版社，2008 年，第 312-313 页。

38 杨曾文：《日本佛教史》，人民出版社，2008 年版，第 201 页。

39 [日]加藤周一：《日本文学史序说》，叶渭渠、唐月梅译，开明出版社，1995 年，第 267 页。

40 郭云：《佛教变异与禅宗的新生》，《长江师范学院学报》，2011 年，第 1 期。

41 [日]加藤周一：《日本文学史序说》，叶渭渠、唐月梅译，开明出版社，1995 年，第 46 页。

42 [日]加藤周一：《日本文学史序说》，叶渭渠、唐月梅译，开明出版社，1995 年，第 90 页。

也不存在一个普遍的、抽象的原理，而是"执着于具体情况，重视其特殊性，从局部开始以图达到全体"[43]。正是这种世界观的差异，决定了禅宗思想的日本化，比起印度的佛教和中国的禅宗，日本的禅宗并非一种宗教或者哲学，而是和现世利益、实践行为紧密结合在一起，并渗透到生活和文化的方方面面。禅宗思想的日本化体现为禅宗的世俗化，这种世俗化由日本土著世界观所决定，是日本人对中国禅宗在接受后进行本土化改造的结果。禅宗的世俗化又分成两条线索：一条是禅的政治化，一条是禅的美学化，这两条线索和日本人一开始对中国禅宗的接受相关，"镰仓时代以后的禅宗，一方面其寺院同政治权力结合，另一方面其思想成为文学，成为绘画，终于成为一种美的生活模式"[44]。经过日本化和世俗化的禅宗，一方面成为巩固政治的手段，推动武士实践伦理的形成，成为奠定日本国民性格的重要元素；另一方面和文学艺术相结合，"禅"体现在五山文学、俳句、绘画、书法、建筑、花道、茶道等各个艺术层面，"作为一种外来的文化式样，禅宗对日本文化几乎所有领域都产生过巨大而深远的影响"[45]。由此，禅宗由一种宗教、一种哲学转化为一种综合性的艺术，"激发了日本人的艺术冲动"[46]，成为日本人的重要文化构成，也从具体的、各层面的"禅"中提炼出了新的文艺美学范畴"寂"出来。

日本美学家大西克礼在对日本古代文艺理论中的一系列概念进行美学上的提炼后，最后确立了三个最基本的审美范畴，即"幽玄""哀（物哀）"和"寂"，为日本美学的体系构建奠定了必要的前提和基础。如果说"物哀"属于创作主体的审美情感论，"幽玄"是艺术本体论或艺术内容论，那么"寂"则是"创作主体与客体（宇宙自然）相和谐的'审美境界'论、'审美心胸'论或'审美态度'论"[47]。"寂"作为一种审美状态，"它是一种优哉游哉、游刃有余、不偏执、不痴迷、不执着、不胶着的态度"，是"闲寂""空寂"而非

---

43 [日]加藤周一：《日本文学史序说》，叶渭渠、唐月梅译，开明出版社，1995年，第4页。

44 [日]加藤周一：《日本文学史序说》，叶渭渠、唐月梅译，开明出版社，1995年，第273页。

45 刘毅：《禅宗与日本文化》，《日本学刊》，1999年，第2期。

46 [日]铃木大拙：《禅与日本文化》，钱爱琴、张志芳译，译林出版社，2014年，第23页。

47 参见王向远：《论日本美学基础概念的提炼与阐发——以大西克礼的〈幽玄〉〈物哀〉〈寂〉三部作为中心》，《东疆学刊》，2012年，第3期。

"死寂"。[48]这种审美态度与心胸境界渗透着禅宗宗旨的"无相为体、无住为本、无念为宗",强调不为外在的"相"即现象世界所牵动和束缚,意识到万事万物皆在生灭变化中不停流转,最终突出心的本来"不动","也就是不依境起、不逐境转。'念',是本来自在解脱的"[49],唯有这样才能做到"不偏执、不痴迷、不执着",才能到达"闲寂""空寂"的状态,在万事万物之间游刃有余。禅宗思想的传入,为日本的文学艺术注入了"寂之心"(寂心)的精神内涵,而禅宗思想的日本化,禅宗的世俗化中的美学化道路,创新出"寂"这一日本古典文论范畴,并进一步丰富和完善着"寂"的内涵。"寂"是日本古典俳谐论中的重要范畴概念,同时也体现在日本的建筑、绘画、茶道、花道、剑道等艺术创作中,是在"禅"所渗透的"综合的艺术"中所提炼出来的美学范畴。除了禅宗宗旨注入的"寂之心"(寂心),"寂"在听觉和视觉上还分别呈现出"寂之声"(寂声),即听觉上的"寂静""安静",和"寂之色"(寂色),即视觉上的"一种具有审美价值的'陈旧之色'"[50]。"寂声""寂色""寂心"是"寂"这一美学范畴的重要内涵,"寂"之表现不仅在日本俳谐中,也体现在其他艺术中,"寂"之美学内涵的发展与丰富是"禅"渗透进日本文化艺术方方面面、不断创新的结果,所创新与发展出的"寂"的范畴,也进一步影响着日本文化与艺术的创作。此外,禅宗的传入和日本化结果,以及伴随"茶""茶器"与"禅"的传入所发展起来的"茶道",也影响着日本文论中"味"的浓度与偏好,浓度上表现为"淡味"和"无味",偏爱与"茶"美学联系在一起的"涩味"和"苦味"。东亚文化圈内中国、日本、朝鲜等地域的文论,在"味"的浓度和偏爱上所表现出相似性,也是东亚各地域之间文化传播交流和相互吸收借鉴的结果。

结语

　　东方经过数千年的发展,给人类留下了丰硕的文明成果,东方古代文艺理论,也发展出不同于西方、庞大而深邃的文艺理论话语体系。在这些体系中,东亚、南亚、西亚三大文化圈的文论在互相交流、借鉴的基础上不断发

---

48 参见王向远:《论"寂"之美——日本古典文艺美学关键词"寂"的内涵与构造》,《清华大学学报(哲学社会科学版)》,2012年,第2期。

49 印顺:《中国禅宗史》,江西人民出版社,2007年,第271页。

50 参见王向远:《论"寂"之美——日本古典文艺美学关键词"寂"的内涵与构造》,《清华大学学报(哲学社会科学版)》,2012年,第2期。

展，在文化异质性的基础上各具特色，呈现出多元的面貌，同时也能够在东方各文化圈、各地域的交流和联系中寻觅到"东方特色"，探究出共通的审美规律，从而在总体诗学的意义上构建起东方古代文论话语体系。

东方古代文论话语体系的构建，首先要走出"西方话语"对"东方"的想象和建构，重建起属于东方的"东方"概念；其次是要把"变异学"作为方法论基础，尊重各文化圈、各地域的文化异质性，探究文化传播、交流过程中出现的横向变异现象；再者，"他国化"作为比较文学变异学的核心理论，是研究东方各地域文化、文学变异的重要方法，可以从文化结构变异的层面重新审视外来文化本土化对一国文化、文学的影响。从禅宗思想的日本化对日本古典文艺理论重要范畴的影响可以看出，"他国化"是横向变异的结果，同时也推进了一国文论的纵向变异和发展，从而给一国文论的重要范畴带来创新。

本文与夏甜合写